Michael und Gina Spehn

Die Farbe des Regens

Als alles zu Ende schien,
fanden wir unser zweites Glück

BRUNNEN
Verlag Giessen · Basel

Die amerikanische Originalausgabe erschien unter dem Titel
„The Color of Rain“ bei Zondervan, Grand Rapids, Michigan/USA.

Ins Deutsche übersetzt von Evelyn Reuter

Originally published in the U.S.A. by Zondervan, Grand Rapids,
Michigan, under the title „The Color of Rain“.

MIX
Papier aus verantwortungsvollen Quellen
FSC
www.fsc.org
FSC® C014496

www.brunnen-verlag.de
Umschlagfoto Vorderseite: © Jeremy Maude/Getty Images
Umschlagfoto Rückseite: © Ashley Genevieve,
www.ashleyfoto.com. Mit freundlicher Genehmigung.
Umschlaggestaltung: Sabine Schweda
Satz: DTP Brunnen
Druck: GGP Media GmbH, Pößneck
ISBN 978-3-7655-1802-7

Für unsere Kinder

Charlotte ~ Jack ~ Drew ~ Sam ~ Dan

Inhalt

Teil 3 – Das neue Leben

Vorwort

Ein hochgewachsener Mann in weißem Kittel betritt das Zimmer, ohne ein Wort zu sagen. Er hat olivfarbene Haut, dunkles, gewelltes Haar und spricht, wie sich herausstellt, mit einem leichten arabischen Akzent. Sieben Erwachsene sind jetzt im Raum versammelt. Keiner gibt einen Laut von sich. Der Mann vermeidet es, jemandem in die Augen zu sehen. Zielstrebig tritt er ans Bett, immer noch stumm. Er faltet das Stethoskop in seiner Hand auseinander und führt die Ohrstöpsel ein. Eine Routinearbeit, die er schon tausendmal gemacht hat. Dennoch ist er sich bewusst, dass aller Augen auf ihn gerichtet sind und die Anwesenden jede einzelne Bewegung aufmerksam verfolgen. Er blickt weder nach links noch rechts, noch nimmt er die Menschen im Raum wahr. Er tut einfach seine Arbeit.

Der Mann setzt die Membran des Stethoskops auf die Brust der Patientin. Er bewegt das Stethoskop leicht hin und her, hält inne und horcht, bewegt es zum zweiten Mal, ganz langsam, horcht wieder. Er bewegt es ein drittes Mal. Niemand spricht. Kein einziger Laut ist zu hören. Die Schwester, die neben dem Bett steht, wendet schweigend den Blick ab.

Dann faltet der Mann im weißen Kittel sein Stethoskop zusammen, wirft mir einen nervösen Blick zu und sagt den einzigen Satz, den ich jemals von ihm hören werde.

„Es tut mir leid", sagt er und geht aus dem Zimmer.

Es ist der 28. Februar, morgens um 0.35 Uhr.

Teil 1

Der Herbst

Der 11. September

Gina

Es war der Morgen meines zweiunddreißigsten Geburtstags und ich freute mich schon auf das Essen mit meinen Eltern. Mein Vater und ich haben am selben Tag Geburtstag, und meine Mutter kochte für uns jedes Jahr unser Lieblingsessen, Linguini mit ihrer legendären Sauce Bolognese. Wenn jemand Antoinette Valenti heißt, wissen alle, dass ihre hausgemachten Nudelsoßen ein Gedicht sein müssen. Doch egal, wie italienisch ein Name auch klingen mag – mir ist noch nie jemand begegnet, der so gut italienisch kocht wie meine Mutter.

Helles Sonnenlicht badete die Küche in einem warmen Glanz. Unser zweijähriger Sohn Andrew, genannt Drew, hatte gerade seinen Haferbrei gegessen, und sein jüngerer Bruder Sam saß im Hochstuhl. Er schluckte abwechselnd einen Löffel Babybrei und warf mit Spielsachen, als das Telefon klingelte. Am anderen Ende der Leitung hörte ich die Stimme meiner besten Freundin, Colleen Schomaker, mit einer Soloeinlage von „Happy Birthday". Sie sang mit doppelter Geschwindigkeit in einer Art Sprechgesang und ergänzte ihre Glückwünsche mit der Bemerkung, dass ich noch immer die Ältere sei. Wir beendeten das Gespräch mit einer Verabredung zum Mittagessen.

Als ich den Hörer auflegte, blieb mein Blick am Fernsehschirm hängen. Schwarze Rauchfahnen quollen aus einem der Wolkenkratzer des World Trade Centers in New York. Ich stützte mich auf die Arbeitsplatte und starrte fassungslos auf den Bildschirm meines kleinen Schwarz-Weiß-Gerätes in der Küche. Dann rief ich Colleen zurück.

„Siehst du gerade fern?"

„Ja. Ist es nicht furchtbar? Ich kann es einfach nicht fassen."

Wir tauschten uns ein paar Minuten aus und legten wieder auf. Inzwischen hatte ich den Fernseher im Wohnzimmer eingeschaltet. Sam saß immer noch im Hochstuhl und wurde von Drew unterhalten, während ich sah, wie ein Flugzeug in den zweiten Wolkenkratzer der Twin Towers krachte. Bei jeder Wiederholung der Szene krümmte ich mich innerlich. Wie versteinert saß ich auf dem Couchtisch und spürte, wie mein Magen sich zusammenkrampfte. Tief erschüttert über das Unfassbare starrte ich, gemeinsam mit Millionen von Fernsehzuschauern, an diesem wunderschönen Septembertag auf den Bildschirm. Hilflos sah ich, wie unser Land in seinen Grundfesten erschüttert wurde.

Mein Mann, Matt, brauchte an diesem Tag mehrere Stunden für den Heimweg von seinem Büro beim Fernsehsender NBC in Detroit zu uns. Als ich das Garagentor hörte, lief ich ihm entgegen. Wir fielen uns in die Arme und hielten uns fest, sprachlos und erschüttert von dem Geschehen. Meine Eltern waren inzwischen schon bei uns angekommen. Die Zeit schien stillzustehen, während wir zusammen die Nachrichten verfolgten. Gegen fünf Uhr ging ich nach draußen, um den Kopf frei zu bekommen. Geblendet von der Spätnachmittagssonne fühlte ich mich, als ob ich den Tag in einem Tunnel verbracht hätte. Mein ganzer Körper war verspannt und schmerzte. Es war alles so unwirklich, und es war noch nicht einmal in unserer Nähe passiert, sondern im fernen New York. Trotzdem betraf es unser ganzes Land. Das Land, in dem ich mich immer sicher gefühlt hatte. Und eine Stadt, die wir oft besucht hatten und in der Menschen wohnten, die wir kannten und liebten. Diese Tragödie passierte ganz normalen Leuten. Sie ging uns alle an.

Beim Abendessen war es ungewöhnlich still, nur die Kinder verbreiteten ein gewisses Gefühl von Normalität. Die Welt mochte aufhören, sich zu drehen, aber Drew würde immer noch Spaghettisoße im Gesicht haben, und Sam würde von seinem Hochstuhl aus Sachen durch die Gegend werfen. Wir Erwachsenen aßen schweigend und brachten nur zwischendurch unsere Trauer zum Ausdruck, aber auch Dankbarkeit und ein tiefes Gefühl der Verbundenheit mit den Menschen in ganz Amerika.

An jenem Abend nahm ich mir viel Zeit, um die Jungen ins Bett zu bringen. Wir brauchten eine ganze Stunde zum Kuscheln, Vorlesen und das Gute-Nacht-Gebet. In was für eine Welt hatte ich die Kinder hineingeboren? Ich deckte sie zu und ging hinunter ins Wohnzimmer, wo ich Matt weinend in die Arme fiel. Der Fernseher lief noch immer, allerdings ohne Ton, und wir starrten stumm auf den Bildschirm.

„Ich habe ein Geschenk für dich", sagte Matt.

„Wofür?", fragte ich. Dann fiel mir ein, dass ich ja Geburtstag hatte. „Mir ist nicht nach Feiern zumute. Kann ich es auch morgen öffnen?"

„Okay, aber dann lies wenigstens das." Er reichte mir einen Brief.

Liebe Gina, *11. Sept. 2001*
gerade am heutigen Tag mit seinen schrecklichen Ereignissen möchte ich dir noch einmal sagen, wie viel du mir bedeutest und wie glücklich ich bin, mit dir verheiratet zu sein.

Ich weiß, dass dein Alltag oft ermüdend ist und viele Dinge, die du tust, unbemerkt bleiben und nicht genug gewürdigt werden. Aber du sollst wissen, dass sich in der undankbaren Routine die wichtigste Aufgabe der Welt verbirgt – eine Aufgabe, in der Gottes Wirken sichtbar wird und deren Früchte wir beide im Laufe der Zeit ernten dürfen: Gemeinsam zu erleben, wie unsere kleinen Jungen zu erwachsenen Männern werden, ist ein großes Geschenk, und ich bin dankbar für unsere Ehe und dass ich diese Erfahrung mit dir teilen darf.
Du bist eine tolle Mutter.
Du bist eine wunderbare Ehefrau.

Du bist mein bester Freund.
Und du bist wunderschön.
Alles Liebe zum Geburtstag,

dein Matt

Seine Worte taten gut, und seine Liebenswürdigkeit ließ mich neue Hoffnung schöpfen. Matt gab mir die Geborgenheit, die ich brauchte, und das Gefühl, geliebt zu sein und etwas Sinnvolles zu tun. Und sogar, hübsch zu sein. Was, wie jede Mutter von kleinen Kindern weiß, in dieser Lebensphase nicht einfach ist. In einer Zeit, in der berufliche Anforderungen und die Kinder unser Eheleben auf eine harte Probe stellten – und dazu am schlimmsten Tag in der Geschichte unseres Landes –, schenkte mir Matt mit seinem Brief eine neue Perspektive für unsere gemeinsame Zukunft. Dieser Brief war das schönste Geburtstagsgeschenk, das ich je bekommen habe.

Wenige Tage nach dem 11. September flogen wir nach Kalifornien, um dort unseren zehnjährigen Hochzeitstag zu feiern. Wir haben im Oktober geheiratet, aber aus organisatorischen Gründen mussten wir die Reise vorziehen. In San Francisco mieteten wir einen Wagen und genossen die Fahrt an der Pazifikküste hinunter nach Big Sur. Matt war in seinem Element. Wir waren umgeben von der Schönheit der Schöpfung – links die Berge, rechts der tosende Pazifik. Und wir mittendrin mit unserem kleinen, schwarzen Sportwagen. Es war himmlisch. Wir folgten der bekannten Küstenstraße und freuten uns an dem grandiosen Ausblick: Seeotter, haushohe Palmen und die berühmte „Lone Cypress", eine einsame Zypresse auf einem zerklüfteten Felsen in der Brandung. Auf der Küstenstraße, dem berühmten Highway 1, fuhren wir weiter nach Süden bis zu einem ruhigen Wellness- und Romantikhotel in den Bergen.

Bei unserer Ankunft bemerkten wir verzückt lächelnde Gäste, die in weißen Bademänteln durch die Grünanlagen flanierten. Bevor der Chefportier die Autotür öffnen konnte, beugte sich Matt zu mir und raunte mir zu: „Romantikhotel oder Irrenanstalt?"

„Egal, für uns passt beides“, antwortete ich lachend.

Das Hotel kam einem leichten Kulturschock gleich, aber es war wie geschaffen für eine ruhige, romantische Auszeit und wir gewöhnten uns schnell an das besondere Ambiente. Nachdem wir uns über die Verrückten in den Bademänteln mokiert hatten, schlüpften wir eine Viertelstunde später selbst in die mit Monogramm versehenen Frotteegewänder und die dazugehörenden weißen Pantoffeln, nippten an einem leichten, kalifornischen Cabernet und lustwandelten durch den Garten zum japanischen Badehaus. Dabei kicherten wir wie Kinder, die etwas Verbotenes tun, ohne dabei erwischt zu werden. Wir hatten nur zwei Tage, um den Luxus zu genießen, und wir nutzten das aus, schwelgten in gutem Essen und atmeten den süßen Duft des Jasmins.

Nach dem Abendessen saßen wir auf der Terrasse unseres Bungalows mit Blick auf die stillen Berghänge. Ich lehnte den Kopf zurück und spürte, wie sich die Anspannung der letzten Tage langsam zu lösen begann. Als ich die Augen aufschlug, lag vor mir eine geöffnete Schmuckschachtel mit einem Paar wunderschöner Brillantohrringe und dazu eine auf Hotelbriefpapier geschriebene Notiz:

Ich hatte eine Idee: Wenn Sam und Drew erwachsen sind, schenken wir jedem von ihnen einen Ohrring, dann haben sie einen Brillanten als „Anzahlung“ für ihre Verlobungsringe. Und wir gehen los und kaufen dir zwei neue, richtig große Steine! Ich liebe dich. – M.

Ich umarmte Matt und wir küssten uns. Er hatte den Nagel auf den Kopf getroffen. Die Ohrringe waren wunderschön, aber noch schöner fand ich seine Idee. Mit diesem Geschenk hatte er gleich fünf Personen bedacht: mich, unsere Söhne und ihre zukünftigen Frauen. Seine vorausschauende Liebe würde Menschen berühren, die er noch gar nicht kannte.

„Los, probier sie an!“, sagte er lächelnd. Er wusste, dass er mich ertappt hatte. Matt hatte mir immer gern Schmuck geschenkt, doch das meiste davon lag unberührt in meiner Kommode. Ketten oder Ohrringe empfand ich als ungewohnte Fremdkörper und neigte dazu, ständig daran herumzufingern. Was meinen geschäftigen Mann nicht davon abhielt, mir beharrlich weiter Schmuck zu kaufen. Jetzt, nach zehn Jahren, hatte er das perfekte Geschenk gefunden – dezent, elegant und mit einer besonderen Botschaft.

„Danke“, flüsterte ich. „Die Ohrringe sind traumhaft. Und ich kann es kaum abwarten, bis die Jungen alt genug sind, um den tieferen Sinn des Geschenks zu begreifen.“

Matt schaltete den CD-Player auf dem Nachttisch ein. Die eingängige, sanfte Musik passte zu der Bademantel-und-Pantoffeln-Atmosphäre und wurde zum Soundtrack für unser Wochenende.

Wieder daheim, in der Woche unseres eigentlichen Hochzeitstages Anfang Oktober, waren wir frei von dem Druck, Geschenke zu kaufen oder für den besonderen Abend irgendwo einen Tisch zu reservieren. Wir zehrten noch von den Erinnerungen an die schöne Zeit in Kalifornien, doch wir waren froh, wieder zu Hause zu sein. Nirgendwo ist es schöner als in Michigan, wenn die Tage kürzer werden und die Luft nach Herbst riecht. Das bedeutete Sweatshirt-Wetter, Footballspiele und feuriges Chili con Carne.

Die Bäume verströmen bei ihrer alljährlichen Verwandlung einen ganz bestimmten, süßen Duft. Im Herbst mit seinen leuchtenden Farben und kühlen Temperaturen fühle ich mich jedes Mal voller Energie, als könnte ich Hunderte von Meilen joggen. Allerdings werde ich meistens nach den ersten zwei eines Besseren belehrt. Wie keine andere Jahreszeit weckt der Herbst alle Sinne, vielleicht weil wir den Anfang des Endes spüren können, das große Finale der Natur.

Matt war im Badezimmer und duschte, Sammy machte sein Morgenschläfchen, während ich mit Drew lustige Figuren aus Knete formte. Mein Blick fiel auf die Blätter, die direkt vor dem Fenster im Wind schaukelten. Bald schon würde das Blassgrün einem leuchtenden Rot, Orange oder Gelb weichen.

Plötzlich hörte ich Matt aus dem Schlafzimmer nach mir rufen. Ich ging zur Treppe und sah ihn oben stehen, mit nassen Haaren, ein Handtuch um die Hüften geschlungen.

„Fühl mal“, sagte er und presste den Finger auf seinen Oberschenkel. Zuerst dachte ich, er machte irgendeinen Scherz, doch sein Tonfall war ernst.

„Was ist denn?“ Ich rannte die Treppe hoch.

„Ich weiß nicht. Es fühlt sich an wie eine Murmel in meinem Bein, wie ein kleiner Tumor.“

Ich hielt in der Bewegung inne und sah ihn bestürzt an. „Ein Tumor? Wer sagt denn so was?“ Ich versuchte, ganz beiläufig zu klingen, aber es wollte mir nicht recht gelingen. Normalerweise denkt niemand sofort an einen Tumor, ohne zuerst alle anderen, harmlosen Möglichkeiten in Erwägung zu ziehen. Nicht so in Matts Familie. Mit der genetischen Veranlagung väterlicherseits wusste Matt, dass er mit dem Schlimmsten rechnen musste. Wir befühlten beide seinen Oberschenkel. Die Murmel befand sich tief im Muskelgewebe. Wir beschlossen, dass es das Beste war, wenn Matt den Onkologen seines Vaters anrief.

Einige Tage später, genau an unserem Hochzeitstag, sah ich im Schlafzimmer die Musik-CD aus Kalifornien liegen. Auf einmal wusste ich, dass es kein Zufall war, dass wir unsere Reise schon im September gemacht hatten, sondern Gottes weise Voraussicht.

Matt lag im Bett und erholte sich von der Operation, bei der ihm ein Tumor aus dem Bein entfernt worden war. Ich legte die CD ein und drückte auf „Play“. Die beiden letzten Songs waren „Babe, I'm Gonna Leave You“ und „Stairway to Heaven“.

Der Herbst hatte uns eingeholt.

Der See

Michael

Kaltes Quellwasser sprudelt über die kleinen Steine am Ende des beliebten Strandes – das einzige Geräusch in der stillen Morgendämmerung am Mullett Lake im Norden von Michigan. Die kristallklare Wasserfläche liegt reglos da, glatt und vollkommen. In der Ferne, im ersten Licht des Tages, schnellt ein Flussbarsch in den orangeroten Himmel und schnappt nach einem Insekt, bevor er ins

Wasser zurückgleitet. Kleine, lautlose Wellen verlieren sich am Horizont, der jetzt glutrot leuchtet. Während die Sonne aufgeht und das Licht die Dunkelheit zurückdrängt, stehe ich da und staune und wünschte, die Welt könnte noch ein kleines bisschen länger in diesem Zustand der Vollkommenheit verweilen.

Aber im selben bittersüßen Moment weiß ich, dass die Stille von einem Augenblick zum anderen dem geschäftigen Brausen weichen muss, das jeden neuen Tag einläutet. Autos und Lärm, Menschen und Boote, Hektik und Betrieb – der ganze Segen und Fluch der Freizeitindustrie, der den Raum zwischen Sonnenaufgang und Abenddämmerung füllt, wird mich bald eingeholt haben. Die stille Glückseligkeit am Mullett Lake ist flüchtig wie der Morgen; eng verwachsen wie bei Shakespeare sind Freund und Feind, schön und grausam zugleich, denn der See lockt täglich mit seinem Versprechen, und der Schmerz über seine verlorene Unschuld trifft mich jedes Mal bis ins Herz.

Der Mullett Lake gehört zu den größten und tiefsten Binnengewässern der USA. Für meine Frau Cathy war der See ein ganz besonderer, einzigartiger und spiritueller Ort. Ihre Eltern, Larry und Jill Lutz, besaßen ein Ferienhaus mit eigenem Sandstrand, wo Cathy unzählige Sommerwochen verbracht hatte. Seit ich denken kann, zog es sie regelmäßig in den Norden und sie verzehrte sich vor Heimweh, wenn sie zu lange nicht dort gewesen war. Am See war Cathy ein anderer Mensch. Es war, als ob sie sich mit Flip-Flops und Sonnenmilch auch eine neue Identität zulegte. Und die Verwandlung stand ihr gut. Ihre schlanke Gestalt schien größer als die in ihrem Führerschein eingetragenen 1,65 m. Ihr Haar war von der Sonne gebleicht und von hellen Strähnen durchzogen. Verschwunden war die Blässe, die sie neun Monate im Jahr hatte, und ihre helle Haut nahm eine dunkelbraune Färbung an, die in Kontrast zu ihren schneeweißen Zähnen stand, wenn sie lächelte. Das Leben am See tat ihr gut.

Mich musste sie allerdings erst überzeugen. In unseren Anfängen, als wir ein frisch verliebtes Paar waren, lud sie mich ein, mit zum Mullett Lake ins Ferienhaus ihrer Eltern zu fahren. Ich war alles andere als begeistert. Ich war ein Stadtmensch, und ich war es gern. Campingurlaube und Ähnliches waren mir ein Gräuel. Ich brauchte einen gewissen Komfort und träumte von einem schönen Hotel mit Pool und Zimmerservice bis nach Mitternacht. Die Erinnerungen an meinen einzigen „Abenteuer-Urlaub" stammten aus der Zeit, als mein Vater meine drei Geschwister und mich nach Wisconsin in ein Blockhaus geschleppt hatte, um uns die Natur nahezubringen. Es war ziemlich schrecklich.

„Es wird dir bestimmt gefallen", behauptete Cathy.

„Es wird mir bestimmt *nicht* gefallen", widersprach ich. „Fischgeruch, primitive Holzhütten und Schwärme von Moskitos ..."

„Es ist ganz anders", lächelte sie. „Außerdem brauchen wir dringend eine schöne, erholsame Pause."

„Eine Pause im *Hyatt* wäre mir lieber. Mit Wellness, Whirlpool und Frühstücksbuffet. Das nenne ich erholsam. Dort oben in der Wildnis gibt es keine Innentoiletten und kein warmes Wasser."

Aber wie wir alle wissen, tun wir aus Liebe manchmal die unmöglichsten Dinge. Also packte ich eine Batterie Sonnencreme mit dem höchsten Lichtschutzfaktor, Mückenspray und einen Kanister beruhigende Hautlotion gegen Juckreiz ein, wir verließen Chicago und nahmen den Highway nach Norden.

Als wir am Mullett Lake ankamen, wurden alle meine Befürchtungen von Plumpsklos und Hinterwäldlertum zerstreut. Wie sich herausstellte, war das Ferienhaus ein richtiges Haus, ein gepflegtes Anwesen mit sechs Zimmern, zwei Badezimmern und gehobener Ausstattung. Die Inneneinrichtung war sehr geschmackvoll, in schnörkellosem, modernem Stil mit einem Hauch ländlichem Charme. Man merkte, dass Larry Lutz in der Möbelbranche tätig war. Die makellos weißen Wände waren schmucklos bis auf drei riesige gerahmte Fotografien im Wohnzimmer, die Cathys Vater gemacht hatte. Draußen erstreckte sich ein über dreißig Meter langer Privatstrand mit allen Wasserspielzeugen, die das Herz begehrte: diversen Booten, Wasserskiern, Ponton-Booten und sogar einem Jetboot.

In der Nähe entdeckte ich einen Golfplatz mit dem Namen *The*

Secret (das Geheimnis) – ein kleiner, halb privater Platz mitten im Kiefernwald, wo es für mich anscheinend immer eine Lücke im Belegungsplan gab und ich spielen durfte, wann immer ich fragte. Die Leute dort waren sehr nett und das Gelände nicht zu schwierig. Bald entwickelte ich eine Hassliebe zu Loch Nummer acht, das meinen Ehrgeiz jedes Mal aufs Neue anstachelte, denn ich hatte es mir zum Ziel gesetzt, das Grün in zwei Schlägen zu erreichen, obwohl genau davor – strategisch platziert – ein kleiner Teich lag. Auf diesem Golfplatz machte ich meinen Frieden mit Mullett Lake. Und von da an begann ich, mich auf die Zeit am See genauso zu freuen wie Cathy.

Eines Tages fasste ich den Mut, sie zu fragen, ob sie mich heiraten wollte, und sie sagte Ja. Am Tag unserer Hochzeit, als ich vor dem Altar auf sie wartete, wanderten meine Augen zu den zahlreichen Freunden und Verwandten in den Kirchenbänken. Mein Vater fing meinen Blick auf und lächelte ein feierliches Hochzeitslächeln. Genau in dem Moment, als er sich zum Eingang umdrehte, betrat Cathy die Szene, strahlend wie ein Engel. Als er mich das nächste Mal ansah, schien er wie geblendet von ihrem Anblick. Ich konnte ihn gut verstehen. Cathy hatte diese Wirkung auf Menschen.

Es war ihr Lächeln, das mich bei unserer ersten Bewegung gefesselt hatte; es ließ mich nie mehr los. In ihrem Lächeln lag eine Aufrichtigkeit, die niemanden unberührt ließ, eine tiefe menschliche Wärme, die aus ihrem Inneren kam und ganz selbstverständlich nach außen drang. Wie Lava unaufhaltsam aus einem Vulkan strömt, gab es nichts, was Cathys Lächeln aufhalten konnte. Es konnte Menschen verzaubern und in seinen Bann ziehen – manchmal für immer.

Wie in meinem Fall.

Die Diagnose

Gina

In der Woche unseres zehnten Hochzeitstages wurde bei Matt zum ersten Mal die Diagnose Krebs gestellt. Danach fühlte ich mich monatelang, als müsste ich zusehen, wie am 11. September der Rauch aus dem World Trade Center quoll. Ein Schicksalsschlag, der unser Leben betraf – und dennoch beobachtete ich alles wie aus weiter Ferne. Ich wusste, was ich zu tun hatte, ich funktionierte wie ein Sanitäter beim Katastrophenschutz, um das Leben meines Mannes zu retten.

Wir suchten das Krebszentrum der University of Michigan auf und das Anderson-Zentrum für Krebstherapie in Houston, bewaffnet mit Stapeln von Statistiken, wissenschaftlichen Berichten und Hintergrundinformationen zu Matts Familie. Die Ärzte beider Kliniken, mit denen wir sprachen, waren langjährige Kollegen, die sich in allem, was Matts Fall betraf, einig waren – bis auf ein entscheidendes Detail. Es war uns bekannt, dass Chemotherapie und Bestrahlung bei Matts Krebserkrankung zu einer rascheren Ausbreitung führen konnte, aber einer der beiden Mediziner war überzeugt, dass der Nutzen größer wäre als die Risiken. Er sagte wörtlich, es sei ein „tödlicher Fehler", auf die Chemotherapie zu verzichten. Doch egal, wofür wir uns entscheiden würden, es konnte so oder so tödlich ausgehen. Die einzige sichere Komponente war Matts Vorgeschichte vonseiten seiner Familie.

In der Schule habe ich mich nie für das Fach Geschichte interessiert und bin leider bis ins Erwachsenenalter ziemlich ignorant geblieben. Bei einem Stegreif-Test über den amerikanischen Bürgerkrieg würde ich wahrscheinlich immer noch durchfallen, aber eines weiß ich ganz sicher: Wer sich nicht an die Vergangenheit erinnert, wiederholt ihre Fehler. In Matts Familie hatte *niemand* der am Leiomyosarkom Erkrankten auf die herkömmliche Chemotherapie angesprochen.

Hinter dem zungenbrecherischen Wort „Lei-o-mü-o-sarkom"

verbirgt sich eine seltene und aggressive Form von Krebs, die bereits Matts Vater und einige andere Familienmitglieder das Leben gekostet hatte. Alle waren jung gestorben, nach einem Chemotherapie-Cocktail, laut Schulmedizin „das Beste, was wir anzubieten haben".

Entgegen der Meinung mehrerer Spezialisten hielten wir daran fest, dass wir diesen Fehler der Vergangenheit nicht wiederholen wollten.

Mediziner stehen gewöhnlich unter dem Druck zu handeln, selbst wenn dadurch das Leiden nur verlängert wird und das Ergebnis im Endeffekt dasselbe ist. Matt dagegen hatte klare Vorstellungen davon, wie er mit seiner Krebserkrankung leben wollte, und das schloss eine Chemotherapie im üblichen Sinn aus.

Siebzehn Monate lang befanden wir uns in einer Phase des Beobachtens und Abwartens. Matt ging regelmäßig zur Untersuchung und zur Computertomografie, aber ansonsten hatte sich für uns äußerlich nichts drastisch geändert. Es ging ihm vorwiegend gut und wir führten ein größtenteils normales Leben. Ich wurde zur Expertin, was den Umgang mit Krebs im Alltag betraf, und versuchte, die perfekte Hausfrau, Mutter und Ehefrau zu sein.

Es funktionierte nicht. Matt verbrachte das erste Jahr nach seiner Diagnose damit, sich in seine eigene Welt zurückzuziehen. Ich spürte die Kluft zwischen uns, aber ich konnte nichts dagegen tun. Die Kinder und ich verkörperten für ihn eine schmerzhafte Realität, und er flüchtete sich mehr und mehr in Arbeit, Essen und Trinken, um seinen Schmerz zu betäuben. Leider waren nie genug Oliven mit Blauschimmelkäse im Kühlschrank, um seinen inneren Hunger zu stillen.

Ich saß zusammengesunken auf einem Hocker an der Küchentheke und starrte auf die digitale Zeitanzeige des Mikrowellenherdes, die 16:14 Uhr zeigte. Im Haus war es ungewöhnlich still. Mein Kopf war schwer, mein heißer Tee längst kalt geworden. Vor mir lag mein Kalender, in dem ich eine Brautparty, ein Wohltätigkeitsessen und unseren Familienurlaub in Florida gestrichen hatte. Stattdessen trug ich Matts Termine ein: seine Lungenbiopsie sowie

Termine bei Spezialisten in zwei privaten Krebskliniken in Boston sowie einen Termin bei Dr. Nicholas Gonzalez in Manhattan, einem Arzt für ganzheitliche Medizin.

Plötzlich durchzuckte mich der Gedanke: *Wo sind die Kinder?* Normalerweise brauche ich mir diese Frage nicht zu stellen, denn sie machen sich laut genug bemerkbar. Dann fiel mir ein, dass Sam immer noch seinen Mittagsschlaf hielt. Doch ich brauchte einige Sekunden länger, bis mir klar wurde, dass ich längst im Kindergarten sein sollte, um Drew abzuholen. Ich war eine halbe Stunde zu spät! Panisch rannte ich ins Kinderzimmer und riss Sammy aus dem Schlaf. In Windeseile verfrachtete ich ihn in seinen Autositz, drückte ihm eine Schnabeltasse mit Saft in die Hand, die unten im Auto lag, und raste los.

Ich spürte, wie mein Leben mir mehr und mehr entglitt. Noch während ich bei der Erzieherin eine Entschuldigung stammelte, begann ich zu schluchzen. Es war, als ob in dem Moment für mich das zweite Flugzeug ins World Trade Center krachte. Und diesmal befand ich mich mit in dem Gebäude.

Dass ich beinahe vergessen hatte, meinen vierjährigen Sohn abzuholen, war das erste Anzeichen dafür, dass Matts Besuch in der Klinik Anfang der Woche nicht spurlos an mir vorübergegangen war. Der Arzt hatte eine zweite Krebsdiagnose gestellt. Nach einem Routine-CT musste sich Matt einer kleineren, ambulanten Bauchoperation unterziehen, bei der ein winziger Knoten entfernt wurde, den man ursprünglich für ein harmloses Lipom hielt, einen gutartigen Tumor aus Fettgewebszellen. Ich hatte ihn in die Klinik gefahren und saß, mit Buch und Handy bewaffnet, im Wartezimmer.

Es war die übliche Routine, bis der Onkologe mich plötzlich in ein kleines Büro neben dem Wartezimmer rief. Als ich meine Sachen zusammensuchte, zitterten meine Hände. In wenigen Minuten würde ich die schlechte Nachricht hören. Danach würde nichts mehr sein wie zuvor.

„Ist noch jemand bei Ihnen?“, fragte der Arzt.

„Niemand außer Matt.“

Er zögerte, als überlegte er, ob er es mir sagen sollte.

„Ich kann es verkraften", sagte ich mit fester Stimme. „Wir beschäftigen uns seit anderthalb Jahren mit dem Thema."

Der Chirurg beugte sich vor und betrachtete seine Hände, während er sprach, als wollte er unbewusst prüfen, wie ruhig sie waren. „Wir konnten das Lipom aus dem Unterbauch Ihres Mannes entfernen, aber dahinter verbarg sich ein weiterer Tumor. Die Pathologie hat bestätigt, dass es ein Leiomyosarkom ist. Das CT zeigt außerdem Stellen in Lunge und Leber, bei denen es sich ebenfalls um Sarkome handeln könnte. Wir brauchen eine Lungenbiopsie, um sicherzugehen."

Ich spürte, wie mein Herz wie wild zu hämmern begann. Es überraschte mich, dass mich die Neuigkeiten derart schockierten, doch es gelang mir, die Fassung zu bewahren. Der Arzt hatte nie „im Endstadium" gesagt, doch der Begriff lauerte zwischen den Zeilen wie ein Tumor, der sich feige versteckte.

Matts Biopsie zwei Wochen später bestätigte nur, was wir bereits wussten. Diesmal war ich nicht allein. Achtzehn Freunde und Familienmitglieder saßen mit mir im Wartezimmer. Als wir die offizielle Diagnose hörten, brach der ganze Raum in Tränen aus. Die erste inoffizielle Totenklage für Matthew Kell.

Als ich endlich zu ihm durfte, war er sehr erschöpft und griff nach meiner Hand.

„Es ist das, was wir vermutet haben, oder?"

Als mir die Tränen in die Augen schossen, wusste er Bescheid. Er zog mich an sich.

„Es wird alles gut", sagte er leise.

Wie gern hätte ich ihm das geglaubt. Aber ich konnte nicht verhindern, dass es mir den Boden unter den Füßen wegzog. Die Wolkenkratzer stürzten ein, und ich konnte nicht schnell genug weglaufen.

Unsere treue Gefolgschaft von Freunden und Verwandten verließ die Klinik, doch am nächsten Tag waren sie alle wieder da und scharten sich um Matt. Sie hatten das Bedürfnis, mit ihm zu sprechen und ihm nah zu sein. Ich weiß noch, wie ich immer wieder dachte, wie gesegnet wir waren, von solchen Menschen umgeben zu sein. Von Menschen, die keine Berührungsängste hatten und die in dieser schweren Zeit zu uns hielten. Viele Leute ziehen sich zurück, wenn sie mit Krankheit, Leid oder Tod konfrontiert werden. Nicht so unsere Freunde. Im Gegenteil, sie stellten ihr eigenes Leben hintenan, um uns beizustehen, und gaben damit Matt die Kraft, mit seiner Krankheit zu leben.

Eine Ordensschwester betrat das Krankenzimmer und fragte, ob sie für Matt beten dürfe. Einige von uns traten dazu. Wir fassten uns an den Händen, während sie für seine Heilung und um Gottes Kraft und Trost betete. Danach sagte Matt, dass er auch ein Gebet sprechen wollte. Ich las die Zustimmung in den Gesichtern der Umstehenden, konnte förmlich ihre Gedanken lesen: *So ist es gut, Matt. Du bist stark. Bete, dass du den Krebs besiegst. Du kannst es schaffen!* Wir neigten erneut die Köpfe, als Matt zu beten begann. Doch anstatt für sich selbst betete er für die Nonne und für ihren Dienst, und dass der Herr sie leiten und segnen möge. Nicht ein einziges Wort bezog sich auf ihn und seine Krankheit.

Dies war der Wendepunkt, der Moment, in dem sich Matts Blickwinkel änderte. Anstatt um sich selbst zu kreisen, nahm er seine Umwelt wieder wahr und richtete sein Augenmerk nach außen, auf seine Mitmenschen. Der Krebs konnte ihm nichts mehr anhaben. Sein Körper war schwach, aber sein Geist war stärker als je zuvor.

Mein Vater

Michael

In Chicago stehen die bescheidenen Bungalows und baufälligen Häuser aus rötlichen Sandsteinziegeln im Westen in krassem Gegensatz zum architektonischen Größenwahn der Skyline – eine für die Stadt typische Mischung aus Zynismus und Hoffnung. Wer in Chicago aufgewachsen ist, kennt auch die typischen Sprüche, die anscheinend von Generation zu Generation weitergegeben werden: „Vielleicht ist der nächste Bürgermeister weniger korrupt", „Vielleicht wird es diesen Winter nicht so kalt", „Vielleicht schaffen es die Cubs – die *Chicago Cubs*, eines der Baseball-Teams – dieses Jahr ins Finale der Profiliga". Ganz bestimmt. Aber zuerst muss ein Wunder geschehen.

Ich war zweifellos ein Spötter, aber ich stand wenigstens dazu. Das Chicago meiner Jugendzeit war eine Hochburg der Skeptiker, angesichts der vielen Heuchler oder Christen, die ihren Glauben nicht praktizierten. Fruchtbarer Boden für eine Generation, die sich dazu berufen sah, mit Traditionen zu brechen und althergebrachte Werte infrage zu stellen. Ich wurde 1962 geboren – ein ziemlich bewegtes Jahr: John Glenn im Weltraum, die Kubakrise und Staatsbankette beim jungen, charismatischen Präsidenten Kennedy im Weißen Haus. Im selben Jahr erschien die erste Single der Beatles und Oswald, der spätere Mörder des Präsidenten, war bloß ein Verrückter, der an der Straßenecke Flugblätter verteilte.

Ich wuchs in einem katholischen Elternhaus auf, habe jedoch, wie so viele, der Kirche vor langer Zeit den Rücken gekehrt. Meine Skepsis gegenüber allem, was nach Religion riecht, stammte aus meiner Zeit als Messdiener. Meine ganze Familie – mein Vater, meine Mutter, mein Onkel und mein ältester Bruder – hat eine katholisch geprägte Schulbildung, und alle sprachen offen über deren Vor- und Nachteile. Daher war ich gut informiert und hatte kein schlechtes Gewissen, als ich mich von der Kirche verabschiedete. Aber ich kann nicht genug betonen, dass ich niemals Gott infrage gestellt habe, sondern immer nur sein „Bodenpersonal".

Als Kind gab es für mich nur eine Autoritätsperson, vor der ich einen unerschütterlichen Respekt hatte: mein Vater, Richard Spehn, alias „der Boss" – ein selbst gewählter Titel, der zu ihm passte. Dad war nicht nur bei der Arbeit der Boss, sondern auch zu Hause. Er war die geborene Führungspersönlichkeit. Er strahlte eine natürliche Autorität aus, sodass jeder, der ihm begegnete, unweigerlich zu ihm aufsah. Meine beiden Brüder, meine Schwester und ich gehorchten ihm aufs Wort. „DB“ schrieb uns regelmäßig kleine Zettel mit Anweisungen wie: „Vergesst nicht, heute den Rasen zu mähen. DB.“ Der Boss.

Fast niemand nannte ihn Richard. Die meisten benutzten die Kurzform „Dick“. Später, als seine kleinen Enkel „Grandpa Dick“ noch nicht deutlich aussprechen konnten, wurde daraus „Gocka Hock“. So entstand sein Kosename „Hoke“.

Er liebte Kinder und die Kinder liebten ihn. Obwohl er immer hohe Erwartungen an sie stellte – seid höflich, benehmt euch, sammelt euren Müll auf –, hatte er bei den Kindern einen Stein im Brett. Mit ihm war es nie langweilig, denn er spielte gern und liebte es, neue Spiele zu erfinden. Wenn wir im Restaurant auf das Essen warteten, dauerte es nicht lange, und wir waren in ein Spiel mit Salzstreuern und Zuckerpäckchen vertieft.

Das Schlimmste für uns Kinder war, ihn zu enttäuschen. Nicht nur, weil er unser Vater war und wir auf sein Lob warteten wie jedes Kind, sondern weil wir wussten, dass er hohe Maßstäbe setzte. Wenn er uns lobte, dann wussten wir, dass wir es wirklich verdient hatten. Er hatte die Rolle als Lehrer, Beschützer und Ernährer, aber auch als Vermittler von Werten. Wenn Dad „Gut gemacht“ sagte, dann wussten wir, dass es wirklich eine Spitzenleistung war.

Als junge Erwachsene, die mehr und mehr ihre eigenen Entscheidungen trafen, geriet sein eigenes Rollenbild ins Wanken, und das verwirrte ihn. Der alte Löwe brüllte noch, aber die jungen Löwen sahen ihn mit anderen Augen. Damit konnte er schlecht umgehen. Ich glaube, am meisten Angst machte ihm der Gedanke, dass er eines Tages überflüssig sein würde. Mit Konflikten konnte er leben, aber nicht mit Gleichgültigkeit. Es war ihm egal, wenn man ihn für einen Blödmann hielt. Viel schlimmer war, wenn man ihn links liegen ließ – für „den Boss“ unakzeptabel.

Als ich zehn wurde, starb plötzlich mein Onkel Jack. Er war der Bruder meines Vaters und sein bester Freund. Dad machte es sich zur Aufgabe, sich um Jacks Familie zu kümmern. Meine Tante Peggy war jetzt allein mit ihren sechs Kindern, die eine Vaterfigur brauchten. Meine Geschwister und ich wünschten bloß, es müsste nicht unbedingt unser Vater sein.

Pflichtbewusstsein war ein wichtiger Begriff für meinen Dad, und Verantwortung kam bei ihm an erster Stelle.

„Es geht um die Ehre“, pflegte er zu sagen.

Egal, was „es“ war, es drehte sich immer um die Ehre. Dick Spehn lebte nach dem Motto der Marines, „semper fi – immer treu“. In seiner Jugend war er bei der Armee gewesen (wenn auch nicht beim Marine Corps) und war stolz darauf. Während des Koreakrieges war er in Cincinnati stationiert gewesen. Wenn das Gespräch darauf kam, dass er nie das Land verlassen und an der Front gekämpft hatte, konterte er immer mit demselben Witz: „Dank uns ist die Stadt Cincinnati nie in feindliche Hände gefallen.“

Wenn er freihatte, fuhr er fast jedes Wochenende zu Tante Peggy und unseren Cousins und Cousinen nach Barrington, einem adretten, von kleinen Seen umgebenen Vorort im Nordwesten Chicagos. Er machte sich in Haus und Garten nützlich, half Peggy bei ihrem Papierkram und kümmerte sich darum, dass sie das Geld aus der Lebensversicherung gut anlegte. Schon bald entstanden bei uns zu Hause Spannungen durch seine häufige Abwesenheit, und meine Eltern stritten sich regelmäßig und hackten aufeinander herum.

Mit meinen zehn Jahren fragte ich nicht groß nach den Hintergründen; doch ich wollte meinen Vater nicht verlieren. Wenn ich bei ihm sein und Zeit mit ihm verbringen wollte, musste ich wohl oder übel mit nach Barrington fahren. Bald schon wurden unsere gemeinsamen Fahrten zu einem festen Ritual, und ich freute mich auf unsere Besuche bei Tante Peggys Familie.

Bei unseren langen Autofahrten hatten wir viel Zeit, über alles Mögliche reden. Er erzählte mir von Tony Bennett und Luciano Pavarotti, ich schwärmte von den Eagles. Er brachte mir bei, wie man ein Verkaufsgespräch führt und was man sagt, wenn man von der Polizei angehalten wird. Wie man eine gute Geschichte erzählt oder ein Mädchen fragt, ob sie mit einem ausgehen will. Ich überzeugte ihn, dass wir unbedingt ein bestimmtes neues Spiel kaufen sollten. Doch bei diesen Autofahrten lernte ich auch etwas anderes: dass die Dinge manchmal nicht so sind, wie sie scheinen.

An einem Samstagmorgen nordwestlich von Chicago ließ mein Vater seine erste Bombe platzen. „Du weißt ja, dass deine Mutter und ich uns eines Tages trennen werden, oder?“

Mir verschlug es den Atem. Ich spürte förmlich, wie die Luft aus meinen Lungen wich. Ich fühlte mich wie in einem Flugzeug in 10.000 Meter Höhe, in dem jemand gerade die Kabinentür geöffnet hatte.

Ich weiß nicht, ob er sich fragte, wie ich über eine Trennung dachte, und meine Reaktion testen wollte, aber ich empfand seine unvermittelte Frage als hinterhältigen Überfall.

Natürlich wusste ich, dass meine Eltern sich häufig stritten. Oft genug war ich unfreiwillig Zeuge ihrer Auseinandersetzungen gewesen, abends am Küchentisch. Er war müde, sie fühlte sich nicht beachtet und gewürdigt, und das Leben war anders verlaufen, als sie es erhofft und erträumt hatten. Das hatte ich verstanden, selbst im Alter von zehn Jahren. Mit der Zeit waren die Streitigkeiten nicht mehr die Ausnahme, sondern die normale Umgangsform. Es schockierte mich nicht mehr, es war ihr Alltag. Und meiner.

Immerhin wurden sie nicht gewalttätig. Sie lieferten sich keine Faustkämpfe und warfen nicht mit Geschirr oder Messern. Stattdessen schossen sie erbarmungslos ihre verbalen Pfeile ab. Besonders verletzend war ihr Ton. Verachtung und Sarkasmus zogen bei uns ein, wie zwei neue Geschwister. Ich hatte mich so an die Spannungen zwischen meinen Eltern und den ständigen Krach gewöhnt, dass ich ihre Stimmen nur noch als Hintergrundgeräusch wahrnahm. Wie ein fernes Flugzeug, das über unser Haus flog. In Wirklichkeit war es ein Kampfflugzeug mit einer Bombe an Bord. *Meine* Eltern würden sich trennen? Die Nachricht hatte die Wucht einer Atombombe.

Im Auto warf ich einen Seitenblick auf meinen Vater und sagte halbherzig: „Ja, ich weiß.“ Dabei hätte ich am liebsten geschrien: „Das könnt ihr nicht machen! Und selbst wenn – ich will es nicht wissen! Behalte es gefälligst für dich, bis es so weit ist! Ich bin zehn

Jahre alt, ich will Fahrrad fahren, mit meinen Freunden spielen und so tun, als ob ich eine ganz normale Familie hätte."

Das alles sagte ich natürlich nicht, und ich hasste mich dafür. Ich wandte den Kopf zur Seite und starrte aus dem Fenster. In der Ferne sah ich den Atompilz, der einen Teil meiner Kindheit verschluckte.

Etwas wie Sieg

Gina

Ich lernte Matthew Christopher Kell im zweiten Jahr an der University of Michigan kennen, wo wir beide im Redaktionsteam der Studentenzeitung mitarbeiteten. Matt war eine geborene Führungspersönlichkeit und dazu ein brillanter Denker. Ich war beeindruckt von seinem Verkaufstalent und seinem unermüdlichen Arbeitseifer. Im Grunde waren wir zwei sehr verschiedene Persönlichkeiten. Er hatte ein außerordentlich selbstsicheres, manchmal arrogant wirkendes Auftreten, ich dagegen war ein eher unsicherer Mensch, aber temperamentvoll und streitlustig. Wenn wir einander nicht ignorierten, lieferten wir uns Wortgefechte – zwei Jahre lang. Dann, im letzten Studienjahr – wir waren wohl inzwischen etwas reifer und deutlich bescheidener geworden – lernten wir uns näher kennen und schätzen. Als wir bald darauf Matts Ernennung zum „Werberedakteur des Jahres" feierten, waren wir fest befreundet.

Weniger als ein Jahr nach seinem Hochschulabschluss machte mir Matt einen Heiratsantrag in einem zehn Sekunden langen Werbespot im Fernsehen. Er arbeitete inzwischen bei einem Sender des Fernsehkonzerns CBS. Zur Musik von *Groovy Kind of Love* erschienen plötzlich die Worte: „Gina, willst du mich heiraten?" Matt und ich saßen gerade gemeinsam vor dem Fernseher. Die Überraschung war ihm gelungen, und nachdem sich mein erster Schreck gelegt hatte, sagte ich laut „Ja!" und wir umarmten und küssten uns.

Wir heirateten im Oktober.

Matt und ich waren in verschiedenen Bereichen in der Werbebranche tätig, von der Textredaktion bis zum Vertrieb bei Kabelnetzanbietern. Schließlich landeten wir bei konkurrierenden Fernsehsendern in Detroit und genossen sämtliche Vorteile und Vergünstigungen, die unsere Jobs mit sich brachten. Matt hatte alle Eigenschaften eines dynamischen, aufstrebenden Jungmanagers. Durch gute Leistung und seinen Geschäftssinn stieg er noch vor seinem vierunddreißigsten Geburtstag zum Vertriebsleiter des örtlichen Senders NBC auf, während ich nach der Geburt unseres ersten Kindes ausschied und zu Hause blieb.

Matts engste Freunde waren ebenfalls in der Werbebranche beschäftigt, und gemeinsam genossen sie das Privileg, Kunden in Hotelsuiten oder bei Sportveranstaltungen zu besuchen.

Zu Matts vielen Qualitäten gehörte auch die Selbstverständlichkeit, mit der er langjährige Freundschaften pflegte. Sein engster Freundeskreis bestand aus fünf Männern, die sich – wie bei allen Männerfreundschaften – über Sport, Politik und ihre Arbeit unterhielten. Doch das Klischee der Oberflächlichkeit traf auf Matts „Brüderbund" nicht zu, denn ihre Freundschaft basierte auf Ehrlichkeit, Verständnis und einer tiefen Verbundenheit durch gemeinsame Werte und ihren Glauben an Gott.

Matt, Mike, Marty, Red, Doc und Jeff waren gestandene Persönlichkeiten mit ihren eigenen Stärken und Schwächen. Doch sie waren bereit, einander zu vergeben und Nähe und Kritik zuzulassen. Sie arbeiteten zusammen und verbrachten ihre Freizeit gemeinsam. Sie nahmen einander an, so wie sie waren, und halfen einander, sich weiterzuentwickeln.

Matt und Mike bildeten den harten Kern der Gruppe. Sie waren schon seit der Schulzeit befreundet, als sie gemeinsam die St. John Lutheran School in Rochester, Michigan, besucht hatten. Die beiden waren ein ungleiches Gespann gewesen. Mike Schomaker war ein kleiner, schmächtiger Junge, doch er schaffte es, seine Klassenkameraden körperlich und mit Worten um Längen zu schlagen. Das Lernen fiel ihm nicht zu und er musste sich anstrengen, um gute Noten zu schreiben. Matt dagegen war groß und schlaksig, ein selbstbewusster Junge mit breitem Lächeln und riesiger Brille. Er hatte italienische, syrische und deutsche Vorfahren, dunkles Haar und olivfarbene Haut und eine laute, impulsive Art. Er war ein Musterschüler, der eine Eins nach der anderen schrieb, ohne dass er dafür viel tun musste.

Matt und Mike gingen zehn Jahre zusammen zur Schule. Sie waren im selben Sportverein, schlugen eine ähnliche Berufslaufbahn ein und heirateten Frauen, die beste Freundinnen wurden. Mikes Frau Colleen wurde meine Vertraute, meine Schwester. Manchmal zogen wir unsere Männer damit auf, dass sie sich wie ein altes Ehepaar benahmen. Matt reagierte gereizt, wenn Mike dumme Fragen stellte, wie: „Wie stelle ich bei einem Word-Dokument die Seitenränder ein?“ Und Mike ärgerte sich jedes Mal über Matts Faulheit – die Art, wie Eltern normalerweise auf Teenager reagieren. Matt wäre lieber erfroren, als sich die Mühe zu machen, noch mal ins Haus zu gehen und sich eine Jacke zu holen. Doch beide akzeptierten ihre Eigenarten und nichts hätte ihre Freundschaft erschüttern können.

In ihrer Studienzeit starb ein gemeinsamer Freund – ein einschneidendes Ereignis, das sie noch mehr zusammenschweißte und durch das ihr Glaube zum ersten Mal auf eine harte Probe gestellt wurde. Die Frage nach dem Warum und nach dem tieferen Sinn brachte ihr kirchlich überliefertes Glaubensgerüst gehörig ins Wanken. Doch die Trauer über den Verlust des Freundes setzte auch einen Prozess in Gang, durch den beide zu einem reiferen Glauben fanden und bereit wurden, Gott bedingungslos zu vertrauen.

Diese Erfahrung war die Vorbereitung und Überlebensgrundlage für die Schicksalsschläge, die folgen sollten: Matt und Mike verloren jeweils beide ihren Vater im Abstand von wenigen Monaten. Mikes zweites Kind, der kleine Tommy, wurde mit einem schweren Herzfehler geboren. Dann kam Matts Krebserkrankung. In all diesen Situationen waren sich die beiden Freunde gegenseitig eine Stütze und stärkten sich im Glauben.

Der „Brüderbund" war in der schweren Zeit seiner Krankheit für Matt eine tägliche Quelle der Kraft und der Hoffnung. Jeder einzelne Freund unterstützte ihn auf seine eigene Weise. In den Wochen nach Matts Lungenbiopsie waren unsere Freunde unser Halt und Trost. Durch sie konnten wir so einigermaßen unser normales Leben weiterführen, trotz des Schreckgespenstes namens Sarkom.

Das Tauwetter hatte eingesetzt und an den Bäumen zeigten sich die ersten Knospen. Es war einer der ersten Frühlingstage in Michigan, und das Thermometer kletterte unerwartet auf über zwanzig Grad. Matt und ich hatten Termine bei mehreren Krebszentren an der Ostküste, und unsere Freunde besuchten uns am Abend vor der Abreise, um uns zu verabschieden. Als es Zeit wurde, die Kinder ins Bett zu bringen, trug ich Sam nach oben, um ihm den Schlafanzug anzuziehen. Als Dreijähriger besaß er eine verblüffende Gabe, die Schwachstellen meiner pädagogischen Bemühungen zu finden. Die Experten nennen es „oppositionelles Trotzverhalten". Ich nenne es das „Mein-Papa-hat-Krebs-Syndrom". Sammy lebte im Schatten dieser heimtückischen Krankheit, seit er zwanzig Monate alt war. Egal, wie viel Mühe man sich gibt, seine Kinder zu schützen, oder ob man sich einredet, sie würden die Tragweite der Situation noch nicht verstehen – es ist unmöglich, sie vollständig von der Tragödie abzuschirmen, die sich vor ihren Augen abspielt. Ich hatte gehofft, der Krebs würde die Kinder verschonen. Aber der Alltag mit einem krebskranken Vater prägte ihr junges Leben. Der Krebs hatte sich lautlos in unser Haus geschlichen und streckte seine Finger nach uns allen aus.

„Ich will meinen Schlafanzug nicht anziehen, Mami."

„Komm schon, Sammy. Buzz Lightyear freut sich", redete ich ihm zu und zeigte ihm den Aufdruck mit seiner Lieblings-Heldenfigur.

Sam verschränkte trotzig die Arme. „Kein Schlafanzug."

Ich zog alle Register. „Dann lass uns zuerst eine schöne Geschichte lesen."

„Nein, nein, nein!"

Irgendwann eskalierte die Situation. Ich ärgerte mich, denn es war nicht das erste Mal, dass ich mich auf einen Machtkampf mit meinem Dreijährigen einließ, doch an jenem Abend war es besonders schlimm. Das Fenster stand offen, und Sam schrie und tobte, dass es alle Nachbarn hören mussten. Und alle, die unten im Wohnzimmer saßen, sowieso. Ich fühlte mich wie eine dieser hilflosen Mütter in *Die Supernanny*. Nach einer Weile kam Matt mir zu Hilfe.

„Was ist hier eigentlich los?“, fragte er streng.

Sam verstummte augenblicklich und sah seinen Vater erschrocken an. Verlegen trat ich zur Seite und überließ Matt das Feld. Ich war wütend und beschämt zugleich – ein schrecklicher emotionaler Cocktail. Als ich Matt und seinen Sohn beobachtete, wusste ich: Ohne Matt schaffe ich das nicht. Mein Mann war schwer krank, und schon bald würde ich eine schwache, angeschlagene Witwe und alleinerziehende Mutter sein, die unter der Last zusammenbrach.

Später, nachdem Sammy in seinem Buzz-Lightyear-Schlafanzug fröhlich die Treppe hinunterhüpfte und den Gästen Gute Nacht sagte, brach ich in Tränen aus. Matt und ich saßen im Kinderzimmer auf dem Boden, und ich vergrub meinen Kopf an seiner Brust.

„Was soll ich bloß ohne dich machen?“, schluchzte ich. „Bitte, lass mich nicht allein.“

Ich weiß nicht, was ich noch alles sagte, aber plötzlich brach alles aus mir heraus, Angst, Kummer und Schmerz – ohne Rücksicht darauf, dass ich Matt dafür verantwortlich machte, obwohl er der Hauptleidtragende war. Es war ungerecht und egoistisch von mir. Doch Matt nahm mich einfach in die Arme, küsste mich auf den Scheitel und ließ mich weinen.

Als ich mich einigermaßen beruhigt hatte, hob er mein Kinn und sah mir in die Augen. Dann sagte er etwas, das ich nie vergessen werde. „Gini“, sagte er, „am Ende wird alles gut, so oder so.“

Ich verstand ihn nicht und sah ihn verwirrt an. Wie konnte er so etwas sagen?

„Hör mir gut zu“, fuhr er fort.

Ich holte tief Luft.

„Entweder ich werde vom Krebs geheilt – dann ist alles gut, und wir ziehen gemeinsam unsere Kinder groß und werden zusammen alt. Oder ich werde nicht geheilt – aber auch wenn ich sterbe, ist am Ende alles gut."

Seine Stimme klang beherrscht, und in ihr lagen eine große Dankbarkeit und eine verdeckte Freude, die seltsam tröstlich war.

„Egal, wie viel Zeit uns noch bleibt", fuhr er fort, „ich weiß, dass wir uns im Himmel wiedersehen. Verglichen mit der Ewigkeit leben wir nur eine kurze Weile hier auf der Erde. Und am Schluss sind wir alle wieder vereint."

Einen Moment lang schaute ich ihn sprachlos an. Das war kein frommes Gerede, sondern er glaubte wirklich, was er sagte. In seiner Extremsituation war kein Platz für Floskeln oder ein lauwarmes Vielleicht, sondern er musste Gott und seine Zusage beim Wort nehmen. Indem er das tat, verwies er den Tod in seine Schranken. Gott konnte, wenn er wollte, den Krebs besiegen. Den Tod hatte er schon lange besiegt.

Ich dagegen hatte den Tod bisher nie als Gewinn betrachtet, außer im Zusammenhang von Ostern. Irgendwie war es paradox: Der Tod hatte für Matt seinen Schrecken verloren, trotzdem wünschte er sich nichts sehnlicher, als bei uns zu bleiben. „Seid dankbar in allen Dingen"? Mein todkranker Mann zeigte mir, wie das möglich war.

Matt sprach weiter. „Ich weiß nicht, was auf uns zukommt. Aber wenn Gott mich zu sich holt, möchte ich, dass du an meiner Seite bist. Dass du mit mir zusammen zum Ufer gehst, bis ich hinübergerufen werde. Ich will dich nicht verlassen. Doch ich vertraue Gott und weiß, dass er sich um dich und die Kinder kümmern wird. Du gehörst ihm, nicht mir."

Seine Worte machten es mir leichter und schwerer zugleich. Dass er das so ausdrücken und glauben konnte, war ein großes Geschenk. Es war reine Gnade. Ich dagegen wollte immer noch kämpfen, schreien und widersprechen, aber es gab nichts mehr zu sagen. Alles Wichtige war gesagt. Wir konnten nichts tun, außer mit Matts Krankheit zu leben, ohne Angst, sondern in der Hoffnung auf das Leben in der Ewigkeit. Der Gedanke war immer noch schmerzlich, aber Matts Zuversicht gab mir Kraft.

„Ich verspreche es dir", sagte ich unter Tränen. „Ich bleibe bei dir bis zum Schluss."

Wir versprachen einander, nichts zu überstürzen, sondern alle Entscheidungen mit Gottes Hilfe zu treffen und sie hinterher nicht zu bereuen. Wir nahmen uns vor, den Kindern gegenüber ehrlich zu sein, aber nur in dem Maße, wie sie es verkraften konnten. Wir versprachen, uns gegenseitig eine Stütze zu sein, und wenn wir keine Kraft mehr hatten, unsere Freunde und Verwandten um Hilfe zu bitten.

Bei den Vorbereitungen für unsere bevorstehende Reise an die Ostküste informierte sich Matt täglich mehrere Stunden im Internet über die neuesten Ergebnisse der Krebsforschung und -therapie. Seine Ergebnisse sammelte er in einem Verzeichnis namens „Kells-Krebstour". Während unserer Odyssee durch die Kliniken machten wir überall ähnliche Erfahrungen. Die Ärzte begannen, alle gleich zu klingen. Auch die trostlose Atmosphäre der Krankenhäuser mit ihren tristen Farbkombinationen beige-braun oder blassgrün-grau wiederholte sich in allen Einrichtungen.

Matts Mutter und Schwester begleiteten uns auf unserer Tour durch die Kliniken. Manchmal, in den zermürbenden Stunden des Wartens auf den nächsten Arzt, der uns wahrscheinlich mit den gleichen altbekannten Tatsachen abspeisen würde wie seine Vorgänger, waren wir mit den Nerven so am Ende, dass wir uns nur noch mit Humor über Wasser halten konnten.

Eines Tages saßen wir wieder im Vorzimmer irgendeines Spezialisten, der uns bestimmt auch nichts Neues erzählen würde. Matt trug seinen „Krebs ist ätzend"-Anstecker aus der Uniklinik in Ann Arbor und starrte auf das Schriftband „Willkommen im Sloan-Kettering Krebszentrum" auf der Info-Leiste. Plötzlich fing er an, mit dem Fuß einen Takt auf den Boden zu klopfen, mit den Fingern zu schnipsen und in seiner besten Broadway-Stimme zu singen: „Willkommen im Sloan Kettering." Schnipp, schnipp. „Hier sterben Sie nicht an Krebs" – schnipp, schnipp –, „sondern schon im Wartezimmer." Wir brachen in hysterisches Gelächter aus. Matt kam so richtig in Fahrt und dichtete noch weitere makabre Strophen. Wir lachten wohl etwas zu laut für eine Krebsklinik. Als der Arzt und ein Krankenpfleger hereinkamen, nahmen sie unseren Heiterkeitsausbruch verwirrt zur Kenntnis. So etwas hatte der Mediziner, der seit siebzehn Jahren Krebspatienten behandelte, noch nie erlebt. Aber unser Lachen war ansteckend, und bevor er die Krankenakte aufschlug und mit seinem Vortrag begann, stimmten er und sein Assistent mit ein.

Nach dem Sloan-Kettering-Krankenhaus stand als Nächstes ein Besuch bei Dr. Nicholas Gonzalez in Manhattan auf dem Programm. Sein alternativer Therapieansatz und seine frische Perspektive erfüllten uns mit neuem Mut. Er versprach keine Wunder, es gab keine Heilungsgarantie und keine „tödlichen Fehler". Die Gonzalez-Methode baut darauf, den Körper aktiv zu stärken, anstatt ihn passiv zu schädigen. Matt wurde von neuer Energie und Motivation erfüllt und nahm sich vor, mithilfe der Anti-Krebs-Diät gesünder zu leben. Trotz aller Opfer, die er dafür brachte, beklagte er sich nie. Anstatt der Krankheit, die ihn auszehrte, hilflos ausgeliefert zu sein, fühlte er sich gestärkt und konnte aktiv etwas für seine Gesundheit tun. Die Therapie schenkte ihm einen neuen Blickwinkel und die Kraft, seine Einsichten und Erkenntnisse über das Leben und den Glauben an andere weiterzugeben.

Tagebucheintrag vom April. Von Matt Kell.
Durch das Leben mit einer tödlichen Krankheit haben sich meine Prioritäten verschoben. Vieles, was mir früher sehr viel bedeutet hat, ist mir nicht mehr wichtig. Ich schalte die Sportschau aus. Ich lege die Autozeitschrift kopfschüttelnd beiseite. Ich kaufe keine neuen Autos mehr (habe sowieso kein Geld mehr). Ich musste neulich an das College-Baseballteam denken und weiß nicht, ob ich die neue Spielsaison überhaupt erleben werde. Das Tragische ist, dass es mir erst angesichts meiner ungewissen Zukunft gelang, mich von den vergänglichen, lächerlichen Fesseln materieller Werte zu lösen und zu erkennen, was im Leben wirklich zählt. Gestern Abend wurde mir klar, dass ich mich auch von Menschen und emotionalen Bindungen lösen muss, zum Beispiel an meine Kinder. Ich muss darauf vertrauen, dass der Schöp-

fer des Universums in der Lage ist, Andrew und Samuel auch ohne meine Hilfe zu erziehen. Allein sein Wille zählt, nicht meiner. Es sind seine Kinder, nicht meine.

Nun, am Ende meines Lebens, befinde ich mich in der schwierigsten Phase der Prüfung. Wer wird bis zuletzt bei mir bleiben? Was kommt danach? Glaube ich wirklich an Gottes Verheißungen? Werde ich in der Lage sein, auf dem Leidensweg, der vor mir liegt, so etwas wie Frieden und Freude zu empfinden? Gelingt es mir, angesichts der irdischen Vergänglichkeit den Blick für das ewige Leben nicht zu verlieren? Doch Gott meint es gut mit mir. Und wenn ich mit meinen 34 Jahren als Vater von zwei kleinen Kindern und Mann einer strahlenden jungen Frau durch meine Krankheit ein Zeugnis meines Glaubens sein kann, dann soll mir Seine Gnade genügen.

Der Boss

Michael

Mein Vater war ein typischer „Macher“, im Sinne der Nike-Werbung *just do it*, „tu es einfach, pack es an“, ein Ausdruck, den wir oft in unserem Haus hörten. Für Dick Spehn gab es Zeiten im Leben, in denen nichts anderes zählte und man ohne zu zögern tat, was getan werden musste.

Diese Lektion war in mancher Hinsicht eine gute Vorbereitung für meine Ehe. Als frisch getrautes Paar wohnten Cathy und ich in einem Loft-Apartment in einem Haus aus den Zwanzigerjahren. Historisches Backsteinmauerwerk und eine 180-Grad-Sicht auf die Skyline von Chicago machten den fehlenden Aufzug in den dritten Stock mehr als wett. Das beliebte Stadtviertel wirbt mit dem Slogan *It's cooler near the lake*, mit seiner Nähe zum Lincoln Park und zum See, wobei mit „cool“ nicht nur die kühlere Temperatur gemeint ist. Die Leute, die dort wohnen, kennen den Unterschied zwischen einem Cappuccino und einem Latte Macchiato, und die Kinder können den Windchill-Faktor berechnen, bevor sie multiplizieren und dividieren lernen.

Eines Tages, während einer besonders langen Kälteperiode, in der das Thermometer seit drei Wochen nicht über minus 15 Grad Celsius geklettert war, kam Cathy von der Arbeit heim, stieg die Treppe hoch und verkündete: „Wir ziehen nach Kalifornien!" Als Frischvermählter dachte ich noch, sie machte einen Scherz. Oder sie wäre einfach durchgefroren und müde nach einem harten Arbeitstag. Aber es war ihr ernst. Ich hätte es an ihrem Tonfall merken sollen.

Es gibt einen bestimmten Ton, den alle verheirateten Frauen an sich haben. Verheiratete Männer wissen, wovon ich spreche. Ein Tonfall, den Mütter seit Generationen an ihre Töchter weitergeben oder den sie ihnen spätestens am Hochzeitstag beibringen. Ich spreche aus Erfahrung, denn diese Stimmlage hatte ich bei Cathy vor unserer Heirat nie gehört, doch sie sollte mir bald vertraut werden. Cathy sprach selten in diesem Ton, doch wenn sie es tat, gab es keine Widerrede. Dann wusste ich, was ich zu tun hatte. Und ich tat es.

Sechs Wochen später packten wir unsere Siebensachen und zogen nach Kalifornien. Mein Vater war vor Jahren schon nach Kalifornien übergesiedelt und freute sich, seine zukünftigen Enkel in der Nähe zu wissen. Mein ältester Bruder, Rick, hatte drei Söhne, die mein Vater über alles liebte. Aber sie lebten in Chicago und sahen sich nur ein- bis zweimal im Jahr. Umso mehr begrüßte er unseren Umzug an die Westküste.

Cathy und ich fanden ein Haus in Orange County, einem Bezirk in Südkalifornien mit hohem Pro-Kopf-Einkommen, wunderschöner Landschaft, Stränden und Freizeitparks, Kunst und Kultur. Wer bei Sonnenuntergang von Laguna Beach die Küstenstraße hinunterfährt, kann nur staunen über Gottes Schöpfung.

Cathy und ich liebten unser Leben in Kalifornien, doch trotz aller Annehmlichkeiten wussten wir, dass wir unsere Wurzeln im Mittleren Westen hatten und wahrscheinlich eines Tages dorthin zurückkehren würden.

Während unserer Zeit in Orange County führte ich zusammen mit meinem Vater ein Franchise-Beratungsunternehmen. Unser Hauptklient war ein Franchisegeber mit Standort in Michigan, der eine landesweite Kinderbekleidungskette betrieb. Wir waren für die Dienstleistungen für die Ladengeschäfte an der Ostküste verantwortlich. Dies umfasste die Vermittlung der Franchise, Fortbildungen, Standortfindung, Vertragsabwicklungen und vieles mehr. Das Geschäft lief in den 1990er-Jahren ganz gut, und die Zusammenarbeit mit meinem Vater war ziemlich harmonisch. Jetzt war er für mich wortwörtlich „der Boss".

Im Laufe der Zeit wurde Cathys Sehnsucht nach ihrer Heimat jedoch immer größer, vor allem, nachdem unsere drei Kinder geboren waren.

Charlotte, nach der Mutter meines Vaters genannt, war ein besonders süßes Baby und von der ersten Minute an eine kleine Persönlichkeit. Sie hat blondes Haar und helle Haut mit Sommersprossen auf der Nase, und ihre tiefblauen Augen blicken einem direkt ins Herz. Meine Mutter sagte immer, Charlotte hätte eine „alte Seele". Cathy tat es als Humbug ab, aber ich denke, sie meinte damit einfach, dass dieses kleine Mädchen in ihrem zarten Alter schon so verständig war.

Danach kam Jack. Wir hatten uns als zweites Kind einen Jungen gewünscht, und ich war außer mir vor Freude über das Ultraschallbild gewesen. Jack war ein Sonnenschein, und das nicht nur wegen seines blonden Flaumhaares. In der Schule gehörte er zu den Klassenbesten, aufgeschlossen und hilfsbereit zu jedermann, und „bitte" und „danke" kamen ihm leicht über die Lippen. Er war grundehrlich und nahm alles wortwörtlich. Ich staunte immer wieder über sein ausgeglichenes Wesen und seine unbändige Lebensfreude.

Als Letzter kam Danny zu uns. Schon als Baby lächelte er so breit wie John Belushi und eroberte alle Herzen im Sturm. Danny lachte viel und gern, war immer für einen Spaß zu haben und wurde bald zum Familienclown. Er war der Quirligste von den dreien und liebte es, zu kuscheln und jeden Morgen gegen 5 Uhr zu mir und Cathy ins Bett zu krabbeln, wobei er sich an meinen Ohren festhielt.

Bei unserem zweiten Mädchen hatte Cathy im vierten Monat eine Fehlgeburt. Wir waren am Boden zerstört. Auf der Fahrt von der Klinik nach Hause stand auf einmal ein Regenbogen am Himmel, ein vollkommener Bogen, hell und leuchtend, der sich über das ganze Tal spannte wie eine tröstliche Botschaft des Himmel: Unser Kind war zu Hause bei Gott. Von da an dachten Cathy und ich jedes Mal, wenn wir einen Regenbogen sahen, an unser kleines Mädchen.

Cathy hatte eine Gabe, mit Kindern umzugehen, ein angeborenes Gespür für ihren natürlichen Rhythmus und dafür, wofür sie in dem Moment empfänglich waren. Kinder, vor allem unter zehn Jahren, haben ihr eigenes Tempo, folgen eigenen psychologischen Gesetzen. Wenn man diesen Rhythmus kennt und sich ihm anpasst, kann man fast alles erreichen. Dann kann man sie dazu bringen, ihr Gemüse zu essen, bitte und danke zu sagen und zur Schlafenszeit ohne Widerrede ins Bett zu gehen. Es ist wirklich so.

Dieser natürliche Rhythmus war Cathy heilig. Wenn Jack zu ihr kam und ihr etwas Wichtiges erzählen wollte, nahm sie sich Zeit für ihn. Der Abwasch konnte warten. Dann setzte sie sich auf den Boden, nahm ihn auf den Schoß und hörte ihm so aufmerksam zu, als sei jedes Wort von lebenswichtiger Bedeutung. Den Kindern eine Geschichte vorzulesen, kam bei ihr immer an erster Stelle vor den häuslichen Pflichten. Glückliches Kinderlachen war ihr wichtiger als eine blitzsaubere Küche.

Cathy saß häufig auf dem Fußboden. Als Erwachsene machen wir uns oft keine Vorstellung, wie wichtig der Boden für Kinder ist. Sie spielen oder lesen am liebsten auf dem Boden, sie raufen auf dem Boden, sie sitzen oder liegen auf dem Boden und schauen fern – sie *leben* praktisch auf dem Fußboden. Möbel sind für die Erwachsenen. Wenn Sie wissen wollen, wie gut jemand mit Kindern umgehen kann, beobachten Sie, wie oft er mit ihnen auf dem Boden sitzt.

Cathy selbst wuchs als einziges Kind von Larry und Jill Lutz auf. Die Eltern waren strenggläubige, pflichtbewusste deutsche Protestanten mit einem ausgeprägten Sinn für Sitte und Anstand. Beide hatten ihr Leben lang hart gearbeitet und Jahrzehnte in derselben

Branche verbracht. Cathys Leben verlief in geregelten Bahnen, ruhig und durchgeplant. Aber als sie älter wurde, träumte sie von einem großen Haus mit vielen Kindern, lautem Lachen und schrägen Liedern.

Da sie unbedingt wollte, dass wir mit den Kindern unsere Sommer am Mullett Lake verbrachten, einigten wir uns auf einen Kompromiss. Jedes Jahr Ende Juni flogen wir mit den Kindern und mit Sack und Pack nach Michigan. Ich gönnte mir eine Woche Urlaub mit meiner Familie in dem Haus am See, bevor ich nach Kalifornien zu meiner Arbeit zurückkehrte. Ende August kam ich wieder und blieb für ein langes Wochenende, schwamm und besuchte den Golfplatz, um ein paar Bälle im Teich bei Loch Nummer acht zu versenken. Dann flogen wir alle zusammen nach Hause.

Der September war der Monat, in dem für die Kinder die Schule wieder begann, für mich die Arbeitsroutine und für Cathy das lange Warten auf den nächsten Sommer am See.

Alles in allem führten wir ein erfülltes Leben in Kalifornien. Wir hatten unsere Kinder, unsere Familie, unser eigenes Unternehmen und viele Freunde. Obwohl ich mir vorstellen konnte, eines Tages zurück in den Mittleren Westen zu ziehen, wusste ich, dass dies ein größeres Unterfangen wäre, so, als würde man bei einem riesigen Schiff den Kurs ändern. Wir konnten nicht einfach unsere Koffer packen und gehen. Wir brauchten einen größeren Wendekreis und wahrscheinlich ein paar Jahre, um das Manöver zu Ende zu bringen.

Aber obwohl wir inzwischen seit über zehn Jahren in Kalifornien lebten, hielt Cathy eisern daran fest: Irgendwann würden wir in die alte Heimat zurückziehen. Hinzu kam, dass mein Vater beschloss, „kürzerzutreten“ und mir in der Firma mehr Verantwortung zu übertragen. Da ich ohnehin bereits viele der täglich anfallenden Arbeiten übernommen hatte, kam ich mit der neuen Regelung gut zurecht. In den 1990er-Jahren hielt die moderne Kommunikationstechnik in den Betrieben Einzug und dieser Bereich war mein Spezialgebiet. In der Unternehmenszeitschrift *Inc.* erschien ein Artikel über die Vorzüge des Intranets als Kommunikationsmittel, am

Beispiel unseres Franchiseunternehmens. Der Einzelhandel blühte, und wir profitierten von der guten Wirtschaftslage und der Kaufkraft der Leute. Produkte wie die „Beanie Babies" (mit Kunststoffgranulat gefüllte Kuscheltiere; d. Übers.) der Firma Ty wurden zu Sammelobjekten und gingen weg wie warme Semmeln.

Dann kam die Jahrtausendwende und mit ihr ein Wandel an den Finanzmärkten. Für uns änderten sich mehrere Dinge auf einmal: Mein Vater trat von seinem Posten in der Firma zurück und ging in den Ruhestand. Sein ganzes Leben lang hatte er hart gearbeitet und war nie von irgendetwas zurückgetreten. Die Untätigkeit fiel ihm schwer. So kam er fast täglich in die Firma, um „nach dem Rechten zu sehen". Ich dagegen fühlte mich durch seine Anwesenheit kontrolliert und bevormundet und so gerieten wir oft aneinander.

Zur selben Zeit platzte die Spekulationsblase an der Technologiebörse, und der Umsatz im Einzelhandel ging stark zurück. Es kam zu Entlassungen in vielen Produktionsbetrieben, und mit der Finanzkrise verloren auch die Immobilien an Wert. Produkte wie die „Beanie Babies", die wie erwähnt lange Zeit ein Verkaufsschlager gewesen waren, schienen plötzlich nicht mehr gefragt. Viele Einzelhandelsgeschäfte lebten davon, dass die Kunden für diese Produkte Schlange standen, und verkrafteten die Umsatzeinbrüche nicht. Nach dem Anschlag vom 11. September 2001 gingen die Umsätze landesweit noch mehr zurück. Auch in unserer Firma.

Dad sagte nur: „Alles lahme Entschuldigungen. Wir müssen bloß dranbleiben. Pack es an!"

Durch sein Unverständnis spitzte sich die Lage in unserer Firma mehr und mehr zu. Mein Vater erwartete von mir etwas, was ich aufgrund der Marktsituation einfach nicht leisten konnte. Er kritisierte meine firmeninternen Entscheidungen – manchmal auch zu Recht – und ich hatte ständig das Gefühl, mich rechtfertigen zu müssen. Da er nicht mehr täglich im Büro war, sondern nur sporadisch hereinschaute, hatte er den Überblick über gewisse Abläufe verloren, was die Sache nicht einfacher machte.

Manchmal ließ er sich wochenlang nicht blicken, dann tauchte er plötzlich auf und nahm mich ins Kreuzverhör, was jedes Mal in eine

Katastrophe mündete. Die übrigen Mitarbeiter gingen in Deckung, wenn er kam, und hielten sich heraus. Und ich fühlte mich wie ein kleiner Grundschüler, der dem Lehrer Rede und Antwort stehen musste. Gegen den „Boss“ kam ich nicht an.

Im Grunde wussten wir beide, dass es so nicht weitergehen konnte. Und dass sich dringend etwas ändern musste.

Durchs Tal

Gina

Matt war schon immer ein absoluter Sportfan. Vor allem Mannschaftssportarten faszinierten ihn – die Strategie, das Gemeinschaftsgefühl, die Stimmung im Stadion. Die Atmosphäre eines vollen Stadions elektrisierte ihn, ganz gleich, ob er selbst spielte oder zuschaute. Schon als Junge hatte er das Glück, bei einigen ganz großen Sportveranstaltungen dabei zu sein. Hautnah erlebte er 1984 den Sieg der Detroit Tigers an der Seite seines Vaters bei den World Series, dem Finale der US-amerikanischen Baseball-Profiligen. Sie saßen in der ersten Reihe, direkt hinter der Spielerbank. Er war bei den Olympischen Spielen, bei internationalen Golfturnieren, bei NCAA- und NBA-Basketball-Meisterschaften sowie unzähligen Spielen jeglicher Sportart von der Kindergartenmannschaft bis zur Profiliga. Egal, welche Mannschaft spielte – seine Freunde Mike, Marty, Red, Doc und Jeff waren immer mit von der Partie, und später auch unsere Söhne Drew und Sam.

Die Krönung war 2004 der Besuch des All-Star Major League Baseball-Spiels mit Drew. Die beiden flogen in einem Privatjet nach Houston, der einem von Matts besten Kunden gehörte. Selbst für einen alten Hasen im Sportgeschäft, der viel herumgekommen war, war das etwas Besonderes. Mit seinem Sohn an der Seite war es seine Version des amerikanischen Traums: Baseball, Hotdogs, Apple Pie und Privatjet.

Nach einer turbulenten zweitägigen Reise stürmten Matt und Drew aufgeregt zur Tür herein, Tickets um den Hals und voll bepackt mit Souvenirs.

„Sam!“, rief Drew. „Die American League hat neun zu vier gewonnen! Schau, was ich dir mitgebracht habe!“

Er drückte seinem Bruder ein All-Star-T-Shirt in die Hand und schüttete eine Tüte voll Souvenirs und Süßigkeiten auf dem Küchenboden aus. Seine Begeisterung war ansteckend, und auch der dreijährige Sam war sofort vom Baseball-Fieber infiziert. Stolz zog er sein T-Shirt an und feierte mit Bruder und Vater den Sieg ihrer Lieblingsmannschaft.

Drew war nicht zu bremsen. „Die Spieler kamen ganz dicht an unseren Plätzen vorbei. Dad hat Fotos gemacht. Derek Jeter, Pudge und Roger Clemens sind ganz nah an mir vorbeigelaufen! Und im Flugzeug durfte ich im Cockpit neben dem Piloten sitzen. Und ich habe einen ‚footlong‘-Hotdog ganz allein aufgegessen.“

Die Erlebnisse sprudelten nur so aus ihm heraus. Seine grünen Augen strahlten. „Mama, weißt du, wie oft Pudge Rodriguez in einem All-Star-Team gespielt hat?“

„Mhm, lass mich raten. Fünfzig Mal?“

„Nein, Mom! Elf Mal. Das ist viel!“

Matt ließ sich erschöpft aufs Sofa fallen, mit einem zufriedenen Gesichtsausdruck, den ich schon lange nicht mehr bei ihm gesehen hatte.

„Du hättest Drew sehen sollen“, sagte er. „Er kam aus dem Staunen nicht heraus. Nie werde ich sein glückliches Gesicht vergessen. Ich musste ihn immerzu anschauen. Vom Spiel habe ich nicht viel mitbekommen. Ich wünschte, du wärst dabei gewesen.“

Für die beiden war es nicht irgendein Baseballspiel gewesen, das sie im Laufe der Zeit vergessen würden. An dieses Spiel und an das gemeinsame Erlebnis würden sie sich immer erinnern.

Plötzlich wechselte Matt das Thema: „Weißt du schon, wann du mit Sam und Drew nach Lost Valley fährst? Schieb es nicht zu lange auf.“

Er wusste, dass es schon immer mein Traum gewesen war, mit

den Jungen zur Lost Valley Ranch in Colorado zu fahren. Dies war meine Version von Abenteuer statt Privatjet und Baseball-Meisterschaft.

„Lieber heute als morgen. Aber nur, wenn du mitkommst", erwiderte ich.

„Du weißt, dass ich mit Pferden nicht viel anfangen kann, außer sie stecken als Pferdestärken unter einer Motorhaube. Colorado ist euer Ding. Fahr du ruhig mit den Kindern."

Er wollte, dass ich mit den beiden eine ähnlich intensive Erfahrung machte wie er mit Drew in Houston, und gönnte mir unsere Reise von Herzen. Zuvor hatten wir darüber nachgedacht, stattdessen alle zusammen nach Disney World zu fahren, und ich war ein bisschen enttäuscht, dass ich meinen Großstädter nicht für eine Woche Ranchferien begeistern konnte. Doch er überließ seinen Platz großzügig meiner Mutter. Ich hatte unseren Urlaub auf der Ranch zwölf Monate im Voraus gebucht und hoffte insgeheim, Matt würde übers Jahr vielleicht seine Meinung ändern. Insgeheim fürchtete ich vielleicht auch, seine Krankheit würde uns einen Strich durch die Rechnung machen.

Die Monate vor unserem Ranchurlaub waren gespenstisch ruhig – es war die Ruhe vor dem Sturm. So als ob der Druck unseres Lebensbarometers einen Tiefpunkt erreicht hätte wie vor einem Unwetter. Mein Alltag mit klebrigen Küchenflächen, quengelnden Kindern und vollen Einkaufstüten war eine willkommene Ablenkung von der ständigen Gegenwart der Krankheit, die wie eine schwarze Gewitterwolke über uns hing.

Zur selben Zeit sah sich meine beste Freundin Colleen täglich mit den Ängsten konfrontiert, die das Leben mit einem schwer herzkranken Kind mit sich bringt. Ihr Sohn Tommy hatte schon vier Operationen am offenen Herzen hinter sich. Die fünfte sollte zwei Tage nach unserer Rückkehr von der Ranch stattfinden. Colleen und ich versuchten nicht, uns gegenseitig unsere Last abzunehmen. Aber wir wussten, dass wir beide täglich den Tod vor Augen hatten, und unsere Lebenssituation schweißte uns noch mehr zusammen. Es war ein stilles Verständnis, das keiner Erklärung bedurfte. Es war selbstverständlich, dass wir füreinander da waren, um miteinander zu reden, zu weinen, unserem Ärger Luft zu machen und uns gegenseitig zu unterstützen.

Doch die Klimmzüge, die ich unternahm, damit unser Leben so normal wie möglich weitergehen konnte, gingen nicht spurlos an mir vorüber. Der Stress suchte sich ein Ventil in meinen Rückenwirbeln, und ich litt unter ständigen Kreuzschmerzen. Ich war von früh bis spät auf den Beinen, um mein Pensum zu schaffen, und musste mich um Matt und die Kinder kümmern. Um mich und meine Schmerzen ernst zu nehmen, blieb keine Zeit. Mit Schmerzmitteln und meinem vollen Tagesplan konnte ich das Problem eine Weile verdrängen. Doch die Jahre in pausenlosem Einsatz und das ständige Auf und Ab der Gefühle forderten ihren Tribut.

Ich ging zum Chiropraktiker und besuchte Pilateskurse, in der Hoffnung, die Schmerzen damit in den Griff zu bekommen, doch als mir mein Ischiasnerv immer mehr zu schaffen machte und ich nicht mehr gerade stehen konnte, sah ich ein, dass ich eine längere Behandlung durch Physiotherapie in Kauf nehmen musste. Durch die Physiotherapie wurde es etwas besser, doch die Arbeitsbelastung zu Hause blieb.

Matt hielt sich strikt an die ganzheitliche Behandlungsmethode von Dr. Gonzalez, obwohl das eine drastische Änderung seiner Lebens- und Essensgewohnheiten bedeutete. Er verzichtete konsequent auf Zucker und Weißmehl und nahm täglich zig nahrungsergänzende Produkte zu sich. Er aß kein Brot mehr, keine Nudeln, keinen Nachtisch, keine Pizza und trank statt seiner geliebten Coca Cola nur noch Wasser, grünen Tee oder Apfel-, Karotten- und Rote-Beete-Saft aus unserer neuen, industrietauglichen Saftpresse. Zu keiner anderen Zeit in seinem Leben hätte Matt sich den strengen Regeln dieser ganzheitlichen Rosskur gebeugt. Aber dies war keine Modediät, die ihn zwang, auf alles zu verzichten, was gut schmeckte, sondern sein Kampf ums Überleben. Und er spürte die positiven Auswirkungen auf sein Allgemeinbefinden.

Sein müheloses Loslassen von etwas, das ihm lieb und teuer war, wechselte ab mit Momenten des verzweifelten Klammerns, vor allem an Gott, aber auch manchmal an irdische Dinge. Seine Arbeit war ihm wichtig, sie gab ihm Halt und half ihm, seine Würde und Identität zu behalten. An diesen Aspekt seines Lebens klammerte er sich mit aller Macht. Wenn er im Büro war, blühte er auf. Trotz starker Schmerzen, Behandlungszyklen und Nebenwirkungen und der Tatsache, dass ihm seine Anzüge nicht mehr passten, hielt er eisern an seinem Bild des erfolgreichen Geschäftsmannes fest. Doch sein zweiter Vollzeitjob – der Kampf gegen den Krebs – nahm ihn mehr und mehr in Beschlag.

Äußerlich schien er gesund, aber der Schein trog. Für jedes sichtbare Hoffnungszeichen mussten wir im Gegenzug genauso viele Rückschläge einstecken. Neue Tumore, Besuche in der Uniklinik von Ann Arbor und Tage, an denen er nicht zur Arbeit gehen konnte, begannen sich zu häufen und straften unseren Glauben und unser Vertrauen Lügen. Doch all das vollzog sich langsam und allmählich und gab uns Zeit, das Boot wieder aufzurichten, wenn es im schweren Wind krängte.

Zwei Tage vor unserem Ranchurlaub passierte es. Ich streckte mich, um einen Teller in den Schrank zu stellen, als mich ein stechender Schmerz vom Rücken bis in die Beine durchzuckte. Ich fiel auf die Knie. Nach sechs Monaten Physiotherapie konnte ich wieder bei null anfangen.

Zwei Tage lang bewegte ich mich so wenig wie möglich. Außer Kofferpacken rührte ich keinen Finger. Matt kümmerte sich um alles andere. Ich war frustriert, aber fest entschlossen, die Reise anzutreten. Ich würde die ganze Woche lang nicht im Sattel sitzen können, aber ich wollte die Kinder nicht enttäuschen. Sie hatten sich so auf die Ferien auf der Ranch gefreut, und sie hatten es verdient, als Lichtblick in ihrem vom Krebs geprägten Alltag.

Das Schlangestehen am Flughafen und die harten Sitze in unserem Shuttle-Bus machten die Schmerzen von Stunde zu Stunde schlimmer. Mein Kopf dröhnte vom Lärm des altersschwachen Motors und dem Gerumpel auf der Schotterstraße, die stellenweise so schmal war, dass nur ein Fahrzeug Platz hatte. Die letzten kurvenreichen fünfzehn Kilometer durch die Berge zeichneten sich durch fehlende Leitplanken aus. Drew und Sam waren völlig unbeeindruckt, als der Bus nah am Abgrund über den roten Schotter schlitterte, der dem Staat Colorado – vom Spanischen „rot, rot gefärbt, bunt“ – seinen Namen gab. Sie schauten aus dem Fenster, zeigten aufgeregt auf alles, was sie entdeckten, und stellten tausend Fragen. Sie konnten nicht wissen, dass ich vor Schmerzen beinahe ohnmächtig wurde.

Sieben Jahre lang war die Ankunft auf der Lost Valley Ranch für mich wie ein Nach-Hause-Kommen. Wenn der Bus das Viehgitter überquerte, tauchte ich ein in eine andere Welt. Ich sah den strahlend blauen Himmel, atmete die klare Bergluft, den Pinienduft und den vertrauten Geruch nach Pferden – und fühlte mich daheim. Auf der Ranch schien die Zeit stillzustehen, das Leben hatte seinen eigenen Rhythmus. Alles war ganz anders als zu Hause und trotzdem vertraut. Pferde grasten und dösten im Schatten der Bäume. Die Hollywoodschaukeln vor den Ferienhäusern knarrten leise im Wind, begleitet vom Plätschern eines eiskalten Bergbachs. Dahinter die Kulisse der majestätischen Berge. Ich liebte meine stille Zeit in der kleinen Kapelle, die sich an die Flanke eines Hügels schmiegte.

Doch dieses Mal war alles anders. Ich war hier, auf meiner geliebten Ranch, gemeinsam mit Drew und Sam, aber ich war von morgens bis abends vor Schmerzen wie benebelt. Vier Tage lang litt ich still vor mich hin und verbrachte die meiste Zeit in unserer Blockhütte. Die Kinder kamen und gingen und erzählten mir mit leuchtenden Augen von ihren Abenteuern. Ich dagegen konnte nicht essen und nicht schlafen, sondern wanderte ruhelos im Haus umher auf der Suche nach einer bequemen Stellung. Sogar das Atmen tat weh. Schmerzmittel und Medikamente zur Muskelentspannung hatten keine Wirkung mehr. Dafür schlugen sie mir auf den Magen. Monatelang hatte ich mich vehement dagegen gewehrt, ein Skalpell in die Nähe meiner Wirbelsäule zu lassen, doch jetzt musste ich der Realität ins Auge sehen, dass eine Rückenoperation unvermeidlich war. Ich ließ meine Mutter mit den Kindern zurück, damit sie die restliche Woche auf der Ranch genießen konnten, und wurde nach Denver ins Krankenhaus gebracht.

Am liebsten wäre ich nach Hause geflogen, aber nach der zweistündigen Autofahrt wurde mir klar, dass ich keinen längeren Transport durchgestanden hätte. Diese Zeit, die ich allein und mit Schmerzen in unserem Ferienquartier verbracht hatte, öffnete mir die Augen dafür, was Matt durchmachte. Ich konnte das Ausmaß seiner Einsamkeit nur erahnen, und auch wenn ich selbst nur einen Bruchteil davon verspürte, brachte mich diese Erfahrung näher zu Gott und machte mich empfänglich für Seinen Frieden. Ich war zwar nicht todkrank, doch ich war allein mit meinem Leiden. Vielleicht zum ersten Mal in meinem Leben war ich körperlich und seelisch am Ende. Diese Erkenntnis veränderte mich. Auf kurze Sicht hatte ich keine andere Wahl, als meinen Widerstand aufzugeben, und durfte erfahren, welch wunderbarer Segen das Loslassen birgt.

Ich lag in einem Krankenhausbett und befand mich nach einer höheren Dosis Schmerzmittel in einem rauschähnlichen Zustand, als plötzlich Matt durch die Tür kam, auf dem Kopf einen Cowboyhut.

„Was sehen meine Augen?“, lallte ich. „Hey, ein Cowboy!“

Matt lächelte. „Was machst du denn hier? Solltest du nicht beim Reiten oder beim Wandern sein?“

Ich konnte nicht verhindern, dass mir die Tränen in die Augen schossen. „Das würde ich gern“, sagte ich weinerlich. „Können wir nicht eine gute Ausrede erfinden?“

„Ich glaube, das brauchen wir nicht“, sagte Matt und umarmte mich.

„Wenigstens einen Vorteil hat das Ganze“, sagte ich. „Ich habe dich doch noch nach Colorado gelockt.“

„Ich hätte nicht gedacht, dass du so weit gehen würdest! Du hättest auch einfach fragen können“, scherzte er.

Die restliche Zeit im Krankenhaus fühlte ich mich wie in einem Traum. Wie ein Zuschauer stand ich hilflos neben mir und betrachtete mein eigenes Leben von außen. Ich wanderte durch mein eigenes „Lost Valley“, mein verlorenes Tal. Es war, als ob Matt und ich die Rollen getauscht hätten. Ich hatte zwar keinen Krebs, aber ich spürte am eigenen Leib die Isolation, die durch Schmerz und Krankheit entsteht. Und in diesem Leid durfte ich Gottes Nähe erfahren.

Ich hatte mich immer für meine Familie verantwortlich gefühlt und dabei gedacht, ich müsste stark sein, dürfte nie krank werden, mich nie gehen lassen. Doch diese Erfahrung des Loslassens, so schmerzhaft sie auch war, schenkte mir eine neue Perspektive und wurde zur Kraftquelle für alles, was uns noch bevorstand.

Die Rückkehr

Michael

Ich litt an einem regelrechten „Sonntags-Syndrom", an einer Angst, die mich jeden Sonntagabend befiel, wenn ich daran dachte, dass ich am Montagmorgen wieder zur Arbeit musste. Eine Arbeit, mit der ich mich nicht mehr identifizierte und bei der ich keine gute Leistung mehr brachte. Wäre ich selbstbewusster und entschlossener gewesen, hätte ich schon vor Jahren gekündigt. Aber ich hatte eine Familie mit drei Kindern zu ernähren, und die Altersversorgung meines Vaters hing davon ab, dass ich die Firma weiterführte. Ich sah keinen Ausweg aus der Situation.

Cathy hielt an unserer Rückkehr nach Michigan fest. Sie sah, wie ich unter meiner Arbeitssituation litt, und dass auch die Familie darunter zu leiden hatte. Ich war so gut wie nie zu Hause, und wenn, dann war ich reizbar, ungeduldig mit den Kindern und unaufmerksam gegenüber Cathy. Pausenlos klingelte mein Handy, denn ich war dauernd in Rufbereitschaft, für den Fall, dass es im Büro wieder einmal „brannte". Statt das Unternehmen voranzubringen, war ich nur damit beschäftigt, ständig irgendwelche Feuer auszutreten. Das endgültige Aus für unsere Firma zeichnete sich ab, als unser bester Kunde andeutete, seinen Vertrag mit uns zu kündigen. Mein Vater und ich wussten beide, dass es an der Zeit war, sich über Ausstiegsstrategien Gedanken zu machen.

In jenem Sommer leitete ich Verhandlungen mit einer dritten Partei in die Wege, die bereit war, unsere Firma aufzukaufen. Ich wollte einfach nicht mehr, und seit dem Umsatzverlust zögerte unser Hauptkunde mit einer Verlängerung, und die wirtschaftliche Lage war seit dem 11. September 2001 mehr als angespannt. So war es für mich klar, dass es Zeit war, einen Schlussstrich zu ziehen und etwas Neues zu beginnen.

Obwohl mein Vater diesen Plan unterstützte, ging er ihm innerlich gegen den Strich. Die Firma aufzugeben, machte ihm Angst. Es bedeutete das Ende des Unternehmens, das er aufgebaut hatte, seinen offiziellen Eintritt ins Rentnerdasein und eine Beschneidung seines Einkommens. Und es bedeutete, dass Cathy und ich – und seine Enkelkinder – bald wegziehen würden.

Trotzdem gab es für Dad und mich in diesem Jahr ein unerwartetes Highlight, das eine willkommene Ablenkung von unseren geschäftlichen Problemen bot: die Chicago Cubs, die in jener Saison sechsundneunzig Spiele gewonnen hatten. Zum ersten Mal seit 1945 qualifizierten sie sich wieder für die Vorrunde der World Series, für das Finale der Profiligen. (Den letzten Sieg bei den World Series hatten die Cubs 1908 erzielt!)

Eines Tages bekam ich einen Anruf von Dan Pelekoudas, meinem besten Freund aus der Grundschulzeit, damals ein schlaksiger, dunkelhaariger Junge mit griechischem Akzent. Dan und ich hatten in der fünften Klasse zusammen in der Baseballmannschaft unserer Schule gespielt. Bei einem unserer Turniere, als ich auf der Bank saß, hatte mein Vater auf Dan gezeigt und gesagt: „Wenn du mal Profispieler werden willst, schau dir den Jungen an. Dann musst du so spielen wie er.“

Mein alter Herr hatte ein Auge für Talent, was Baseball betraf. Später wurde Dan Co-Captain des Baseball-Team der University of Michigan und ein ausgezeichneter Wirtschaftsanwalt. Und – was am wichtigsten ist – er ist immer noch der beste Freund der Welt.

„Ich habe richtig gute Nachrichten!“, rief er ins Telefon. „Ich habe zwölf – sage und schreibe: zwölf – Karten für die World Series im Wrigley Field.“

Mir blieb vor Staunen der Mund offen stehen. „Für welches Spiel?“

„Für alle Spiele!“

Dan hatte schon immer gute Beziehungen zu den Major-League-Baseballteams gehabt. So konnte er an die heiß begehrten Tickets kommen. Zwölf Stück! Es war unglaublich.

Nach dem ersten Freudentaumel begannen wir, konkrete Pläne zu machen. Zuerst mussten wir entscheiden, wer zu welchen Spielen fahren würde. Wir rechneten hin und her und einigten uns darauf, dass ich vier Tickets bekommen sollte: für meinen Vater, meinen Bruder Rick, meinen Onkel Mel (die beide in Chicago lebten und noch kein einziges Saison-Eröffnungsspiel der Cubs verpasst hatten) und für mich. Ich konnte es kaum abwarten, Dad die freudige Nachricht zu überbringen, und rief ihn sofort an.

„Hey, Dad, willst du mit zum World Series Finale kommen?“ Meine Worte kamen von weit her, wie aus einem Traum. Es war immer noch alles so unwirklich. Ich mit meinem Vater bei diesem Jahrhundertspiel auf dem Wrigley Field – ein wahrhaft historischer Moment!

Mein Vater war begeistert. Sofort erzählte er all seinen Freunden und Bekannten von diesem einmaligen Ereignis. Wir stürzten uns auf die Planung, buchten unsere Flüge und freuten uns wie die Schneekönige.

Vier oder fünf Tage später kam es zu ersten Komplikationen. Dad fragte, ob er nicht noch zwei, drei Karten für seine Freunde bekommen könnte. „Sie sind echte Fans“, sagte er, „aus der ersten Stunde der Cubs.“ Ich solle Dan anrufen und fragen, ob er vielleicht ein paar Tickets übrig hätte.

Ich versuchte, ihm die Idee auszureden. „Dad, wir haben schon vier Tickets für drei Spiele. Für die World Series! Das allein grenzt an ein Wunder. Mehr können wir nicht erwarten.“

Aber mein Vater ließ nicht locker. „Was ist mit den anderen Tickets?“, wollte er wissen.

„Die sind für Dan und die Familie seiner Schwester, soviel ich weiß. Und er hat eine Reihe von sportbegeisterten Cousins und Cousinen."

Am nächsten Tag rief er wieder an. An seinem scharfen, anklagenden Tonfall erkannte ich, wie verletzt er war. „Ich wüsste gern ein für alle Mal, ob es noch Tickets für meine Freunde gibt. Es ist mir egal, ob es noch welche gibt oder nicht – ich will nur wissen, woran ich bin."

Ich konnte es nicht fassen. „Dad, ich habe es dir bereits gesagt, und ich sage es dir noch einmal: Es gibt *keine* Tickets mehr für uns."

„Also, ich verstehe dich nicht!", explodierte er. „Du und dein Freund ... erst macht ihr diesen ganzen Wirbel und dann habt ihr keine Karten übrig. Ich muss schon sagen, so etwas Egoistisches ist mir noch nie begegnet! Meine Kumpels sind schon Cub-Fans gewesen, bevor ihr geboren wurdet, und jetzt kommt ihr jungen Schnösel daher und verbietet ihnen, die Cubs in der Endrunde zu sehen!"

Inzwischen hatte er sich richtig in Fahrt geredet und war nicht mehr zu bremsen. Cathy war nebenan, legte Wäsche zusammen und brachte die Kinder ins Bett. Zwischendurch schaute sie herein und warf mir einen fragenden Blick zu. An meinem Gesicht konnte sie ablesen, dass es Ärger gab. Seine Tiraden gingen weiter, und als er mir mit „Du sollst Vater und Mutter ehren" kam, platzte mir endgültig der Kragen.

Später war es mir unverständlich, wie das Gespräch derart aus dem Ruder hatte laufen können. Mein Vater war während der Weltwirtschaftskrise aufgewachsen und hatte schon früh gelernt, dass man im Leben nichts geschenkt bekam. Seine Eltern sparten an allem, auch an Zeichen der Zuneigung wie Küssen oder Umarmungen. Sie beschränkten sich darauf, ihre Kinder mit Essen und Kleidung zu versorgen, alles andere war überflüssig, wie er uns immer wieder erzählte. Ich wusste nie, ob er stolz darauf war oder sich dafür schämte.

Trotzdem war es bei uns zu Hause anders. Wir Kinder bekamen genug Liebe von unseren Eltern. Sie waren zwar streng, aber sie küssten und umarmten uns, spielten mit uns und nahmen sich für uns Zeit. Sie arbeiteten hart, um uns das zu bieten, was ihnen verwehrt geblieben war. Zum Beispiel, in einem schönen, großen Haus in einem sicheren, sauberen Vorortviertel aufzuwachsen und eine gute Schule zu besuchen. Keine teure Privatschule, aber eine Schule mit einem guten Ruf und engagierten Lehrern.

Dennoch war es bei meinem Vater, als wohnten zwei Seelen in seiner Brust. Er tarnte seine innere Zerrissenheit durch die Behauptung, er wolle seine Kinder zur Selbstständigkeit erziehen. Einerseits wollte er uns ein besseres Leben ermöglichen, andererseits gab es vieles, was er uns vorenthielt, weil er der Ansicht war, wir sollten es uns selbst erarbeiten.

Seine Großzügigkeit hatte etwas Widersprüchliches. In Krisenzeiten und wenn Not am Mann war, war er immer zur Stelle, um zu helfen. (Und bei seinen geliebten Enkeln scheute er weder Mühe noch Kosten, wenn es um Geschenke oder Reisekosten ging.) Bei seinen eigenen Kindern hingegen wusste man nie, ob seine großzügige oder seine sparsame Seite die Oberhand gewinnen würde.

Ich denke, beim Streit um die Baseballkarten ging es ihm einfach gegen den Strich, dass ein paar „junge Schnösel" (in dem Fall ein vierzigjähriger Familienvater und ein angesehener Anwalt) ihm vorschreiben wollten, wer zu dem Spiel gehen durfte und wer nicht. In Wirklichkeit war es ein Generationskonflikt. Seine Generation war von der Entscheidung ausgeschlossen, ein Ding der Unmöglichkeit für „den Boss". Vielleicht hatte er auch damit gerechnet, dass wir großzügig verzichten und ihm und seinen Freunden die Karten abtreten würden.

Wie dem auch sei – die Ironie des Schicksals wollte es, dass die Cubs das entscheidende Spiel verloren und überhaupt nicht in die Endrunde kamen. Die World Series waren damit für die Mannschaft gestorben. Unsere Hoffnung war wie eine Seifenblase zerplatzt. Wie viel Zeit, Energie und Geld hatten wir in eine Reise investiert, die nie stattfinden würde! Es war einfach zum Heulen.

Ich rief meinen Bruder Rick an und redete mir meine Enttäuschung und den ganzen Ärger über unseren Vater von der Seele. Er hörte sich alles ganz ruhig an und sagte bloß: „An deiner Stelle würde ich so schnell wie möglich zusehen, dass ich aus Kalifornien wegkomme.“

Ich nahm mir seine Worte zu Herzen. Er hatte recht. Ich musste einen Schlussstrich ziehen. In den Herbstferien flog Cathy nach Michigan, um sich nach einem Haus umzusehen, und wohnte mit den Kindern bei ihren Eltern in Rochester. Sie nahm Kontakt zu einem Immobilienmakler auf, der ihr über fünfzig Häuser zur Besichtigung anbot. Von mehr als dreißig Objekten schickte sie mir Fotos, doch mir gefiel kein einziges. Cathy war enttäuscht.

Am Abreisetag bekam Danny plötzlich hohes Fieber, und Cathy hielt es für ratsam, den Rückflug zu verschieben. Einer inneren Eingebung folgend, rief sie den Makler an und sagte ihm, dass sie noch mindestens einen Tag länger blieben. Tatsächlich hatte er ein neues Objekt, das er ihr am nächsten Morgen gern zeigen würde.

Ihr Anruf erreichte mich im Büro.

„Hallo, Liebes“, begrüßte ich sie. „Wie geht's?“

Es folgte eine längere Pause, dann sagte sie schlicht: „Ich bin zu Hause.“

Wieder hatte sie diesen bestimmten Tonfall. Wie sich herausstellte, telefonierte sie aus dem Garten ihres Traumhauses. „Wirklich, Michael – das ist es! Du musst es sehen!“

Sie schickte mir ein paar digitale Bilder, und ich war beeindruckt.

„Bist du dir ganz sicher?“, wollte ich wissen.

„Ja. Es ist das perfekte Haus für uns. Ein Haus, in dem ich für den Rest meines Lebens wohnen könnte.“

Wir kauften Cathys Traumhaus noch am selben Tag. Es dauerte nur wenige Wochen, bis wir unser Haus in Kalifornien und die Firma verkauft hatten. Wir freuten uns, dass alles so reibungslos klappte, aber mein Vater tat sich sehr schwer mit unserer Entscheidung. Als feststand, dass wir wirklich wegziehen würden, brach er den Kontakt zu uns ab, als sei es für ihn zu schmerzlich, noch mit uns zu sprechen. Ich musste mit ihm noch ein paar geschäftliche Dinge regeln. Unser Umgangston war knapp und höflich, ohne ein persönliches Wort. In den letzten Wochen zog er sich fast vollständig zurück. Es machte mich unendlich traurig, aber ich konnte nichts dagegen tun.

Als wir mit vollbepacktem Minivan Richtung Michigan starteten, hatte ich die Hoffnung, dass die Zeit und die räumliche Entfernung die Wunden heilen und helfen würden, die Spannungen zwischen meinem Vater und mir zu lindern. Ich wusste nicht, dass es mehr brauchen würde, damit so etwas passierte.

Der Güterzug

Gina

Die Sonne schien durch die Fenster des Klassenzimmers und machte die Staubpartikel sichtbar. Die Strahlen produzierten genug Wärme, dass es im Raum sofort heiß und stickig wurde. Das helle Sonnenlicht in Kombination mit den flackernden Neonröhren an der Decke – dieses Licht, das Schatten und Falten betont und in dem jede Frau aussieht wie ihre eigene Mutter – schmerzte meine Lider.

Es war einer der Vormittage, an denen ich in Drews Klasse an der St. John Lutheran School aushalf. Die christliche Schule befindet sich neben dem einzigen Krankenhaus in Rochester und unterrichtet seit fünfundsechzig Jahren Kinder von der ersten bis zur achten Klasse. Das unscheinbare Schulgebäude steht in unmittelbarer Nachbarschaft ihres kirchlichen Trägers, einer beeindruckenden Kirche mit rötlicher Fassade. Ihren Mangel an Größe und Ästhetik macht die Schule durch ihr Profil und ihre Beständigkeit mehr als wett.

Nach einem Vormittag in der ersten Klasse Ende Oktober wurde mir wieder einmal deutlich, was Lehrer tagtäglich leisten. Kein Studium bereitet die angehenden Pädagogen auf das vor, was sie mit einem Haufen von quirligen Kindern erwartet: eine anstrengende Arbeit, die volle Konzentration und viel Enthusiasmus erfordert.

Nach den paar Stunden mit zweiundzwanzig Sechsjährigen dachte ich, ich würde es vor Erschöpfung kaum noch bis zu meinem Auto schaffen.

Spätestens im Oktober hatten die Erstklässler begriffen, dass die kuschelige, unbeschwerte Kindergartenzeit vorbei war und der Ernst des Lebens begonnen hatte. Ihre Lehrerin, Mrs Nelson, war streng, aber gerecht. Bei ihr lernten die Kinder nicht nur Lesen und Schreiben, sondern auch, Konflikte zu lösen und selbstständiges Denken. Doch in diesem Schuljahr lernten die Kinder noch etwas anderes.

Dies war kein gewöhnliches Schuljahr und keine gewöhnliche Klasse mit Bastelscheren und fröhlichen Liedern. Das erste Handicap war, dass Mrs Nelson ihren eigenen Sohn unterrichten musste. Doch er fügte sich gut in die Klassengemeinschaft ein und schien kein Problem damit zu haben. Aber drei Schüler kamen aus Familien, deren Alltag von Sorge, Krankheit und Tod geprägt war. Matthew Schomakers Eltern lebten in ständiger Angst um seinen jüngeren Bruder Tommy, der mit einem Herzfehler zur Welt gekommen war. Connor Larkins Vater kämpfte verzweifelt gegen den Krebs. Und mein eigener Sohn Andrew war zur gleichen Zeit in die erste Klasse gekommen, als sein Vater auf die Hospizstation der Klinik verlegt worden war. Die zarten Seelen dieser Kinder wurden schon früh mit der Härte und Grausamkeit des Lebens konfrontiert.

Ohne dass sie es wussten, raste ein voll beladener Güterzug mit einer der schwersten Lasten des Lebens auf Drew und seinen Bruder Sam zu. Das ferne Pfeifen des Zuges war schon zu hören, als Matt anfing, ein Videotagebuch für seine Söhne aufzunehmen – was er sich seit Jahren vorgenommen und immer wieder aufgeschoben hatte.

Seitdem Matt wusste, dass er Krebs hatte, begann er, Geschichten, Ideen und Gedanken zu sammeln, die er seinen Kindern mitgeben wollte. Dann gingen wir los und kauften eine Hightech-Videokamera mit allen Schikanen. Alles war bereit, aber wir hatten ein wichtiges Detail vergessen, das es nicht zu kaufen gab: die emotionale Bereitschaft, den Aufnahmeknopf zu drücken. Die Idee, Matts Lebenserfahrung und Humor per Video festzuhalten und zu bewahren, war gut. Aber sie in die Praxis umzusetzen und tatsächlich den kleinen roten Knopf zu drücken, war eine andere Sache. Denn sich vor die Kamera zu setzen und mit den Aufnahmen zu beginnen, bedeutete Abschied nehmen. Abschied nehmen bedeutete aufgeben. Und aufgeben hieß sterben. Sterben hieß, für die Kinder nicht mehr da zu sein – undenkbar. Also blieb das Videotagebuch lange ein aufgeschobenes Projekt.

Matt wollte noch nicht klein beigeben. Obwohl er seine Situation realistisch einschätzte, zögerte er, den nächsten Schritt zu tun. Wie sollte er seine Träume und Hoffnungen für Drew und Sam auf diese Weise ausdrücken? Wie sollte er ihnen seine Lebenserfahrung vermitteln und was es bedeutete, ein Mann zu werden, oder wie man in der Welt ohne Vater überlebte? Gott hat Kindererziehung als Begleitung gedacht, nicht als Crashkurs auf DVD.

Ich muss zugeben: Mein Interesse an Matts Videoprojekt war nicht ganz uneigennützig. Mit oder ohne Krebs – seine Botschaften an die Kinder würden auch für mich hilfreiche Hinweise enthalten. Als einzige Frau in einem Männerhaushalt wäre ich dankbar, einen Blick hinter die Kulissen werfen zu dürfen, um manche Dinge – aus der Sicht eines Mannes – besser zu verstehen. Leider war die Videoidee erst durch Matts Krankheit entstanden, und das nahm dem Projekt die Leichtigkeit und Freude.

Insgeheim überlegte ich, eines Tages mein eigenes Videotagebuch zu führen, wenn die Zeit reif dafür war. Aber es würde immer ein sensibles Thema sein. Dabei wäre es so einfach, ohne einen tragischen Anlass wie eine tödliche Krankheit. Doch wenige Leute machen sich darüber Gedanken, so lange es ihnen gut geht. Ohne den Beigeschmack des nahen Todes wäre ein solches Tagebuch keine traurige Pflichtaufgabe, die den endgültigen Abschied einläutete, sondern eine wunderbare Möglichkeit, um Geschichten zu erzählen, Erinnerungen festzuhalten und unseren Kindern etwas mitzugeben von unserer Lebenserfahrung. Einfach so. Und für den Fall, dass wir plötzlich starben.

Manchmal habe ich die verrückte Idee, man sollte die Videotagebuchidee mehr verbreiten, zum Beispiel durch „Do-it-yourself-Videokurse für Jedermann" im Fernsehen. Mit einer geschickten Werbestrategie, die den menschlichen Hang zur Selbstdarstellung anspricht, ließe sich das Konzept bestimmt gut vermarkten – inklusive Scriptvorschlägen und Musik-Samplern zur stimmungsvollen Untermalung. Die Sets mit dem Label „Aus der Fernsehwerbung" würden bald in den Regalen jedes gut sortierten Supermarktes stehen.

Natürlich wusste ich, dass das nur verrückte Gedankenspiele waren. Ich war wohl zu lange in der Werbebranche tätig gewesen. Doch ich hoffte und betete, dass Matt die Kraft finden würde, den kleinen roten Knopf zu drücken. Dabei war ich überzeugt, dass das Videoprojekt nicht nur für uns ein Gewinn sein, sondern auch für ihn eine therapeutische Wirkung haben würde.

So lange wir gesund sind, machen wir uns selten Gedanken über unsere eigene Sterblichkeit. In unserer schnelllebigen Zeit ist dafür kein Raum. Warum sollten wir uns die Mühe machen, für unsere Kinder etwas per Video aufzuzeichnen? Es sei denn, wir spüren, dass unsere Uhr abläuft. Aber niemand weiß, wann es so weit ist.

Das Leben ist gut

Michael

Cathy hatte eine bestimmte Vorstellung davon, „wie es sein soll", und mit den Jahren lernte ich eine Menge von ihr. Während ich viel Zeit damit verbrachte, nach perfekten Lösungen zu streben, war es Cathy wichtiger, das Richtige zu tun. Was sie auch intuitiv tat. Sie war überzeugt, dass Gott bestimmte Pläne für uns hatte, und dass diese Pläne – ob wir damit einverstanden waren oder nicht – der richtige Weg waren.

Am Morgen des 11. Septembers 2001 lernte ich, Cathys unerschütterliches Vertrauen in Gottes Fügung besser zu verstehen. An dem Tag kam unser jüngster Sohn Dan zur Welt. Als der furchtbare Anschlag passiert war, konnte ich nichts anderes mehr denken, als dass sein Geburtstag immer im Schatten dieses schrecklichen Ereignisses stehen würde. „Der Tag des Bösen" – so stand es in den Zeitungen, und dieses Stigma würde unserem Sohn für sein ganzes Leben anhaften. Am nächsten Vormittag auf dem Weg zurück ins Krankenhaus kam mir ein Gedanke.

„Ich habe eine Idee", sagte ich zu Cathy. „Und ich bin sicher, für Dr. McClellen wäre das kein Problem."

„Was für eine Idee?"

„Danny wurde knapp eine Stunde nach Mitternacht geboren. Der Arzt könnte seine Geburt doch ohne Weiteres auf den 10. September datieren."

Cathy zuckte nicht mit der Wimper. Ganz ruhig, wie es ihre Art war, antwortete sie: „Nein, Michael." Sie hielt das neugeborene Baby fest im Arm. „Die Geburt dieses Kindes ist vielleicht das einzig Gute an diesem Tag."

Ich dachte, sie hätte mich nicht richtig verstanden oder sie hätte im Krankenhaus die volle Tragweite der Ereignisse nicht mitbekommen. „Cathy", meinte ich hartnäckig, „die Medien sprechen vom schlimmsten Tag in der Geschichte Amerikas!"

„Ich weiß", erwiderte sie und drückte Danny noch fester an sich. „Wenn seine Geburt der einzige Lichtstrahl an einem dunklen Tag war, dann sollte es so sein, und wir werden nichts daran ändern. Ich weiß auch nicht, warum Gott gerade diesen Tag ausgesucht hat, aber es war sein Wille – nicht unserer."

Genau das war Cathys Gabe. Sie konnte das Licht in dunklen Zeiten und Situationen sehen. Sie konnte Gottes Wege annehmen. Ich dagegen wollte immer alles optimieren, verbessern und manipulieren – selbst Gottes Pläne! Cathy sah, wie unsinnig das war. Sie wusste, dass Gott keine Fehler macht, auch wenn wir seinen Willen nicht immer verstehen.

Ein anderes Beispiel dafür war unser Umzug nach Michigan. Nach menschlichen Maßstäben war dieser Umzug alles andere als sinnvoll. Die wirtschaftliche Lage in Michigan war bedenklich – niemand zog in dieser Zeit nach Michigan, aber viele zogen weg, um anderswo Arbeit zu finden –, das Schulsystem war mittelmäßig, und für meine Begriffe gab es keine nennenswerten kulturellen Zentren oder Höhepunkte. Doch das neue Haus war schön und die Wohngegend und die Nachbarn waren sehr nett.

Schon am ersten Abend – der Umzugswagen war kaum um die Ecke gebogen – standen zwei Nachbarfamilien mit Pizza und Getränken vor der Tür. Sie hatten an alles gedacht, selbst an Pappteller und Servietten. Es war ganz einfach ihre Art, uns willkommen zu heißen.

Aus Kalifornien war ich so etwas überhaupt nicht gewöhnt (dort wissen die meisten noch nicht einmal, wie ihre Nachbarn heißen), und ich hegte einen leichten Argwohn gegenüber diesen wildfremden Menschen, die sich in unserer Küche breitmachten. Heather, die eine Nachbarin von gegenüber, füllte den Kindern Cola ein, Susan von nebenan reichte Teller mit Pizzastücken herum. Ihre Männer, Ed und Jim, boten mir lächelnd ein Bier an. Nach einer Weile verschwanden die Kinder zum Spielen im Keller und die Erwachsenen plauderten munter weiter. Ich fühlte mich immer noch unwohl, und in meinem Kopf jagten sich die verrücktesten Gedanken.

Wer sind diese Leute? Was wollen sie in meinem Haus? Wollen sie uns einfach nur kennenlernen, oder gehört das ganze Theater zu einem subversiven Plan und sie kommen am nächsten Tag wieder und klauen unsere Wertsachen?

Cathy, sagte ich in Gedanken. Ich lenke sie ab und du gehst und versteckst unsere Wertsachen. – Aber wir haben doch gar keine Wertsachen, erwiderte sie lächelnd in meinem Kopf.

Und was, wenn die Pizza vergiftet ist? Oder wenn sie ein winziges Abhörgerät im Fell unseres Hundes verstecken?

Was sollen wir machen?, fragte ich hilflos.

Vielleicht sollten wir uns einfach entspannen und die Gesellschaft dieser netten Menschen genießen, hörte ich sie innerlich antworten.

Cathy sah meinen Gesichtsausdruck und wusste, wie unbehaglich ich mich fühlte. Einerseits fand ich die Herzlichkeit unserer Nachbarn beeindruckend, andererseits war ich durch ihre spontane Art, gelinde gesagt, etwas überrumpelt.

Cathy hatte damit nicht das geringste Problem. Sie war ganz locker, biss lächelnd in ein großes Stück Pizza, und ihr Blick sagte mir: „Hier sind wir zu Hause."

Irgendwie wurde es doch noch ein netter Abend. Und ich wusste: Zu diesen Nachbarn könnte sich eine echte Freundschaft entwickeln. Ihre Kinder würden mit unseren Kindern befreundet sein. Und unsere Kinder würden hier eine Heimat finden.

Mehrere Jahre waren seitdem vergangen. Inzwischen hatten wir uns in Michigan eingelebt. Das Leben meinte es gut mit uns. Fast alle unsere Hoffnungen hatten sich erfüllt. Fast alle – außer der auf eine neue Beziehung zu meinem Vater. Die existierte nicht mehr, und wir litten alle darunter. Von meiner Schwester Lynn hörte ich, dass es ihm nicht gut ging. Sie sagte, er sei „traurig und verbittert" und wirkte „irgendwie verloren".

Die Beziehung zwischen Vater und Sohn ist eine komplexe Angelegenheit. Ich weiß nur, dass ich meinen Dad sehr vermisste. Selbst mit vierzig Jahren scheint man als Sohn immer noch die Anerkennung des Vaters zu brauchen.

Das Paradoxe an unserer Situation war: Ich führte endlich das Leben, das ich mir gewünscht hatte, und konnte ihn nicht daran teilhaben lassen. Ich hatte eine Frau, die mich liebte, und ein Haus, das erfüllt war von Kinderlachen und freundlichen Menschen. Ich hatte eine gute Stelle bei einem großen Franchiseunternehmen, und der Mullett Lake war nah genug, dass wir mit dem Auto hinfahren konnten. In meiner Freizeit trainierte ich die Basketballmannschaft der nächsten Highschool. Das Einzige, was mir im Leben fehlte, war mein Vater. Und er fehlte mir sehr.

Auch Cathy litt darunter. Sie liebte den alten Herrn und er hatte sie immer zärtlich seine zweite Tochter genannt. Der Bruch zwischen ihm und mir hatte auch ihren Kontakt zu ihm beendet, und das tat mir sehr leid.

Eines Tages am Spätnachmittag sah ich zu, wie Cathy in der Küche die Einkaufstüten auspackte, inmitten von Kindern, Freunden und der Vorbereitung des Abendessens. Sie sah hinreißend aus. Auf ihrem Gesicht lag ein zufriedenes Lächeln. Es war ein langer Weg gewesen, doch sie hatte ihr Ziel erreicht. Ihr Traum hatte sich erfüllt. Ich trat zu ihr und legte von hinten die Arme um sie. Dabei fiel mein Blick auf ein paar T-Shirts, die sie für sich gekauft hatte. Eines, ein schlichtes grünes mit einem Strichmännchen, trug den Aufdruck *Life is good*, „das Leben ist gut".

Beziehungen

Gina

Die Morgensonne flutete in den Lichthof von St. John und machte die Kratzer und Streifen an den hohen weißen Wänden sichtbar. Sämtliche Eingangstüren, Treppen und Flure münden in dieses großzügige Atrium, das als Verbindung zwischen Schulgebäude und Kirche dient. Auf beiden Seiten erstrecken sich Glastüren und bodentiefe Fenster bis an die fast zehn Meter hohe Decke. Es gibt zwar keine Sitzgelegenheiten, aber die Eingangshalle war schon immer ein Zentrum der Kommunikation, ein Treffpunkt für alle, die hier ein und aus gehen.

Die Infotheke war meistens unbesetzt. In den Regalen lagen der Gemeindebrief vom letzten Sonntag und der Wochenplan der Mensa aus. Normalerweise stellte man auf der Theke seinen Kaffeebecher ab und erzählte sich den neuesten Schul- und Kirchenklatsch. Ja, ich weiß, tratschen ist eine Sünde, aber auch Kirchgänger sind nicht frei davon, und zum Glück leben wir alle aus der Vergebung. Wo immer Menschen zusammenkommen, selbst in Gruppen Gleichgesinnter, kommt es unvermeidlich zu Reibereien – die Grundlage für erstklassigen Tratsch. Unter Christen gibt es praktischerweise willkommene Schlupflöcher, denen durchaus gute Absichten zugrunde liegen, wie etwa der Satz: „Eigentlich sollte ich das nicht weitererzählen, aber nur fürs Gebet …"

Die Eingangshalle war voller Stimmengewirr und Menschen, die kamen und gingen. Ich hatte mich hier um die Mittagszeit mit Colleen zur „Kinderübergabe“ verabredet. Es war einer dieser Tage, die komplett durchgetaktet und nur mit logistischen Verrenkungen zu bestehen waren. Wir hatten ausgemacht, dass ich Tommy mit zu uns nehmen würde, damit er mit Sam spielen konnte, und Colleen würde am späteren Nachmittag ihren älteren Sohn Matthew und Drew abholen und zu sich nach Hause nehmen, wo es nach dem langen Schultag jede Menge Snacks und Umarmungen geben sollte. Und den einen oder anderen Wutausbruch. Wir alle kennen das.

Es war kurz vor der Mittagspause und die meisten Türen zu den Klassenzimmern standen schon offen. Sam und ich nutzten die Gelegenheit, unsere Köpfe in Drews Klassenzimmer zu stecken und kurz Hallo zu sagen. Die Lehrerin, Mrs Nelson, forderte uns zum Bleiben auf. Die Klasse wollte gerade einen lustigen Tanz aufführen und wir sollten mitmachen. Die Kinder kreischten vor Begeisterung. Also hopsten Sam und ich mit, drehten uns im Kreis, klatschten in die Hände, streckten die Zunge raus und sangen laut „Ta-Tootie-Ta“. Dieser alberne Tanz hat das Zeug zum Eisbrecher bei einer Hochzeit oder langweiligen Party und wird vielleicht endlich den Ententanz ablösen. Zu meiner Überraschung machte mir das Tanzen und Hüpfen sogar Spaß, und ich merkte, wie die Anspannung des Vormittags von mir abfiel.

Wir waren immer noch zu früh für Drew, und auf dem Rückweg zur Eingangshalle kamen wir an Zimmer 6 vorbei und warfen einen Blick hinein. Zimmer 6 war seit über fünfundzwanzig Jahren das Klassenzimmer von Mr Schaffer, Matts Lieblingslehrer von früher. Noch ein paar Jahre, dann waren Drew und Sam die zweite Generation der Familie Kell, die von Mr Schaffer unterrichtet wurde. Ich ließ den Blick durch das Zimmer schweifen und stellte mir vor, dass es sich kaum verändert hatte seit der Zeit, als Matt hier zur Schule gegangen war. Die kahlen Wände waren weißgelb gestrichen und wurden durch Kinderzeichnungen, Bilder der amerikanischen Präsidenten und Bibelverse verschönert. Es gab vier Tischreihen und eine Tafel, über der ein schlichtes, handgeschnitztes

Holzkreuz hing. Auf einem Tischchen ganz hinten im Klassenzimmer standen drei Schachbretter. An der Garderobe hingen zwei Reservekrawatten, falls jemand bei einer offiziellen Schulveranstaltung seine Krawatte vergessen hatte. Ich fragte mich, ob Matt jemals eine dieser Krawatten getragen hatte, aber ich bezweifelte es. Matt war schon als Junge immer korrekt angezogen gewesen und hatte seine Schuluniform immer in Ordnung gehalten.

Mr Schaffer liebte Kinder – wovon man nicht bei allen Lehrern ausgehen kann. Ja, noch nicht einmal bei allen Eltern. Und er hatte die Gabe, die Kinder für eine Sache zu begeistern. Er stellte hohe Ansprüche, doch er war bei seinen Schülern sehr beliebt, und sie gaben ihr Bestes, um ihn nicht zu enttäuschen. Er unterrichtete unter anderem eine Stunde Religion pro Tag, doch dabei ging es ihm weniger um die theoretischen Lerninhalte als darum, den Kindern etwas von seinem Glauben an Jesus weiterzugeben. Ganz gleich, ob in Religion, Mathematik oder Geschichte – man spürte, dass er mit ganzem Herzen dabei war, und das war das Geheimnis seines Erfolgs.

John Schaffer war der Inbegriff von St. John. Er verkörperte die Philosophie der Schule. Matt war in diesem Umfeld groß geworden, und was er dort gelernt hatte, begleitete ihn bis ins Erwachsenenalter. Das Fundament für sein späteres Leben. Erwartungen zu erfüllen, den Zielen treu zu bleiben, die man sich gesetzt hatte.

Als er Mitte zwanzig war, erhielt Matt per Post einen „Zeitkapsel"-Brief, den er als Achtklässler im Rahmen eines Schulprojekts an sich selbst geschrieben hatte. Darin stand: „Lieber Matt, wie geht es dir? Sieh dich an und frage dich: Wo stehe ich heute? Hast du das erreicht, was du dir vorgenommen hattest? Wer steht im Mittelpunkt deines Lebens? Ich hoffe, es ist Gott." Die Werte, die er von seinem Elternhaus vermittelt bekommen und die auch die Schule unterstützt hatte, waren dieselben, nach denen er als Erwachsener lebte und die er an seine Kinder weitergab. Matt war tief verwurzelt in der Tradition von St. John. Die Beziehungen, die er dort knüpfte, beruhten auf dem Fundament des christlichen Glaubens. Sie spielten auch in seinem späteren Leben eine wesentliche Rolle und gaben ihm immer wieder Halt. Matt stammte aus einem traditionellen evangelisch-lutherischen Elternhaus und war ein aktives Mitglied unserer Gemeinde. Dennoch hielt er nichts von den Einschränkungen, die er die „provinzielle lutherische Käseglocke“ nannte.

Bevor Sam und ich jetzt leise weitergehen konnten, entdeckte uns Mr Schaffer. Ohne zu zögern unterbrach er seine Arbeit und kam zu uns auf den Flur.

„Hey, Sam“, sagte er warmherzig, „gib fünf!“ Lachend hielt er ihm die Hand zum Abklatschen hin. Mr Schaffer nahm sich immer Zeit für ein freundliches Wort. Und dann, mit einem Seitenblick zu mir: „Wie geht's deinem Papa heute?“

„Papa ist zu Hause“, antwortete Sam. Ich presste die Lippen zusammen und versuchte ein Lächeln, aber es wollte nicht recht gelingen.

Mr Schaffer verstand. „Barbara und ich beten für Sie“, versicherte er und umarmte mich kurz.

Mir fiel ein, dass Colleen inzwischen sicher schon auf uns wartete. Wir verabschiedeten uns und hasteten zurück in die Eingangshalle. Dort stand sie und sprach mit einer Frau, die ich nicht kannte. Ich hielt mich etwas im Hintergrund, denn ich wollte die Unterhaltung nicht stören. Die Frau war blond und schlank, mit hellem Teint und strahlend blauen Augen. Ihre Kleidung war sportlich-leger, wie bei allen „Schulmamis“ in Rochester. Einen Moment lang ertappte ich mich dabei, wie ich sie anstarrte. Oft entdeckte ich in anderen Frauen die Eigenschaften, die ich gerne hätte – zum Beispiel Selbstbewusstsein oder Stilsicherheit, Fitness oder Scharfsinn und Intelligenz. Bei dieser Frau fiel mir als Erstes auf, dass sie eine natürliche Anmut ausstrahlte. Ein anderes Wort fiel mir nicht ein, und ich hätte es auch nicht genauer beschreiben können. Ich wusste nur: Es ist eine sehr seltene Eigenschaft, von der die meisten von uns nur träumen können. Diese Frau besaß sie.

In diesem Augenblick bemerkte mich Colleen und winkte mich zu sich herüber. „Hallo, wir haben gerade von dir gesprochen.“ Die Frau schaute mich an, als würde sie mich kennen. Ich lächelte etwas hilflos und sah fragend zu Colleen.

Doch die Fremde kam mir zuvor. „Hallo, Gina, ich bin Cathy Spehn. Ich bin mit Ihrem Mann zur Schule gegangen. Mike, Matt und ich waren Klassenkameraden, von der Grundschule bis zum College.“ Sie streckte mir freundlich die Hand entgegen.

Während des Händeschüttelns ging ich im Kopf Matts Klassenfotos durch. „Oh, ich freue mich, Sie kennenzulernen“, sagte ich und bemühte mich, Cathy nicht zu offensichtlich anzustarren. Ich kannte viele Leute aus Matts Schulzeit, doch ich war sicher, dass ich Cathy noch nie gesehen hatte.

Sie erzählte munter weiter, stellte mir ihren Sohn Danny vor, der sich an ihr Bein klammerte, und knüpfte an gemeinsame Bekannte an.

„Es ist unglaublich, dass wir uns nicht früher begegnet sind!“ Ich konnte es kaum fassen. Uns fielen noch mindestens zehn weitere Leute ein, die wir beide gut kannten, und stellten fest, dass ihr Vater früher Matts Baseballtrainer gewesen war.

Cathy erzählte lebhaft und mit weicher Stimme. Ihr ganzes Wesen war liebenswürdig und sanft, aber das Bemerkenswerteste an ihr war zweifellos ihr Lächeln. Es klingt vielleicht kitschig und übertrieben, aber es fällt schwer, sie zu beschreiben, ohne ins Schwärmen zu geraten. Auch auf dem College gab es hübsche Mädchen mit strahlendem Lächeln, aber bei ihnen wirkte es oft künstlich und aufgesetzt. Cathy dagegen entsprach nicht diesem Klischee. Bei ihr wusste ich nach fünf Minuten, dass ihre Freundlichkeit echt war und ihr Lächeln von Herzen kam.

Bald schon – wie so oft in meinem Fall damals – landeten wir beim Thema Krebs und ich merkte, dass Cathy schon Bescheid wusste. Offensichtlich hatte Colleen sie aufgeklärt, sodass ich nicht noch einmal alles von vorn erzählen musste. Colleen war mein „Puffer“ in dieser schweren Zeit. Sie beschützte mich, schirmte mich vor neugierigen Fragen ab und davon, dauernd im Krebs-Rampenlicht zu stehen. Dabei stand sie selbst genug im Rampenlicht wegen Tommy. Diese besonderen Umstände hatten uns noch mehr zusammengeschweißt. Mike, ihr Mann, nannte uns manchmal „die unzertrennlichen Schwestern“. Wir unterstützten einander, kämpften füreinander und hielten uns gegenseitig den Rücken frei. In unserer Freundschaft fanden wir Trost und gegenseitige Unterstützung und konnten in Situation lachen, die niemand außer uns komisch fand. Wenn man im Leid gemeinsam mit jemandem lachen kann, sieht alles gleich nicht mehr so düster aus.

Seit über zwei Jahren machte ich nun die Erfahrung, dass hilfsbereite Menschen in unser Leben traten. Ebenso war es Colleen ergangen, nachdem Tommy geboren war. Vom Ruf verfolgt, durch unsere Familiensituation etwas Besonderes zu sein, weckten wir bei vielen Leuten das Bedürfnis, uns zu helfen. Dabei stellte ich fest, dass es ganz typische Reaktionen und unterschiedliche Helfertypen gibt.

Die „Just-do-it"-Typen machen nicht viele Worte, sie packen ganz selbstverständlich mit an. Sie kommen spontan mit einem Kuchen oder einem Nudelsalat vorbei, tragen den Müll raus, gießen die Blumen oder rufen aus dem Supermarkt an und fragen, ob sie etwas mitbringen können. Dabei respektieren sie die unsichtbaren Grenzen der Privatsphäre. Diese Rolle füllen normalerweise Familienangehörige und gute Freunde aus, aber auch beherzte Nachbarn und Bekannte.

Dann gibt es die Unverbindlichen, die gerne helfen möchten, und zwar „jederzeit, irgendwann, irgendwas", aber eigentlich nicht so recht wissen, was sie tun sollen und ob sie überhaupt Zeit dafür haben. Die meisten Leute gehören zu dieser Kategorie. Man sagt: „Ruf mich an, wenn ich irgendetwas tun kann" und hofft insgeheim, dass dieser Anruf nie kommt. Dennoch kann es nützlich sein, solche Leute als „Backup"-Helfer im Hinterkopf zu behalten, falls wirklich einmal Not am Mann ist.

Die unaufdringlichste Gruppe von Helfern ist die „Briefkasten-Fraktion". Karten mit tröstenden Worten im Briefkasten zu finden, gab mir immer wieder Kraft. Es tat mir gut zu spüren, dass wir nicht vergessen waren, dass jemand an uns dachte. Nichts ist dazu besser geeignet als das geschriebene Wort. Eine Karte oder ein Brief sind persönlicher als eine E-Mail. Auf der anderen Seite kann die Post auch ein Indikator für die Schwere der Situation sein. Jeder

Briefträger kann das bezeugen. Je mehr Trostkarten im Briefkasten, desto ernster die Lage.

Dann gibt es noch die „Spieglein-an-der-Wand"-Leute. Wenn sie mit einem sprechen, sehen sie vor allem sich selbst. Sie mögen durchaus gute Absichten haben, doch im Grunde brauchen sie selbst mehr Hilfe, als sie geben können. Sie wollen eigentlich gar nicht zuhören, sondern ihre eigenen Krankengeschichten erzählen. Oder die ihres Bruders. Oder der Exfreundin ihres Cousines zweiten Grades. Die genau dasselbe hatte und die nach langem Leidensweg daran gestorben ist. Sie drehen den Spieß um, und man schlüpft selbst in die Rolle des Trösters. Für einen kurzen Moment ist man merkwürdig erleichtert, dass man ausnahmsweise einmal nicht im Mittelpunkt steht. Trotzdem fühlt man sich unwohl.

Cathy stand buchstäblich zwischen Colleen und mir und wusste nicht, wem sie zuerst ihre Hilfe anbieten sollte. Sie tat mir irgendwie leid, doch ich spürte, dass sie es ehrlich meinte, auch wenn sie ihr Hilfsangebot sehr vorsichtig formulierte. Trotz aller Sympathie und unseres gemeinsamen Bekanntenkreises saß sie in dem Augenblick in der Falle der Unverbindlichkeit, doch sie konnte nichts dafür.

Sie winkte zum Abschied, als sie mit ihrem Sohn Danny auf dem Arm durch die Glastür hinaus in die Nachmittagssonne trat. Für einen kurzen Moment beneidete ich sie.

Der besondere Samstagmorgen

Michael

Sollten Sie jemals nach Detroit kommen, lassen Sie die Innenstadt und die trostlosen Randbezirke hinter sich und fahren Sie auf der Interstate I-75 nach Norden bis Rochester – eine typische Pendlerstadt und ein ruhiges Domizil im landschaftlich reizvollen Oakland County, einem der wohlhabendsten Bezirke im Land. Es ist kein

Treffpunkt der Superreichen, doch wer dort wohnt, verfügt in der Regel über ein mittleres bis gehobenes Einkommen. Die Stadt punktet unter anderem mit gut ausgebauten dreispurigen Straßen, Fahrradwegen, weitläufigen Parkanlagen und einer lebendigen Innenstadt mit zahlreichen kleinen Geschäften. In der historischen Mostmühle am Stadtrand, in der man frisch gepressten Apfelsaft und ländliche Produkte kaufen kann, fühlt man sich in die Zeit Thornton Wilders versetzt.

In und um Rochester gibt es über zwanzig Kirchen, wie etwa die St. John Church – die Kirche, in die Cathy ging, seit sie ein kleines Mädchen war. Ich hatte damals mit Kirche nicht viel am Hut, doch ich besuchte jeden Samstag das öffentliche Basketballtraining namens „Mit Bibel und Basketball". In den ersten zwanzig Minuten gab es immer eine Art Andacht oder Bibelarbeit, dann wurde zwei Stunden lang intensiv Basketball gespielt. Der biblische Teil lief meistens so ab, dass jemand einen Abschnitt aus der Bibel vorlas, und dann wurde darüber gesprochen, was der Text für uns bedeutete. Ich fand es ziemlich daneben, meinen Glauben öffentlich zur Schau zu stellen, und versuchte, immer zwanzig Minuten zu spät zu kommen, wenn der biblische Teil gerade zu Ende war. An manchen Samstagen fingen sie jedoch später an und meine Rechnung ging nicht auf. Wahrscheinlich machten sie das extra, um die Heiden auszutricksen, die versuchten, sich einfach so hereinzuschleichen. Also machte ich mit, obwohl ich mich innerlich dagegen sträubte. Mein Glaube war schließlich meine Privatsache.

Da saßen wir also: fünfzehn oder zwanzig Männer mittleren Alters in einem Stuhlkreis, die über einem Bibeltext brüteten, um sich später darüber „auszutauschen".

Den Abschluss bildete immer eine Gebetsrunde, bei der zuvor die Anliegen gesammelt wurden. Und fast ausnahmslos wurde dabei für einen Mann namens Matt Kell und seine Familie gebetet. Ich kannte diesen Matt nicht, doch ich neigte gehorsam den Kopf und zählte die Minuten, bis wir endlich mit dem Basketballspielen anfangen konnten.

Als ich Cathy davon erzählte, horchte sie auf. „Matt Kell? Er war ein Klassenkamerad von mir. Wir waren zusammen in der Grundschule St. John und später auf derselben Highschool." Sie seufzte. „Er hat zwei kleine Kinder und Krebs im Endstadium."

Ich schluckte. Matt musste ungefähr in meinem Alter sein und er hatte Familie. Ich schämte mich ein wenig, dass ich samstags immer beim Beten abgeschweift war. Und ich war dankbar für meine Gesundheit, für meine Frau und unsere Kinder.

Ich ging also weiter zu Bibel-und-Basketball, obwohl ich mir während des biblischen Teils immer noch irgendwie fehl am Platz vorkam. Seit meiner Jugend in Chicago war ich nicht mehr regelmäßig zur Kirche gegangen. Als Cathy und ich in Kalifornien wohnten, zog es mich immer zum Wasser, wenn ich allein sein und mit Gott reden wollte. Ich ging zum Strand bei Newport Beach und lief bis zur Spitze der Mole – ein Wellenbrecher aus großen Steinen, der weit ins Meer hineinragt und den Booten eine ruhige Ein- und Ausfahrt in den Hafen bietet. Jeden Abend versammeln sich dort zahlreiche Schaulustige, denn die Sonnenuntergänge sind spektakulär und ein beliebtes Motiv für Urlaubsfotos.

Die meisten wissen jedoch nicht, dass Gott jeden Tag noch eine zweite Vorstellung gibt. Nach dem atemberaubenden Sonnenuntergang folgt etwa eine halbe Stunde später eine grandiose Zugabe, wenn das schwindende Licht den Himmel und die fedrigen Wolkenfetzen in sämtlichen Schattierungen von Blau, Lila und Rosa erstrahlen lässt, wie kein Foto und kein Maler es jemals wiedergeben könnten. Nur wenige Geduldige harren aus und bleiben sitzen, bis die Sonne endgültig am Horizont verschwunden ist und die Sterne am samtschwarzen Nachthimmel glitzern.

Ich saß dort, den Kopf in den Nacken gelegt, überwältigt von Gottes Größe. Neben mir glitten die letzten Segelboote lautlos an der Mole vorbei zu ihrem Liegeplatz im Hafen. Das einzige Geräusch war das heisere Bellen der Seelöwen in der Ferne.

Lange Zeit saß ich auf den Steinen der Mole, umgeben von einem tröstlichen Frieden. Ich suchte Gottes Gegenwart in den Gezeitentümpeln, seine Stimme im Donnern der Wellen. Ich blickte staunend in seinen gläsernen Himmel voll leuchtender Farben. Dabei sprach ich mit ihm und hoffte, dass er mir eines Tages antworten würde, wie ein Flüstern im Wind. Es war, als ob Gott und ich einen Pakt geschlossen hätten. Keine liturgischen Gesänge. Keine Kollekte. Keine Kirchenlieder aus dem 18. Jahrhundert, die nur Leute der „Generation siebzig plus" verstanden. Nur wir beide, draußen auf den Felsen am Meer.

Am folgenden Samstag ging ich etwas früher zu Bibel-und-Basketball und half meinem Freund Mark, die Stühle zu stellen und die Bibeln zu verteilen, auf jeden Stuhl eine.

„Wie geht es Matt Kell?", fragte ich.

„Nicht gut", sagte Mark. „Ich habe ihn letzte Woche besucht und mit ihm und mit Gina, seiner Frau, gesprochen. Ich glaube nicht, dass er es schaffen wird."

An jenem Morgen versuchte ich, ein bisschen besser auf den Text zu achten. Eigentlich hatte ich selbst nie in der Bibel gelesen, weil ich dachte, ich wüsste, was darin steht. Über die tiefere Bedeutung der Worte und Gleichnisse hatte ich nie nachgedacht. Meiner Meinung nach verhielt es sich mit der Bibel so wie mit der berühmten Hühnerbrühe für Kranke: Vielleicht hilft es, vielleicht auch nicht, aber es schadet jedenfalls nicht. Doch die Geschichte mit Matt Kell und seiner Familie und wie ernst seine Freunde das Gebet für ihn nahmen, brachte mich zum Nachdenken.

Als das Spiel begann, war ich wieder auf sicherem Boden. Jetzt konnte ich allen meine sportliche Überlegenheit zeigen und wie man richtig Basketball spielt. Im Klartext: Nach zwei Stunden, in denen mein achtzehnjähriger Geist gegen meinen vierzigjährigen Körper gespielt hatte, schleppte ich mich völlig entkräftet zum Auto.

Doch es tat so gut, endlich wieder Basketball zu spielen. Basketball war mein Sport. Ich war nie ein besonders herausragender Spieler gewesen – ich spielte einfach leidenschaftlich gern. Nach meiner Hochphase in der Highschool beschränkten sich meine Einsätze zwar auf gelegentliche Spontanspiele ohne feste Mannschaft und auf Körbewerfen in der Garageneinfahrt. Ich war ein Sportler, der seine Spitzenzeit längst hinter sich hatte. Aber ich konnte nun mal keine halben Sachen machen. Auch bei einem Spiel mit einem zusammengewürfelten Kirchenteam, bei dem es um nichts ging, geschweige denn einen Pokal zu gewinnen gab, musste ich alles geben.

Jeder Sportler kennt die Geräusche, die den Adrenalinpegel steigen lassen: das Klappern eines Golfballes im achtzehnten Loch, der Laut eines Baseballs, der auf einen gut geölten Handschuh trifft oder – mein Lieblingsgeräusch – das Quietschen von Turnschuhen auf einem glatten Hallenboden. Ein Geräusch, das bei mir Glückshormone freisetzt. Dabei geht es nicht um Gewinnen oder Verlieren, sondern einfach um die Spielfreude, um das Dabeisein, den Teamgeist. Das nächste Mal, wenn Sie in einer Sporthalle sind, schließen Sie die Augen und lauschen Sie den Geräuschen. Es lohnt sich.

Auf dem Heimweg vom Basketballspiel in St. John taten mir sämtliche Knochen weh. *Hilfe, ich bin alt!*, schoss es mir durch den Kopf. Anstatt mich auf die Couch zu legen und mich zu erholen, musste ich an dem Samstag auch noch Dannys Geburtstagsparty durchstehen. Ich war spät dran und Cathy wartete auf die Getränke für die Kinder. Ich überschritt die zulässige Geschwindigkeit und betete um grüne Welle, während ich mit einer Ladung Saftpäckchen durch die Stadt raste.

Cathy war allein im Haus mit einer Horde durstiger Vorschulkinder, deren Geduld bereits aufs Äußerste strapaziert war. Ich stürzte ins Haus und tauchte ein in die Geräuschkulisse und das Chaos eines typischen Kindergeburtstages. Danny strahlte über beide Backen und genoss es, im Mittelpunkt zu stehen. Unter den kleinen Gästen war ein Junge, den ich nicht kannte. Cathy legte die Hände auf seine Schultern und stellte ihn vor: „Das ist Tommy Schomaker. Er geht in Dannys Kindergartengruppe."

Das Erste, was mir an Tommy auffiel, war sein breites Lächeln und seine ungewöhnlich roten Lippen. Ich hob die Hand zum Abklatschen und er schlug kräftig dagegen. „Aua, meine Hand!", rief ich und tat so, als hätte ich Schmerzen. „Nicht so fest!“ Tommy lachte und holte noch einmal aus. Diesmal legte er die ganze Kraft seines Fliegengewichts hinein und schlug noch einmal zu. Wir lachten beide. Dann gesellte er sich wieder zu seinen Freunden.

„Er ist Mike Schomakers Sohn“, flüsterte Cathy. Der Name sagte mir nichts, und sie fügte hinzu: „Mike und ich waren Klassenkameraden.“ Ich schaute sie immer noch verständnislos an. „Mike ist der beste Freund von Matt Kell.“ Sie sah mir an, dass ich mit der bruchstückhaften Information nichts anfangen konnte, und sagte: „Tommy kam mit einem schweren Herzfehler zur Welt. Er wurde schon fünf Mal am offenen Herzen operiert.“

„Dieser kleine Junge?“, fragte ich betroffen. Mir war, als hätte ich soeben einen eiskalten Waschlappen ins Gesicht gekriegt. „Er hat schon fünf schwere OPs hinter sich?“

Cathy nickte. Dann erklärte sie weiter: „Die Schomakers sind sehr gut mit den Kells befreundet – Matt und Gina Kell.“

„Matt Kell? Der Matt Kell, der Krebs hat und für den wir jeden Samstag beten?“

„Genau der.“ In Gedanken war sie wieder bei Tommy. „Seine Mutter, Colleen, hat mir erzählt, dass er bald eine Herztransplantation braucht.“

Ich schwieg und ließ ihre Worte auf mich wirken. Meine Gedanken drehten sich im Kreis. Dann sah ich Tommy Schomaker, der mit großen Augen und strahlendem Lächeln in unserer Küche stand. Und ich hätte wetten können, dass sein Herz einen kleinen Sprung tat bei dem Anblick, der alle Kinderherzen höher schlagen ließ: Auf dem Büfett türmten sich Schokolade, Chips, Kekse und Kuchen, Gummibärchen und anderes Zuckerzeug, so weit das Auge reichte. Es war wie in Willy Wonkas Schokoladenfabrik.

„Möchtest du etwas essen, Tommy?“ Er machte eine halbe Drehung und nickte kräftig. Ich reichte ihm einen Pappteller. „Nimm dir, so viel du willst, es ist genug da. Auch für Nachschlag.“ Er lächelte noch breiter als vorher und ich lächelte zurück. Wie gut, dass man sich auf die heilsame Wirkung eines Schokoladenkekses verlassen kann, wenn man sich hilflos fühlt.

Die ganze Woche gingen mir die Kells und die Schomakers nicht aus dem Kopf. Es gab so viele Parallelen zu unserer Familie, und doch verlief unser Leben so vollkommen anders.

Am darauffolgenden Sonntag nach dem Gottesdienst spielten wir auf dem Heimweg im Auto unser Radiospiel. Die Kinder liebten es, wenn wir genau in dem Moment in die Garageneinfahrt einbogen, wenn das Lied im Radio zu Ende war – eines der vielen Spiele, die wir erfunden hatten, damit die Zeit im Auto schneller herumging. Meine Aufgabe war das richtige Timing. Es gelang mir ganz selten, doch wenn es einmal zufällig klappte, kreischten die Kinder wie die Wilden.

Diesmal war es schwierig. Der Song war noch nicht über die erste Strophe hinausgekommen, und ich wusste, ich musste schummeln und einen Umweg fahren. Also fuhr ich an der Abzweigung zu unserem Viertel vorbei und drehte noch eine Runde. Ich fuhr extra langsam und alle sangen aus voller Kehle mit. Bei der nächsten Kreuzung bog ich ab, und plötzlich verging mir das Singen. Dort, auf der Veranda vor dem ersten Haus, stand eine rote Kühlbox.

Wenn bei uns jemand schwer krank wird oder im Sterben liegt, sorgen die Nachbarinnen dafür, dass die Mutter nicht zu kochen braucht und die Familie trotzdem täglich eine warme Mahlzeit bekommt. Sie stellen eine Kühlbox auf die Veranda, und Nachbarn, Freunde und Verwandte können regelmäßig etwas zu essen hineintun. In meinen Augen war die berüchtigte rote Kühlbox ein tragisches Symbol für Krankheit und Tod. Kapitulation an der Türschwelle. Ich hatte das einmal in Gegenwart von unseren Nachbarn Ed und Heather erwähnt. Wir machten ein paar unangemessene Witze darüber und lachten aus reiner Verlegenheit, obwohl es nicht lustig war.

In Wirklichkeit hasste ich die rote Kühlbox. Ich hatte Achtung vor der Hilfsbereitschaft, die hinter der Idee stand, aber ich stellte mir vor, wie sich die Kinder dieser Familie fühlten, wenn sie jedes Mal, wenn sie von der Schule heimkamen, mit dem Symbol des Todes vor ihrer Haustür konfrontiert wurden.

Langsam fuhr ich an dem Haus vorbei, während die Kinder hinten im Auto ahnungslos weitersangen. Ich warf einen Seitenblick zu Cathy.

„Wir können uns glücklich schätzen“, sagte ich. „Wir sollten Gott dankbar sein.“

Mehr brachte ich nicht heraus, aber es war genug. Sie wusste genau, was ich meinte. Wortlos sah sie aus dem Fenster und nickte.

Teil 2

Der Winter

Stille Nacht

Gina

16. November – Tagebucheintrag
Es ist, als ob die Zeit stillstünde.
Keine bleibenden Erinnerungen mehr suchen,
sondern nur noch warten,
bis alles anders wird.
Matt fehlt mir.
Er entgleitet mir.
Das Leben, wie ich und die Kinder es kannten,
wird bald der großen Leere weichen.
Angst greift nach mir,
doch ich muss den Weg weitergehen
in der Hoffnung auf eine neue Geborgenheit,
auf Freude und eines Tages Frieden,
vielleicht.
Doch in der Stille
ist die Wahrheit unerträglich
und die Trauer reißt mich fort
wie eine Flut.

Matts Augen waren eingesunken und riesengroß in seinem hageren Gesicht mit den harten, kantigen Zügen. Seine Haut war gelblich und wächsern und spannte sich über seine hervorstehenden Wangenknochen wie ein Maske. Wie sehr seine äußere Erscheinung sich verändert hatte, merkte ich an der Reaktion der Besucher. Ich las das Entsetzen in ihren Gesichtern und es tat mir weh.

Matt lag auf dem Sofa und ich kniete neben ihm auf dem Boden. Ich liebte die stillen Momente am Morgen, hielt seine weiche Hand und studierte sein Gesicht, bevor das Telefon und die Türglocke zu läuten begannen. Dies war die beste Zeit des Tages, unsere Chance zum Durchatmen, bevor Freunde und Verwandte zu Besuch kamen. Oder der eine oder andere Prominente.

In den Wochen vor Weihnachten hatten Matts Freunde und Kollegen den Besuch von zwei heimischen Sportgrößen organisiert. Der Erste war Tom Izzo, Basketballtrainer der Michigan State University, an der Matt studiert hatte. Seit seiner Studienzeit war Matt seinem geliebten Team, den Michigan State Spartans, quer durch das Land gefolgt, um bei den Spielen des NCAA-Turniers dabei zu sein. Dass seine Universität von Tom Izzo vertreten wurde, einer Sportikone mit Klasse und internationaler Berühmtheit, erfüllte Matt immer mit besonderem Stolz. Mit dem Besuch von Tom Izzo wurde für ihn ein großer Traum wahr, trotz der tragischen Umstände, durch die er zustande kam. Matt war dankbar für die Erinnerungen, die seine Söhne an diesen Tag haben würden, und ignorierte den Schatten seiner Krankheit, der über allem lag.

Coach Izzo kam mit Geschenken beladen, darunter ein original NCAA-Turnier-Basketball mit den Unterschriften und guten Wünschen des Teams.

„Wie geht es dir, Matt?“, fragte er ernst.

„Tja, ich dachte immer, ich sterbe an Krebs, aber jetzt, wo Sie da sind, sterbe ich eher an Herzversagen“, scherzte Matt und nahm dem Besucher damit sofort die Befangenheit.

Tom Izzo blieb über eine Stunde und signierte geduldig sämtliche Erinnerungsstücke und Fanartikel. Er hätte auch auf einem leeren Milchkarton unterschrieben, wenn wir ihm einen vorgelegt hätten.

Kameras klickten, als wir diesen einmaligen Augenblick festhielten. Ohne Starallüren oder großes Trara schenkte Coach Izzo unserer Familie einen unvergesslichen Moment, der das Leben von zwei bald vaterlosen Jungen für immer bereichern würde.

Zehn Tage später besuchte uns der All-Star Profi-Basketballspieler Chauncey Billups von den Detroit Pistons. Wie Coach Izzo gab auch er freundlich Autogramme und posierte für Erinnerungsfotos. Er ging sogar mit den Kindern in den Keller, damit sie ihm ihren Fisher-Price-Basketballkorb zeigen konnten. Und wir lachten alle herzlich, als er sich neben sein lebensgroßes Poster an der Wand stellte.

Am Ende eines weiteren randvollen Tages mit Sporthelden und aufregenden Erlebnissen kam Pastor Galik vorbei. Er besuchte Matt jede Woche und hatte ihn während seiner Krankheit von Anfang seelsorgerlich begleitet. Karl Galik war ein Freund und Vertrauter, er hörte Matt zu, ging mit ihm durch die dunklen Täler und betrachtete sie mit ihm gemeinsam im Licht der Bibel. Sie führten lange, tiefe Gespräche. Bei ihm durfte Matt seine Ängste zulassen und die Trauer um seine Kinder, konnte sich alles von der Seele reden, was ihn beschwerte, und Trost empfangen. Karl öffnete ihm die Augen für Gottes Verheißungen und für das strahlende Licht der Ewigkeit. Seine Worte waren Balsam für Matts Seele, aus ihnen schöpfte er Trost und die Kraft, die er brauchte.

Damit die beiden Männer ungestört reden konnten, ging ich mit den Kindern in den dunklen Garten und wir bauten im Licht der Weihnachtsbeleuchtung einen Schneemann. Als ich von draußen durch das Erkerfenster schaute, sah ich Matt auf dem Sofa und seinen Freund auf einem Stuhl gegenüber.

Beide waren eingeschlafen.

22. Dezember – Tagebucheintrag.
Seit heute ist es so weit. Erinnerungen an Matt stürzen auf mich ein. Ich habe ihn verloren. Er ist zwar noch bei uns, aber er driftet immer weiter weg. Sein scharfer Verstand, sein brillanter Geist, sein Humor – alles schwindet dahin in eine alles verschlingende Dunkelheit.

Dies zu sehen, tut weh. Es ist der Anfang vom Sterben. Es klingt schrecklich. Aber ich weiß, dass Gott ihn nach Hause ruft. Er hat mich oft gefragt, ob ich auch wirklich bei ihm bleiben werde bis zum Ende. Ich werde meinem geliebten Mann nicht von der Seite weichen, bis zum letzten Atemzug. Und ich werde mich von allem verabschieden, was „typisch Matt Kell“ war. Die Gewissheit, dass wir eines Tages wieder vereint sein werden, ist mein einziger Trost.

Seit wir uns beim Hospizverein angemeldet hatten, war Matt fest entschlossen, an Heiligabend mit zum Weihnachtsgottesdienst in unsere Kirche zu kommen. Warum sollte der Krebs ihn daran hindern, mit einer sechsunddreißigjährigen Tradition zu brechen? In der Zeit, bevor wir Kinder hatten, gingen wir gern in den Spätgottesdienst mit Kerzen und Musik. Es ist immer eine besondere Atmosphäre, wenn der Chor leise „Ich steh an deiner Krippe hier“ singt oder aus voller Kehle „Tochter Zion, freue dich“ schmettert, doch beim Klang von „Stille Nacht“ in der dunklen Kirche, gesungen von fünfhundert Leuten – jeder von ihnen mit einer Kerze in der Hand –, bekomme ich jedes Mal feuchte Augen und eine Gänsehaut, überwältigt von der Größe des Ereignisses, das wir feiern.

Am Tag vor Heiligabend kamen meine Eltern gegen siebzehn Uhr, um Drew und Sam abzuholen. Die Jungen waren ganz aufgeregt, dass sie bei Nonna und Opa in ihrem „Cowboyzimmer“ schlafen durften. Meine Eltern haben in ihrem Haus ein Kinderzimmer extra für die beiden eingerichtet, mit rustikalen Holzmöbeln und einem Doppelstockbett. Ein riesiges Landschaftsgemälde mit Bergen und Wäldern bedeckt die Wände. Die Blätter der Espenbäume hat der Maler in Gelb und Metallisch-Gold gehalten, sodass sie wie echte Herbstblätter glänzen. Auf dem einen Bett sitzt ein großer Teddybär, auf dem anderen hängt ein Stoffelch mit schlackernden Beinen über das Holzgeländer, neben ihm ein knuddeliger Waschbär zu Ehren meines Vaters, der eine Begegnung der besonderen Art mit einem dieser Tiere hatte, was eine Tollwutspritze nach sich zog. Aber er spricht nicht gern darüber.

Das Cowboyzimmer hat auch ein Geheimnis. Verborgen hinter

den Bäumen sind Bibelverse, die der Künstler an die Wand schrieb, bevor er sie übermalte, zum Beispiel: „Lasset die Kinder zu mir kommen und wehret ihnen nicht; denn solchen gehört das Himmelreich.“ Wenn ich an die versteckten Bibelverse denke, wird es mir jedes Mal warm ums Herz. Man kann sie zwar nur noch erahnen, aber sie sind für mich ein Symbol der Liebe Gottes: Sie ist immer da, obwohl wir sie nicht sehen.

Ohne Drew und Sam war es ungewöhnlich still im Haus. Ihre bloße Gegenwart erfüllte das Haus mit Leben, selbst wenn sie schliefen. Bevor ich mich an die Weihnachtsvorbereitungen machte, ging ich noch einmal ins Schlafzimmer, um nach Matt zu sehen. Ich war kaum über die Türschwelle, als er schon die Augen öffnete und sich aufsetzte, beinahe wie vor seiner Krankheit, als er nach dem Aufwachen gut gelaunt und mit einem Satz aus dem Bett gesprungen war. Matt war immer ein Frühaufsteher gewesen und hatte mich damit aufgezogen, dass ich morgens launisch und ungenießbar bin.

Doch diesmal verzog er beim Aufsetzen schmerzhaft das Gesicht. „Ich muss mal auf Toilette“, sagte er und ließ die Beine über die Bettkante gleiten. Ich half ihm, die Schläuche der Sauerstoffversorgung zu entwirren, damit er nicht stolperte. Nach alter Gewohnheit nahm er eine Autozeitschrift zur Hand, bevor er sich auf die Toilette setzte. Ich wusste, dass er nicht las, denn er hielt die Zeitschrift verkehrt herum. Aber das Lesen auf dem Klo gehörte zu einem lieb gewordenen Ritual, das er nicht missen wollte. Ich drehte das Heft für ihn herum, und er sah mich mit verschämtem Lächeln an. Sein Blick verriet, dass er sich ertappt fühlte, und ich musste angesichts der Situationskomik unweigerlich kichern. Die Zeitschrift war sein Rettungsanker. Sie half ihm, einen Teil seiner Würde zu bewahren. Ich setzte mich auf den Badewannenrand und wartete.

„Zeit für deine Medis“, sagte ich und deutete auf die Tabelle an der Wand, die mir half, die Übersicht zu behalten über die zwölf verschiedenen Medikamente, die Matt über den Tag verteilt einnehmen musste.

„Danke, dass du dich um mich kümmerst", sagte er mit schwacher Stimme. Wie immer, wenn er sich bei mir bedankte, spürte ich einen Kloß im Hals. Dabei war es nicht so, dass ich die Gebende und er der Nehmende war. Er gab mir unendlich viel, indem er zuließ, dass ich für ihn sorgte. „Ebenso", antwortete ich und wischte meine Tränen mit einem Lächeln beiseite.

Später stellte ich das Babyphon an, sodass ich Matt hören konnte, und ging nach unten, um Geschenke einzupacken. „Ruf mich, wenn du mich brauchst."

Im Wohnzimmer stellte ich den Fernseher an, um die Stille zu vertreiben. Ich vermisste Matt und seine Hilfe und die Geschenkideen, die er immer in letzter Minute hatte. Er fand immer etwas Besonderes für die Jungen. Ich zerbrach mir Monate im Voraus den Kopf, machte mir Notizen und Einkaufslisten, doch es waren Daddys spontane „Last-minute"-Geschenke, die Begeisterungsstürme bei den Kindern auslösten.

Die Spielfilme waren zu Ende, und die Dauerwerbesendung um Mitternacht sagte mir, dass der 24. Dezember angebrochen war. Bis in die frühen Morgenstunden hatte ich Geschenke eingepackt, Plätzchen gebacken, aufgeräumt und zwischendurch nach Matt gesehen, der in regelmäßigen Abständen nach mir rief. Entweder wollte er etwas trinken oder er brauchte meine Unterstützung im Bad. Von Zeit zu Zeit hatte er einen Hustenanfall, und ich rannte nach oben, um ihm auf den Rücken zu klopfen. Manchmal sehnte er sich auch einfach nur nach meiner Gesellschaft. Ich war hin und her gerissen zwischen den Weihnachtsvorbereitungen und dem Wunsch, bei ihm zu bleiben. Irgendwie wollte keine weihnachtliche Stimmung aufkommen. Die Plätzchen, die Dekoration, die Rituale, alles schien mir auf einmal so bedeutungslos. Aber ich wusste: Ich war es den Kindern schuldig, vor allem in diesem Jahr. Dies würde das letzte Weihnachten mit ihrem Vater sein. Ich durfte ihnen die Freude nicht nehmen.

Nach vier Stunden leichtem Schlaf wachte ich auf. Matt war schon wach, im Fernsehen lief der Sportsender. Heute war der große Tag, Heiligabend, und wir würden alle zusammen den Gottesdienst besuchen. Ich brachte ihm das Frühstück ans Bett: Schmerzmittel, Nervenblocker und Medikamente gegen Angstzustände, und als Beilage Toast mit Ei. Er hatte keinen Appetit und aß ein paar winzige Bissen, während ich unter die Dusche ging. Lange stand ich unter dem kräftigen Wasserstrahl, als könnte ich damit die Sorgen fortspülen. Im Schlafzimmer hörte ich Matt husten. Als der Husten nicht aufhören wollte, sprang ich schnell aus der Dusche, schlang ein Handtuch um mich und stürzte tropfnass ins Schlafzimmer. Matt stand neben dem Bett und versuchte, das Gleichgewicht zu halten, während er mit den Sauerstoffschläuchen hantierte. Er atmete schwer, wie nach einer größeren Anstrengung. Ich eilte an seine Seite, Panik stieg in mir auf. „Was ist passiert? Warum bist du aufgestanden?“ Ich nahm ihm die Schläuche ab und entwirrte sie.

Er rang noch immer nach Atem, sodass er nicht antworten konnte, doch ich ahnte schon, wo er gewesen war. „Du bist die Treppe runtergegangen, als ich im Bad war!“ Er nickte.

Ich war außer mir. „Matt! Wie konntest du! Du hättest dich umbringen können! Und du hast dich vom Sauerstoff abgehängt – du kriegst kaum noch Luft!“

Matt zog amüsiert die Augenbrauen hoch und ich sah, wie seine Mundwinkel nach oben zuckten. Ich schimpfte mit einem Todkranken und warf ihm vor, er hätte sich umbringen können, und er fand das auch noch lustig. Doch so leicht kam er mir nicht davon.

„Das war absolut leichtsinnig. Du kannst nicht einfach so allein die Treppe hinunterspazieren. Und wir hatten ausgemacht, dass du oben bleiben würdest, bis wir in die Kirche gehen. Warum musstest du unbedingt nach unten gehen? Warum konntest du nicht auf mich warten?“

„Football-Toto“, grinste er verschämt. Er rang immer noch nach Luft. „Sorry, Gini.“

Ich hätte laut schreien können vor Wut über seine Unvernunft. So eine bodenlose Dummheit!

„Das hätte ich für dich machen können“, sagte ich. „Du hättest mich nur zu fragen brauchen.“

„Ich musste meine Tipps vor zwölf Uhr abgeben", antwortete er, bevor er einen heftigen Hustenanfall bekam.

Danach fiel er erschöpft aufs Bett zurück. Er atmete schwer und unter Schmerzen. Ich war immer noch verärgert über sein leichtsinniges Verhalten, doch ich wusste, dass ich ihn nicht ändern konnte. Football-Toto gehörte zu seinem Leben wie seine Autozeitschriften. Rituale, an denen er festhielt, da sie ihm das Gefühl von Unabhängigkeit und Normalität gaben.

„Hast du noch genug Energie zum Duschen?", fragte ich.

„Ja, aber vielleicht musst du mir beim Rasieren helfen." Matt konnte wegen seiner stechenden Kreuzschmerzen nicht mehr lange stehen.

„Aber gern! Ich habe dich noch nie rasiert."

Er rieb sich sein stoppeliges Kinn. „An meinen Bart habe ich noch niemanden rangelassen."

Das Duschen hatte Matt sehr angestrengt. Danach saß er erschöpft in einem bequemen Sessel im Schlafzimmer. Ich füllte eine Edelstahlschüssel mit warmem Wasser, holte die Rasiercreme und steckte eine frische Klinge auf Matts silbernen Rasierer. Er lag schwer in meiner Hand. Ich hoffte, durch das Gewicht würde es leichter sein, meine Hände ruhig zu halten.

Matt zu rasieren, war eine völlig neue Erfahrung für mich, und ich fühlte mich reich beschenkt. Nach dreizehn Ehejahren taten wir etwas, was wir noch nie zuvor gemacht hatten. Er befreite sich von den Sauerstoffschläuchen und ich strich eine dünne Schicht Rasiercreme auf seine Wangen. Ein frischer, maskuliner Duft erfüllte den Raum. Seine Bartstoppeln waren lang und weich. Matt legte den Kopf zurück und schloss die Augen, während die Klinge langsam über sein Kinn glitt.

„Au!", rief er plötzlich.

Ich sog scharf die Luft ein und zuckte zurück.

„April, April", grinste er. „Hab ich dich erwischt."

„Hör auf! Du machst mich ganz nervös!"

„Nein, nein, mach weiter so. Du machst das sehr gut. Es fühlt sich so gut an."

Das leise Geräusch, wenn die Klinge auf die Stoppeln traf, beruhigte mich. Ich genoss unsere gemeinsame Zeit, die Zweisamkeit, die Berührung seiner Haut. Es war ein intimer Moment, der die Erinnerung an unsere frühere, romantische Beziehung zurückbrachte, bevor der Krebs alles zerstörte. Als ich fertig war, strich ich ihm sanft über die glatten Wangen. Er fasste mich an den Händen, zog mich zu sich hinunter und gab mir einen zärtlichen Kuss. Ich hatte fast vergessen, wie es sich anfühlte.

Als es Zeit wurde, sich für die Kirche fertig zu machen, zog Matt seinen einzigen Anzug an, der ihm noch passte, und ein Hemd, das weit genug war, um den Tumor in seinem Hals zu verbergen. Ich stand im Türrahmen und sah zu, wie er sich die Krawatte band. Dabei fragte ich mich, ob er den Mann erkannte, der ihm aus dem Spiegel entgegenstarrte.

„Du siehst gut aus“, sagte ich und legte meine Arme um seinen ausgezehrten Körper. Eine Zeit lang standen wir einfach da und hielten uns fest umklammert.

„Lass uns Weihnachten feiern“, sagte er dann.

Matts Freund Red verbrachte jedes Jahr Heiligabend bei uns, und auch diesmal hielt er an der Tradition fest. Er kam extra früh, um Matt durch den Schnee und die Kälte zur Kirche zu begleiten. Red stützte ihn von der einen Seite, Matts Mutter Susan von der anderen, während wir durch die halbleere Garage zum Auto gingen. Seine Augen wanderten zu dem leeren Platz, wo sein geliebter Sportwagen gestanden hatte. Er hatte ihn großzügigerweise einer bedürftigen Familie geliehen. Bei seiner Liebe zu Autos ein Zeichen für seine Gabe, im Gleichgewicht zwischen Hoffnung und Loslassen zu leben.

Matt und ich saßen auf dem Rücksitz und hielten uns an den Händen. Wir konnten es kaum erwarten, Drew und Sammy wiederzusehen. Ich spürte ein nervöses Flattern in der Magengegend und atmete ein paar Mal tief durch, erleichtert, dass wir es bis hierher geschafft hatten. Ich hätte einen Zug aus Matts Sauerstoffflasche gebrauchen können.

Als wir in den Parkplatz einbogen, kam mit langen Schritten

Mike Schomaker auf uns zu, um Matt aus dem Auto in einen bereitstehenden Rollstuhl zu helfen. Im selben Moment kamen meine Eltern mit Drew und Sam, und wir begrüßten uns mit stürmischen Umarmungen. Flankiert von seinen Söhnen wurde Matt in die Kirche hinein und durch den Mittelgang nach vorn gerollt. Als wir uns umdrehten, sahen wir, dass die ersten Reihen vollständig von unseren Freunden und Familien besetzt waren. Matt legte eine Hand auf sein Herz und in seinen Augen lag ein Lächeln, als er seinen Blick durch die Reihen wandern ließ und all die Menschen sah, die ihm nahestanden. Viele von ihnen hatten Tränen in den Augen.

Matt nahm meine Hand, und ich half ihm aus dem Rollstuhl, damit er sich zu uns in die Bank setzen konnte. Scherzhaft zwickte er Drew ins Ohr und piekste Sam in den Bauch. Dazwischen sah er sich immer wieder um und winkte jemandem zu.

Während die Lobpreismusik im Hintergrund lief, die üblicherweise vor dem Gottesdienst gespielt wurde, kam der Jugendpfarrer zu uns, legte Matt die Hand auf die Schulter und sagte leise: „Gott segne dich, Matt."

Matt legte seine Hand auf die des Pfarrers und antwortete: „Danke. Das hat er bereits."

Es war Punkt sechzehn Uhr, als der Chor das „Stille Nacht" anstimmte, und ich war tief bewegt bei dem Gedanken, dass dieses Lied heute nicht nur hier, in unserer Kirche in Rochester gesungen wurde, sondern dass sich rund um die Welt die Stimmen von Millionen von Christen vereinten, um die Geburt unseres Heilands zu feiern – eines Kindes, das vor über zweitausend Jahren geboren wurde. Der Klang dieses alten Weihnachtsliedes, rein und strahlend, erfüllte mein Herz, als hörte ich ihn zum ersten Mal. Und die Botschaft der Heiligen Nacht wurde ganz neu in mir lebendig.

Gegen Ende des Gottesdienstes legte ich die Hand auf Matts Arm, dankbar und glücklich. „Du hast es wirklich geschafft", flüsterte ich ihm zu. Bevor das letzte Lied zu Ende war, schlüpften wir durch die Seitentür nach draußen und winkten unseren Freunden und Angehörigen zum Abschied. Mike und Red stützten Matt, als wir über den Parkplatz gingen. Er war sehr schwach und wacklig auf den Beinen. Plötzlich beugte er sich vor und musste sich erbrechen, insgesamt dreimal, bis wir unser Auto erreichten. Danach ging es ihm besser, aber er war immer noch sehr mitgenommen.

„Geht's, Mattie?", fragte Mike.

„Ja, etwas besser."

Mike beugte sich zu ihm hinunter und drückte Matts Hand. „Ich bin stolz auf dich", sagte er. „Es war schön, dass du heute mit dabei warst. Ich werde den Tag nie vergessen. Ich hab dich lieb."

„Ich dich auch."

Als wir aus der Parklücke zurücksetzten, sahen wir, wie die Gottesdienstbesucher aus der Tür strömten. Einige versuchten, uns aufzuhalten, aber wir wollten nur nach Hause. Ich sah alles wie in Zeitlupe. Ich weiß noch, dass ich Mike und Colleen im Vorbeifahren zuwinkte, an den Rest der Fahrt erinnere ich mich nicht mehr.

Daheim trudelten nach und nach die Besucher ein, bis die ganze Großfamilie versammelt war. Anstatt zu kochen, bestellten wir chinesisches Essen – eine alte Tradition der Familie Kell an Heiligabend – und tauschten unsere Geschenke aus.

Der Abend war wie eine Wiederholung der letzten Monate im Schnelldurchlauf: Menschen gingen in Matts Zimmer ein und aus, um sich von ihm zu verabschieden. Sie saßen eine Weile an seinem Bett und kamen sichtlich berührt zurück. Das Bewusstsein, dass er an der Schwelle des Todes stand, verlieh den Gesprächen eine besondere Tiefe, Ehrlichkeit und Demut. Für manche hatte Matt eine konkrete Bitte oder einen Wunsch und machte ihnen damit das Geschenk, dass er für immer in ihren Herzen lebendig bleiben würde.

Als ich im Flur stand, hörte ich, wie Matt mit seiner Schwester Meghan sprach, weinend und dazwischen immer wieder nach Luft ringend. „Sei nicht traurig, Megs", sagte er „und hab keine Angst. Ich habe auch keine Angst."

„Ich weiß", antwortete sie schluchzend. „Du bist so stark. Aber ich werde dich so vermissen."

„Pass gut auf meine Gina auf und sorge dafür, dass sie wieder lachen kann."

„Versprochen."

Als ich anklopfte und leise eintrat, hielten sie sich fest im Arm und unterhielten sich flüsternd. Matts Mutter folgte mir mit einem Geschenk, das sie Matt in die Hand drückte. Dann ging sie aus dem Zimmer, und Matt gab mir das Geschenk. „Für dich."

„Was ist das?", fragte ich.

„Mom hat mir geholfen, ein Geschenk für dich auszusuchen", sagte er mit schwacher Stimme.

Es war eine wunderschöne Halskette mit drei Edelsteinen – Matt, Drew und Sam.

„Gina", sagte er und nahm meine Hand. „Etwas ist mir ganz wichtig geworden."

Ich sah ihn fragend an. Er machte eine Pause und rang nach Luft, bevor er weitersprach.

„Ich werde wahrscheinlich nicht mehr lange bei dir sein. Und ich möchte, dass du dir einen guten, christlichen Mann suchst und ihn heiratest, wenn ich nicht mehr da bin."

Ich war wie vor den Kopf gestoßen. „Nein, Liebling. Bitte nicht …", stammelte ich.

„Doch, Gina. Es ist mir wichtig. Du bist noch jung, und ich möchte, dass du ein erfülltes Leben hast."

„Das werden wir, die Kinder und ich. Und jetzt will ich nichts mehr davon hören." Tränen schossen mir in die Augen.

„Ich möchte, dass du dein Leben mit jemandem teilen kannst. Du brauchst nicht alles allein zu tragen."

„Nein, niemals", sagte ich weinend. „Bitte, hör auf damit."

„Ich wollte dir nur sagen, dass es für mich in Ordnung ist."

Ich war überwältigt von seiner Fürsorge und seinem Edelmut.

Drew und Sam nahmen dem Abend die Schwere. Voller Vorfreude auf den Weihnachtsmorgen stellten sie Milch und Kekse für Santa Claus bereit. Nachdem sie Matt Gute Nacht gesagt hatten, brachte ich sie ins Bett und sprach mit ihnen ein Abendgebet.

Später, als alle Gäste gegangen waren, räumte ich die Küche auf, sah noch einmal nach Matt und spielte den Weihnachtsmann. Als Geschenke gab es ein Dreirad, einen Roller und eine Basketball-„Pop-A-Shot"-Wurfmaschine im Keller. Ich aß die Kekse auf und ging nach oben. Das einzige Geräusch im Haus war das Summen des Sauerstoffgerätes. Ich hatte zwei kleine Jungen, die sich auf den Weihnachtsmann freuten, und einen Mann, der sich auf den Himmel freute.

Alle drei würden beschenkt werden, wenn auch auf verschiedene Weise.

24. Dezember – Tagebucheintrag
Was mich am meisten traurig macht, ist, dass unseren beiden Jungen in diesem Leben so wenig Zeit bleibt, ihren Vater kennenzulernen. Was für eine riesige, klaffende Lücke. Es wäre besser für sie, wenn sie mit ihm als Bezugsperson aufwachsen könnten anstatt mit mir. Er ist so viel geduldiger, vielseitiger und konsequenter. Er kann ihnen Dinge beibringen und ihnen ein Vorbild sein, wie ich es nie könnte. Ich vermisse ihn so sehr. Ich möchte ihn noch so vieles fragen, in Situationen, wo ich seinen Rat brauche, aber er kann mir keine Antworten mehr geben, denn diese weltlichen Dinge bedeuten ihm nichts mehr. Er steht bereits mit einem Fuß in einer anderen Welt. In einer Welt, die so viel besser ist als unsere irdische Existenz. Jetzt kann er alles loslassen, nicht, weil er dazu gezwungen ist, sondern weil er es will. Gott ruft ihn zu sich nach Hause und er kann nicht anders, als diesem Ruf zu folgen.

Der Coach

Michael

Es gibt einen ganz besonderen Moment, den nur Trainer und Mannschaftssportler kennen. Es ist der Moment in der Umkleidekabine, wenn der Coach vor dem Spiel die Ansprache vor seiner Mannschaft hält. Dabei hat jede Sportart ihre eigene Sprache, ihre eigene Kultur und Etikette. Es ist eine eigene Welt, die Außenstehenden fremd ist, aber für jene, die in dem Sport zu Hause sind, bedeutet sie Heimat.

Ich liebe diesen Moment, wenn die Spieler in der Kabine auf mich warten. Sie sitzen auf den einfachen Holzbänken und fingern nervös an ihren Schuhen und Trikots herum. Ich trete durch die Tür und alle Augen sind gespannt auf mich gerichtet. Ich stelle mich vor sie und sie hören aufmerksam zu, während ich ihnen die taktische Marschroute durchgebe.

„Okay, heute fangen wir mal mit Jake auf der eins an, Tommy spielt auf der zwei, Rags auf der drei, Big Bear, du bist auf der vier, Mac auf der fünf. Es gilt Mann-gegen-Mann-Verteidigung, und passt auf den Seitenflügel auf. Und denkt daran: von Anfang an Druck machen. Ihr könnt ruhig ‚Arm up‘, ‚Split‘ oder ‚High‘ rufen. Vergesst nicht: Ihr seid das stärkste Team heute Abend. Und so sollt ihr auch spielen! Alles klar?“

Ein einstimmiges „Alles klar, Coach!“ schallt durch den Raum, und wir stellen uns im Kreis auf, die Hände in der Mitte, während ich ein paar letzte Worte an das Team richte. „Ich weiß, dass ihr es schafft, Jungs. Das ist euer Spiel. … eins, zwei, drei, VICTORY!“

Ich weiß nicht, ob meine Funktion als Trainer mich auf meine Rolle als Vater vorbereitet hat oder umgekehrt. Aber jedes Mal, wenn ich zu den Spielern spreche, ist mir, als ob ich die Stimme meines eigenen Vaters hörte. Ob beim Training oder bei den Spielen oder wenn ich bei der Mannschafts-Weihnachtsfeier eine Rede halten muss – ich bewege nur die Lippen und mein Vater spricht aus mir. Vielleicht ist das der Grund, weshalb ich meine Aufgabe als Coach so liebe. Weil sie mich an meinen Vater erinnert, den ich damals sehr vermisste. Und ich wünschte, er hätte mich sehen können.

Besonders spannend fand ich immer das Duell der Trainer während des Spiels. Ihre Strategien, ihr Kalkül und ihre Spannung faszinierten mich ohne Ende. Die meisten Zuschauer bei einem Basketballspiel beobachten den Ball, der von Spieler zu Spieler wandert und manchmal den Korb trifft. Ich dagegen beobachte die Trainer. Ich versuche, ihr Konzept zu durchschauen und zu erahnen, wann sie wen auswechseln oder wann sie eine Auszeit geben werden, und so weiter.

Das Training liebe ich fast noch mehr als die Spiele selbst. Es hat mir immer Spaß gemacht, die Spieler zu fördern, an ihrer Technik zu feilen und das Beste aus ihnen herauszuholen. Ich empfand die Trainingseinheiten immer als besonders intensiv: Das Team hatte etwas Neues gelernt. Gemeinsam waren wir ein Stück weitergekommen.

Bei den Spielen dagegen herrschte eine völlig andere Atmosphäre – spannungsgeladen, elektrisiert – in der voll besetzten Turnhalle der Highschool. Rivalisierende Teams aus verschiedenen Stadtteilen, Lokalreporter und der eine oder andere Berichterstatter einer Collegezeitung, im Hintergrund die Pep-Band und im Zuschauerblock die Schüler und Studenten, die es nicht auf den Sitzen hielt. Egal, ob wir gewinnen oder verlieren würden, diese Freitagabende waren erfüllt von der Begeisterung für den Wettkampf und vom Zauber der Jugend.

Dann, während der Aufwärmphase vor dem Spiel, erschien gewöhnlich Cathy mit den Kindern auf der Bildfläche: vorneweg Jack, dann Charlotte und zum Schluss Cathy mit Danny an der Hand. Jeder von ihnen trug eine Tüte Popcorn, und Cathy hatte immer ein paar Flaschen Wasser dabei. Sie setzten sich direkt gegenüber von der Mannschaftsbank in die erste Reihe. Wann immer ich während des Spiels zu ihnen hinüberblickte, fing ich Cathys Lächeln auf. Manchmal führten Charlotte und Jack in den Pausen zur Musik der Pep-Band einen komischen Tanz auf.

Cathys Gegenwart und dass sie auf diese Weise an meinem Leben teilnahm, bedeuteten für mich Freude und Inspiration. Es gibt Frauen, die sich irgendwie damit abfinden, dass ihre Männer ihre Freizeit auf dem Spielfeld verbringen, die aber selbst nie mit zu einer Sportveranstaltung gehen würden. Mit Cathy war es das Gegenteil. Sie liebte den Sport fast genauso wie ich. Nach jedem Training oder bei Auswärtsspielen, bei denen sie mich nicht begleiten konnte, stellte sie mir tausend Fragen und wollte genau wissen, wie es war.

Das Beste waren immer die Abende nach einem Spiel. Wir brachten die Kinder ins Bett, dann holte Cathy etwas zu knabbern, wir machten es uns auf dem Sofa bequem und schauten uns gemeinsam das Video von dem Spiel an. Cathy bestand darauf, auch wenn sie es zuvor live erlebt hatte. Sie wollte immer alles ganz genau wissen, warum ich dies oder jenes gemacht oder was ich zum Schiedsrichter gesagt hatte.

Es gibt Spiele, da geht von Anfang an alles schief. Etwa, wenn man nach den ersten vier Sekunden schon mit zwei Punkten im Rückstand ist. Ich fordere eine Auszeit, nehme das Team beiseite. Wir stecken die Köpfe zusammen, und ich erinnere meine Jungs an das Video, das ich ihnen vor dem letzten Training gezeigt habe und das sie sich zum Vorbild nehmen sollten. Ich habe ihnen die wichtigsten Spielzüge noch einmal extra an der Tafel aufgezeichnet. Jetzt sehe ich ihnen in die Augen und sage ihnen, dass ich auf sie zähle und dass sie es schaffen können.

„Lasst euch Zeit. Vier Sekunden sind eine Ewigkeit. Blockt den Verteidiger aus, damit Bear genug Platz hat. Und dann, Bear, zielst du genau auf den Korb. Verlasst euch auf eure Fähigkeiten und auf eure Teamkameraden. Dann kann nichts mehr schiefgehen."

Die Unterbrechung des Spiels ist vorbei. Ich schaue meinen Jungs hinterher, wie sie zurück aufs Spielfeld gehen. Sie wirken gestärkt und selbstbewusst. Der Ball wird den Korb treffen oder nicht. Darauf habe ich keinen Einfluss. Ich habe sie vorbereitet – was sie daraus machen, ist ihre Sache. Ich habe getan, was ich konnte.

Zu Hause auf dem Sofa drückten Cathy und ich immer wieder auf „Replay", um die Szene noch einmal zu sehen, als der Ball beim entscheidenden Drei-Punkte-Wurf aus sechs Metern Entfernung kurz vor dem Schlusspfiff in den Korb traf – und wir damit das Spiel gewonnen hatten.

„Du solltest deinen Dad anrufen und ihm das erzählen", sagte Cathy plötzlich.

„Das sollte ich vielleicht", antwortete ich überrumpelt. Der Gedanke an meinen Vater machte mich traurig.

Sie hatte recht. Das sollte ich wirklich.

Weihnachten

Gina

Jemand klopfte mir leicht auf den Arm. „Mami! Mami, wach auf!" Drew stand neben meinem Bett. Seine Berührung hatte ich in einen langen, wirren Traum eingebaut.

„Wach auf! War der Weihnachtsmann schon da?" Müde und benommen öffnete ich die Augen weit genug, um einen Blick auf die Uhr zu werfen. Viertel vor acht. Nicht schlecht für einen Weihnachtsmorgen.

„Frohe Weihnachten, mein Schatz", sagte ich und streckte ihm die Arme entgegen.

„Sam schläft noch. Kann ich ihn wecken?"

„Ja, aber nicht zu stürmisch, bitte." Sam war ein kleiner Morgenmuffel. Ähnlich wie seine Mutter brauchte er lange, bis er wach und in der Lage war, mit anderen Menschen oder unbelebten Objekten in Kontakt zu treten.

Matt wachte ebenfalls auf und begann, langsam aus dem Bett zu krabbeln. Er war schwach und unsicher auf den Beinen, aber wild entschlossen, den Weihnachtsmorgen mit seiner Familie zu verbringen. Sein Atem ging schwer. Matt hustete stark und bat mich, ihm ein paar Mal auf den Rücken zu klopfen.

Ich stand auf und zog mir ein Sweatshirt über den Schlafanzug. Wie durch ein Wunder war es Drew gelungen, Sam beim ersten Versuch zu wecken. Ich bin überzeugt, dass die Vorfreude auf die Geschenke bei Kindern bestimmte chemische Prozesse im Körper verändert, sodass sie nicht die Tiefschlafphase erreichen.

Die Kinder hüpften ausgelassen herum, während Matt in seinen schlabberigen Pyjamahosen und seinem „Detroit Pistons"-T-Shirt an ihnen vorbei Richtung Treppe schlurfte. Ich sah den dreien hinterher und machte im Kopf eine Momentaufnahme, wobei mir der Spagat deutlich wurde, der unseren Alltag ausmachte: das Leben mit zwei fröhlichen, lebhaften Kindern und einem krebskranken Mann.

Ich bat die Jungen, oben zu warten, bis ich sie rufen würde. Dann schleppte ich das schwere Sauerstoffgerät die Treppe hinunter ins Wohnzimmer. Matt setzte sich auf die Couch, und wir sortierten ungefähr fünfzehn Meter Schlauch, bevor er bereit war, den Kindern beim Geschenkeauspacken zuzusehen.

„Sieht toll aus, Gina“, bemerkte er, als er seinen Blick durch das Weihnachtszimmer schweifen ließ.

Ich rannte zurück zur Treppe. „Okay, Jungs, ihr könnt kommen! Der Weihnachtsmann war da!“ Als sie losrannten, griff ich nach der Videokamera und folgte ihnen durch die Küche ins Wohnzimmer.

Es war ein grauer Morgen. Im Haus war es noch dunkel, nur die Lichter des fast drei Meter hohen Weihnachtsbaumes erfüllten den Raum mit einem warmen Schein. Der Baum war, wie jedes Jahr seit unserer Hochzeit, mit selbst gebasteltem Weihnachtsschmuck dekoriert, dazu mit roten und goldenen Schleifen. Der meiste Schmuck hing unten, da die Kinder darauf bestanden hatten, den Baum zu schmücken. Dieser Weihnachtsbaum war einfach perfekt: dicht und vollkommen gerade, die Lämpchen der Lichterketten hatten den perfekten Abstand, und er war vollkommen harzfrei. Wie einer dieser Bäume im Einkaufszentrum. Es war unser erster künstlicher Baum – ein weiteres Zeichen dafür, dass in diesem Jahr alles anders war. Ich vermisste den Tannenduft.

Die Kinder waren stiller als sonst. Das Sauerstoffgerät brummte im Hintergrund, ein Geräusch, an das ich mich nie ganz gewöhnen konnte. Das Auspacken der Geschenke verlief ungewöhnlich zivilisiert, ohne viel Lärm, Lachen und Papierschlacht. Die Stimmung war ruhig, fast höflich, die Atmosphäre geprägt vom Anblick unseres todkranken Mannes und Vaters. Matt saß schwer atmend in der Mitte des Sofas und stützte sich auf ein Kissen. Er konnte nur mit Mühe sprechen, sodass er seine Kommentare auf Ein-Wort-Sätze beschränken musste.

Nach knapp zehn Minuten hatten Sam und Drew alle Geschenke ausgepackt. Ich deutete auf die als Pfeil angeordneten roten und grünen Schleifen auf dem Boden.

„Jungs, habt ihr die Schleifen gesehen? Es sieht aus wie ein Zeichen“, half ich ihnen auf die Sprünge.

„Ein Zeichen vom Weihnachtsmann!“, rief Sam aufgeregt und beide folgten dem Pfeil Richtung Keller. Matt stand wortlos auf und ging langsam hinterher.

Nach zehn Sekunden waren die Kinder unten und kreischten begeistert beim Anblick ihrer neuen Basketball-Wurfmaschine, komplett mit zwei Körben, digitaler Anzeigetafel und Soundeffekten. Ihr Freudengeheul ließ darauf schließen, dass dies zweifellos der Höhepunkt des Weihnachtsmorgens war. Santa Claus hätte ruhig ein paar Dollars sparen und die restlichen Geschenke weglassen können. Bevor Matt und ich die erste Treppenstufe erreicht hatten, warfen die Jungen schon ihre Bälle in die Körbe. Einen Monat zuvor hätte Matt es sich nicht nehmen lassen, die beiden zu einem wilden Basketballturnier herauszufordern. Stattdessen saß er neben mir auf der Treppe und schaute zu. Ich war dabei, die Kinder zu filmen, als Matt mich am Arm berührte und flüsterte: „Kann du sie mal herrufen?“

Als ich das Spiel ausgeschaltet hatte, rannten Drew und Sam zu ihrem Vater, wobei sie beim Näherkommen instinktiv das Tempo verlangsamten und verstummten. Matts Stimme war sehr schwach, und sie mussten sich vorbeugen, um ihn zu verstehen. Nach ein paar Worten musste er jedes Mal innehalten und Luft holen.

„Okay, Jungs. … Ein tolles Weihnachten. … Ich möchte … mit euch beten.“ Die Kinder neigten die Köpfe, und Matt betete unter Anstrengung und mit vielen Pausen: „Lieber Herr Jesus, wir danken dir von Herzen für die schönen Geschenke in diesem Jahr. Und ich bitte dich, dass du auch nächstes Jahr bei uns sein wirst. Dass du uns hilfst, immer mehr zu werden wie du. Hilf du den Jungen, dass sie handeln, so wie du handeln würdest. Das bitten wir in deinem heiligen Namen. Amen.“

Tränen liefen mir über die Wangen. Ich schaltete die Videokamera aus und dankte Matt für sein Gebet und dafür, dass er so viel Mühe und Anstrengung auf sich genommen hatte, um Weihnachten gemeinsam mit den Kindern zu verbringen. Er sah mich mit wissenden Augen an und wischte mir die Tränen ab. Dann beugte er sich zu mir, sodass ich ihm einen Kuss auf die Wange geben konnte. Wir verstanden uns auch ohne weitere Worte.

Während Drew und Sam im Keller weiter ihre Körbe schossen, schaltete Matt im Fernsehen wie selbstverständlich seinen Sportsender ein. Er starrte unbeteiligt auf den Bildschirm, als blickte er durch den Fernseher hindurch. Ich brachte ihm eine Schüssel Cornflakes, die er nicht anrührte. Erst als ich ihn sanft überredete, weil er eine Grundlage für seine Medikamente brauchte, zwang er sich dazu, ein paar Löffel zu essen.

Drew polterte die Treppe hoch und kam in die Küche gerannt, mit leuchtenden Augen und geröteten Wangen vom Spielen. „Was gibt's zum Frühstück, Mom?"

„Opas leckere Apfelpfannkuchen."

„Jaaa – super!" Er machte auf dem Absatz kehrt, um Sam die gute Nachricht zu überbringen.

Ein Weihnachtsfrühstück mit meinen Eltern ist mehr als eine Familientradition. Es ist ein einzigartiges kulinarisches Ereignis. Mein Vater macht jedes Mal eine Show daraus. Als „Chefkoch Valenti" steht er mit seiner großen weißen Kochmütze aus Disney World am Herd, tanzt durch die Küche und wendet die Pfannkuchen mit gekonntem Schwung. Mein Onkel redet auf Italienisch auf ihn ein und gibt Kommentare zu seiner Technik ab. Es ist eine fröhliche, laute Weihnachtsstimmung mit sizilianischem Flair.

Bis das Frühstück fertig war, saßen Drew, Sam und Matt im Wohnzimmer und schauten fern, während ich bei den letzten Vorbereitungen in der Küche mit Hand anlegte.

„Dad, die Pistons spielen heute, am Weihnachtstag! Ist das nicht cool?" Drew schaute seinen Vater erwartungsvoll an. Matt antwortete mit monotoner Stimme und brachte nur mühsam ein paar Worte heraus.

Drews Enttäuschung wuchs. Verstört kam er zu mir in die Küche. „Mom, warum redet Dad nicht mit mir? Ich will mich mit ihm unterhalten, aber er beachtet mich überhaupt nicht!"

„Dad ist sehr müde, mein Schatz", tröstete ich. „Er ist so erschöpft, dass es ihm schwerfällt, dir zuzuhören und auf deine Fragen zu antworten. Vielleicht könnt ihr es später noch mal versuchen."

Er ging zurück und setzte sich wieder neben seinen Vater aufs Sofa. Matts Augen waren starr auf den Bildschirm gerichtet.

Ich trat zu ihm. „Möchtest du dich ein bisschen aufs Bett legen?"

Er nickte stumm, ohne mich anzusehen. Er schien mir deutlich schwächer als vor vierundzwanzig Stunden. Vielleicht brauchte er einfach ein wenig Ruhe.

Das Familienfrühstück sollte um zehn Uhr beginnen, sodass Matt sich vorher ausruhen konnte. Ich begleitete ihn nach oben, und wir setzten uns aufs Bett. Matt rang nach Luft, und ich wartete, bis sein Atem ruhiger ging. Dann stand ich auf, damit er sich hinlegen konnte. Er drückte meinen Arm.

„Gina", sagte er, „ich kann doch nicht an Weihnachten sterben." Er sah mich aus weit aufgerissenen Augen an, ängstlich und fragend zugleich.

Mein Herz begann zu rasen. Seine Worte trafen mich wie aus heiterem Himmel. Ja, ich musste damit rechnen, aber doch nicht so plötzlich.

So ruhig und gefasst wie möglich antwortete ich: „Ja. Doch. Du kannst. Du darfst gehen, und du wirst gehen, wenn Gott dich ruft. Aber ich glaube nicht, dass es heute sein wird."

Er schloss die Augen, während ich ihm übers Haar und über die Wangen strich. Ich spürte, wie es mir heiß und kalt wurde. Hatte er um meine Erlaubnis gebeten zu gehen? Hatte ich ihm soeben die Erlaubnis gegeben? Ich sah, wie er allmählich in den Schlaf hinüberglitt.

Ich stand vorsichtig auf und ging ins Bad. In meinem Kopf fühlte es sich an wie Watte und mein ganzer Körper schmerzte. Unter der Dusche drehte ich den Heißwasserhahn voll auf. Es konnte nicht heiß genug sein, um den Schmerz zu betäuben. Die dauernde Anspannung und der Schlafmangel forderten ihren Tribut. Nach dem Duschen zog ich mein neues grünes *Peace on Earth*-T-Shirt über ein weißes, langärmeliges Shirt. Nicht unbedingt mein Sonntagsstaat, aber es war weihnachtlich genug und bequem.

Stimmengewirr aus dem Erdgeschoss drang an mein Ohr. Meine Familie und Matts Familie waren gleichzeitig angekommen und füllten das Haus mit Gelächter, Essen und Geschenken. Ich konnte unmöglich hinuntergehen. Ich war noch nicht so weit. Nur noch ein paar Minuten Stille. Ich legte mich neben Matt aufs Bett und schloss die Augen. Alles, was ich wollte, war, bei ihm zu sein, seine Nähe zu spüren. Nach ein paar Minuten hörte ich ein leises Klopfen an der Tür.

„Frohe Weihnachten!" Susan und Meghan kamen auf Zehenspitzen zur Tür herein. Ich gab mir einen Ruck. Matts Mutter und Schwester hatten das Recht, ein paar Minuten mit ihm allein zu sein. Plötzlich beschlich mich das Gefühl, dass es vielleicht das letzte Mal war, dass sie ihn sahen.

Es war Zeit, dass ich nach unten ging und den Rest der Familie begrüßte. Im Haus vereinte sich der Duft von frischen Pfannkuchen, gebratenem Speck, Zimt, Kaffee und Apfelpunsch zu einem großen Weihnachtsduft. Kerzenhersteller versuchen, diesen Duft einzufangen, aber sie vergessen immer den Schinkenspeck. Äpfel, Zimt und Ahornsirup sind nichts ohne knusprig gebratenen *bacon*.

Ich musste an den Weihnachtsmorgen denken, an dem meine Eltern mir Papas berühmte Apfelpfannkuchen mit Speck ins Krankenhaus gebracht hatten, als ich bei Drews Geburt mit vorzeitigen Wehen dort lag.

Unten herrschte geschäftiges Durcheinander. Jeder hatte zu tun, aber man nahm sich Zeit, zwischendurch ein paar Worte zu wechseln oder sich zu umarmen. Meine Schwester Tara und ihr Mann Bob schnitten Sellerie klein und mixten Bloody Marys. Meine Mutter legte die Pfannkuchen auf die Servierplatten und deckte sie mit Alufolie zu. Meine Küche war fest in den Händen meiner weihnachtlichen Frühstückshelfer. Ich machte mir eine Tasse Tee und beobachtete still das rege Treiben. Es war ein schöner Anblick.

Der Tisch im Esszimmer war, wie jedes Jahr, mit dem festlichen Geschirr mit Weihnachtsdekor meiner Eltern gedeckt. Puderzucker und Sirup in ausreichender Menge standen schon bereit. Mein

Vater ist der Ansicht, dass auf Apfelpfannkuchen Puderzucker gehört und nichts anderes. Sirup ist eine Beleidigung für ihn. Ich musste mir meinen Sirup immer heimlich erschleichen. Doch was ist ein Pfannkuchen ohne den schönen, traditionellen Ahornsirup?

Das Büfett sah fantastisch aus und verströmte einen köstlichen Duft. Ich hatte Hunger und häufte mir von allem etwas auf meinen Teller. Zwischen zwei Bissen zupfte mich Sam am Arm.

„Mom", flüsterte er. „Komm mit nach oben. Du musst mir helfen."

„Was ist denn so eilig, mein Schatz? Kannst du einen Moment warten?", fragte ich, in der Hoffnung, meinen Pfannkuchen zu Ende essen zu dürfen.

„Nein! Es ist dringend!"

Seufzend setzte ich den Teller ab. Das Frühstück konnte warten.

Sam führte mich in sein Zimmer. „Hier!" Er zog eine Schublade auf. Sie war leer.

„Ich habe keine Socken mehr zum Anziehen."

„Okay, dann lass uns welche suchen gehen."

Sam folgte mir ins Schlafzimmer. Matt lag noch immer auf dem Bett und schlief oder döste. Ich wühlte im Korb mit der sauberen, noch nicht zusammengelegten Wäsche. Sam boxte mich kichernd in den Hintern.

„Hey, was soll das?" Lachend drehte ich mich um. An seinem Gesichtsausdruck sah ich, dass er irgendetwas im Schilde führte.

„Ich will Dad Hallo sagen."

Ich war überrascht und freute mich, aber wusste nicht recht, wie ich reagieren sollte. Sam hatte sich in den vergangenen Wochen ein Stück weit von Matt zurückgezogen. Manchmal schien es fast, als hätte er Angst vor ihm. Es war ihm nicht zu verdenken. Matts Anblick machte selbst Erwachsenen Angst, geschweige denn einem vierjährigen Kind. Trotzdem hob ich ihn aufs Bett neben Matt und ging nach nebenan, um einen Blick auf die Medikamententabelle zu werfen.

Als ich zurückkam, sah ich, wie die beiden miteinander lachten und herumalberten. Sam plapperte wie ein Wasserfall und erzählte vom Frühstück, vor allem vom gebratenen Schinkenspeck, den er am liebsten aß. Matt piekste ihn scherzhaft in den Bauch, und Sam kicherte. Es war ihr altes Spiel von früher. Vor seiner Krankheit hätte Matt für Sam seine beste Muppet-Show-Stimme aufgesetzt und Krümelmonster gespielt („Krümel möchte Schinken haben! Schinken und Keeeeekseee!“). Sam hätte gekreischt vor Begeisterung, und Matt hätte ihn durchgekitzelt, bis beide vor Lachen auf dem Boden gelegen hätten. Es machte mich traurig, wenn ich daran dachte, wie sehr Sam das gemeinsame Spielen und Raufen mit seinem Vater vermissen mochte.

Matt setzte ein breites Lächeln auf und scherzte und lachte mit Sam, mit aller Energie, die ihm geblieben war. Mitten im Weihnachtstrubel hatte der kleine Sammy seinen Vater aufgesucht, um ein wenig Zeit mit ihm zu verbringen. Welch kostbares Geschenk. Zum zweiten Mal an diesem Morgen befiel mich diese Ahnung: Sam nahm auf seine Weise Abschied von Matt.

„Ich hab dich lieb, Dad“, sagte er. Dann sprang er vom Bett und hüpfte aus dem Zimmer. Er hatte das Richtige getan. Nun war es gut.

Matt und ich waren wieder allein. Es war Zeit für die zweite Medikamentenrunde. Im Raum war es still, bis auf das gleichmäßige Brummen des Sauerstoffgerätes. Zum ersten Mal war ich dankbar für das Geräusch, denn es half, die Stimmen und das Lachen am Frühstückstisch zu übertönen. Ich wollte nicht, dass Matt hören musste, was er verpasste.

Als wir zu zweit waren, hatte ich auf einmal das Gefühl, ihm all das sagen zu müssen, was ich auf dem Herzen hatte. Ich wollte ihm sagen, dass ich ihn liebte, wie dankbar ich ihm war, und ihn bitten, mir zu vergeben, wo ich in unserer Beziehung versagt und ihn verletzt hatte.

„Ich liebe dich so sehr“, stammelte ich unter Tränen. Mehr brachte ich nicht heraus.

Matt drückte meine Hand. „Ich weiß, mein Herz.“

Ich sagte nichts, denn ich wusste, meine Worte würden nicht ausreichen. Stattdessen griff ich nach der Bibel auf dem Nachttisch und las Matt die Weihnachtsgeschichte vor. Er hörte mit geschlossenen Augen zu. Noch bevor die Passage zu Ende war, war er eingeschlafen.

Inzwischen wurde ich bei unserer Frühstücksrunde bestimmt schon vermisst. Zeit für mich, wieder nach unten zu gehen, wo mich ein weiterer Geschenkeaustausch erwartete, diesmal mit meiner Verwandtschaft. Mir wurde bewusst, wie grotesk die ganze Situation war: Oben im Schlafzimmer lag mein Mann im Sterben, eine Etage tiefer sollte ich Weihnachtsfreude verbreiten und mich an Geschenken freuen. Alles war so belanglos, so überflüssig. Und dennoch – auf eine bestimmte Art war es das perfekte Sinnbild für mein Leben mit Matt in den letzten drei Jahren. Wir hatten uns reich beschenkt, auch wenn unsere Geschenke für andere nicht sichtbar waren – keine Pullover, keine Krawatten – und sich in dem einen, großen Geschenk zusammenfassen ließen, das uns geblieben war: der Liebe.

Es war eine bedingungslose Liebe, frei von Erwartungen und Zwängen. Eine Liebe, bei der es keine Grenzen gab und keine Reue. Sie war selbstverständlich und allumfassend: ein gegenseitiges Geben, Nehmen und Verstehen. Eine Liebe, die selten ist und kostbar, die stärker ist als körperliche Lust. Jede Beziehung hat ihre Höhen und Tiefen, aber wenn man diese Liebe einmal erfahren hat, sehnt man sich nach ihr auf eine Weise, die mit nichts vergleichbar ist. Ich spürte sie am Tag unserer Hochzeit, aber auch, als ich unsere Kinder nach der Geburt im Arm hielt und als klar wurde, dass Matt unheilbar an Krebs erkrankt war. Ich wünschte, wir hätten die Gabe, unser Leben so zu leben. Alles wäre so neu und frisch oder dem Ende nahe, dass unser ganzes Handeln und Sein von dieser grenzenlosen Liebe durchdrungen wäre. Sie wohnt allem Anfang inne und allem Ende. Doch in der Zeit dazwischen neigen wir dazu, sie zu vergessen.

Wir begannen mit der Bescherung, während im Fernsehen ein Basketballspiel mit den Detroit Pistons lief. Die Stimmung war ausgelassen, die Kinder waren aufgedreht und fröhlich und es wurde viel gelacht. Mein Vater bekam ein versilbertes Jo-Jo mit seinem eingravierten Namen und ließ die Tricks aus seiner Kindheit wieder aufleben.

Er wickelte die Schnur so um die Finger, dass ein Dreieck entstand, und ließ das Jo-Jo wie ein Pendel schwingen. Danach rief er „Gassi gehen!“ und schleuderte das Jo-Jo so aus dem Handgelenk, dass es sanft auf dem Boden aufsetzte. Wie an einer Hundeleine rollte es nach vorn. Nach ein paar Sekunden holte er „Fiffi“ zurück und ließ das Jo-Jo wieder in seine Hand schnappen. Alle johlten und klatschten Beifall.

Trotz der kurzweiligen Unterhaltung horchte ich immer wieder auf die Geräusche aus dem Schlafzimmer, die von Matts Sprechanlage kamen. Über den Nachmittag verteilt, gingen wir abwechselnd nach oben und setzten uns zu ihm. Jedes Mal, wenn jemand zu ihm ging, war ich froh und gleichzeitig merkwürdig eifersüchtig. Froh, dass er Gesellschaft hatte, und eifersüchtig, dass ich nicht diejenige war, die bei ihm war.

Mit der Zeit wurde es ruhiger im Haus. Drew forderte seinen Onkel Bob zu einem Basketballmatch im Keller auf. Mein Vater baute Spielzeug zusammen oder versuchte, die einzelnen Teile aus der Verpackung zu befreien, wobei seine technische Begabung sowie mehrere Werkzeuge zum Einsatz kamen. Tara fuhr mit meiner Mutter nach Hause, um die Lasagne für das Abendessen vorzubereiten. Ich spürte plötzlich eine lähmende Müdigkeit und ging nach oben zu Matt, um mich ebenfalls ein wenig hinzulegen.

„Haben die Jungs die Xbox 360 bekommen?“, fragte er, als ich ins Zimmer kam. Matt durfte als Kind keine Videospiele haben.

„Wieso?“, fragte ich irritiert.

„Sie brauchen die Xbox.“

„Sie *brauchen* sie?“, antwortete ich spöttisch.

Matt schloss die Augen, aber seine Augenbrauen und sämtliche Gesichtsmuskeln bewegten sich nach oben und verrieten, dass er lächelte. Es war, als ob er sagen würde: „Sie brauchen das Spiel nicht, aber ich möchte, dass sie es bekommen.“ Das war typisch Matt Kell. Selbst wenn er das Spiel niemals mit seinen Kindern spielen würde – er wollte, dass sie Spaß hatten. Es passte zu seinem

Wesen. Freude schenken und unbeschwerte Momente, sei es durch ein triviales Videospiel oder das Erlebnis, mit Tom Izzo und Chauncey Billups auf der Couch zu sitzen. Das Leben in vollen Zügen genießen, ohne Wenn und Aber. Lebe jeden Tag ein volles Leben nach dem Willen Gottes und die Freude wird vollkommen sein. Für Matt waren solche Dinge ganz natürlich, er brauchte nicht darüber nachzudenken. Ich legte meinen Kopf auf das Kissen neben ihn und meine Hand auf sein Herz.

„Ich kümmere mich darum", sagte ich und sein Lächeln wollte kein Ende nehmen.

Durch das Summen des Sauerstoffgeräts hörte ich die Türglocke und beschloss, einfach liegen zu bleiben. Plötzlich standen Karl Galik und seine Frau Marilouise im Zimmer, gefolgt von Susan, Meghan und meinem Vater, der heute noch gar nicht nach oben gekommen war.

„Frohe Weihnachten euch allen! Gina, bleib doch bitte liegen." Pastor Galik trat neben Matt ans Bett.

Matt nahm seine Hand und begann zu weinen. Zwischen Matt und Karl hatte sich seit Matts Krankheit eine intensive Freundschaft entwickelt. Ich glaube, dass sie beiden Männern guttat.

Während Matt Pastor Galiks Hand fest umklammert hielt, sprachen sie wiederholt über „die Reise". Ich fühlte mich tief bewegt und geehrt, dass ich bei ihrer Unterhaltung dabei sein durfte. Karl sprach über das ewige Leben und zeichnete Bilder der unbeschreiblichen Schönheit des Himmelreichs. Jeder im Raum hörte gebannt zu. Er sprach von Freude und Ehrfurcht beim Durchschreiten der himmlischen Pforte und von der Erfüllung, für immer bei Gott zu sein, im Glanz seiner Herrlichkeit.

„Matt, bald wirst du Jesus von Angesicht sehen und mit ihm an der Tafel des Herrn sitzen." Matt nickte. Dann weinte er um mich und die Kinder. Merkwürdigerweise war ich innerlich ganz ruhig. Trotz aller Trauer wusste ich, es war gut so.

Marilouise saß neben mir auf dem Bett und streichelte mir sanft den Rücken.

Matt sah Karl an und sagte plötzlich: „Wenn du so weitermachst, gehe ich noch, bevor meine Zeit gekommen ist." Es war mehr ein Flüstern, und nicht alle verstanden die Worte und den Scherz, doch Karl kannte Matts Humor und lachte leise.

„Du bist immer noch derselbe", schmunzelte er und ein zufriedenes Lächeln huschte über Matts Gesicht.

Dann sprach Karl ein Gebet. Danach beugte er sich ganz nah zu Matt und begann: „Falls wir uns nicht wiedersehen ..."

Matt legte ihm den Arm auf die Schulter und unterbrach ihn: „Wir werden uns wiedersehen."

„Ja", nickte Karl. „In der Ewigkeit."

Es entstand eine längere Pause.

„Und ich bin in alle Ewigkeit dein Pastor und dein Bruder", sagte Karl.

„Du bist mir näher als ein Bruder."

Karl beugte sich vor und umarmte Matt. Einen Augenblick lang hielten sie sich ganz fest. Das war ihr Abschied.

Dann begleitete ich die Galiks aus der Tür auf den Flur. Wir weinten und nahmen uns in die Arme.

„Wir fahren diese Woche nicht nach Chicago", sagte Karl mit fester Stimme. „Wir bleiben bei euch – jetzt, wo es nicht mehr lange dauern wird."

„Jetzt schon?" Natürlich wusste ich das. Aber wie konnte er so sicher sein? Wie kam es, dass die Zeit so schnell zerrann? Ich konnte nicht aufhören zu weinen.

„Matt wird es bald besser haben", hörte ich mich sagen, während ich mir die Tränen abwischte. Wie es mit mir und den Kindern weitergehen würde, stand auf einem anderen Blatt.

Als ich zurück ins Zimmer kam, war Matt wieder eingeschlafen. Es war Zeit für seine Medikamente, aber ich beschloss, ihn nicht zu wecken. Ich ging wieder nach unten zu unseren Gästen. Die Galiks blieben noch eine Weile, und Karl sprach mit mehreren, hatte ein offenes Ohr und spendete Trost. Marilouise mit ihren begnadeten Händen und ihrer Erfahrung als Physiotherapeutin massierte unsere verspannten Schultern. Wir saßen noch lange in der Küche und redeten. Zwischendurch versorgte uns Matts Mutter mit einer Stärkung: Obst, Schokolade, Nüsse und gebrannte Mandeln. Sammy hielt sich an die Mandarinen aus der Obstschale auf dem Tisch, Drew mochte am liebsten die Mandeln, getrockneten Aprikosen und Schokoladen-Weihnachtsmänner.

Als wir uns von den Galiks verabschiedeten, kamen meine Mutter und Tara zurück und schleppten zwei riesige Auflaufformen mit Lasagne. Ich konnte nichts essen.

Ich wusste nicht recht, was ich mit mir anfangen sollte. Matt schien immer noch zu schlafen, aus dem Babyphon kamen seit einer Stunde keine Geräusche. Ich rang mit mir, ob ich ihm seine Medikamente geben sollte oder nicht. Vorsichtig öffnete ich die Schlafzimmertür, brachte es aber nicht übers Herz, ihn zu wecken. Es war selten, dass er so friedlich schlief, ohne zu husten oder sich unruhig hin und her zu wälzen. Dann sah ich seine Bibel auf dem Nachttisch liegen. Ich nahm sie und ging damit nach unten.

Meine Mutter saß in der Küche. „Mom", begann ich, „Matt hat mir vor ein paar Wochen gesagt, dass er ein Weihnachtsgeschenk für dich hat. Ich glaube, er kann es dir heute nicht persönlich geben. Darf ich es dir geben?"

„Ein Geschenk von Matt? Sollte ich nicht lieber auf ihn warten?"

„Er wollte, dass du es heute bekommst. Du kannst ja später hochgehen und dich bei ihm bedanken."

Ich legte Matts Bibel auf den Tisch und schob sie zu ihr hinüber.

Sie legte ihre Hände auf das Buch und starrte es an. Ihr Mund öffnete sich, als ob sie etwas sagen wollte, doch ihr fehlten die Worte.

„Es war ihm ganz wichtig, dass du sie bekommst", sagte ich.

„Seine Bibel?" Sie schlug sie auf und fuhr mit dem Finger über die Lesezeichen. „Das ist eine große Ehre für mich."

Nachdenklich blätterte sie die Seiten um. „Weißt du, ich habe mein Leben lang nie in der Bibel gelesen."

„Kein Wunder, du bist ja auch katholisch", sagte ich scherzhaft. Ich konnte es nicht lassen, einen kleinen Seitenhieb auszuteilen, obwohl ich meine katholischen Wurzeln nie verleugnet habe.

Sie überhörte meine Spitze. „Und Matt hilft mir, den ersten Schritt zu tun", sagte sie.

Matt und meine Mutter hatten erbitterte Glaubensdiskussionen geführt. Zwischen seiner Auffassung vom Glauben und ihrer lagen Welten. Im ersten Jahr nach unserer Hochzeit hatten wir mit meinen Eltern Urlaub in Florida gemacht. Auf dem Parkplatz vor einem Eiscafé bei Milchshakes und Eis hatten wir uns in eine heiße Debatte über Jesus und die Kirche verstrickt. Mein Vater hatte nach zehn Minuten das Weite gesucht, Matt und meine Mutter aber hatten sich wie zwei Kampfhähne gegenübergestanden. Die Diskussion war völlig entgleist, und meine Mutter hatte die Nase voll von ihrem arroganten Schwiegersohn, der alles besser wusste und ihr erzählen wollte, wie man „richtig" glaubte. Hinterher hatte sich Matt in Grund und Boden geschämt und es hatte ihm leidgetan, dass er seine Schwiegereltern vor den Kopf gestoßen hatte. Er hatte sich in aller Form entschuldigt, doch seitdem war das Thema Religion ein heißes Eisen und man beschränkte sich auf unverbindliche Fragen wie: „In welche Kirche geht ihr an Weihnachten?" Matt hatte seine Lektion gelernt: Diskutiere nie mit deinen frischgebackenen Schwiegereltern über Glaubensdinge.

Doch nun sagte meine Mutter unter Tränen: „Weißt du, ich habe gemerkt, dass euer Glaube euch Kraft gibt bei all dem, was du und Matt und die Kinder durchmachen."

Ähnliches hatte sie schon in den vergangenen Monaten angedeutet. Ich hatte nie so recht gewusst, wie ich darauf reagieren sollte. Aber es erfüllte mich mit stiller Freude und einer tiefen Demut. Wenn Menschen durch uns etwas von Gottes Gegenwart spüren, nicht durch unsere Worte, sondern durch unser Handeln, ist das ein großes Geschenk.

„Mom", sagte ich vorsichtig, „wenn du durch Matts Krankheit näher zu Gott findest, dann hat sein Leiden einen Sinn."

Ich wusste, dass ich meiner Mutter damit eine Menge zumutete, und bereute schon fast, dass ich es gesagt hatte. Aber Matt und ich hatten so oft darüber gesprochen, dass es mir ganz natürlich schien, den Gedanken zu äußern.

Es entstand eine lange Pause. „Was ist mit den Kindern?", fragte sie dann. „Es ist so schwer für sie."

„Auch daran hat Matt gedacht. Er wünscht sich, dass du es ihnen erklärst, wenn sie alt genug sind, es zu verstehen."

Wir umarmten uns eine lange Zeit. Ich hatte mich gerade wieder hingesetzt, als ich Matt rufen hörte. „Gina!"

Seine Stimme war ungewohnt laut. Die Panik, die darin lag, machte mir Angst. Ich nahm drei Treppenstufen auf einmal und stürzte ins Zimmer. Matt war auf den Beinen und unterwegs ins Bad. Seine Atmung ging rasselnd, und er rang stark nach Luft. Er blickte mich verstört an. „Gina, ich glaube, ich muss mal. Bitte, hilf mir."

Mit kleinen Schritten ging er langsam ins Bad und stellte fest, dass er doch nicht musste.

Susan und mein Vater halfen mir, ihn zurück ins Bett zu bringen. Fieberhaft ging ich die Medikamententabelle durch. Was hatte ich ihm gegeben und wann? Es waren so viele unterschiedliche Tabletten und Dosierungen. Methadon, Roxanol, Ativan, Levisen, Cymbalta, Neurontin, Valium, Morphium, Decradon, Fentanyl, Oxycontin, Oxycodon. Und er hatte so fest geschlafen, dass er länger als üblich ohne Medikamente gewesen war. Meine Gedanken jagten sich. Was sollte ich tun? Ich musste ihm helfen, sich zu beruhigen, damit sich sein Atem normalisieren konnte. Ich legte ihm einige angstlösende Tabletten unter die Zunge und gab ihm ein paar Tropfen Morphium. Dabei redete ich beruhigend auf ihn ein. Es war nicht das erste Mal, dass ich ihn in diesem Zustand fand, und er hatte sich jedes Mal erholt.

Matt war extrem unruhig. Er wollte ständig aufstehen, merkte, dass er es nicht konnte, und fiel zurück aufs Bett. Ich versuchte, ihn zum Liegenbleiben zu bewegen, bis ich merkte, dass er nicht länger liegen konnte. Seine Lungen waren bereits voller Wasser.

„Meghan, die Hospiznummer ist in dem blauen Ordner auf meinem Schreibtisch", rief ich, während ich Matt stützte und verzweifelt versuchte, eine bequeme Position für ihn zu finden. Sein Atem ging schwerer. „Jesus, nimm mich zu dir", sagte er unvermittelt. Er spürte es. Seine Zeit war gekommen. Mein Herz krampfte sich zusammen bei dem Gedanken. Ich schluckte die Panik hinunter, die mir die Kehle zuschnürte. Ich konnte keinen klaren Gedanken fassen. Alles, was ich denken konnte, war: *Es ist nicht wahr. Er darf uns nicht verlassen. Ich bin noch nicht bereit.*

Plötzlich setzte sich Matt abrupt auf und riss sich mit einer heftigen, ruckartigen Bewegung das T-Shirt vom Leib. Schockiert und verängstigt sahen wir ihn an. Seit Monaten hatte er sich nicht mit einer solchen Heftigkeit und Entschlossenheit bewegt. Das Shirt hatte sich dadurch um die Sauerstoffschläuche gewickelt, und wir streiften es ihm vorsichtig über den Kopf, sodass es zu Boden glitt. Als Nächstes versuchte Matt, sich die Schläuche aus der Nase zu ziehen, doch das Verbindungsstück war hinter den Ohren und unter dem Kinn befestigt. Er packte es mit festem Griff, wild entschlossen, es loszuwerden. Mein Herz raste.

„Nein, nein, das darfst du nicht! Das muss drinbleiben, mein Schatz." Irgendwie gelang es mir, seinen Griff zu lösen und die Schläuche wieder anzuschließen.

Ich atmete tief durch. Als Matt sich das T-Shirt auszog, wusste ich Bescheid.

„Er will nicht mehr", sagte ich laut. „Er will nach Hause gehen."

In meinem Kopf drehte sich alles. *Bitte, Herr, gib mir Kraft. Bitte, lass es nicht wahr sein. Bitte nicht.*

Ich beugte mich zu Matt hinunter, der heftig nach Atem rang, und flüsterte ihm ins Ohr: „Ich liebe dich. Ich lasse dich nicht allein. Alles wird gut …. Und – mach dir keine Sorgen um uns." *Jesus, hilf mir.*

Ich saß auf der Bettkante, dicht neben Matt. Seine Schwester stützte ihn von hinten und hielt mit beiden Händen seinen Kopf hoch. Susan saß auf der anderen Seite und schob Kissen unter seinen Körper. Seine Mutter, die ihn zur Welt gebracht hatte, war nun an seiner Seite, wenn er diese Welt verließ, und half ihm, in eine andere Welt hinüberzugleiten. Für den Bruchteil einer Sekunde wurde mir die Grausamkeit dieser Situation bewusst. Eine Mutter, die ihr Kind verliert. Dabei spielt es keine Rolle, wie alt das Kind ist. Wie soll eine Mutter von ihrem Kind Abschied nehmen? Vielleicht mit denselben Worten, mit denen ein junger Vater von seinen

Söhnen Abschied genommen hat. „Ihr braucht keine Angst zu haben, denn ich habe auch keine Angst. Ich habe euch lieb und werde für immer bei euch sein. Wir werden uns bald wiedersehen."

Susan war die Mutter dieses jungen Vaters, und ich stellte mir vor, was ich sagen würde, wenn ich in ihrer Situation wäre. Mein erster Impuls wäre wahrscheinlich: „Nein, du darfst nicht sterben! Du hast das ganze Leben noch vor dir! Und deine Kinder brauchen dich. Niemand kann ihnen den Vater ersetzen."

Es gibt keinen anderen Weg, den Tod des eigenen Kindes zu verkraften, außer mit Gottes Hilfe. Als ich sah, wie Susan ihrem Sohn tröstend über den Kopf strich, schossen mir die Tränen in die Augen. Sie tat mir unendlich leid.

Das Schlafzimmer war voller Menschen, und gemeinsam wechselten wir uns ab, Matt zu halten und zu stützen und eine bequeme, halb liegende, halb sitzende Position für ihn zu finden. Ich hatte ihm den rechten Arm um die Schultern gelegt, mit der freien Hand strich ich behutsam über seine Brust und sein Gesicht. Von Zeit zu Zeit flüsterte ich ihm tröstende Worte ins Ohr. Inzwischen ging sein Atem regelmäßig, aber es beunruhigte mich, dass er immer noch verzweifelt nach Luft rang. Seine Augen waren in weite Ferne gerichtet.

Plötzlich ging die Tür auf und Sammy stand im Zimmer. Der kleine Junge wurde mit seinen vier Jahren Zeuge dieser Szene. Sein Vater lag auf dem Bett, die anderen Erwachsenen umringten ihn und weinten. Leise fragte ich ihn, ob er zu uns kommen und seinem Dad Auf Wiedersehen sagen wollte, und er sagte ohne zu zögern: „Ja." Ohne Scheu kam er zu mir, und seine Oma half ihm auf meinen Schoß. Nie werde ich vergessen, wie er sich von seinem sterbenden Vater verabschiedete. Ganz selbstverständlich streichelte er ihm den Rücken, zärtlich und tröstend. Matt spürte es und lehnte sich näher zu uns, sodass Sammys Arm zwischen uns beiden eingeklemmt wurde. Sam wurde es etwas unbehaglich, und er befreite sich mit meiner Hilfe und wollte lieber wieder gehen. Er gab Matt einen Kuss und sagte: „Ich hab dich lieb, Dad." Dann huschte er aus dem Zimmer.

Drew sollte auch die Chance haben, Abschied zu nehmen, schoss es mir durch den Kopf. Meghan ging nach unten, um ihn zu holen, doch er weigerte sich, verängstigt und verwirrt. Ich musste meinen Platz an Matts Seite verlassen, um selbst mit ihm zu sprechen. Die Furcht und Trauer in seinem Gesicht brach mir fast das Herz. Er schüttelte heftig den Kopf, noch bevor ich etwas sagen konnte.

„Drew, möchtest du kommen und dich von Daddy verabschieden?"

„Nein!", rief er laut.

„Komm mal her zu mir." Ich setzte mich mit ihm auf den Boden und schlang die Arme um ihn. Meine Gedanken jagten sich. Es blieb keine Zeit, um lange zu überlegen, was besser war: wenn Drew seinen Vater noch einmal sah oder nicht. Doch Sam hatte es getan, und ich dachte, Drew sollte es auch. Vorsichtig sagte ich ihm, dass sein Dad nicht mehr lange bei uns sein würde.

„Was meinst du damit?", fragte er.

Ich schluckte. „Dad wird bald im Himmel sein", antwortete ich mit erstickter Stimme. „Aber du kannst mitkommen und ihm Auf Wiedersehen sagen. Du brauchst keine Angst zu haben."

Drew nickte widerstrebend. Ich versuchte ein aufmunterndes Lächeln, aber es wollte mir nicht recht gelingen. Ich wusste nicht, ob ich das Richtige tat. *Wenn er keine Chance hatte, sich zu verabschieden, würde er es später bereuen. Oder nicht? Würde er das Bild jemals wieder loswerden? Sollte er seinen Vater nicht lieber so in Erinnerung behalten, wie er war? Was mutete ich meinen Kindern zu?*

Im Nachhinein denke ich, dass es die richtige Entscheidung war, aber zwischendurch dachte ich, es sei ein Fehler gewesen. Als ich Drew sanft ins Zimmer schob, blieb er abrupt stehen, schockiert von dem Anblick, der sich ihm bot. Darauf war er nicht vorbereitet gewesen. Ängstlich klammerte er sich an meine Hand. „Nein, Mom, nein!", schrie er und wandte sich entsetzt ab. In dem Moment wusste ich: Seine kindliche Unschuld war verloren. Seine Welt würde nie mehr dieselbe sein.

Ich versuchte, ihn zu trösten. „Hab keine Angst, Drew. Es ist Dad. Es ist okay."

Unsicher sah er mich an.

„Komm“, sagte ich. „Wir gehen zu ihm, damit du ihm Auf Wiedersehen sagen kannst. Dad kann dich hören.“

Er nickte. Seine Angst schien überwunden. Ich nahm meinen Sechsjährigen auf den Arm und setzte mich mit ihm aufs Bett.

„Goodbye, Dad.“ Drew beugte sich vor und küsste seinen Vater mutig auf die Wange.

Matt hatte den Kopf in den Nacken gelegt, wobei der Tumor in seinem Hals deutlich hervortrat. Seine Brust hob und senkte sich, während er laut röchelnd nach Luft rang.

„Ich hab dich lieb“, sagte Drew. Er konnte nicht verstehen, dass Matt nicht antwortete. „Warum sagt er nichts?“

„Er kann dich hören, aber er kann nicht mehr sprechen. Du hast alles richtig gemacht, mein Schatz. Du warst sehr tapfer.“

Drew kletterte schweigend von meinem Schoß und ging hinaus. *Was habe ich den Kindern bloß angetan?*

Matt war schon sehr schwach, als die Hospizschwester kam. Es war nicht „unsere“ Schwester, sondern eine Vertretung, und die Frau tat mir leid, dass sie am Weihnachtsabend Rufbereitschaft hatte und nicht in Ruhe mit ihrer Familie feiern konnte. Sie sah nicht aus wie die anderen Hospizschwestern, die immer korrekt gekleidet waren, sondern trug einen pastellfarbenen Schwesternkittel über einer Jogginghose.

Für einen kurzen Moment stand sie schweigend am Bettende, dann nahm sie eine Blutdruckmanschette und ging auf Matt zu. Verwirrt fragte ich mich, weshalb sie ihm kurz vor seinem Tod noch den Blutdruck messen wollte.

„Danke, aber das brauchen wir nicht“, sagte ich, leicht irritiert. „Er hat nicht mehr lange zu leben.“

„Oh“, sagte sie nur. Und dann: „Ist das ein Tumor, da an seinem Hals?“

Dies war so ziemlich die absurdeste Frage, die sie angesichts der Umstände stellen konnte. „Ja, das ist ein Tumor“, antwortete ich, zunehmend gereizt.

„Ist das der Grund für seine Atembeschwerden?“, fragte sie.

„Nein“, antwortete ich, fassungslos über ihre Ignoranz. „Wenn Sie genau hinhören würden, würden Sie merken, dass mein Mann Wasser in der Lunge hat. Der Tumor hat nichts damit zu tun.“

Die Schwester widersprach und begann, ihre These zu untermauern, indem sie betonte, dass ein Tumor im Hals sehr wohl Druck auf die Luftröhre ausüben konnte. Mir wurde immer klarer, dass diese Frau unqualifiziert und keine große Hilfe war, vielleicht sogar psychisch krank. Niemand mit halbwegs gesundem Menschenverstand hätte unter diesen Umständen so gehandelt.

Als die Schwester nach ihrem Stethoskop griff, schaute meine Mutter Hilfe suchend zu Meghan und sagte ärgerlich: „Würdest du bitte diese Frau hinausbegleiten?“

Meghan ließ sich nicht zweimal bitten und nahm die Schwester beim Arm. „Sie sollten jetzt lieber gehen“, sagte sie und führte die Frau aus dem Zimmer.

Zwei Monate lang hatte der Hospizverein die beste Pflege und Sterbebegleitung geleistet, doch dieses Beispiel zeigte wieder einmal, dass man dankbar sein darf, wenn man an einem Feiertag nicht auf medizinische Hilfe angewiesen ist.

Matt schwitzte jetzt stark. Immer wieder wischte ich ihm mit einem feuchten Waschlappen über sein Gesicht. Als ob sein ganzer Organismus noch einmal auf Hochtouren lief, um endlich stillstehen zu dürfen. Es war paradox. Sterben war anstrengend. Sein Atem kam rhythmisch und stoßweise und war das einzige Geräusch im Raum, bis auf unsere gedämpften Worte und gelegentliches Schniefen. Obwohl Matt immer noch schwer atmete, hatte ich den Eindruck, dass sich die Last verlagert hatte, dass es jetzt für uns schwerer war als für ihn.

Mit der Zeit wurde er ruhiger und seine Züge entspannten sich. Er hatte sich von seinem alten Leben gelöst und war bereits auf dem Weg in eine andere Welt, in sein neues Leben. Ich begann, laut zu beten, dass Gottes Heiliger Geist Matt stärken und ihn hinübergeleiten möge in die Ewigkeit. Ich hatte mein Versprechen gehalten. Ich war bei ihm geblieben, bis zum Ende seiner Reise.

Er hatte die Augen jetzt weit geöffnet und sah mich an, aber es war, als blickte er durch mich hindurch in eine weite Ferne. Er stand bereits am Ufer, an der Schwelle des Himmels, und sah Dinge, die wir nicht sehen konnten. Während er langsam hinüberglitt, wurde sein Atem langsamer und schwächer.

„Er hat es bald geschafft", flüsterte ich. Susan legte mir den Arm um die Schultern. Dann nahm sie Matts rechte Hand, die langsam eine bläuliche Färbung annahm, und nickte wissend.

Ängstlich horchte ich auf jeden von Matts Atemzügen. Sie wurden immer leiser, waren nur noch ein Hauch, ein zartes Flüstern. Ich bat darum, das Sauerstoffgerät abzustellen. Ich legte meinen Kopf an seine Brust, und sein Atem und mein Atem wurden eins in der Stille. Es war ein Moment tiefen Friedens und unbeschreiblicher Schönheit. Matt und ich standen gemeinsam an der Schwelle, wie am Ufer eines stillen Sees, irgendwo zwischen Raum und Zeit. Menschen umringten uns, aber ich nahm sie nicht wahr. Es gab nur ihn und mich und die Gegenwart Gottes.

Die Pausen zwischen seinen Atemzügen wurden länger, und mit einem letzten, tiefen Zug hauchte er sein irdisches Leben aus. Matt war am Ziel. Er hatte Krankheit und Leiden hinter sich gelassen und den Krebs besiegt.

Plötzlich trafen mich Trauer und Verzweiflung mit voller Wucht, gepaart mit dem Schmerz der vergangenen drei Jahre, und ich warf mich weinend über ihn. Ich stammelte unzusammenhängende Worte und klammerte mich an ihn, als wollte ich ihn festhalten und nie wieder loslassen.

Ich hatte ihn für immer verloren. Doch ein Teil von ihm wird immer bei mir sein.

Irgendwann löste ich mich von Matt und ging wie betäubt nach unten. Die Hospizschwester war immer noch da. Sie saß in der Küche und sortierte Matts Medikamente, wahrscheinlich, um sie zu entsorgen. Ich sah, dass sie geweint hatte.

„Habe ich irgendetwas falsch gemacht?" Sie schaute mich an wie ein waidwundes Reh. „Ihre Mutter oder Schwiegermutter hat mich angeschnauzt und mich aus dem Zimmer geworfen."

Ich war sprachlos. Unfähig, irgendetwas zu sagen, starrte ich sie an.

„Nein“, sagte ich schließlich und bemühte mich, ruhig zu bleiben. „Sie können nichts dafür. Dies ist eine schwere Zeit für uns. Mein Mann ist gerade gestorben. Wir wollten einfach nur in seiner letzten Stunde mit ihm allein sein. Sie können nach Hause gehen, wenn Sie Ihre Arbeit hier beendet haben.“

Die Schwester war unbeeindruckt und ergriff die Gelegenheit, mir zu sagen, dass sie beinahe unsere steile Treppe hinuntergestürzt sei. Außerdem sei unser Gehweg vereist und gefährlich.

„Wie bitte?“ Hilflos drehte ich mich um und schaute ins Wohnzimmer, wo meine Eltern und Mike Schomaker saßen, denen bei dieser Szene genauso die Spucke wegblieb. Plötzlich entlud sich die Spannung, die ganze Fassungslosigkeit über diese einfältige Person, und sie begannen, hysterisch zu lachen.

Während die Krankenschwester wutentbrannt ihre Sachen zusammenpackte, traf ein Polizist ein, um Matts Tod zu bestätigen. Ich weiß nicht, weshalb, aber es machte mich auf einmal unsagbar wütend. Ich dachte an Matts ausgemergelten Körper oben im Schlafzimmer, der mit nacktem Oberkörper und deutlich hervortretenden Tumoren am Bauch und am Hals auf dem Bett lag. Und dann kam dieser Fremde, der Matt überhaupt nicht kannte, und drang in unsere Privatsphäre ein, nur um der Bürokratie Genüge zu tun.

Bevor die Leute vom Bestattungsunternehmen kamen, um seinen toten Körper abzuholen, ging ich ein letztes Mal nach oben zu Matt. Mein verstorbener Mann lag auf seinem letzten irdischen Lager. Er konnte mich nicht mehr anschauen, mir nicht mehr sagen, dass er mich liebte. Seine Hände und Arme waren kalt. Noch vor einer halben Stunde hatte ich ihm den Schweiß von der Stirn gewischt.

Die Liebe meines Lebens war nicht mehr in dieser Welt. *Wo bist du jetzt, Liebster? Warum hast du mich allein gelassen?*

Nach dreizehn Ehejahren und drei Jahren intensiver Pflege und Sorge um Matt war ich nun allein. Mein Leben war plötzlich kalt und leer, ohne Inhalt, ohne Mitte. Ich nahm seine Hand und umschloss sie, atmete die Stille und den Frieden, dann stand ich auf und trat zurück. Aus einiger Entfernung betrachtete ich noch einmal den leblosen Körper auf dem Bett, als wollte ich mich vergewissern, dass es kein böser Traum war. Es war wirklich wahr. Jetzt war alles anders. *Oh, Herr, schenk mir Kraft!*

Als Matts Körper aus dem Haus getragen wurde, verspürte ich den unbändigen Drang, zur Tür hinaus und hinter ihm her zu rennen. Stattdessen ging ich ins Schlafzimmer zurück. Dort, wo er gelegen hatte, hatten die Angestellten des Beerdigungsinstituts eine künstliche rote Rose hinterlassen. Ein Stoffschild war daran befestigt, auf dem stand: „Die Erinnerung wird in uns weiterleben." Ich weiß nicht, ob sich plötzlich meine ganze Anspannung löste oder ob es die Absurdität der Situation war, aber ich musste auf einmal laut lachen. Wenn Matt diese kitschige Rose gesehen hätte! Er hätte ganz bestimmt mitgelacht. Es mag sicher Leute geben, die sich dadurch bewegt oder getröstet fühlen, aber Matt und ich fanden solche Dinge immer ziemlich lächerlich. Eine billige Plastikrose mit einem platten Spruch als Erinnerung an meinen Mann – das perfekte Geschenk für eine trauernde Witwe!

Bevor sich alle verabschiedeten, wurde beschlossen, dass meine Mutter bei uns übernachten sollte. Ich wusste zwar nicht, warum, aber offenbar fand man es unverantwortlich, dass ich in der Nacht alleine blieb.

Am Abend saß ich am Boden vor dem Sofa, Drew und Sam auf dem Schoß, und las ihnen vor. Pastor Galik hatte sich zu uns gesetzt, und seine Gegenwart war tröstlich. Er machte keine großen Worte und versuchte nicht, die Kinder zu bewegen, über ihre Gefühle zu reden, sondern er war einfach nur da.

Als es Zeit wurde, die Jungen ins Bett zu bringen, boten sich einige an, mir zu helfen, aber es war mir wichtig, dies alleine zu tun. Sie zu trösten, war meine Aufgabe. Sie sollten sich geborgen fühlen und wissen, dass sie geliebt wurden und dass wir – nach wie vor – von Gott reich gesegnet waren. Nach dem Gute-Nacht-Gebet wollten sie noch über den Abend sprechen. Sie waren verstört über die Ereignisse, aber ohne Angst.

Drew drückte mich fest an sich und flüsterte: „Ich habe keine Angst mehr, in den Himmel zu kommen, Mom." Nach den traumatischen vergangenen Monaten hatte er seinen Frieden gefunden. Dafür war ich Gott unendlich dankbar.

Meine Mutter und ich unterhielten uns noch eine Weile, bis es Zeit war, sich schlafen zu legen. Unschlüssig ging ich von Zimmer zu Zimmer und brachte es nicht über mich, die Schlafzimmertür zu öffnen. Irgendwann tat ich es doch. Ich ging hinein, warf mich aufs Bett und weinte, wie ich noch nie im Leben geweint hatte.

Ich war völlig leer. Ich konnte nichts mehr denken oder fühlen. Aber in jener Nacht schlief ich in unserem Bett. Ich musste es einfach. Wenn ich das konnte, dann konnte ich mich auch allen anderen Situationen stellen, die auf mich zukommen würden.

Das war unser Weihnachten.

Der Applaus der Engel

Gina

Ich fühlte mich wie jemand mit gespaltener Persönlichkeit – unsichtbar und berühmt zugleich. Hunderte waren gekommen, um von Matt Abschied zu nehmen. Als trauernde Witwe stand ich ungewollt im Rampenlicht. Trotzdem war ich allein, inmitten der vielen Menschen in den Räumen des Bestattungsinstituts. Ich war wie betäubt und gleichzeitig voller Schmerz. Ich war stark und schwach zugleich. Und obwohl es von Freunden und Bekannten aus sämtlichen Lebensabschnitten nur so wimmelte, fühlte ich mich unendlich einsam.

Fotos von Matt anschauen konnte ich nicht, es tat zu weh. Ich konnte mich nicht erinnern, wie er ausgesehen hatte, bevor der Krebs seinen Körper entstellte, und das verwirrte mich. Die Menschen, die mich am besten kannten, waren mir seltsam fremd. Ich war mir selber fremd geworden.

Der schwere Duft der Lilien hüllte mich ein und raubte mir den

Atem. In sorgfältig gewählten Worten, die Gott mir in den Mund legte, versuchte ich deutlich zu machen, dass ich zwar unendlich traurig war, mich aber nicht ausschließlich auf die Rolle der trauernden Witwe reduzieren lassen wollte. Und in einem kleinen Winkel meines Herzens regte sich das Mitleid für die vielen, die mir unter Tränen ihr Beileid wünschten. Sie waren genauso betroffen von dem schmerzlichen Verlust wie ich. Ich begegnete ihnen mit Matts Stärke, Dankbarkeit und seinem Glauben, denn ich hatte selbst nichts mehr zu geben. Ich fühlte mich vollkommen leer. Stundenlang stand ich neben seinem Sarg und umarmte Menschen, die gekommen waren, um zu kondolieren, bis meine Nackenmuskeln schmerzten.

Auf den Stufen vor dem Sarg ihres Vaters saßen Drew und Sam mit Pastor Galik, der ihnen in bunten Farben die Geschichte von der Raupe ausmalte, die zum Schmetterling wurde – eine Metapher für die wundersame Verwandlung eines Menschen nach dem Tod. Die Kinder hatten verstanden, was er meinte, und nickten. Auch einige Erwachsene, die in der Nähe standen.

Nach dem zweiten langen Tag voller Kondolenzen kehrte ich erschöpft nach Hause zurück. Auch dort wurde ich mit der ganzen Widersprüchlichkeit jener Tage konfrontiert. Meine Freundinnen füllten den Kühlschrank bis zum Bersten mit Essen, das fürsorgliche Menschen für uns gekocht hatten. Ich brachte so gut wie nichts davon herunter. Unter dem Weihnachtsbaum lagen noch Reste der Bescherung und des Geschenkpapiers, daneben stand stumm und nutzlos das Sauerstoffgerät.

Wie eine Fremde betrachtete ich die Szene, als würde ich von draußen zum Fenster hereinschauen. Matt saß nicht auf dem Sofa und wartete auf seine Medikamente. Seine Stimme aus dem Babyphon rief nicht nach mir.

Doch seine Freunde waren da und füllten die Stille. Viele von ihnen hatten ihn länger gekannt als ich. Ihre Gegenwart spendete Trost, und ich war unendlich dankbar für ihre Freundschaft und Liebe. Matts Fehlen war schmerzlich, doch sein Leben voller Beziehungen war sein Vermächtnis, sein Geschenk an mich.

Matts Gedenkfeier fand in der festlich geschmückten Kirche von St. John statt. Es war sein Wunsch gewesen, statt eines Trauergottesdienstes sein Leben zu feiern, das vergangene und das zukünftige. Es war fast wie ein evangelisch-lutherischer Erweckungsgottesdienst, falls es so etwas gibt. Dazu gehörte ein fröhlicher Kindergottesdienst, feierliche Musik und bewegende Glaubenszeugnisse von Matts Freunden, die mit besonderen Erinnerungen an die Freundschaft zu ihm verknüpft waren. Als Mike erzählte, wie Matt ihn eines Abends gebeten hatte, sich seiner Söhne anzunehmen, brach mein Herz in tausend Stücke.

Pastor Galik hielt eine wunderschöne Trauerrede über das Geheimnis des ewigen Lebens. Alle hingen gebannt an seinen Lippen. Gegen Ende der Predigt drang verhaltener Applaus durch die Lautsprecheranlage. Ich drehte mich um, konnte jedoch nicht sehen, wer geklatscht hatte. Als er weitersprach, wurde der Applaus im Hintergrund stärker, sodass er lauter sprechen musste.

Noch heute habe ich seine Worte im Ohr. „Irgendwann wird der Tag kommen, an dem die Stimmen dieser Welt leiser werden, bis sie gänzlich verklingen. An dem das Licht dieser Welt schwindet, bis es vollständig von der Dunkelheit verschluckt wird. So war es für Matt. Als das geschah, hatte er noch einen Fuß in der alten Welt. Dann drehte er sich um. In der Ferne war ein Licht und eine wunderschöne Musik, von der das Licht ausging. Er ging und wandte sich dem Licht zu und erlebte, wie er wieder heil wurde. Wie kranke Zellen durch neue, gesunde Zellen ersetzt wurden. Wie das Leben zurückkehrte und den Tod besiegte. Es war wie das Freudenlied Gottes, von dem der Prophet Zefanja spricht. Matt hörte das Lied, das aus der Ferne zu ihm drang, und folgte dem überirdischen und dennoch vertrauten Klang. Und das Lied geleitete ihn sicher durch das Tal der Todesschatten, wie der Psalmist es nennt, bis ans Ziel."

Die Zuhörer applaudierten noch lauter. Pastor Galik fuhr unbeirrt fort: „Und wer genau hingehört hat, der konnte diesen Klang in der Ferne hören, als Matt im Himmel erwartet wurde. Es zog ihn immer näher zu diesem Licht, ins Zentrum der Musik und der

Freude. Dann kam er zu einer Pforte aus Licht und dahinter einem Thron, vor dem sich Tausende versammelt hatten, um ihn mit Jubel und Applaus willkommen zu heißen."

Er breitete die Arme aus, blickte auf zum Kreuz über ihm und rief den letzten Satz seiner Predigt in die Gemeinde, wobei er jedes einzelne Wort betonte: „Er – ist – zu Hause!"

Zahlreiche Gottesdienstbesucher wischten sich die Augen. Einige klatschten. Dann ließ Pastor Galik den Blick über die Köpfe der Gemeinde wandern und sagte: „Hier ist er – der Applaus der Engel."

In der Notfallambulanz

Michael

Ich wäre gern mit Cathy zu Matt Kells Trauerfeier gegangen, aber Jack lag mit einem grippalen Infekt im Bett, und ich blieb bei ihm zu Hause. Cathy traf sich mit einigen Freundinnen aus der Highschool, die zu Matts Beerdigung angereist waren.

Am Nachmittag stand sie in der Küche, das Programmheft in der Hand. „Das hätte dir auch gefallen, Michael", sagte sie. „Es war ein wunderschöner Gottesdienst. Kein typischer Trauergottesdienst, sondern ein fröhlicher und feierlicher Rückblick auf Matts Leben."

Die Trauerfeier schien sie echt beeindruckt zu haben. Ich warf einen Blick auf das Papier und sah die übliche Gottesdienstordnung mit Liedern, Fürbittgebet, Vaterunser usw. Auf der Rückseite allerdings war etwas, was ich noch nie gesehen hatte: ein Foto von Matt Kell und seiner Familie, darunter ein kurzer Text über sein Leben und seinen Glauben.

„Ja, das ist schön." Ich gab Cathy das Heft zurück.

„Und du hättest gestaunt, wie viele Leute da waren. Sie standen praktisch bis auf die Straße!" Sie hatte den Blick immer noch auf das Programm geheftet.

„Das ist nichts Ungewöhnliches", wandte ich ein. „Wenn ein junger Mensch stirbt, strömen alle in die Kirche."

Sie legte das Programmheft in die Schublade zu den Pizzaservice-Prospekten und Einkaufscoupons, ohne auf meine spöttische Bemerkung einzugehen.

Dann sagte sie mit einem Lächeln: „Bei meiner Beerdigung würden sich höchstens die ersten fünf Reihen füllen."

„Darauf kannst du wetten", ging ich auf das Spiel ein. „Wenn du tot bist, muss ich ein paar Leute als Besucher anheuern, damit nicht jeder sieht, dass du so wenig Freunde hattest."

Matts Trauerfeier schien für Cathy eine nachhaltige Wirkung auf ihren Glauben zu haben, und sie begann, sonntags wieder regelmäßig in den Gottesdienst zu gehen. Natürlich versuchte sie, die ganze Familie dazu zu bewegen, was nicht einfach war. Ich war, wie gesagt, kein großer Kirchgänger damals und hatte in St. John noch keine geistliche Heimat gefunden. Außerdem kannte ich höchstens eine Handvoll Leute dort. Ich schaffte es maximal einmal pro Monat. Doch ich mochte den Pastor, auch wenn ich mir nie seinen Namen merken konnte. Aber er hatte eine besondere Art zu predigen, die mir gut gefiel. Man nahm es ihm ab: Die Botschaft war ihm wichtig, und was er sagte, kam von Herzen. Während der Predigt ging er meistens auf und ab, manchmal auch den Mittelgang entlang oder zwischen den Reihen durch. Das war kurzweilig und half mir, mich zu konzentrieren und die Bibelzitate besser zu verdauen. Trotzdem fühlte ich mich in der Kirche manchmal fehl am Platz, was wahrscheinlich vor allem daran lag, dass ich schon immer ein so großer Skeptiker gewesen war. Und ich war, wie so viele andere, so oft von Gottes Bodenpersonal enttäuscht worden, dass ich für Seine Botschaft kaum noch offen war. Cathy versuchte immer wieder, Gott und mich zusammenzubringen, und das ohne die Hilfe der steinernen Mole an der Küste Kaliforniens.

Cathy hatte schon immer ein weites Herz. Wenige Wochen nach Matt Kells Beerdigung nahm sie Kontakt zu seiner Frau Gina auf. Zuvor schrieb sie mehrere E-Mails an Ginas beste Freundin Colleen Schomaker.

Von: *Cathy Spehn*
An: *Colleen Schomaker*
Gesendet: *Freitag, 27. Januar, 15:12 Uhr*
Betreff: *Re:*
Hi Colleen,
ich weiß, dass du sehr beschäftigt bist, deshalb ganz kurz: Ich muss immerzu an Gina denken und an die Jungs, die jetzt ohne Vater aufwachsen müssen. Da sie ungefähr im selben Alter sind wie unsere, dachte ich, wir könnten uns vielleicht alle zusammen zum Spielen verabreden. Oder ihr kommt mit den Kindern zu mir zum Pizzaessen, wenn die Männer mal wieder länger arbeiten müssen. Die Abendbrotzeit ist bestimmt für Gina die härteste Zeit. – Pizza bis zum Abwinken, und hinterher dürfen die Kinder bei uns nach Herzenslust im Keller toben, was hältst du davon?
Ich wünsch dir ein schönes Wochenende,
Cathy

Trotzdem gelang es den drei Frauen nie, einen gemeinsamen Termin zu finden. Doch Cathy versprach, es weiter zu probieren. Ich bewunderte sie und wünschte, ich hätte einen Bruchteil von ihrer menschlichen Wärme und Nächstenliebe.

Es war Ende Januar, und ich verbrachte den Tag zu Hause am Schreibtisch, um liegen gebliebenen Papierkram zu erledigen und ein paar Franchisekunden anzurufen. Als ich das Garagentor hörte, wusste ich, dass Cathy und die Kinder von der Schule zurück waren, und beschloss, eine Pause zu machen. Einer nach dem anderen kam ins Haus. Außer Cathy. Ich dachte, sie sei noch schnell zum Briefkasten gegangen oder wechsele ein paar Worte mit einem Nachbarn. Kurz darauf kam sie herein. Sie hielt sich den Kopf und ihr Gesicht hatte einen seltsamen Ausdruck.

„Cathy, was ist denn?“

„Nichts, es geht schon wieder. Als ich vorhin aus dem Auto stieg, hatte ich plötzlich stechende Kopfschmerzen. Es fing im Nacken an und wanderte dann nach vorn. Mein ganzer Kopf fühlte sich an wie in einem Schraubstock.“

Ich dachte an ihre monatlichen Kopfschmerzen, die sie immer hatte, bevor sie ihre Periode bekam. „Nein", sagte sie entschieden. „Das war anders. Und es dauerte nur dreißig Sekunden."

„Vielleicht bekommst du Migräne."

„Nein, ich glaube nicht, dass das ein Migräneanfall war." Sie ging in die Waschküche. Auf der Schwelle drehte sie sich um und fügte hinzu: „Das war irgendwie anders."

Im Lauf der nächsten Tage kehrten die Kopfschmerzen zurück, mal mehr, mal weniger häufig. Wir sprachen davon, dass sie vielleicht einen Arzt aufsuchen sollte, aber sie zögerte. Sie war nicht der Typ, der wegen Kopfschmerzen gleich zum Arzt rannte. Wir schoben es auf ihre schlechte Haltung. Sie saß beim Spielen, Fernsehen oder E-Mails-Schreiben oft stundenlang vornübergebeugt auf dem Fußboden. Ich tippte auf einen eingeklemmten Nerv.

Am Freitag hatte Cathy einen Termin beim Chiropraktiker. „Wenn es danach nicht besser wird, fahren wir dich zur Notaufnahme", sagte ich noch.

Während der Woche wurden die Kopfschmerzen schlimmer. Cathy probierte es mit verschiedenen Schmerzmitteln und manche halfen tatsächlich für eine gewisse Zeit. Doch der Schmerz kam immer wieder. Langsam machten wir uns Sorgen.

Es wurde Freitag – ein grauer, kalter Februartag mit Nieselregen, wie er trostloser nicht sein konnte. Cathy ging es schlecht. Die Kopfschmerzen waren so stark, dass sie nicht aufstehen konnte. Während sie im Bett lag, machte ich das Frühstück für die Kinder und schmierte ihre Schulbrote.

„Mom macht das nicht so", rügte mich Charlotte, als ich ihr Lunchpaket packte. Ich hatte das Brot getoastet, aber nicht daran gedacht, dass der Toast in drei Stunden wahrscheinlich nicht mehr so schön knusprig sein würde.

„Aber Daddy macht das so", informierte ich sie und zog den Reißverschluss ihrer Lunchtasche zu.

Charlotte hielt mir ein Schulheft vor die Nase. „Hier, das musst du unterschreiben. Damit die Lehrerin weiß, dass du meine Hausaufgaben gesehen hast. Mom unterschreibt das jeden Tag."

Ich überflog rasch die Aufgabe des gestrigen Tages und kritzelte meinen Namen darunter. Als ich Charlotte das Heft zurückgeben wollte, stutzte ich. Irgendetwas war merkwürdig. Cathys Unterschrift sah irgendwie anders aus. Ich blätterte ein paar Seiten zurück und verglich die Unterschriften. Cathy war bekannt für ihre schwungvolle, gestochen scharfe Schrift. Sie konnte auch ohne liniertes Papier gerade auf eine Linie schreiben, und ihre Buchstaben waren wohlgerundet und flossen gleichmäßig und harmonisch ineinander. In der letzten Woche allerdings hatte sich ihre Unterschrift verändert. Das Schriftbild wirkte fahrig, der Zeilenverlauf war fallend, die letzten beiden Buchstaben waren praktisch unleserlich und weit unter der Linie.

Ich gab Charlotte das Heft wieder und brachte sie und Jack zum Schulbus. Danny war auch schon wach und löffelte sein Frühstück. Ich hatte keinen großen Appetit und machte mir Sorgen um Cathy. Als sie später die Treppe herunterkam, sah ich, dass sie große Schmerzen hatte. Morgens war es immer am schlimmsten, und dieser Morgen war mit Abstand der schlechteste. Hätten wir nicht um 14.00 Uhr den Termin beim Chiropraktiker gehabt, wären wir sofort in die Notaufnahme gefahren.

Das Wartezimmer war zum Bersten voll. Cathy litt inzwischen starke Schmerzen, und Danny wurde immer quengeliger. Irgendwann riss mir der Geduldsfaden.

„Mir reicht's, wir fahren jetzt ins Krankenhaus."

Cathy wollte noch mal nach Hause, um ein paar Dinge zu holen, und ich packte für Danny etwas zum Knabbern und zum Spielen, als ich sie rufen hörte. Sie stand am Treppenabsatz und war kreidebleich. „Es geht schon wieder", keuchte sie. „Ich musste mich gerade übergeben."

Von da an wusste ich: Dies war kein eingeklemmter Nerv. Cathy ging es von Minute zu Minute schlechter, und wir hatten keine Zeit zu verlieren. Ich bat Cathys Eltern, Larry und Jill, auf die Kinder aufzupassen, bis wir wieder da waren, half Cathy beim Einsteigen und fuhr nach Troy ins Beaumont Hospital, das etwa fünfzehn Minuten von uns entfernt liegt.

Am Eingang ließ ich Cathy aussteigen und vorausgehen, während ich einen Parkplatz suchte. Als ich zurückkam, war sie schon dabei, Formulare auszufüllen. Ich dachte an ihre Schrift in Charlottes Heft.

„Hast du in letzter Zeit Schwierigkeiten beim Schreiben?“, fragte ich vorsichtig.

Sie nickte. „Ja, irgendwie schon“, gab sie zu. „Manchmal verschwimmt die Schrift vor meinen Augen.“

In der Notfallambulanz war es genauso voll. Das künstliche grelle Licht und die Geräuschkulisse machten das Warten für Cathy zur Qual. Mit einer Schusswunde oder einer Frühgeburt hätte sie wahrscheinlich ziemlich gute Chancen gehabt, zügig behandelt zu werden, aber „nur“ mit Kopfschmerzen ... Das konnte dauern.

Vier Stunden später wurde Cathy ins Sprechzimmer gerufen. Nach einem kurzen Vorgespräch, in dem sie ihre Symptome schilderte, und einer Eingangsuntersuchung brachte man sie ein Stockwerk tiefer zur Computertomografie.

„Reine Routine“, hatte der Arzt gesagt. „Um etwas Ernstes auszuschließen.“

Ich begleitete sie und wartete vor der Tür. Danach wurde Cathy zurück in die Notaufnahme gerollt.

„Wie lange wird es dauern, bis wir das Ergebnis erfahren?“, fragte ich den Krankenpfleger.

„Wenn so viel los ist wie heute, etwa anderthalb Stunden“, lautete die Antwort.

Das durfte nicht wahr sein! Noch neunzig endlose Minuten! Cathy hatte immer noch starke Schmerzen und lag mit geschlossenen Augen auf einer Liege. Ich beschloss, Larry und Jill anzurufen, um Bescheid zu sagen, dass es länger dauern würde, und wollte gerade die Nummer wählen, als der Arzt hereinkam, das CT-Bild in der Hand. In dem Augenblick wusste ich, dass es ernst war.

Ich höre noch heute seine Worte: „Wir haben hier eine pathologische Veränderung in der Thalamusregion. Ebenso hier, auf der rechten Seite, dieser klar umrissene Schatten an einer sehr kritischen Stelle des Gehirns. Es tut mir leid, aber es sieht nicht gut aus. Wir bringen Ihre Frau nach Royal Oak in die Neurochirurgie."

Ich brauchte einen Moment, um zu verstehen, was das bedeutete. *Was hat er gesagt? Nein, das kann nicht sein! Es darf nicht sein! Bitte, bitte nicht!*

Dankbarkeit

Gina

In aller Stille läuteten wir das neue Jahr ein. Sam lag mit Grippe im Bett, und ich schmückte unten im Wohnzimmer den Weihnachtsbaum ab, während wir zuschauten, wie die Detroit Lions ein weiteres Spiel verloren. Ich war immer noch wie betäubt. Mit jedem einzelnen Tag wurde die Stille spürbarer. Ich bewegte mich wie ein Roboter; mechanisch ging ich meinen täglichen Pflichten nach.

Bald würden die Weihnachtsferien zu Ende sein. Für Drew und Sam war es gut, wenn sie wieder in die Schule und in den Kindergarten gingen, aber mir graute davor. Ich tat mich schwerer mit dem Alleinsein, als ich gedacht hatte.

Nichts war mehr, wie es gewesen war. Mein Leben war aus dem Lot. Ein paar Mal passierte es mir, dass ich Matts Büronummer wählte, bis mir einfiel, dass ich ihn dort nie mehr erreichen würde. Einmal wollte ich die Personalabteilung anrufen, weil ich eine Frage zur Krankenversicherung hatte, und hörte plötzlich Matts Stimme auf dem Anrufbeantworter. Mein Herz tat einen Sprung. Ich wusste nicht, ob es vor Freude war oder vor Schmerz.

Tagebucheintrag von Donnerstag, dem 5. Januar
Alles ist trostlos und düster, wie das Wetter. Ich sehne mich nach Sonne. Mom half mir bei der Adressenliste für die Danksagungen. Sam ist müde – entweder die Nachwehen der Grippe oder die Trauer. Ich weiß es nicht. Um mich herum ist Stille und Einsamkeit, und ich

frage mich oft: „Was würde Matt jetzt denken? Was würde er hierzu oder dazu sagen?" Ich fühle mich immer noch wie gelähmt. Ich wünschte, die Zeit, die angeblich jeden Schmerz heilt, würde schneller vergehen.

„Wo ist er jetzt?"

Pastor Galik sah mich fragend an. „Im Himmel natürlich."

„Das weiß ich. Aber *wo* genau? Ich weiß, es klingt komisch, aber mein Gehirn weigert sich zu begreifen, dass er einfach nicht mehr da ist. Ich wünschte, ich könnte bei ihm sein."

Pastor Galik gab sich alle Mühe, auf meine Fragen zu antworten. Aber auf manche Dinge gibt es keine Antwort. Ich wollte Gott vertrauen, aber ich hing irgendwo in der Luft zwischen Wahrheit und Wunschdenken. Wo war Matt? Sein Körper ruhte in der Erde, aber die unsichtbaren, nicht greifbaren Dinge, die ihn ausmachten, würden ewig weiterleben: sein Humor, seine Leidenschaft, sein Temperament, sein Tatendrang, sein Geist, seine Stimme, seine Seele.

Tagebucheintrag von Sonntag, dem 8. Januar
Ich weiß, dass Mike untröstlich ist über den Verlust seines besten Freundes, den er seit fünfundzwanzig Jahren kannte. Wenn ich ihn sehe, gibt es mir jedes Mal einen Stich. Die Stille im Haus zerreißt mir das Herz. Ich liebe dich, Matt. Wirst du mir im Traum begegnen?

Das Schlimmste waren die Abendstunden. Nach 21 Uhr, wenn die Kinder nach einem ausgedehnten Gute-Nacht-Ritual endlich schliefen, fühlte ich mich verloren und wie eine Fremde im eigenen Haus. Früher, vor Matts Krankheit, hatte ich es mir gern mit etwas zu knabbern vor dem Fernseher bequem gemacht, aber das war lange her. Nun stand ich unschlüssig in der Küche und starrte hinüber ins Wohnzimmer auf die leere Couch. Dann drehte ich mich um und flüchtete in Matts Arbeitszimmer. Inmitten seiner Bücher, Ordner, Souvenirs und Fanartikel fühlte ich mich geborgen. Für Außenstehende war es ein ganz normales Zimmer mit Regalen voller Bücher und Schnickschnack, aber für mich war es, als ob sein Geist in diesem Zimmer weiterlebte. Es war tröstlich, seine von Baseball- und Basketballspielern signierten Bälle zu betrachten und in seinem *Leben mit Vision*-Tagebuch zu blättern. Ich musste schmunzeln, als ich das Buch von Sun Tzu *Die Kunst des Krieges* neben dem Titel *Sun Tzu war ein Weichei* von Stanley Bing im Regal stehen sah. Matt besaß auch eine umfangreiche Medien-Sammlung. Besonders mochte ich seine „Best of"-CDs, eine Zusammenstellung seiner Lieblingssongs. Da gab es *Die kitschigsten Lieder unserer Zeit*, *Kitsch 2: Lieder, die die Welt nicht braucht* und *Kitsch hoch drei.*

Bei den DVDs überwogen Mitschnitte seiner Lieblingsserien und seine Lieblingsfilme, wie etwa *Der Pate* oder die Komödie *Nothing in Common – Sie haben nichts gemeinsam* mit Tom Hanks und Jackie Gleason. Daneben stand eine VHS-Kassette, die Matts Basketball-Karriere an der Highschool dokumentierte – sie enthielt ein einziges Spiel, bei dem er seiner Mannschaft zum Sieg verholfen hatte! Und drei Mini-DVDs – Matts Videotagebuch.

Tagebucheintrag von Dienstag, dem 7. Februar
Heute war die Beerdigung von Tom Larkin, dem Vater eines Jungen aus Drews Klasse. Zwei junge Väter, die kurz hintereinander gestorben sind. Als ich Toms Frau umarmte, spürte ich ihren Schmerz so deutlich, als wäre es mein eigener. Ich hatte keine tröstenden Worte für sie, aber sie bedankte sich überschwänglich, dass ich gekommen war.

Ich verbrachte den ganzen Abend damit, Matts persönliche Sachen durchzusehen. Ich öffnete Dokumente auf seinem Laptop, unter anderem den Entwurf für sein Videotagebuch. Ich las den Text, dann schloss ich das Dokument und loggte mich aus. Mit aller Kraft versuchte ich, die Tagebuch-DVDs aus meinem Kopf zu verbannen. Dort standen sie im Regal und warteten auf mich. Ich lenkte mich mit Hausarbeit ab, wusch den Kühlschrank aus, bügelte und legte Wäsche zusammen. Danach ging ich ins Bett, doch ich konnte nicht schlafen. Einerseits sehnte ich mich danach, Matts Videotagebuch anzuschauen, ihn „live“ zu sehen und sprechen zu hören. Andererseits wusste ich nicht, ob ich das verkraften würde.

Irgendwann, es war schon nach Mitternacht, hielt ich es nicht länger aus. Ich nahm mein Kopfkissen, eine Packung Tempos, holte die DVDs und setzte mich im Wohnzimmer auf den Couchtisch. Dann drückte ich die „Play“-Taste.

Fast zwei Stunden lang saß ich im Schneidersitz auf dem Tisch, bis mir die Beine einschliefen, und hörte gebannt zu, wie Matt zu seinen Söhnen sprach. Über Gott und den Glauben, über die Schule und das Leben, über Themen wie „Respekt“, „Fairness“ und „Fleiß“. Und über mich. Er sprach davon, dass er von ihnen erwartete, dass sie ihre Mutter ein Leben lang lieben, ehren und beschützen sollten.

Und dann sagte er etwas so Selbstloses, dass mir die Tränen in die Augen schossen: „Die nächste Person in eurem Leben, über die ich sprechen möchte, mag es vielleicht noch gar nicht geben. Aber es könnte sein, dass eure Mom eines Tages, wenn ich nicht mehr da bin, wieder heiraten wird. Wenn eure Mutter jemanden so liebt, dass sie sich das vorstellen kann, dann erwarte ich von euch, dass ihr diesen Mann genauso respektiert, als ob er euer leiblicher Vater wäre. Ich kenne eure Mom gut genug, um zu wissen, dass sie nur jemanden heiraten würde, wenn sie absolut sicher wäre, dass er der Richtige ist. Also, macht es ihm nicht so schwer und nehmt ihn so in die Familie auf, dass ich meine Freude an euch habe.“

Ich konnte nicht aufhören zu weinen. Gleichzeitig verspürte ich eine große Dankbarkeit Matt gegenüber. Die Zukunft war ungewiss, doch sein Vermächtnis des Glaubens und der selbstlosen Liebe war wie ein Leuchtfeuer in der Nacht.

Tagebucheintrag von Mittwoch, dem 15. Februar
Wochenlang half mir meine Mutter unermüdlich, anhand der Beileidskarten und Namen im Gästebuch eine Adressenliste für die Danksagungen in Excel einzutippen. Heute Abend war es dann so weit: Mithilfe von zwanzig lieben Freundinnen haben wir die über tausend Briefe gefaltet, in die Umschläge gesteckt und frankiert. Wir haben es geschafft! Ich bin so froh und dankbar.

Das Ausmaß, mit dem die Menschen an unserem Schicksal teilnahmen, war überwältigend. Freunde aus der Gemeinde versorgten uns jeden Tag mit einer warmen Mahlzeit, doch nach ein paar Wochen bat ich sie, es sein zu lassen. Meistens war es mehr, als wir drei essen konnten, und das Kochen an sich war für mich keine Last. Mein Briefkasten quoll über von Beileidskarten. Nach der dritten Woche klingelte die Briefträgerin an der Haustür, wünschte mir ihr Beileid und umarmte mich. Viele der Karten enthielten persönliche Erinnerungen an Matt, was mir sehr viel bedeutete.

Meine Eltern und meine Schwiegermutter unterstützten uns, wo sie konnten. Ich wüsste nicht, was ich in dieser Zeit ohne sie getan hätte. Susan, Matts Mutter, passte auf die Kinder auf und war für mich eine Quelle des Trostes. Sie ist selbst Witwe und eine unglaublich starke, fest im Glauben verankerte Frau. Die gemeinsame Trauer um Matt und die Erfahrung, den Mann zu verlieren, schuf zwischen uns eine tiefe Verbundenheit. Susan gehört zu den selbstlosesten Menschen, die ich kenne.

Auch meine eigenen Eltern sind eine nie versiegende Quelle der Liebe und Barmherzigkeit und ich bin ihnen unendlich dankbar. Als typische „Just-do-it"-Leute packten sie überall mit an, wo es nötig war, ohne dabei persönliche Grenzen zu überschreiten. Meine Mom verfügt über äußerst feine Antennen, die ihr helfen, Stimmungen zu erspüren und im richtigen Moment das Richtige zu tun oder zu sagen. Mein Vater ist die perfekte Ergänzung; seine Intuition liegt mehr auf praktischem Gebiet. Ohne zu fragen, wussten meine Eltern immer genau, wie sie uns emotional, praktisch und finanziell am besten helfen konnten. Ganz selbstverständlich erfüllten sie unsere Bedürfnisse und Wünsche, ohne dafür eine Gegenleistung zu erwarten.

Am 16. Februar, zwei Tage, bevor Drew, Sam und ich mit meinen Eltern nach Florida in den Urlaub fuhren, brachte ich die Dankbriefe zur Post. Mit dem Abschicken fiel eine riesige Last von meinen Schultern. Trotzdem hatte ich das Gefühl, ich hätte zu wenig getan. Ein Brief reicht niemals aus, um Menschen zu danken, die uns durch die schwerste Zeit des Lebens begleitet und durchgetragen haben. Es bleibt nur die Hoffnung, dass ich eines Tages für sie dasselbe tun kann. Ich hatte geschrieben:

Dankbarkeit – Frieden – Lebendige Erinnerung – Trost – Liebe

Jesus sagt: „‚Du sollst den Herrn, deinen Gott, lieben von ganzem Herzen, mit ganzer Hingabe und mit deinem ganzen Verstand!' Das ist das erste und wichtigste Gebot. Ebenso wichtig ist aber das zweite: ‚Liebe deinen Mitmenschen wie dich selbst!'"

Matthäus 22,37-39

Liebe Freunde und Familie,

Matt war diese Bibelstelle immer besonders wichtig. Auf der DVD, die er für unsere Kinder aufgenommen hat, als er wusste, dass er nicht mehr lange bei uns sein würde, sprach er ausführlich darüber. Er sagte, unser Ziel sollte sein, dass alle unsere Beziehungen und zwischenmenschlichen Kontakte von dieser Liebe geprägt sind. Ich möchte euch sagen, dass eure Rolle in unserem Leben und eure Begleitung in dieser schweren Zeit Matt und mir geholfen haben, den Kindern zu vermitteln, wie diese Liebe zu unseren Mitmenschen praktisch aussieht. Dafür bin ich unendlich dankbar.

Jeder von euch, der diesen Brief erhält, ist Teil der großen Gemeinschaft, die uns trägt und wie die liebenden Arme Gottes umfängt. Eure großzügige Hilfsbereitschaft ist es, die das zweite Gebot für Drew, Sam, Susan, Meghan und mich lebendig werden ließ. Danke für eure bedingungslose Liebe. Die Anteilnahme, die wir von euch allen erfahren durften, war so unbeschreiblich, dass mir die Worte fehlen, euch zu sagen, wie unendlich dankbar wir sind.

Danke an alle, die für uns gebetet haben und dies auch weiterhin tun. Immer wieder in diesen Tagen fühlen wir uns gestärkt und getröstet, trotz der Trauer, die uns umgibt – das ist zweifellos das Ergebnis eurer treuen Gebete.

Viele von euch haben uns mit ihren Erinnerungen an Matt ein großes Geschenk gemacht. Sie sind ein Schatz, den wir für immer in unseren Herzen behalten werden. Sie werden den Kindern helfen, ihren Vater ein Stückchen besser kennenzulernen. Wir danken euch für die Zeit und Mühe, diese Erinnerungen mit uns zu teilen, und freuen uns über weitere.

Unser Dank gilt auch jenen unter euch, die so großzügig für die St. John Foundation und andere Hilfswerke gespendet haben. Eure Spenden sind in erster Linie ein Geschenk des Glaubens, ein bleibendes Vermächtnis für die Generationen nach uns.

Ganz herzlich möchten wir uns auch für die vielen einfühlsamen Karten und Briefe bedanken. Danke, dass ihr euch die Zeit genommen habt für ein persönliches Wort des Trostes. Danke für die schönen Blumen und Gestecke, für die Geschenkkörbe und leckeren Mahlzeiten, für Bücher und Sachen für die Kinder. Danke auch für alle seelsorgerliche Begleitung und praktische Hilfe, ohne die wir es nicht geschafft hätten. Jeder Einzelne von euch ist ein Geschenk, denn jeder hat ein Stück Hoffnung und Frieden in unser Haus gebracht.

Zum Schluss noch ein Geschenk von Matt an euch:

Matts Vermächtnis ist sein tief verwurzelter Glaube, den er an andere weitergab, wo immer sich eine Tür auftat. Er würde sich freuen, wenn sein Leben oder selbst sein Sterben bei denen, die ihn kannten, eine Saite zum Klingen gebracht hat und vielleicht den Wunsch geweckt hat, Gott kennenzulernen oder die Beziehung zu Gott zu vertiefen. Und ich bete, dass ihr euch der leisen Stimme Gottes nicht verschließt. „Wir wissen aber, dass denen, die Gott lieben, alle Dinge (auch Matts Tod) zum Besten dienen" (Römer 8,28).

In Liebe und Dankbarkeit
Gina, Drew, Sam, Susan und Meghan

Nur sechzehn Tage

Michael

Es ist immer wieder derselbe Traum. Ich habe die Perspektive einer schwebenden Kamera, deren Bilder bei Sportübertragungen oder Konzerten zu sehen sind. Meine Kamera bewegt sich langsam über die Stadt Ann Arbor in Michigan. Es ist, als ob sie nach etwas sucht … oder nach jemandem. Es ist ein klarer, strahlender Herbsttag. Die Kamera nähert sich einem Stadion, schwebt über die Außenfassade und senkt sich ins Innere. Ich erkenne das Football Stadion der University of Michigan mit 100.000 Zuschauern – ein schöner Anblick an einem Samstag im Herbst …

Wenn man im Februar nach Mitternacht über den Parkplatz zu seinem Auto läuft, trifft einen der eisige Wind wie eine Faust. Manche Leute sprechen von einer „trockenen Hitze“ oder „feuchten Kälte“. Dem Februar in Michigan ist es egal, ob die Luft feucht oder trocken ist. Er ist vor allem eines: kalt. Der beißende Frost dringt bis ins Mark. Der Körper aktiviert seinen Schutzmechanismus und wehrt sich mit Zittern gegen die Unterkühlung. An jenem Abend zitterte ich weniger vor Kälte, sondern viel mehr aus Angst.

„Wir bringen Ihre Frau nach Royal Oak“, hatte der Arzt gesagt. „Holen Sie Ihren Wagen und kommen Sie zum Tor der Notaufnahme. Sie können hinter der Ambulanz herfahren.“

Wir waren ungefähr eine halbe Meile gefahren, als ich zum Handy griff und meinen Bruder Bob anrief. Bob ist immer für einen da, wenn man ihn braucht. Er hatte nie geheiratet und liebte seine Unabhängigkeit und Flexibilität. Bob wohnte in Südkalifornien, aber er flog mindestens fünfmal im Jahr nach Michigan, um uns zu besuchen. Er liebte unsere Kinder und Cathy war wie eine Schwester für ihn. Bei Bob wusste ich, dass ich ihn auch nachts um eins noch anrufen konnte.

„Hallo?“ Seine Stimme war freundlich und heiter. „Bist du das, Michael? Wo brennt's denn, dass du so spät bei mir …?“

Ich unterbrach ihn: „Hör zu, es gibt schlechte Nachrichten, und ich muss mit dir reden.“ Meine Stimme wollte mir nicht gehorchen. Ich würde es zum ersten Mal laut aussprechen, und ich scheute mich davor. Es war, als ob es dadurch noch wirklicher wurde.

„Cathy wird gerade mit dem Krankenwagen nach Royal Oak in die Klinik gebracht. Auf dem Röntgenbild hat man etwas entdeckt, das aussieht wie … also, es ist noch nicht sicher … aber es ist höchstwahrscheinlich ein Hirntumor." Meine Stimme brach. Ich umklammerte das Steuerrad und biss die Zähne zusammen.

Bob war schockiert. „Michael … was hast du gesagt? Was soll das heißen?"

„Cathys Kopfschmerzen wurden immer stärker. Es war so schlimm, dass wir heute Nachmittag nach Troy ins Krankenhaus gefahren sind. Sie haben ein CT gemacht und diese Veränderung entdeckt … diesen Tumor. Jetzt bringen sie sie nach Royal Oak in eine andere Klinik, wo sie mehr Erfahrung mit so was haben. Ich fahre gerade hinter der Ambulanz her. Ich musste einfach anrufen und es jemandem sagen."

Bob und ich beendeten unser Gespräch, und er versprach, allen anderen Bescheid zu sagen. „Soll ich zu euch kommen?", fragte er.

„Warte noch. Wir müssen erst mal abklären lassen, was es genau ist."

Trotzdem saß Bob am nächsten Morgen in der ersten Maschine. Typisch Bob.

In der neuen Klinik wurde Cathy ein Zimmer zugewiesen und ich half ihr ins Bett. Wir sprachen nicht viel. Man verabreichte ihr eine Ladung Medikamente gegen die Schmerzen und ließ sie erst einmal schlafen.

Als ich nach Hause fuhr, ging bereits die Sonne auf. Ich packte ein paar Sachen und erzählte den Kindern, dass Cathy einige Tage im Krankenhaus bleiben müsse, damit die Ärzte ihre Kopfschmerzen behandeln könnten. Sie wollten sie sofort besuchen, aber ich sagte, sie müssten sich ein paar Tage gedulden, „damit Mom sich darauf konzentrieren kann, wieder ganz gesund zu werden".

Die Haustürglocke schellte, etwas zu früh für einen Samstagmorgen. Schlechte Nachrichten verbreiten sich schneller als gute. Es waren unsere Freunde Kimberly und Tom, die in derselben Straße wohnen. Ich bat sie herein, und wir setzten uns ins Wohnzimmer. Sie entschuldigten sich für die Störung. Tom hatte plötzlich feuchte Augen.

„Wir wollten dir sagen, dass wir für euch da sind. Jederzeit. Wenn wir dir irgendwie helfen können … mit den Kindern, mit Kochen oder Einkaufen … irgendwas. Bitte, sag uns, wenn wir irgendetwas tun können."

Tom und Kimberly waren die Ersten. Damals wusste ich es noch nicht, aber diese oder ähnliche Worte würde ich noch oft zu hören bekommen. Ich dankte ihnen und begleitete sie hinaus. Sie hatten es gut gemeint, und irgendwie tat es auch gut zu spüren, dass sie es ehrlich meinten und wirklich helfen wollten. Aber es gibt eine Reihe von Redensarten, die ganz klar signalisieren: Die Lage ist ernst. Es gibt so gut wie keine Hoffnung mehr. Floskeln wie „Wir sind für dich da", „Wenn du irgendetwas brauchst …" oder am dicksten aufgetragen: „Wir beten für euch." Niemand sagt so etwas, wenn es im Leben rundläuft.

Die nächsten beiden Tage zogen sich wie eine Ewigkeit. Cathy musste sich weiteren Tests unterziehen: CT-Schichtaufnahmen, Kernspintomografie, Blutuntersuchungen. Das Ergebnis war immer dasselbe: Alles deutete auf einen Hirntumor hin. Eine hundertprozentig sichere Diagnose war erst durch eine Biopsie möglich, doch schon jetzt stand fest: Cathy hatte einen sehr schnell wachsenden Tumor an einer sehr kritischen Stelle im Gehirn.

Inzwischen waren gravierende Nebenwirkung eingetreten, gegen die niemand etwas tun konnte: Cathy hatte rasch fortschreitende Lähmungserscheinungen in der linken Körperseite. Das Gefühl war noch da, aber sie verlor zunehmend die Kontrolle über ihre Gliedmaßen. Sie konnte nichts mehr mit der linken Hand greifen, den linken Arm nicht mehr heben und nicht mehr gehen. Am Freitag war sie noch selbstständig in die Notaufnahme gegangen und hatte ihre Formulare selbst ausgefüllt. Am Sonntagabend lag sie hilflos im Bett, von Schmerzen zermürbt, mit einem Tumor im Gehirn, der sich rasch ausbreitete und offensichtlich auf Bereiche drückte, die die linke Körperhälfte kontrollierten.

Cathy wurde nach „8-Süd" verlegt, eine Station im achten Stock, die zu den neueren, freundlicheren Flügeln des riesigen Gebäudekomplexes gehörte. Auf dieser Station befanden sich, wie ich erfuhr, ausschließlich Krebspatienten. Wer durch die hellen, lichtdurchfluteten Gänge geht, vorbei an modernen Schwesterzimmern und geschmackvoll eingerichteten Aufenthaltsräumen, ahnt nicht, welche menschlichen Tragödien sich hinter den Türen abspielen.

Am Sonntagnachmittag ging ich in die Cafeteria. In der Warteschlange unterhielt ich mich mit der beleibten Kassiererin auf dem zu kleinen Stuhl und machte eine flapsige Bemerkung über die Qualität des Essens

„Wollen Sie damit die Patientenquote erhöhen?", scherzte ich.

Sie gab den Ball an mich zurück: „Wenn ich mir Ihr Tablett anschaue, muss ich Ihnen recht geben. Sie haben sich nur das ungesunde Zeug rausgesucht. Wir haben auch Obst, dort drüben."

„Ich habe gehört, auf der neuen Station für Magen-Darm-Erkrankungen sind noch Betten frei. Ich meine, ich tue, was ich kann …"

Die Frau lachte und tätschelte mir mütterlich den Arm. „So geht das nicht. Sie müssen was Gesundes essen! Etwas, was Ihrem Körper guttut."

„Ma'am, glauben Sie mir: Wenn ich an die beste Zeit meines Lebens zurückdenke, war selten etwas dabei, was meinem Körper guttat."

Sie lachte, dass ihr ganzer Oberkörper bebte, tippte den Betrag in ihre Kasse und fragte dann: „Besuchen Sie hier jemanden?"

„Meine Frau. Sie liegt auf Station 8-Süd."

Augenblicklich verstummte das Lachen und ihr Blick wurde ernst. Während sie mir das Wechselgeld gab, drückte sie mir kurz die Hand. Dann sagte sie: „Ich werde für Sie beten."

Meine Kamera schwebt über die Sitzreihen mit den Zuschauern. Manche legen den Kopf zurück und sehen ihr nach, andere blicken starr geradeaus, als fürchteten sie, der Kamera ins Auge zu schauen. Manche ziehen ängstlich den Kopf ein und sind froh, wenn die Kamera weiterschwebt, weg von ihnen und ihren Freunden. Das Kameraauge setzt seinen Weg fort, einmal rund um das Stadion, bis es alle gesehen hat. Eine Stimme aus der Lautsprecheranlage verkündet den Leuten, dass sie jetzt nach Hause gehen können. Alle atmen erleichtert auf. Wovor haben sie Angst?

8-Süd ist ein Ort der Gegensätze. Ein Ort des Leids, beseelt von wundervollen, engagierten Menschen, die in endlosen Tagen und Nächten Gottes Werk tun und das Unmögliche versuchen, um das Schreckgespenst Krebs zu besiegen. Doch in einem verborgenen Winkel ihrer Seele wissen sie und ihre Patienten, dass sie bestenfalls hoffen können, ein wenig Zeit zu gewinnen, bevor sie die Schlacht verlieren gegen die gnadenlosen Gezeiten des Todes.

Cathys Einstellung war bemerkenswert furchtlos. Wir haben zwar viel zusammen geweint, aber noch viel mehr zusammen gelacht. Das Lachen war immer so etwas wie der Grundtenor unseres Lebens und unserer Ehe gewesen. Egal, was uns das Leben vor die Füße warf, wir konnten gemeinsam lachen. Die Worte, die in unsere Eheringe eingraviert sind, sagen alles: „Leben, Liebe, Lachen." Das war Cathy.

Auf der Station verabreichte man ihr in den nächsten Tagen Steroide und starke Schmerzmittel. Das Ziel war, die Schwellung zu reduzieren, durch die ihre Schmerzen größtenteils verursacht wurden. Zwischendurch wurde sie nach ihrem Schmerzpegel gefragt. „Wie groß sind Ihre Schmerzen heute, auf einer Skala von eins bis zehn?" Sie antwortete immer mit sechs oder sieben. Trotz des schnell wachsenden bösartigen Tumors in ihrem Kopf, trotz ihrer ständigen Kopfschmerzen und der Tatsache, dass sie die linke Körperhälfte nicht mehr bewegen konnte, beklagte sie sich nie. Sie war unendlich tapfer.

Nachdem es gelungen war, die Schmerzen einigermaßen einzudämmen, durfte sie auch Besuch empfangen. Am 14. Februar, am Valentinstag, durften Charlotte, Jack und Danny ihre Mom endlich wiedersehen. Sie schenkten ihr die Valentinskarten, die sie in der Schule gebastelt hatten, und wir stellten im ganzen Zimmer Fotos von unserer Familie auf. Es sah so aus, als würde Cathy noch eine ganze Weile in diesem Raum verbringen, und es sollte nicht ganz so steril und ungemütlich aussehen.

Die Kinder freuten sich sehr, ihre Mama wiederzusehen. Danny setzte sich sofort zu ihr aufs Bett und kletterte auf ihren Schoß. Cathy strahlte. Dann aßen wir alle gemeinsam zu Abend, das fade Essen aus der Cafeteria, aber es war uns egal. Von Zeit zu Zeit kämpfte Cathy mit den Tränen. Die Kinder konnten nicht wissen, wie schlecht es um sie stand, aber Cathy wusste es. Und obwohl sie sich freute, wusste sie, dass sie nicht mehr viel Zeit hatte, die sie mit ihnen verbringen konnte. Wann würde das letzte Mal sein?

Trotz des Risikos bei einer Operation an Cathys Gehirn beschloss man, die Biopsie vorzunehmen. Nur so würde man mit Sicherheit abklären können, um welche Art von Tumor es sich handelte. Dabei würde eine feine Hohlnadel durch die Schädeldecke eingeführt, sehr vorsichtig, um das gesunde Hirngewebe so wenig wie möglich zu verletzen, und eine Gewebeprobe aus der Tumormasse entnommen. Nur durch eine Untersuchung dieser Probe unter dem Mikroskop ließe sich eine genaue Diagnose stellen.

Der Wartebereich der Chirurgie war ein riesiger Raum mit hoher Decke und bequemen Sitzgelegenheiten. An jenem Morgen saßen über ein Dutzend Leute auf den Sofas und Polstersesseln und warteten darauf, dass ihre Freunde oder Familienangehörige aus dem OP entlassen wurden. Am Eingang saßen zwei ehrenamtliche Helfer hinter einem Tisch, der als Infotheke diente und gleichzeitig als erste Anlaufstelle für Trostsuchende.

Von Zeit zu Zeit betrat ein Arzt die Bildfläche – Hollywood ließ grüßen. Im Film werden die Chirurgen meistens ziemlich realistisch dargestellt, im OP-Kittel, manchmal noch mit der Operationshaube in der Hand und einem ernsten, aber hoffnungsvollen Gesichtsausdruck. Und immer von der Anstrengung gezeichnet, die hinter ihnen liegt.

Die Ärzte, die an jenem Tag ins Wartezimmer kamen, taten alle dasselbe: Sie gingen sicheren, gemessenen Schrittes auf die Angehörigen des Patienten zu und lächelten schwach. Die Familien standen geschlossen auf, mit ernsten Gesichtern. Der Arzt murmelte ein paar halblaute Worte wie „Ihr Onkel Harry hat die Operation gut überstanden. In etwa einer Stunde wird er wieder in seinem

Zimmer sein, dann können Sie zu ihm." Die Angehörigen atmeten auf, man sah förmlich, wie ihre Schultern sich entspannten und die Last der vergangenen Stunden von ihnen abfiel. Sie umarmten sich, manche verdrückten ein paar Tränen der Erleichterung. Dann sammelten sie ihre Sachen ein und verließen gemeinsam den Wartebereich.

Unzählige Male beobachtete ich an jenem Morgen dieselbe Szene. Unsere eigene Gruppe bestand aus Cathys Vater, meinem Bruder Bob und mir – stellvertretend für die vielen anderen Familienmitglieder und Freunde von Cathy in der ganzen Welt, die angespannt auf das Ergebnis warteten. Wir würden die Ersten sein, die es erfahren sollten und die zum Telefonhörer greifen und die Nachricht überbringen würden. Ich dachte an all die Menschen, die jetzt gerade ihrer Arbeit nachgingen, im Auto saßen oder am Frühstückstisch. Alle in dem Bewusstsein, dass sie später einen Anruf bekommen würden, der diesen Albtraum beenden oder der alles noch schlimmer machen würde. Trotzdem mussten sie ihrem Tagewerk nachgehen, E-Mails schreiben oder Wäsche waschen und sich den Anforderungen des Lebens stellen. Denn das Leben ging weiter. Bis es eines Tages aufhörte.

Das Warten dauerte endlos. Ich fühlte mich abgeschlagen und schläfrig und war kurz davor einzunicken, als ich aus der Entfernung Dr. Olsen auf uns zukommen sah. Etwas an ihm war anders und ich war mit einem Mal hellwach. Er trug nicht mehr seinen Operationskittel, sondern einen normalen weißen Arztkittel. Offensichtlich hatte er sich die Zeit genommen, sich umzuziehen. Ich wartete darauf, dass er zu unserer Gruppe trat und sagte: „Cathy hat die Operation gut überstanden. Sie ist über den Berg, und in etwa einer Stunde können Sie zu ihr." Stattdessen kam er direkt zu mir.

„Michael", sagte er in gedämpftem Tonfall, „ich möchte Sie sprechen. Lassen Sie uns in mein Büro gehen, da ist es ruhiger."

Nein. Nein! Ich will nicht mit ins Büro gehen, ich will nichts besprechen. Ich weiß, was das bedeutet. Bitte, lieber Gott im Himmel, lass es nicht wahr sein! Bitte!

Stattdessen nickte ich. „Ja, natürlich."

Ich drehte mich zu Cathys Vater um. „Larry, ich möchte, dass du mitkommst.“

Dann saßen wir zu dritt in dem Besprechungszimmer, Dr. Olsen am Kopfende des Tisches, Larry und ich saßen uns gegenüber. Der Arzt begann mit leiser, monotoner Stimme zu dozieren.

„Ich fürchte, wir haben hier ein Anaplastisches Astrozytom. Wir sehen auch Zellanteile eines Glioblastoms, eines Glioblastoma multiforme, zwar ohne erhebliche Nekrosenbildung, doch die Zellteilungsrate, die wir unter dem Mikroskop beobachtet haben, ist ungewöhnlich und …“

Ich unterbrach ihn. „Bitte, Herr Doktor, könnten Sie etwas lauter sprechen? Und das alles für uns Laien verständlich erklären?“

„Natürlich. Unser Verdacht hat sich bestätigt. Es handelt sich um einen bösartigen Hirntumor, der durch diffuses Wachstum und erhöhte Zelldichte gekennzeichnet ist, mit allen Merkmalen eines Grad-III- oder Grad-IV-Tumors. Es tut mir sehr leid.“

Larry und ich saßen still da und ließen die Worte auf uns wirken. Ich stellte ein paar belangslose Fragen. Bloß die letzte Frage war wichtig.

„Was können wir tun?“

„Es gibt zwar Behandlungsweisen, aber sie versprechen keine Heilung, höchstens einen gewissen Aufschub, und auch das nur, wenn die Patienten auf die Behandlung ansprechen. Auch in klinischen Studien lassen sich noch keine Heilungserfolge belegen.“

Er sagte noch das eine oder andere und redete, wie mir schien, eine Weile um den heißen Brei herum. Zuletzt hatte er nichts mehr zu sagen bis auf die grausame Wahrheit: „An Ihrer Stelle würde ich gar nichts mehr unternehmen, sondern einfach dafür sorgen, dass sie so wenig Schmerzen wie möglich hat.“

Er gab sich also geschlagen.

Ich fragte ihn, ob Cathys Krankheit genetisch bedingt sei und unsere Kinder auch gefährdet seien.

Er verneinte. „Es handelt sich hierbei um eine reine Zellanomalie, die nicht erblich bedingt ist.“

„Ist so etwas sehr selten?“

„Nun, die Kombination dieser Krebsart und die Position des Tumors … im Thalamus, tief im Zentrum des Gehirns … Das ist in der Tat sehr selten. Ich würde sagen, das kommt bei 600.000 oder 700.000 Patienten nur einmal vor."

Als ich an jenem Abend bei Cathy im Zimmer war, redeten wir noch lange. Oder wir schwiegen und weinten zusammen. Ich legte mich neben sie ins Bett und lange Zeit hielten wir uns einfach fest.

„Es tut mir so leid, Michael", sagte sie, „dass ich dich allein zurücklassen muss."

„Sieht so aus, als hätte Gott andere Pläne für dich", brachte ich mühsam heraus.

Sie schüttelte den Kopf und sah mir direkt in die Augen. „Ich verstehe es einfach nicht."

„Was denn, Liebes?"

„Warum hat Gott mir Kinder geschenkt", fragte sie, „wenn er mir verwehrt, sie großzuziehen?" Tränen strömten ihr übers Gesicht. Dabei war sie immer noch sehr gefasst, sie schluchzte nicht und schlug nicht mit der Faust auf die Bettdecke. Nur der Strom der Tränen nahm kein Ende.

Ihre Frage hing eine Zeit lang in der Luft. Keiner von uns konnte sie beantworten, und keiner versuchte, eine Antwort zu finden. Es gab eine Zeit in meinem Leben, da hatte ich für alles eine Antwort – oder dachte zumindest, ich hätte sie. Aber je länger ich Station 8-Süd kannte, desto klarer wurde mir, dass ich auf nichts eine Antwort hatte.

Zu dem Zeitpunkt kamen auch unsere Nachbarn Tom und Kimberly zu Besuch. Kimberlys Vater war gut bekannt mit Dr. Henry Friedman, einem der weltweit führenden Experten, was Hirntumore betraf. Dr. Friedman war bereit, anhand von Cathys Unterlagen eine Zweitmeinung abzugeben. Als Erstes brauchte er so schnell wie möglich die Biopsieresultate. Ich sorgte dafür, dass er alles Wichtige in den nächsten achtundvierzig Stunden bekam.

Bei uns zu Hause musste sich alles ganz neu einspielen, und ich merkte, wie wenig Ahnung ich von alltäglichen Dingen hatte. Meine Schwester Lynn war gekommen, um uns zu unterstützen, und versorgte gemeinsam mit Jill, meiner Schwiegermutter, die Kinder und den Haushalt. So hatte ich den Rücken frei, um so viel wie möglich bei Cathy in der Klinik zu sein. Zwischendurch verbrachte ich Zeit zu Hause, um mich um Büroarbeiten und die unerledigte Post zu kümmern. Einen Tag nach Cathys Biopsie fand ich einen Brief, der an sie adressiert war. Er stammte von Gina Kell, der Witwe von Matt Kell. Ich beschloss, ihn selbst zu öffnen, und fand einen langen, persönlichen Brief, in dem sie allen, die ihr während Matts Krankheit und nach seinem Tod beigestanden hatten, ihren Dank aussprach. Ich war beeindruckt von ihrer sprachlichen Gewandtheit und der Wärme, die aus ihren Zeilen sprach. Gleichzeitig machte der Brief mir Angst. Ich legte ihn in die oberste Schublade meines Schreibtischs und versuchte, ihn zu vergessen. Vorläufig jedenfalls.

Ein großer Trost für mich war, dass die Kinder gut versorgt wurden, noch dazu von jemandem, der sie von Herzen liebte. Dass Lynn in dieser Zeit bei uns war, war ein Geschenk. Lynn und Cathy standen sich besonders nahe, was mich sehr freute. Manchmal zog ich sie damit auf, dass sie Cathy lieber mochte als mich, ihren eigenen Bruder. Aber ich konnte es ihr nicht verdenken – Cathy war bei Weitem liebenswerter.

Zwischen den beiden Frauen entwickelte sich mit den Jahren eine tiefe Freundschaft. Eines Tages war Lynn bei Cathy auf 8-Süd, als eine Bekannte aus der Gemeinde ins Zimmer kam. Cathy stellte sie als „meine Schwester Lynn“ vor. Sie hatte bewusst „Schwester“ gesagt, nicht „Schwägerin“. Lynn strahlte, denn diese kleine Geste bedeutete ihr sehr viel. Sie waren wirklich wie zwei Schwestern.

In kürzester Zeit hat sich das ganze Stadion geleert. Dann strömen neue Menschen herein. Ein Kommen und Gehen, wie Ebbe und Flut, im Wechsel zwischen Schrecken und Erleichterung. Die nächsten Hunderttausend reagieren ähnlich wie ihre Vorgänger. Sie blicken starr geradeaus und hoffen, dass die Kamera vorüberschwebt und sie nicht bemerkt. Die Angst ist deutlich spürbar. Das Kameraauge sucht unbeirrt weiter, driftet hoch oben über allen Köpfen. Von Zeit zu Zeit geht die Kamera tiefer, zoomt eine Person heran, bevor sie sich wieder abwendet.

Wieder erklingt die Stimme aus dem Lautsprecher, und die Leute können gehen, bevor die nächste Gruppe kommt. Als sich die Szene zum siebten Mal wiederholt, hat die Kamera ihr Ziel anvisiert …

Am Tag nach der Biopsie war ich auf dem Weg zur Klinik. Die Sonne schien durch die Windschutzscheibe und blendete mich. Ich kramte im Handschuhfach nach der 15-Dollar-Sonnenbrille, die Cathy mir letzten Sommer im Supermarkt gekauft hatte. Dabei durchzuckte mich der Gedanke, dass es von nun an Tausende von kleinen, unbedeutenden Dingen in meinem Leben geben würde, die ich plötzlich in einem neuen Licht sehen würde: Sie würden von nun an Erinnerungsstücke sein, wertvolle Schätze, weil sie mit Cathy zu tun hatten.

Ich wartete an einer Ampel wenige Blocks vom Krankenhaus entfernt. Die Ampel schaltete auf Grün, doch ich zögerte. Rechts durch die Unterführung ging es zur Klinik. Aus irgendeinem Grund bog ich links ab.

Plötzlich stürzte alles auf mich ein: die ganze grausame Wirklichkeit, der Schmerz, die Angst, die Trostlosigkeit. Und die Einsamkeit. Ich hatte nur noch einen Gedanken: Ich musste mit meinem Vater sprechen. Ich brauchte ihn.

Mein Vater und ich hatten schon seit fast drei Jahren keinen Kontakt mehr gehabt. Die Kluft zwischen uns war so breit wie der Grand Canyon, und alle in der Familie hatten sich damit abgefunden, dass wir nie wieder ein Wort miteinander wechseln würden. Doch jetzt war alles anders. Cathy war schwer krank und würde sterben. Meine Kinder würden ihre Mutter verlieren. Sie brauchten ihren Großvater. Ich brauchte meinen Vater wie nie zuvor.

Ich griff zum Handy und wählte Normas Nummer. Norma war die zweite Frau an der Seite meines Vaters, mit der er inzwischen seit achtundzwanzig Jahren zusammenlebte. Sechs Jahre, nachdem meine Eltern sich getrennt hatten, hatten sich die beiden kennengelernt. Norma war viel gereist, sie war eine feine, gebildete Frau mit einem wunderbar ansteckenden Lachen. Und das Beste war, sie liebte meinen Vater so, wie er war. Sie tat ihm gut und brachte Ruhe und Frieden in sein Leben, wie niemand anders es vermochte.

Norma und ihre Familie waren zu einem festen Bestandteil unseres bunten, verschlungenen Familienstammbaums geworden.

„Hallo Norma, ich bin es, Michael“, sagte ich, während ich weiter ziellos durch die Gegend fuhr. Augenblicklich kamen ihr die Tränen, genauso wie mir. Auch für uns war es der erste Kontakt seit drei Jahren.

„Wie geht es dir?“ Sie wusste natürlich Bescheid. Lynn hatte regelmäßig mit unserem Vater telefoniert, manchmal mehrmals am Tag, und ihm von Cathy erzählt.

„Es sieht nicht gut aus“, sagte ich mit erstickter Stimme. „Ich fürchte, sie wird es nicht schaffen.“

Wir weinten zusammen am Telefon.

„Es tut mir so leid, Michael.“

Ich fuhr im Kreis, während wir sprachen, bog immer wieder links ab. Irgendwann hatte ich mich verfahren und wusste nicht mehr, wo ich war, aber es war mir egal. Jedes Mal, wenn ich in die 13 Mile Road einbog, kam die Sonne direkt von vorn und die billige Sonnenbrille versagte ihren Dienst. Und der Akku des Handys würde nicht mehr lange durchhalten, also kam ich zur Sache.

„Norma, kann ich mit Dad sprechen? Oder soll ich später noch mal anrufen? Meinst du, er würde mit mir reden?“

Es war beschämend. Nicht, weil es so aussah, als wollte ich ihm zu Kreuze kriechen oder als sei ich der „Verlierer“ und er der „Gewinner“. Nicht, weil ich klein beigab und als Erster das Schweigen brach, sondern weil ich es nicht früher geschafft hatte. Weil ich es erst angesichts der traurigen Umstände schaffte, den ersten Schritt zu tun. Es tat mir unsagbar leid. Alles, was ich versäumt hatte, in all den Jahren.

Ich hatte meinen Vater einfach aufgegeben. Viel zu lange hatten wir beide zugelassen, dass unsere Beziehung mehr und mehr verkümmerte. Wie konnte ich es so weit kommen lassen, dass ich jetzt, in dieser absoluten Notlage, zuerst Norma fragen musste, ob ich mit ihm sprechen durfte? Ich wusste nicht, was sie dachte, aber ich konnte spüren, dass sie die ganze Situation genauso belastend fand.

„Ich weiß nicht, Michael, ich weiß es wirklich nicht", seufzte sie. Mein Mut sank. *Ich weiß nicht* bedeutete so viel wie *lieber nicht*.

Dabei war ich überzeugt, dass Dad und ich eines Tages die Vergangenheit hinter uns lassen und wieder zueinanderfinden würden. Dass wir sämtliche Missverständnisse aus dem Weg räumen und über unsere Verletzungen sprechen würden – was Geschäftsentscheidungen betraf oder unseren Umzug nach Michigan, unsere Streitigkeiten und unerfüllten Erwartungen. Ich hatte nur immer so viel zu tun gehabt, dass keine Zeit dafür blieb. Ich führte mein eigenes Leben, als Ehemann, Vater, Geschäftsmann, Trainer. Ein Leben voller Termine. Eines Tages, wenn ich wieder mehr Zeit hätte, würde ich auch dazu kommen, mich wieder um meinen Vater zu kümmern und um die gemeinsame Geschichte, die uns verband. So hatte ich gedacht. Eines Tages würde ich wieder Sohn sein. Doch inzwischen war ziemlich viel Zeit vergangen.

Unterdessen weinte ich so, wie ich nicht mehr geweint hatte, seit ich ein kleiner Junge war. Ich parkte am Straßenrand und umklammerte mit beiden Händen das Lenkrad.

„Norma", sagte ich, „sag ihm bitte, dass ich angerufen habe und hoffe, dass es ihm gut geht. Wenn er mich anrufen mag, würde ich mich sehr freuen. Und Cathy auch. Wir brauchen ihn hier."

So hatte ich mir das Gespräch nicht vorgestellt. Hier lief nichts nach Drehbuch. Wieder einmal musste ich erfahren, dass es im wahren Leben nie so glattgeht wie in Hollywood. Nach dem Drehbuch in meinem Kopf würden Cathy und ich zusammen alt werden, unsere Kinder würden in einem liebenden und vollständigen Elternhaus aufwachsen, und mein Vater würde genauso zu unserem Leben gehören.

Stattdessen fuhr ich sinnlos im Südosten von Michigan im Kreis herum und bettelte bei Norma und bei Gott um Vergebung für die zerrüttete Beziehung zu meinem Vater. Mein Stolz, meine Sturheit, Faulheit und Naivität – all das hatte mich bisher davon abgehalten, die Kluft zu überbrücken. Doch jetzt wusste ich, dass ich sie beide brauchte: Gott und meinen Vater.

Gott war immer da. Aber auch mein Vater war noch hier. Mehr

als alles sehnte ich mich nach seiner Nähe. Allein sein *Hiersein* hätte mich getröstet, hätte meine Welt, die ins Wanken geraten war, wieder ein Stück weit ins Lot gebracht.

„Ich werde mit ihm reden, Michael“, sagte Norma, „aber ich kann nichts versprechen.“ In ihrer Stimme lag Bedauern.

Spätabends am nächsten Tag klingelte das Telefon. Ich erkannte die Nummer auf dem Display. Er war es. Ich spürte eine Gänsehaut, als ich nach dem Hörer griff. Mein Herz raste. „Hallo?“

„Ja, ich bin's“, sagte er mit seinem Chicagoer West-Side-Akzent und in seinem typischen Nun-komm-endlich-zur-Sache-Tonfall, den ich so lange vermisst hatte.

Tränen schossen mir in die Augen. Er war tatsächlich über seinen Schatten gesprungen. „Danke, Dad, dass du anrufst. Du weißt Bescheid, oder?“

„Ja. Wie kommt ihr zurecht?“

„Dad, wir brauchen dich. Kannst du nicht zu uns kommen?“

Mein Vater zögerte keine Sekunde. „Ich nehme das nächste Flugzeug“, antwortete er.

Ich wusste, ich konnte mich auf ihn verlassen.

Diese Gruppe ist es. Die Kamera schwenkt nach links, dann nach rechts, sinkt tiefer und fokussiert sich. Dann hat sie gefunden, was sie suchte. Die Kamera steigt wieder hoch und überquert das Spielfeld. Als sie den riesigen Block M passiert, hat sie ihr Ziel fest anvisiert.

Als sie zu sinken beginnt, steigt die Angst in mir hoch. In der Menge sehe ich ein bekanntes Gesicht, lächelnd wie alle anderen Gesichter. Das Gesicht wird größer, bis es den Sucher voll ausfüllt. Nein! Es darf nicht sein. Die Kamera verlangsamt ihr Tempo, bis sie ganz zum Stillstand kommt. Das Gesicht im Sucher ist riesengroß – Cathy.

Eine … eine von 600.000 bis 700.000.

Schweißgebadet wachte ich auf.

Im Krankenhaus ging es mit Cathy von Tag zu Tag mehr bergab. Es gab winzige Momente der Hoffnung, aber sie wurden immer weniger. Vor ein paar Tagen noch war sie eine strahlende, scheinbar gesunde Frau voller Leben gewesen, eine Ehefrau und Mutter in der Blüte ihrer Jahre. Von heute auf morgen war sie zu einer schwer kranken Patientin geworden, und ich freute mich mit ihr, wenn sie es vom Rollstuhl allein ins Bett schaffte. Ein paar Tage später staunte ich, wie gut sie ihre Zahnbürste selbst halten konnte. Und ich wunderte mich immer wieder, wie sich meine Wahrnehmung den wechselnden Umständen anpasste.

Hilflos sah ich zu, wie Cathy sich unruhig im Bett hin und her warf. Die Schmerzen und die Angst kamen in Wellen und ließen ihr keine Ruhe. Heute war ihr schlimmster Tag. Sie hatte kaum die Kraft, die Augen zu öffnen, und wollte niemanden sehen. Ich griff zum Telefon und sagte möglichen Besuchern ab, schloss die Tür und zog die Vorhänge zu. Dank der starken Medikamente konnte sie den Tag über zwischendurch für kurze Zeit einschlafen.

Schwestern und Ernährungsberaterinnen kamen vorbei und redeten ihr gut zu, dass sie etwas essen sollte. Doch Cathy hatte keinen Appetit und rührte nichts an. Stundenlang stand das Tablett unberührt neben ihrem Bett. Sie hatte noch nie besonders viel gegessen. Manchmal hatte sie nur eine eiskalte Cola getrunken, mehr hatte sie nicht gebraucht. Umso weniger Sinn machte es, sie unter diesen Umständen zum Essen zwingen zu wollen.

Draußen zog die Dämmerung herauf und tauchte das Krankenzimmer in ein tiefes, dunkles Grau. Ich ließ das Licht ausgeschaltet, um Cathy das unbarmherzige grelle Neonlicht zu ersparen. Langsam gewöhnten sich meine Augen an das Halbdunkel.

Gegen 17.30 Uhr klopfte es plötzlich an der Tür. Mein Herz setzte einen Schlag aus. Ich wusste: Das konnte nur er sein. Cathy hatte das Klopfen nicht gehört. Ich zog den Vorhang neben ihrem Bett zurück und öffnete langsam die Tür. Und da stand er vor mir, aufrecht und unerschütterlich wie ein Fels. Mein Vater. Er war immer noch derselbe.

In einem einzigen Moment war alles, was zuvor geschehen war, wie ausgelöscht. Jeder Streit, jede Enttäuschung, jedes Gespräch – egal, ob gut oder schlecht – war plötzlich nicht mehr wichtig, angesichts der Bedeutung dieses Augenblicks. Ich hatte mit meinem Vater Kontakt aufgenommen, weil ich mir von ihm Trost und Hilfe versprach, und er hatte mich nicht im Stich gelassen. Ohne zu zögern schloss er mich in die Arme. Da standen wir – zwei Männer, die sich seit dreiundvierzig Jahren kannten, standen im Türrahmen des Krankenzimmers, in einer liebenden, verzweifelten „Lass-mich-nicht-allein"-Umarmung, die unsere ganze verkorkste Vergangenheit ungeschehen zu machen schien. Der Augenblick war das Einzige, was zählte. Und wie es weitergehen würde.

„Danke, dass du gekommen bist, Dad", sagte ich mit heiserer Stimme. Meine Kehle war wie zugeschnürt.

Als wir langsam unsere Umarmung lösten, spürte ich, wie er seine kräftige Hand um meinen Nacken legte, so wie er es zuletzt getan hatte, als ich noch ein kleiner Junge war. Er sah mir in die Augen, und sein Blick sagte mir: „Ich bin bei dir. Ich lasse dich nicht allein."

„Warte einen Moment", bat ich ihn dann. „Cathy weiß noch nicht, dass du kommst." Er nickte und trat einen Schritt zurück auf den Gang.

Ich trat an Cathys Bett. „Liebes, da ist jemand, der dich unbedingt sehen möchte."

„Nein, Michael", antwortete sie mit geschlossenen Augen, „nicht heute."

„Bitte, nur ganz kurz. Es wird nicht lange dauern. Er ist sehr weit gereist, um dich zu besuchen."

„Okay, meinetwegen."

Ich hielt die Tür auf, und mein Vater kam herein. Langsam trat er ans Krankenbett und blieb am Fußende stehen. Sein Blick wanderte über die Fotos und Gedichte der Kinder, über Cathys Infusion, über das Tablett mit dem unberührten Essen und über die Umrisse der zerbrechlichen Gestalt unter der Bettdecke. Die Frau, die ihn damals an unserem Hochzeitstag mit ihrem Lächeln verzaubert hatte, lag nun hilflos im Bett. Als er neben sie trat, schaltete ich das Leselicht am Kopfende ein.

„Hallo, meine Kleine."

Cathy öffnete die Augen und blickte ins Gesicht ihres Schwiegervaters, den sie seit über drei Jahren nicht gesehen hatte. Ihr Blick weitete sich erstaunt, dann lächelte sie unter Tränen und versuchte, den Kopf und die Schultern zu heben, das erste Mal seit sechsunddreißig Stunden. Sie strahlte ihn an, während ihr die Tränen über die Wangen liefen, dann streckte sie ihren rechten Arm aus und berührte sein Gesicht.

„Du siehst gut aus“, log er.

„Gefällt dir meine neue Frisur?“, scherzte sie und deutete auf die kahle Stelle, wo man ihr vor der Biopsie die Haare geschoren hatte.

„Ja, sehr sogar“, spielte er das Spiel mit. Dann trat er näher und kniete sich auf den Boden. Er kannte sich aus mit Krankenhäusern und wusste, dass es unter den Bettdecken der Patienten Dinge gab, auf die man sich nicht setzen sollte: Infusionsschläuche, Monitorkabel oder ein Arm oder Bein, das genau in der Position liegen bleiben musste. Er würde sich nie unaufgefordert aufs Bett setzen. Seine Umsicht, seine selbstverständliche Rücksichtnahme – das war etwas, was die meisten Leute an meinem Vater nicht sahen. Seinen „Respekt“, wie er es nannte. Doch für mich war es mehr als das. Mein Vater hatte die Gabe, im richtigen Moment das Richtige zu tun.

„Bist du zufrieden mit dem Service hier?“, fragte er dann.

„Klar doch.“ Cathys Stimme wurde kräftiger. Ich sah, wie sogar die Farbe in ihr Gesicht zurückkehrte.

Ich sah, wie sehr sie sich freute, dass er gekommen war. Die beiden ließen sich buchstäblich nicht mehr los. Sie hielten sich an den Händen und Armen, und mein Vater streichelte ihr sanft über den Unterarm. Ich hatte vergessen, wie zart und behutsam er sein konnte.

Nach ein paar Krankenhauswitzen und der Drohung, jedem Arzt und jeder Schwester die Ohren lang zu ziehen, wenn sie sich nicht vernünftig um sie kümmern würden, wurde mein Vater ernst. Er war immer ein Mann der Tat gewesen, jemand, der Berge versetzen würde, um jemandem zu helfen, den er liebte. Für seine geliebte Schwiegertochter war er bereit, tektonische Platten zu verschieben, wenn es nötig war.

Er beugte sich vor und fragte: „Was kann ich tun, um dir zu helfen?“

„Du hast mir bereits geholfen", antwortete sie mit Tränen in den Augen.

Er nickte stumm. Jetzt liefen auch ihm die Tränen über seine wettergegerbten Wangen. Vielleicht zum ersten Mal im Leben wurde ihm klar, dass es manchmal genügte, einfach nur da zu sein. Mehr war im Augenblick nicht nötig. Mehr gab es nicht zu tun. Auf ihre einfache Art hatte Cathy meinem Vater eine bedeutende Lektion erteilt: Deine Gegenwart genügt. Versuch nicht, mein Leben zu organisieren oder zu retten. Sei einfach *Teil* meines Lebens.

Als ich sah, wie diese beiden Menschen in einer Vertrautheit und Tiefe miteinander kommunizierten, wie ich es nie für möglich gehalten hätte, bemerkte ich noch etwas anderes im Halbdunkel des Zimmers – ein spürbares, unbeschreibliches Element, das sich nur mit einem Wort beschreiben lässt: Gnade.

In den darauffolgenden Tagen war Cathys Zustand größtenteils stabil. Sie wurde auf die Rehastation verlegt, wo sie lernte, einfache Dinge wieder selbstständig zu tun, wie Waschen und Anziehen oder das Ein- und Aussteigen ins Auto. Leider befand sich die Reha im Altbau, und das bedeutete lange, geflieste Gänge, niedrige Decken und ausschließlich Mehrbettzimmer. Es war deprimierend, und fast sehnte ich mich zurück nach 8-Süd. Auch Cathy fühlte sich dort nicht wohl, und wir versuchten alles, um ihre Rehazeit zu verkürzen, damit sie bald nach Hause durfte. Im Krankenhaus konnte man ohnehin momentan nicht viel mehr tun.

Es war erst sechzehn Tage her, seit sich Cathy durch die Tür der Notaufnahme hineinbegeben hatte in diese zermürbende Maschinerie. Sechzehn Tage, die sich anfühlten wie eine halbe Ewigkeit. Wie ein ganzes Leben. Im Grunde war es das auch. Es war der Übergang von einer Lebensphase in die nächste, allerdings im Zeitraffertempo und ohne, dass wir darauf vorbereitet waren.

Dann kam der Anruf von Dr. Friedman. Er war so freundlich und rief persönlich an, als ich vormittags zu Hause war. Im Großen und Ganzen war er mit den Ärzten im Beaumont Hospital einer Meinung, was den Behandlungsplan betraf. Als Ergänzung wies er auf verschiedene Möglichkeiten und klinische Studien hin. Seine Stimme hatte einen resignierten Klang, und ich fragte ihn geradeheraus: „Wie sind die Prognosen?“

Er fasste es in einem einzigen Wort zusammen. „Miserabel.“

Das Wort hing in der Luft. Ich nahm all meinen Mut zusammen. „Wie viel Zeit bleibt uns noch?“

„Wenn sie auf die Behandlung anspricht, vielleicht ein paar Monate“, antwortete er. „Wenn nicht, wahrscheinlich etwas weniger.“

Fünf Luftballons

Gina

Es war Mitte Februar, und ich war meinen Eltern dankbar, dass sie uns angeboten hatten, mit ihnen zu verreisen. Der Winter in Michigan, die Kälte, die Einsamkeit – all das gab mir das Gefühl zu ersticken. Ich freute mich auf Sonne und Wärme in Florida, auf Ruhe und die Möglichkeit, tief durchzuatmen und Frieden zu finden für meine wunde Seele. Hinzu kam, dass die Schomakers und zwei weitere Familien aus der Gemeinde später in der Woche ebenfalls nach Florida fuhren, an einen Ort, der nur eine knappe Stunde von uns entfernt war.

Am Abend vor unserer Abreise telefonierte ich mit Colleen. Ich hatte das Telefon auf Lautsprecher gestellt, während ich nebenbei Wäsche zusammenlegte und meine Packliste durchging. Im Hintergrund lief der Fernseher, allerdings ohne Ton.

„Wie weit bist du mit dem Packen?“, fragte Colleen. Dabei wusste sie genau, dass ich vor jeder Reise bis in die frühen Morgenstunden aufblieb, um die Koffer zu packen.

„Ich bin fast fertig“, antwortete ich, „sodass ich noch vor drei ins Bett komme.“ Ohne Matt ging ich sowieso meistens nicht viel früher ins Bett, doch ich beschloss, es nicht zu erwähnen.

Colleen schimpfte mit mir, dass ich so lange aufblieb, und ich verteidigte mich, während mich die Comedyshow im Hintergrund zum Grinsen brachte.

„Habe ich dir schon erzählt, dass ich Cathy Spehns Mann heute in der Schule gesehen habe?", fragte Colleen. „Er sah nicht gut aus."

„Wirklich?", antwortete ich zerstreut.

„Ja. Ich hatte gehört, dass Cathy immer noch im Krankenhaus ist. Darum war ich nicht überrascht, ihn zu sehen. Erst wollte er mir aus dem Weg gehen, aber ich habe ihn trotzdem angesprochen."

Ich legte den Wäschestapel beiseite und schaltete den Fernseher aus. „Sie ist immer noch im Krankenhaus? Was hat sie denn?"

„Darüber wollte er nicht sprechen. Er sagte nur, es sieht nicht gut aus."

„Halte mich auf dem Laufenden. Und lass mich wissen, wenn ich irgendetwas tun kann."

„Ich rufe dich an, sobald ich etwas höre."

Die Schomakers sollten am Tag nach Sammys fünftem Geburtstag in Florida eintreffen, und wir wollten mit ihnen gemeinsam noch einmal feiern. So hätte Sam sogar zwei Geburtstagspartys. Er freute sich, dass er mit Tommy in Florida feiern durfte, aber es war ihm genau bewusst, das dies sein erster Geburtstag ohne seinen Vater sein würde. In der Woche zuvor hatte er immer wieder davon gesprochen, und mit krakeligen Buchstaben „Ich vermisse Dad" in sein Tagebuch geschrieben.

An seinem großen Tag pustete ich fünf Luftballons auf und verteilte sie in seinem Zimmer, bevor er wach wurde. Eine Stunde später kam er heraus, schlaftrunken und mit einem großen, roten Ballon in der Hand. Ich schlang meine Arme um seinen kleinen, schmalen Körper und sang leise „Happy Birthday". Danach tobten Sam und Drew mit den Ballons durch die ganze Ferienwohnung, während ich Sams Lieblingsfrühstück machte: Schinken mit Ei, Tomaten und Käse.

Das Geburtstagskind hatte sich gewünscht, den Nachmittag am Swimmingpool zu verbringen. Als wir am Pool ankamen, war ich mir nicht mehr so sicher, ob das eine gute Idee gewesen war. Die Badegäste bestanden ausschließlich aus Vätern und Söhnen. Weit und breit war keine einzige Mutter in Sicht. Fieberhaft suchte ich mit den Augen die ganze Umgebung ab, um auszuschließen, dass es meine Einbildung war. Drew und Sam standen am flachen Ende im Wasser und sahen einem der Väter zu, der mit den anderen Jungen ein Wettspiel machte. Alle mussten sich in einer Reihe am Beckenrand aufstellen und auf Kommando ins Wasser springen und um die Wette tauchen. Sie schienen großen Spaß zu haben, und der Vater geizte nicht mit Lob und guten Ratschlägen. Nach einer Weile machte Drew mit, doch Sammy konnte noch nicht schwimmen und musste zuschauen. Ich fühlte mich unwohl und fehl am Platz und war mir nicht sicher, ob auch die Kinder die Situation erfasst hatten.

Nach einer Weile tauchten tatsächlich noch ein paar Frauen auf und glichen den Väterüberschuss aus; trotzdem erschien mir das Ganze bis zum Schluss wie eine grausame Ironie des Schicksals.

Zurück in der Ferienwohnung, ließen die Jungen die Tasche mit den mitgebrachten Spielfiguren links liegen und stürzten sich sofort wieder auf die roten Luftballons. Der Spaß endete plötzlich, als einer der Ballons auf einer Pflanze landete und mit lautem Knall zerplatzte.

Sammy begann, bitterlich zu weinen. „Ich will meinen Ballon wiederhaben! Ich will ihn wiederhaben!"

Ich versuchte, ihn zu trösten. „Du hast doch noch vier andere Ballons, mein Schatz."

„Aber ich bin fünf!"

„Da hast du recht. Dann pusten wir einfach noch einen auf." Ich holte rasch einen neuen aus der Packung und blies ihn auf. „Siehst du, jetzt sind es wieder fünf."

Aber Sam war untröstlich. „Nein! Ich will aber den hier!" Weinend zeigte er auf die roten Fetzen, die an der Zimmerpflanze klebten. „Ich will ihn zurückhaben!"

Eine geschlagene halbe Stunde hielt ich meinen schluchzenden Sohn in meinen Armen. Dies war kein Wutausbruch eines verwöhnten Kindes wegen eines kaputten Luftballons, sondern tiefe Trauer. Der Ballon war bloß der Auslöser. Drei Jahre lang hatte Sammy miterleben müssen, wie sein Vater vor seinen Augen an Krebs starb. Jetzt brach alles auf und kam an die Oberfläche: Trauer und Angst, unterdrückter Kummer, ungeweinte Tränen. Ich konnte seinen Tränenfluss nicht stoppen – und ich wollte es auch nicht. Ich spürte einen Anflug von Erleichterung, dass er endlich ein Ventil für seinen Schmerz und seine Verwirrung gefunden hatte. Gleichzeitig zerriss es mir das Herz.

Drew kam und wollte seinen Bruder trösten. „Es ist okay, Sammy." Er stupste einen Ballon an und ließ ihn hüpfen. „Wir können trotzdem weiterspielen, siehst du?"

Doch Sam konnte nicht aufhören, über seinen verlorenen Ballon zu weinen. Immer wieder sagte er: „Ich will aber *den* hier! Ich will ihn zurückhaben!"

„Sammy", sagte ich unter Tränen, „ich glaube, du willst Daddy zurückhaben. Daddy ist wie dieser rote Ballon. Er ist nicht mehr da, und ich kann ihn dir nicht wiederbringen."

Die ganze Zeit über hatte ich mit allen Mitteln versucht, meine Kinder von dem Schmerz fernzuhalten. Dabei sollte ich ihnen vielmehr zeigen, wie wichtig es ist, dass wir unseren Schmerz zulassen dürfen.

Wir kuschelten uns auf dem Sofa zusammen; Drew und meine Eltern gesellten sich zu uns, und wir redeten lange über Matt und darüber, was er am liebsten gespielt, gesagt oder gegessen hatte. Manches brachte uns zum Weinen, manches zum Lachen. Unsere Trauer wurde dadurch nicht weniger, aber Sammy spürte, dass er mit seiner Trauer nicht allein war.

Der 27. Februar

Michael

9.00 Uhr

Wie immer, war ich spät dran und fuhr etwas zu schnell. Cathy war auf eine physiotherapeutische Station verlegt worden, wo wir um 9.30 Uhr einen Termin hatten. Ich sollte dabei sein und gemeinsam mit ihr üben, worauf wir achten mussten, wenn sie nach Hause durfte.

Unsere Welt schien wieder ins Lot zu kommen, und ein seltsames Gefühl der Routine kehrte zurück. Mein Vater musste uns schon früh am Morgen verlassen, um seinen Rückflug nach Kalifornien nicht zu verpassen. Mein Frühstücksangebot schlug er aus und murmelte etwas von einem dreistündigen Zwischenstopp in St. Louis und dass er sich dort etwas zu essen kaufen konnte.

Jack und Charlotte waren in der Schule, und Danny würde um 11.15 Uhr von Jill vom Kindergarten abgeholt. Gleich würden unsere Nachbarinnen Heather und Tonya kommen und damit beginnen, unser Schlafzimmer in eine „Suite" für Cathy zu verwandeln, in der sie für die nächste Zeit wohnen konnte. Sie wollten die Wände mit einer frischen Farbe verschönern, gerahmte Familienfotos aufhängen und das Zimmer für ihre Freundin so gestalten, dass sie sich darin wohlfühlen konnte.

Meine Geschwister, Lynn und Bob, verließen uns ebenfalls und nahmen ihr eigenes Leben wieder auf. Cathys Vater war zu Hause in seinem Büro, um aufzuarbeiten, was in den vergangenen Wochen liegen geblieben war.

Während der Fahrt malte ich mir aus, was uns erwartete. Heute noch sollte mit Cathys Chemotherapie begonnen werden. Ein ernüchternder Gedanke. Übermorgen sollte sie dann endlich entlassen werden.

Punkt 9.30 Uhr kam ich in der Klinik an. Zu meiner Erleichterung war auch die Physiotherapeutin nicht ganz im Zeitplan, und ich freute mich, erst noch ein paar Minuten mit Cathy allein zu verbringen. Als ich zu ihr ins Zimmer trat, sah ich, dass sie große Schmerzen hatte. Ihre Augen waren geschlossen und sie presste ihre Hand gegen den Kopf. Wie unzählige Male in den vergangenen siebzehn Tagen fragte ich nach ihrem Schmerzpegel.

„Neun“, brachte sie mühsam hervor.

„Neun!?“ Bis jetzt war „sieben“ das Höchste gewesen. „Hast du keine Schmerzmittel bekommen?“

„Doch. Vor ein paar Stunden … Aber sie haben gesagt … vorläufig … könnten sie mir nichts mehr geben.“

Ich ging sofort ins Schwesternzimmer. „Meine Frau braucht dringend etwas gegen die Schmerzen.“

Die diensthabende Schwester sah in einer Tabelle nach und sagte dann: „Wir dürfen ihr erst in zwei Stunden wieder etwas geben.“

„Nein, sie braucht *sofort* etwas, und ich werde dafür sorgen, dass sie etwas bekommt“, sagte ich so sachlich wie möglich. Die Schwester merkte, dass es mir ernst war, und ging ins Krankenzimmer, um nach Cathy zu sehen. Als sie zurückkam, nickte sie und sagte, sie würde ihr ein stärkeres Schmerzmittel verabreichen. Ich wartete noch ein paar Minuten auf dem Flur, dann ging ich wieder in Cathys Zimmer.

„Halte durch, Liebes“, sagte ich.

In meinem Kopf jagten sich die Gedanken. Was war passiert? Warum hatte sie plötzlich so starke Schmerzen?

Die Physiotherapeutin kam herein und ging gleich wieder, als sie sah, wie schlimm es um Cathy stand. Um 9.40 Uhr kam die Krankenschwester und hängte eine Morphiuminfusion an. Beim Hinausgehen sagte sie, nun würden die Schmerzen bald nachlassen.

Sie taten es nicht.

10.00 Uhr

Ich ging zurück ins Schwesternzimmer und sagte Bescheid, dass es mit den Schmerzen nicht besser wurde. Die Schwester seufzte, dann kam sie und spritzte Cathy eine weitere Dosis von 2 Milligramm Morphium direkt in die Blutbahn. Das sollte ihr augenblicklich Linderung verschaffen. Tat es aber nicht.

Um 10.40 Uhr stand ich wieder auf der Matte. „Die Schmerzen werden immer heftiger", sagte ich. „Geben Sie ihr etwas anderes." Die Schwestern konnten es nicht glauben. Sie waren bestimmt sehr kompetent auf ihrem Gebiet, aber sie waren auf der physiotherapeutischen Station, und hier kamen sie ganz offensichtlich an ihre Grenzen. Ich bestand darauf, dass einer von Cathys behandelnden Ärzten angerufen wurde. Mehr denn je vermisste ich 8-Süd.

Von Dr. Annak erhielten sie die Erlaubnis, Cathy 1 Milligramm Dilaudid intravenös zu verabreichen, ein hochwirksames Mittel, das bei starken und stärksten Schmerzen angewendet wird. Danach schlug Cathy nach kurzer Zeit die Augen auf und lächelte schwach. Ich saß auf ihrem Bett und hielt ihre Hand.

„Geht es dir jetzt besser, Liebes?"

Sie nickte. „Sehr viel besser."

Sie drückte meine Hand und sagte: „Gott sei Dank, dass du hier bist, Michael."

Bevor ich etwas antworten konnte, sah ich, wie ihre Augen zurückrollten, bis nur noch das Weiße zu sehen war. Dann fiel sie kraftlos zurück auf ihr Kissen.

„Cathy! Cathy!" Panik ergriff mich. *Starb sie jetzt vor meinen Augen?* „Cathy! Kannst du mich hören?" Ich schüttelte sie und massierte ihren Arm, doch sie zeigte keine Reaktion. Mit dem Daumen zog ich vorsichtig ihr Augenlid herunter. Die Pupillen waren noch immer nach hinten eingerollt. So schnell ich konnte, rannte ich zum Schwesternzimmer. Schon von Weitem rief ich durch den Gang: „Hilfe! Schnell! Ich brauche Hilfe!"

Eine Schwester kam mir entgegen und eilte mit mir zurück zu Cathys Zimmer. Sie versuchte, Cathy wachzurütteln, doch ohne Erfolg. Sie probierte es mit Herzmassage, aber Cathy zeigte keine Reaktion.

Dann drückte sie den Alarmknopf.

11.00 Uhr

Dr. Annak stürzte ins Zimmer, gefolgt von dem Team vom Notfallwagen und mehreren Schwestern. Jemand bat mich, den Raum zu verlassen, aber ich blieb. Unauffällig zog ich mich in eine Ecke zurück. Cathy wurde an den Herzmonitor angeschlossen. Er zeigte keine Reaktion.

„Mr Spehn, würden Sie jetzt bitte gehen, damit wir unsere Arbeit tun können?“ Die Stimme der Schwester duldete keinen Widerspruch.

„Tun Sie das. Ich werde Ihre Arbeit nicht behindern. Aber ich bleibe bei meiner Frau. Wenn Sie mich loswerden wollen, müssen Sie mich schon aus dem Zimmer tragen.“

Die Schwester zuckte die Achseln, dann wandte sie sich wieder ihrer Aufgabe zu. Von da an sagte keiner mehr etwas.

Niemand wusste, warum Cathy plötzlich das Bewusstsein verloren hatte. Sie atmete zwar, aber ihre Vitalfunktionen lagen weit unter den Normwerten. Offensichtlich befand sie sich in einem Komazustand. Die Ärzte und Schwestern starrten auf den Monitor und diskutierten leise miteinander, aber im Wesentlichen schienen sie ratlos. Die leitende Ärztin ordnete die Gabe von 10 Milligramm Decadron an, um die Schwellung im Gehirn zu reduzieren. Cathys Zustand blieb unverändert.

Sie wollte wissen, welche Medikamente sie in den letzten Stunden bekommen hatte. Niemand hatte die Medikamentengabe und -dosis eingetragen, weil alles so schnell gehen musste. Alle schauten betreten zu Boden. Schließlich hielt ich es nicht länger aus.

„Vor einer Stunde bekam sie die erste Morphiuminfusion, danach, vor etwa vierzig Minuten, noch mal 2 Milligramm Morphium, intravenös. Vor fünfzehn Minuten haben sie ihr 1 Milligramm Dilaudid gegeben und jetzt 10 Milligramm Decadron.“

Die Ärztin nickte. „Ich brauche Narcan“, sagte sie zu ihrer Assistentin.

„Was ist das?“, fragte ich und trat näher an Cathys Bett.

„Naloxon. Es hebt die Wirkung der anderen Medikamente auf.“

Kurz nach der Spritze öffnete Cathy die Augen und schaute uns an. Sie nahm meine Hand und drückte sie.

„Wissen Sie, wo Sie sind?", fragte die Ärztin.

„Im Beaumont-Krankenhaus", antwortete Cathy.

„Wissen Sie, welchen Wochentag wir heute haben?"

„Montag."

Alle atmeten sichtlich auf. Es war gelungen, Cathy ins Leben zurückzuholen. Für den Augenblick jedenfalls. Doch ab dem Zeitpunkt hatte ich keine Ruhe mehr. Ab jetzt würde ich nicht mehr von ihrer Seite weichen.

Nachdem man durch das Naloxon die Wirkung der anderen Medikamente „ausradiert" hatte, kehrten auch die Schmerzen zurück.

Um 11.20 Uhr wurde Cathy auf schnellstem Weg zur Computertomografie gebracht, den Flur entlang bis zum Lift, dann hinunter in den siebten Stock.

„Bitte warten Sie draußen", ordnete die Ärztin an. „Aus Sicherheitsgründen darf ich Sie nicht hineinlassen. Es dauert nur eine Minute."

Ich überlegte eine Weile, ob ich zur Physiotherapie-Station zurückgehen sollte, und stand noch unschlüssig auf dem Flur, als Dr. Margolis, Cathys Onkologe, auf mich zukam.

„Mr Spehn, ich habe Sie gesucht. Bitte kommen Sie mit in mein Büro, ich muss mit Ihnen sprechen."

Das war kein gutes Zeichen.

„Ich habe den CT-Scan vorliegen. Wir haben hier eine Blutung im Gehirn", begann er. „Das passiert häufig bei Hirntumoren und ist einer der Gründe, weshalb sie so problematisch sind. Es sieht … nicht gut aus." Er klang resigniert. „Durch die Blutung ist ein größeres Ödem entstanden, also eine Schwellung, die verursacht, dass sich Hirnflüssigkeit in den Gehirnkammern, den sogenannten Ventrikeln, staut. Man spricht dann von einem Hydrocephalus, einem Wasserkopf. Das Gehirn produziert jede Sekunde Millionen von elektrischen Impulsen. Die Flüssigkeit entsteht dabei als Nebenprodukt. Da sie ständig neu gebildet wird, muss sie durch die Ventrikel und Kanäle abfließen und wird über den Zentralkanal des

Rückenmarks vom Gehirn wegtransportiert. Bei Ihrer Frau wird durch die Hirnschwellung einer der Ventrikel blockiert, sodass sich die Flüssigkeit staut und den Druckanstieg im Schädel verursacht." Er machte eine kurze Pause, bevor er weitersprach.

„Ihre Frau hat eine Hirnblutung, ein Hirnödem, einen Hydrocephalus und dazu den primären Hirntumor, der extrem schnell wächst. Jede einzelne Ursache kann tödlich sein und bei ihr treten alle vier gleichzeitig auf."

„Was kann man in dem Fall tun?", fragte ich, doch ich ahnte die Antwort im Voraus.

„Ehrlich gesagt, wenn es meine Frau wäre, würde ich nichts tun, was ihr Leiden noch verlängert."

„Was ist mit der Therapie?", fragte ich. „Sie sollte eine Chemotherapie bekommen. Wenn es keine Aussicht auf Erfolg gäbe, würde man es doch nicht versuchen, oder?"

„Versuchen können Sie alles", antwortete er. „Die Aussicht, dass die Therapie anschlägt, ist allerdings sehr gering." Er schilderte weiter, was auf uns zukommen würde und dass sich durch die Chemotherapie Cathys Zustand kurzfristig verschlechtern würde. „Die Entscheidung liegt natürlich bei Ihnen", sagte er zum Schluss.

Ich wollte erst mit Cathy darüber sprechen. Doch noch vorher wollte ich die anderen informieren. Vom Diensttelefon auf dem Tisch vor mir rief ich Larry an, Cathys Vater.

„Hallo, Michael, was gibt's?", meldete er sich betont lässig.

„Ich bin in der Klinik bei Cathy. Sie ist immer noch auf der Physiostation. Komm bitte so schnell wie möglich."

An meinem Tonfall muss er gehört haben, dass es ernst war, doch er wollte es nicht hören. „Brauchst du irgendetwas? Soll ich etwas mitbringen?"

„Nein. Komm einfach her. Am besten sofort." Ich erwartete keine Antwort und legte auf.

Cathy hatte inzwischen so starke Schmerzen, dass sie ihre Augen nicht mehr öffnen konnte. Man hatte ihr das Kopfteil des Bettes hochgestellt, sodass sie möglichst aufrecht lag. Den rechten Arm hatte sie gegen ihre Stirn gepresst. Ich setzte mich neben sie aufs

Bett. Ich sprach leise mit ihr, halb flüsternd, und streichelte ihre Hand. Ich beugte mich vor und legte meine Wange an ihre. Ich musste ihr die Wahrheit sagen.

„Cathy, ich habe mit Dr. Margolis gesprochen. Er sagt, du hast eine Blutung im Gehirn, die eine Schwellung verursacht. Daher kommen deine starken Kopfschmerzen. Kannst du mich verstehen?“

Sie nickte.

„Er sagt, es gibt praktisch nichts, was sie noch tun können, weil der Tumor so schnell weiterwächst.“

Sie nickte wieder. Ein kurzes, schnelles Nicken.

„Sie können es mit Chemotherapie oder Bestrahlung versuchen, aber sie glauben nicht, dass das hilft. Es kann sein, dass du dann noch mehr Schmerzen hast.“

Ihr Gesicht war dicht neben meinem. Warm. Weich. Lebendig. Vielleicht zum letzten Mal.

Oh, Gott, warum müssen diese schrecklichen Dinge aus meinem Mund kommen? Was soll ich tun?

„Cathy, ich weiß nicht, was das Beste ist. Aber ich werde tun, was immer du willst.“

Sie hörte auf zu nicken. „Ich gebe nicht auf“, flüsterte sie.

„Bist du sicher? Es ist kein leichter Weg.“

„Ich gebe nicht auf“, wiederholte sie.

Ich bewunderte ihren eisernen Willen. Andererseits erstaunte es mich nicht. Sie kämpfte für ihre Kinder.

„Dann sage ich das den Ärzten. Ich liebe dich.“

Als ich unsere Entscheidung Dr. Margolis mitteilte, sagte mir sein Blick, dass wir einen Fehler machten. Doch er zögerte keine Sekunde und veranlasste sofort alles Nötige. Cathy sollte zuerst eine Strahlentherapie bekommen, danach die Chemotherapie.

Im Grunde wusste ich, dass es ein aussichtsloser Kampf war. Aber es war Cathys Wille.

„Ich gebe nicht auf.“ Es war diese Entschlossenheit in ihrer Stimme. Derselbe Tonfall, bei dem ich wusste: Wir würden heiraten, wir würden nach Kalifornien ziehen und ich würde das Geburtsdatum unseres Sohnes nicht ändern. Diesen Ton hatte ich nur fünf oder sechs Mal in meinem Leben gehört, aber ich kannte ihn.

„Tun Sie alles, was Sie können", sagte ich zu Dr. Margolis.

Auf seine Empfehlung hin würde Cathy auf die MICU verlegt werden, eine speziell ausgestattete Intensivstation. Ich wusste zwar nicht, was uns dort erwarten würde, aber ich war froh, dass wir die Physiotherapie-Station hinter uns lassen durften.

12.00 Uhr

Larry war gekommen und wartete draußen vor Cathys Tür. So sachlich wie möglich brachte ich ihn auf den neuesten Stand der Dinge. Er begrüßte Cathy, dann kam er wieder heraus, um mit Dr. Olsen zu sprechen, dem Neurochirurgen.

Ich wusste: Dieser Mann war die letzte Hoffnung für meine Frau, unsere Kinder und für mich. Was er in den nächsten fünf Minuten sagen würde, würde unser weiteres Leben bestimmen.

„Wie ist die Prognose, nach Ihrer Einschätzung?" Ich stellte die Frage, obwohl ich die Antwort bereits kannte. Aber ich wollte es von ihm hören.

„Nicht gut."

Er wiederholte noch einmal alles, was ich von Dr. Margolis gehört hatte. Ich wartete auf irgendeine neue Erkenntnis, etwas, das uns Hoffnung geben konnte, aber es war nichts dabei. In meiner Verzweiflung griff ich nach dem allerletzten Strohhalm.

„Und wenn Sie das Unmögliche versuchen würden und den Tumor operativ entfernen? Ich unterschreibe Ihnen jedes Papier, das Sie und die Klinik von der Haftung freistellt."

„Wie meinen Sie das?"

„Ich meine, dass ich die Verantwortung dafür allein übernehme und dass Sie, wenn etwas schiefgeht, keine Schadensersatzklage oder Ähnliches von mir zu befürchten haben. Wenn es für Cathy irgendeine Hoffnung und ein lebenswertes Leben nach der Operation gibt."

Der Arzt antwortete geduldig, aber bestimmt. Dabei sprach er langsam und deutlich, wie zu einem Kind, das es immer noch nicht verstanden hatte. „Kein seriöses Krankenhaus auf der Welt würde Ihre Frau in diesem Zustand operieren. Durch einen solchen Eingriff würden wir sie bewusst umbringen, auf grausame Weise. Ich würde niemals dulden, dass eine solche Operation bei uns durchgeführt wird, und ich glaube nicht, dass Sie jemanden finden würden, der sich dazu bereit erklärt. Sie würde in kürzester Zeit auf dem Operationstisch verbluten."

Larry und ich schauten uns an. Es gab keine Hoffnung mehr. Es war vorbei. Wir hatten die Schlacht verloren. Vor uns lagen bestenfalls noch ein paar Scheingefechte, aber die weiße Flagge war schon gehisst. Gott stehe uns bei.

Larry und ich umarmten uns schweigend, dann ging er hinein und setzte sich an Cathys Bett. Ich ging den Flur entlang, auf der Suche nach einem ruhigen Platz, um ein paar Telefonanrufe zu tätigen. Als Erstes wählte ich die Nummer meines Bruders in Kalifornien.

„Bob, Cathy geht es immer schlechter. Es kann sein, dass sie nur noch wenige Stunden zu leben hat. Kannst du bitte Dad Bescheid sagen? Er soll sofort zurückkommen."

Bob konnte es zuerst nicht fassen. Ich gab ihm eine kurze Zusammenfassung der Ereignisse des Vormittags und bat ihn dringend, meinen Vater anzurufen.

„Er fliegt mit Southwest Airlines, mit einer Unterbrechung in St. Louis. Kannst du versuchen, ihn zu erreichen, bevor er dort ins Flugzeug steigt?"

Bob versprach, sich darum zu kümmern.

Ich ging zurück zu Cathy. Alles war bereit für ihre Bestrahlung und ihre Verlegung auf die Intensivstation. Ein schwerer Weg lag vor uns.

13.00 Uhr

Die MICU-Intensivstation befindet sich in einem entlegenen Seitenflügel. Es ist ein kalter, steriler Ort, der beklemmend wirkt. Besucher müssen sich ausweisen und werden per Videoerkennung identifiziert.

Erst dann kommt jemand und schließt die große Doppeltür auf, die sich langsam automatisch öffnet und den Weg freigibt in eine tote, keimfreie Welt. Ein Wartezimmer der Ewigkeit.

Cathy wurde in einen Raum am Ende eines langen Flures geschoben. Er war noch spärlicher eingerichtet als die meisten Krankenzimmer: ein Bett, mehrere Monitore, ein einziger Stuhl und ein Fenster, aus dem man hinausblickte in die wintergraue Welt des Februartages.

Doch hier, an diesem leeren, leblosen Ort, sollten wir einem Engel begegnen, der uns in den nächsten Stunden beistehen würde, in Gestalt einer jungen Krankenschwester. Ihre äußere Erscheinung war eher unscheinbar. Es war ihre Stimme, die mich aufhorchen ließ: sanft und gleichzeitig bestimmt, dazu seltsam vertraut, als hätte man sie irgendwo schon einmal gehört. Eine wohltuende Stimme, die Trost spendete, wie ein längst vergessenes Lieblingslied aus fernen Tagen.

Ihr Name war Christina, und ich schätzte ihre Kompetenz, Ehrlichkeit und menschliche Wärme. Sie schien von Anfang an instinktiv zu spüren, dass ich während der ganzen Prozedur bei Cathy bleiben wollte und nicht von ihrer Seite weichen würde, und sie tat alles, um es mir zu ermöglichen.

Etwa eine halbe Stunde nach unserer Ankunft wurde Cathy zur Bestrahlung abgeholt. Sie wollte dem Krebs den Kampf ansagen, und dies war der erste Schritt dazu. Ein Pfleger kam mit einer fahrbaren Krankentrage. Christina gab mir ein Zeichen. „Michael, würden Sie bitte kurz helfen? Nehmen Sie das Laken von dieser Seite und halten Sie gut fest."

Zu dritt hoben wir Cathy vorsichtig vom Bett auf die Transportliege. Ich war dankbar, dass ich etwas tun konnte, auch wenn es nur für einen kurzen Moment war.

Das Strahlenlabor erinnerte mich an eine unterirdische Kommandozentrale, wie man es aus Agentenfilmen kennt. In einem spärlich beleuchteten Kontrollraum saßen Techniker vor Monitoren und Überwachungsgeräten. Im Zentrum eines bunkerartigen Strahlenschutzraums stand ein etwa 0,60 x 1,80 m großes Podest, das hydraulisch abgesenkt oder angehoben werden konnte. Es war umgeben von befremdlich wirkenden Lichtquellen, die an eine unheimlich aussehende Maschinerie gekoppelt waren.

Christina ebnete mir den Weg, sodass ich den Kontrollraum und sogar den Bestrahlungsraum betreten durfte. Der Reaktion der Mitarbeiter nach zu urteilen, hatten Angehörige der Patienten hier normalerweise keinen Zutritt.

Mit vereinten Kräften hoben wir Cathy von der Transportliege auf das Podest. Dann wurde sie sorgfältig fixiert, sodass sie sich nicht bewegen konnte, und ich verließ gemeinsam mit dem Personal den Raum. Cathy hatte starke Schmerzen, aber sie war fest entschlossen, die Bestrahlung durchzuziehen. Christina flüsterte mir zu, ich könne vom Kontrollraum aus zuschauen.

„Kommen Sie, Michael“, sagte sie. „Hier können Sie Cathy auf dem Monitor sehen.“ Ich mochte es, wenn sie unsere Vornamen benutzte, und ich war dankbar, dass sie mich mit einbezog.

Nachdem sich die dicke Strahlenschutztür hinter uns geschlossen hatte, sah ich Cathy auf dem Videomonitor. Sie lag dort wie in einem Frankenstein-Experiment, gefesselt auf dem Tisch, unter dem Beschuss der Lichtkanonen, die mit einer schädlichen Dosis radioaktiver Strahlen auf ihre Schädeldecke zielten. Ein Horrorszenario.

„Wie lange dauert das noch?“, fragte ich.

„Ist schon vorbei“, kam die Antwort von einem Techniker.

Im nächsten Moment waren wir wieder an Cathys Seite und hoben sie behutsam zurück auf die fahrbare Trage für den Rückweg zur Intensivstation.

14.00 Uhr

Die Abwärtsspirale hatte begonnen.

Nach der Strahlenbehandlung ließ man uns auf dem Stationsflur draußen warten. Wegen eines Notfalls war das ganze Personal in ein Patientenzimmer gerufen worden. Cathys Schmerzen wurden von Minute zu Minute unerträglicher. Zwischendurch schien sie immer wieder in die Bewusstlosigkeit abzugleiten. Dies war der

Zeitpunkt, als uns beiden klar wurde, dass das Ende nicht mehr fern war. Ich würde keine weiteren Bestrahlungen zulassen. Es war ein Fehler gewesen. Es war vorbei. Wir konnten nichts mehr tun. Hier draußen, auf dem leeren Flur, wurde Cathy und mir klar, dass wir endgültig Abschied nehmen mussten.

Cathy war nur noch ein Schatten ihrer Selbst, der Inbegriff des Leidens. Ihre linke Körperhälfte war fast vollständig gelähmt. Ihre rechte Hand, die sie fast den ganzen Vormittag auf die Augen gepresst hielt, weil das Licht ihr wehtat, lag nun kraftlos neben ihr. Ich stand an ihrer Liege, hilflos und unfähig, irgendetwas zu tun oder zu sagen.

Für einen kurzen Augenblick ertappte ich mich sogar dabei, wie ich an ihre Beerdigung dachte. Wir hatten nie groß über solche Dinge gesprochen, solange wir gesund waren und es uns gut ging. Jetzt wünschte ich, wir hätten es getan. Nun stand ich hier und wusste nicht, was ich tun sollte, und wandte mich in meiner Ratlosigkeit an die Frau, die ich liebte.

„Cathy“, stammelte ich, „sollen wir über deinen … deinen Letzen Willen sprechen?“

Sie war verwirrt. „Wie meinst du das?“

„Zum Beispiel, wo du … also, wo deine letzte Ruhestätte sein soll.“

„Im Himmel natürlich“, antwortete sie prompt. Sie war ganz ruhig. Ganz sachlich. Für sie war alles ganz klar. Seltsamerweise war es das für mich auch.

„Ich weiß, Liebes, ich weiß.“ Ich ließ das Thema fallen.

Jetzt hatte Cathy das Bedürfnis zu reden. „Sorge dafür, dass Charlotte ihren Weg im Leben findet“, sagte sie. „Dass sie eine starke Frau wird.“

„Das werde ich“, versprach ich.

Sie streichelte meine Hand. Sie war es, die mich tröstete und mir sagte, was ich zu tun hatte. „Und auch die Jungen … sag ihnen, dass ich sie sehr lieb habe.“ Das Sprechen fiel ihr schwer vor Schmerzen.

Ich konnte meine Tränen nicht länger zurückhalten. „Ganz bestimmt, Liebes, ich verspreche es dir.“

„Und sag Charlotte, dass sie die beste Tochter ist, die ich mir je wünschen konnte."

„Ja, das werde ich." Ich versprach alles, was sie mir auftrug.

Eine Zeit lang lag sie ganz still und ruhte sich aus, ohne meine Hand loszulassen.

„Ich liebe dich, Michael", sagte sie dann. „Und unser gemeinsames Leben."

„Ich liebe dich auch."

„Ich werde den Engeln von dir erzählen", sagte sie.

Wir weinten beide, und ich hielt sie fest in meinen Armen. Die Frau, die ich liebte, schlich sich leise aus meinem Leben, und ich konnte nichts dagegen tun.

15.00 Uhr

Endlich durften wir zurück ins Zimmer. Cathy war übel und sie musste sich übergeben, obwohl sie so gut wie nichts im Magen hatte. Die Nebenwirkungen der Bestrahlung, Christina hatte uns darauf vorbereitet. Ich sah aus dem Fenster, ins schwindende Licht des trüben, grauen Winternachmittags und fragte mich, ob Cathy den Morgen noch erleben würde. Zwischendurch verlor sie die Besinnung, was ein Segen war. Ihr Schmerzpegel war ständig zwischen neun und zehn, hinzu kamen ihre Übelkeitsanfälle. Von Zeit zu Zeit fiel sie in eine Art Dämmerschlaf.

Ohne die Augen zu öffnen, sagte sie aus heiterem Himmel: „Ruf Gina Kell an."

„Was?", fragte ich verwirrt. Ich erinnerte mich an den Namen. Matt Kells Witwe. Wie kam Cathy plötzlich auf sie?

„Gina Kell", beharrte sie. „Du musst … sie unbedingt anrufen. Sie hat zwei Jungs. Die brauchen … einen Basketball-Coach. Du kannst … ihnen helfen."

Ich wollte das Thema wechseln. Im Augenblick war mir nicht danach zumute, darüber zu reden. „Cathy, bitte, du machst dir zu viele Gedanken."

Doch sie ließ nicht locker. Ihr schien sehr viel daran zu liegen.

„Michael." Sie öffnete die Augen und nahm meine Hand. „Ruf Gina Kell an", wiederholte sie eindringlich. „Sie wird dir auch helfen."

Es sollte das letzte Mal sein, dass ich diesen Tonfall bei ihr hörte. Der Ton, der bedeutete: keine Widerrede, kein Wenn und Aber. Vertrau mir, und alles wird gut.

Es war unglaublich. Selbst angesichts des Todes dachte sie selbstlos an andere, die Hilfe brauchten.

16.00 Uhr

Während des endlosen Kreislaufes der Schmerzen, des Unwohlseins und Erbrechens, gefolgt von kurzen Erholungspausen, in denen sie in einen leichten Dämmerschlaf glitt, wurden Cathy und ich vom Personal größtenteils in Ruhe gelassen. Ich half ihr, so gut ich konnte, doch dies war in erster Linie ihr Kampf, den sie allein ausfechten musste. Es war, als ob zwei Urgewalten aufeinanderprallten: das Glioblastom, das ihren Körper verzehrte wie Feuer, und Cathys unbeugsamer Wille, zu leben und ihre Kinder aufwachsen zu sehen. Ich stand daneben und sah zu und ging durch meine eigene Hölle. Ich konzentrierte mich auf meine Aufgaben: Ich wischte Cathy den Mund, sprach ihr Trost zu, zog die Laken glatt, holte ihr Eiswürfel zur Linderung der Schmerzen. Immerhin konnte ich etwas tun. Zwischendurch beobachtete ich die Monitore, die Cathys Blutdruck, Herzfrequenz, Herzrhythmus und Atmung überwachten und die kleinste Veränderung ihrer Vitaldaten anzeigten. Mittlerweile kannte ich die Grenzwerte, die nicht über- oder unterschritten werden durften. Cathys Werte waren deutlich niedriger als die Normalwerte. Besonders ihre Herzfrequenz war erschreckend niedrig und bewegte sich nur noch zwischen 30 und 35 Schlägen pro Minute. Ich fühlte mich unendlich hilflos. Ohnmächtig würde ich zusehen müssen, wie das Leben aus meiner Frau wich, wie ihr Herz langsam zu schlagen aufhörte.

Dann ging plötzlich die Tür auf und ein Mann stand im Zimmer.

Offensichtlich ein Arzt (obwohl wir ihn auf der Station noch nie gesehen hatten) – sein Auftreten und sein weißer Kittel ließen zumindest darauf schließen.

Zielstrebig trat er an Cathys Bett und streckte ihr zur Begrüßung die Hand hin, obwohl sie die Augen geschlossen hielt und ihn gar nicht sehen konnte. Unbeirrt nahm er ihre schlaffe Hand und schüttelte sie. Ich stand am Fußende des Bettes und beobachtete die merkwürdige Szene. Instinktiv spürte ich, dass hier etwas nicht in Ordnung war.

Der Arzt hatte sich den Monitoren zugewandt und studierte die Werte. Dann begann er, die üblichen Routinefragen zu stellen.

„Geht es Ihnen heute besser?“, fragte er Cathy.

Sie gab keine Antwort.

„Haben Sie heute schon etwas gegessen?“

Ich traute meinen Ohren nicht. Sah er denn nicht, dass Cathy mit dem Tod rang? Konnte es sein, dass er sie mit einer anderen Patientin verwechselte? Oder war er am Ende gar kein Arzt, sondern ein Betrüger? Oder einer dieser Psychopathen, vor denen mich mein Vater immer gewarnt hatte?

„Keine Sorge, meine Liebe, bald sind Sie wieder auf dem Damm.“

Ich hielt es nicht länger aus.

„Herr Doktor, kann ich Sie für einen Moment auf dem Flur draußen sprechen?“

Wir traten zusammen auf den Flur. Bevor ich etwas sagen konnte, kam er mir zuvor: „Ist Ihre Frau Leistungssportlerin?“

„Wie bitte?“, fragte ich perplex.

„Ihre Herzfrequenz ist erstaunlich. Ist sie Marathonläuferin?“

Ich starrte ihn ungläubig an. Das sollte kein schlechter Witz sein, sein Gesichtsausdruck war völlig ernst.

Mir platzte endgültig der Kragen. „Sie haben wohl ihre Krankenakte nicht gelesen?“

„Doch, natürlich, ich …“

Ich ließ ihm keine Zeit, sich zu verteidigen. „Wenn Sie sie gelesen haben, müssten Sie eigentlich wissen, dass meine Frau ein inoperables Glioblastom hat, halbseitig gelähmt ist, heute eine Strahlentherapie hinter sich hat, und dass ihr Herz so langsam schlägt, weil sie im Sterben liegt."

In dem Moment sah ich Christina, die auf dem Flur mit einer anderen Schwester sprach.

„Christina, dürfte ich Sie um einen Gefallen bitten?"

Sie sah, wie aufgebracht ich war. „Was ist passiert?"

Ich deutete auf den Mann im weißen Kittel. „Könnten Sie bitte dafür sorgen, dass dieser Herr hier nie wieder einen Fuß ins Zimmer meiner Frau setzt?"

Der Arzt machte ein beleidigtes Gesicht. „Augenblick mal, ich wollte nur …"

Christina schnitt ihm das Wort ab und trat einen Schritt vor, sodass sie halb zwischen uns stand. „Es ist besser, wenn Sie jetzt gehen, Doktor."

„Ich verbitte mir diesen Ton!"

Doch Christina wich nicht von der Stelle. „Und ich glaube, es ist wirklich besser, wenn Sie gehen."

Der Arzt sagte gar nichts mehr und blickte von einem zum anderen, als überlegte er, ob er sich auf höherer Dienstebene über den Vorfall beschweren sollte. Dann gab er sich geschlagen und ging wortlos davon.

Ich sah Christina an. „Danke", sagte ich. „Ich will diesen Mann nie wieder sehen."

„Das werden Sie auch nicht", antwortete sie.

17.00 Uhr

Cathys Eltern waren gekommen und saßen an ihrem Bett. Ich ließ sie mit ihrer Tochter allein und suchte mir eine ruhige Ecke, wo ich ein paar Telefonanrufe erledigen konnte.

Auch diesmal wählte ich zuerst Bobs Nummer. Ich fragte ihn, ob er unseren Vater schon erreicht hatte, und er bejahte. Dad war bereits unterwegs.

„Du solltest ihm noch sagen, dass sie nicht mehr auf derselben Station liegt. Wir sind jetzt in einem ganz anderen Flügel, in einer

Art Hochsicherheitstrakt, wo man nur reinkommt, wenn man sich ausweisen kann."

„Mach dir keine Sorgen", antwortete Bob. „Du kennst doch Dad – er wird euch finden." Dann wurde er ernst. „Und ... wie ist es mit Cathy?"

Ich schluckte. „Es geht zu Ende, Bob", sagte ich dann. „Wir nehmen von ihr Abschied."

Er versprach, die übrigen Anrufe für mich zu übernehmen.

Ich machte mich auf den Rückweg zur Intensivstation, während Bob mit unserem ältesten Bruder Rick in Chicago sprach.

Rick sagte nur: „Ich komme sofort." Nach dem Gespräch nahm er seinen Schlüsselbund und sein Handy, setzte sich ins Auto und fuhr los Richtung Westen.

Er hatte bereits die Stadtgrenze hinter sich gelassen, als ihm einfiel, dass er ganz vergessen hatte, seiner Frau Bescheid zu sagen. Er hatte auch nicht daran gedacht, eine Zahnbürste oder Kleidung zum Wechseln mitzunehmen, für eine Reise, die mindestens eine Übernachtung bedeuten würde. Dann fiel ihm auf, dass er vergessen hatte, eine Jacke anzuziehen.

Das war typisch Rick Spehn. Er hatte die letzten siebzehn Tage geduldig abgewartet, in der Gewissheit, dass man ihn rufen würde, wenn er gebraucht wurde. Als dann der Anruf kam, war er bereit. Er ließ einfach alles stehen und liegen und fuhr los. Nichts anderes war mehr wichtig. Allerdings hatte er noch sechs Stunden Fahrt vor sich. Aber er würde es schaffen.

Als ich wieder in der MICU ankam, warteten Cathys Eltern auf dem Gang. Christina war im Zimmer, um nach Cathy zu sehen. Als sie sich zurückzog, ließ sie uns wissen, dass sie noch dableiben würde und wir sie jederzeit rufen konnten, wenn wir Hilfe brauchten.

Unsere Familien und Freunde nah und fern hörten die Neuigkeiten. Und irgendwo am Himmel über Michigan näherte sich ein Flugzeug mit meinem Vater an Bord. Als die Schatten länger wurden und das letzte Licht des Tages allmählich verlosch, wusste Cathy, dass sie den Kampf verloren hatte.

Ich beugte mich ganz nah zu ihr und presste meine Wange gegen ihre. Sie drückte meine Hand. Ich sah, dass sie große Schmerzen hatte, und fühlte mich schuldig. Sie wusste, dass der Himmel auf sie wartete. Aber sie hatte versprochen zu kämpfen. Nun war es an mir, loszulassen und ihr zu versichern, dass sie gehen durfte.

„Mach dir keine Sorgen um uns, Liebling“, sagte ich unter Tränen. „Wir kommen zurecht.“

Sie nickte, mit derselben schnellen Kopfbewegung wie heute Morgen.

„Ich kann nicht mehr“, sagte sie dann.

Ich streichelte ihre Wange, flüsterte in ihr Ohr. „Bist du ganz sicher?“

Sie antwortete mit einem kurzen Nicken.

„Möchtest du, dass die Schmerzen weggehen?“

Cathy nickte.

„Aber du weißt, dass du, wenn sie dir ein Schmerzmittel geben, vielleicht nicht mehr aufwachst?“

Sie nickte entschlossen. Es war Zeit. „Ich will nicht mehr weiterkämpfen“, sagte sie. „Ich möchte gerne gehen.“

Tränen strömten mir über die Wangen. Nun war es endgültig. Gleichzeitig spürte ich eine seltsame Erleichterung, als ob eine große Last von mir wich. Cathy würde bald erlöst sein. Sie würde die furchtbaren Schmerzen nicht mehr lange aushalten müssen. Der Himmel stand offen.

Ich stand vom Bett auf und ging hinaus, um Christina zu suchen.

„Wir haben uns entschieden“, sagte ich ihr. „Wir möchten die Behandlung abbrechen und auf alle lebenserhaltenden Maßnahmen verzichten. Sie soll nur noch schmerzstillende Mittel bekommen, sonst nichts.“

Christina kam mit ins Krankenzimmer und fragte Cathy noch einmal, ob das ihr Wunsch sei. Als sie bejahte, rief sie Dr. Margolis an. Dann gab sie mir den Hörer, damit ich mit dem Arzt direkt sprechen konnte.

Er sagte, dass er unserer Entscheidung zustimmte und dass er dafür sorgen würde, dass Cathy in ihren letzten Stunden vollkommen schmerzfrei sein würde. Später würde man sie dann in ein Hospizzimmer bringen.

Nach dem Telefongespräch fragte mich Christina, ob wir noch Zeit bräuchten, um Abschied zu nehmen. Ich sagte ihr, dass wir bereits Abschied genommen hatten. Cathy sollte nicht noch länger leiden. Sie sollte endlich Frieden finden.

Christina verließ das Zimmer. Mein Herz krampfte sich zusammen. Dies war das Ende. Cathy und mir blieben nur noch wenige Minuten, um uns endgültig zu verabschieden. Mehr als alles wünschte ich mir, dass sie keine Schmerzen mehr haben musste. Sie hatte den ganzen Tag lang gelitten und gekämpft. Ich wünschte mir einfach, dass es vorbei war.

Als Christina zurückkam, brachte sie die Spritze und die Infusionslösung mit. Behutsam fragte sie, ob wir bereit wären. Ich nickte. Die ganze Zeit über war sie Cathy gegenüber unendlich liebevoll und umsichtig gewesen. Auch jetzt streichelte sie ihr zärtlich über den Arm und versicherte ihr, dass sie in ein paar Minuten keine Schmerzen mehr haben würde. Ihre Gegenwart tat gut, und ich bin fest überzeugt, dass Gott uns in ihr an diesem Tag einen Engel geschickt hatte.

Christina hängte den Infusionsbeutel an und setzte den Tropf in Gang. Innerhalb weniger Minuten fiel Cathy in einen tiefen Schlaf.

18.00 Uhr

Das Dilaudid, das am Vormittag noch für große Aufregung gesorgt hatte, bewirkte jetzt, dass Cathy friedlich schlief. Man hatte sie in ein künstliches Koma versetzt, aus dem sie nicht wieder aufwachen würde.

Ihr offizielles Sterbedatum ist der 28. Februar, so steht es in ihrer Sterbeurkunde. Der Tag, an dem sie aufgehört hat zu atmen. Für mich wird es immer der 27. sein – der Tag, an dem Cathy aufgehört hat zu leben. Der Tag, an dem unser gemeinsames Leben zu Ende war. Ich blickte aus dem Fenster dieses leeren Raumes in die eisige, dunkle Kälte. Ich dachte an Charlotte, Jack und Dan. *Mein Gott, ich muss es ihnen sagen.*

Draußen auf dem Flur traf ich Christina.

„Was wird jetzt passieren?“, fragte ich sie.

Sie verstand mich falsch. „Ihre Frau wird ein Stockwerk höher gebracht, auf die Hospizstation.“

„Aber was wird mit Cathy passieren? Ich meine, aus medizinischer Sicht?“

Ihre Stimme war sanft, aber sachlich, als sie antwortete. „Durch die Medikamente, die sie durch die Infusion bekommt, wird sie schmerzfrei gehalten und ohne Bewusstsein. Irgendwann wird dann das Hirnödem, also die Schwellung in ihrem Gehirn, so groß, dass es zu einem Durchbruch kommt, wobei es auf das Stammhirn drückt und einen Atemstillstand verursacht.“

Ich wollte es genau wissen. „Wie lange wird das dauern?“

„Ich weiß es nicht. Wahrscheinlich nicht sehr lange. Bis zum Durchbruch, schätze ich, vier bis sechs Stunden. Danach vielleicht noch ein bis zwei Stunden.“

„Wie werden wir merken, dass es zu Ende geht?“, fragte ich.

„An der Atmung. Ihr Atem wird immer schwerer werden, schnarchende oder röchelnde Atemgeräusche treten ein und die ‚Schnappatmung‘, wenn der Patient mit einzelnen tiefen Atemzügen nach Luft schnappt, zwischen längeren Pausen. Dann ist es so weit.“

Ich wunderte mich, wie sachlich und präzise sie meine Fragen beantwortete. Irgendwie tat sie mir leid, wenn ich mir vorstellte, wie oft sie in ihrem Beruf Menschen sterben sah.

Christina verabschiedete sich, als ihre Schicht zu Ende war.

„Danke für alles“, sagte ich.

Sie umarmte mich. „Gott segne Sie und Ihre Familie.“

Später fragte ich eine Schwester nach Christinas vollständigem Namen und nach ihrer Adresse, damit ich ihr schreiben und noch einmal danken konnte für alles, was sie für uns getan hatte. Als sie den Namen auf einen Zettel kritzelte, sprang es mir ins Auge: „*Christ*-ina.“ Es konnte kein Zufall sein.

19.00 Uhr

Larry leistete mir Gesellschaft. Er saß die meiste Zeit am Bett seiner Tochter, ich auf dem Stuhl neben dem Fenster. Wir sprachen über dies und das, aber eigentlich über nichts Besonderes. Ich überlegte schon, ob ich nach Hause zu den Kindern fahren sollte, als es an der Tür klopfte. Ich stand auf, um zu öffnen, aber er kam mir zuvor.

Es war mein Vater. Er trat ins Zimmer und erfasste mit einem Blick die Situation. Er schaute mich an, dann Cathy, und ich sah den Schmerz in seinen Augen. Unwillkürlich musste ich daran denken, wie er sie angesehen hatte, als sie am Tag unserer Hochzeit zum Altar schritt. Jetzt schloss sich der Kreis. Doch die Frau, die er reglos im Bett liegen sah, war schon mit einem Bein in einer anderen Welt. Sein Gesichtsausdruck spiegelte meine eigenen Gefühle wider, und ich schloss impulsiv meine Arme um ihn.

„Oh nein“, war alles, was er sagen konnte. „Lieber Gott, nein.“ Er hielt mich so fest wie noch nie im Leben. Ich wollte ihn nie mehr loslassen.

„Danke, dass du gekommen bist“, sagte ich unter Tränen. „Ich bin so froh, dass du da bist.“

Er seufzte. „Oh, Michael James.“

Dann fragte er: „Was ist passiert?“ Er ging hinüber zu Cathy, streichelte ihre Hand und küsste sie auf die Stirn.

Ich erzählte ihm, was wir durchgemacht hatten. Wie Cathy beschlossen hatte, den Kampf aufzugeben. Und dass sie bald in ein Hospizzimmer gebracht würde, wo wir das Ende abwarten würden. Mein Vater und Cathys Vater standen Arm in Arm. Zwei Männer, die zusammen gut 140 Jahre alt waren. Zwei Männer, die so leicht nichts aus der Bahn warf. Sie standen vor dem Unfassbaren, hilflos und verwirrt, und konnten nichts tun, um den Lauf der Dinge aufzuhalten.

20.00 Uhr

Ich wusste, dass ich nach Hause gehen sollte. Die Kinder würden auf mich warten, damit ich sie ins Bett brachte. Cathys Tante Di und ihr Onkel Dave waren da und würden über Nacht bleiben. Trotzdem war es wichtig für die Kinder, dass ich ihnen persönlich Gute Nacht sagte. Mit ihnen betete. Mit ihnen sprach. Sie einfach in den Arm nahm.

Aus der Klinik trat ich hinaus in die Dunkelheit und spürte die schneidende, eisige Kälte. Eine Weile stand ich am Straßenrand und hielt mein Gesicht in den Wind. Dann ging ich langsam über den Parkplatz zu meinem Auto. Alles war anders. Der Mann, der ich noch vor elf Stunden gewesen war, existierte nicht mehr. Ein Fremder setzte sich hinters Steuer und fuhr über die breiten Straßen nach Hause. Zu den Kindern, die auf mich warteten. Auch sie würden nicht mehr dieselben sein. Sie wussten es nur noch nicht.

Als ich durch die Haustür trat, wurde ich im Chor mit einem freudigen „Daddy ist da!" begrüßt. Ich umarmte Charlotte, Jack und Dan, danach Di und Dave. Wir tauschten vielsagende Blicke und ich hoffte, dass die Kinder nichts mitbekamen.

Wie gewöhnlich brachte ich die Kinder vor 21 Uhr ins Bett. Alles sollte so sein wie immer – meistens ging es dabei sehr fröhlich zu, wobei die Kinder das Gute-Nacht-Ritual so lange wie möglich ausdehnten: noch ein Buch, noch eine lustige Geschichte, noch mal kuscheln oder durchkitzeln. Diesmal nahm ich mir extra viel Zeit.

Dabei versuchte ich krampfhaft, meine Traurigkeit zu überspielen. Sie würden es noch früh genug erfahren. Einmal noch sollten sie unbeschwert schlafen.

21.00 Uhr

Ich ließ mir Zeit unter der Dusche und drehte das heiße Wasser auf, so heiß ich es ertragen konnte. Das Wasser umgab mich wie eine schützende Schicht, bevor ich wieder hinaus und der Welt die Stirn bieten musste. Dieser Moment unter der Dusche sollte für lange Zeit meine letzte Rückzugsmöglichkeit sein.

Danach sprach ich kurz mit Di und Dave und dankte ihnen für ihre Freundschaft und ihre Hilfe. Sie sagten, das sei doch selbstverständlich, und sie seien jederzeit für uns da. Di versuchte, mich zum Essen zu überreden, doch ich lehnte ab. Es war Zeit, in die Klinik zurückzufahren. Larry rief an und teilte mir mit, dass Cathy jetzt in Zimmer 8465 lag, einem Hospizzimmer auf 8-Süd.

22.00 Uhr

Ich fuhr die Straßen entlang wie in Trance. Alles war so unwirklich. Es gab keine Eile. Keine Panik. Keine Gespräche mit Ärzten mehr, keine Behandlung, keinen Termin, zu dem ich pünktlich erscheinen musste. Christina hatte mir den zeitlichen Rahmen und den Ablauf des Geschehens geschildert, und obwohl ich wusste, dass Cathy jeden Augenblick sterben konnte, war ich sicher, dass ich rechtzeitig da sein würde.

Cathy hatte keine Schmerzen mehr. Wir hatten bereits Abschied genommen. Irgendwann würde ihr Körper seine Funktionen einstellen.

Es war ein seltsam vertrautes Gefühl, wieder auf 8-Süd zu sein. Und trotzdem anders. Ich ging zu Cathys neuem Zimmer und setzte mich zu ihr ans Bett. Ich hielt ihre Hand, sodass sie spüren konnte, dass ich wieder da war. Dabei bemerkte ich, das sich ihre Atmung verändert hatte, so, wie Christina es beschrieben hatte. Ich hatte niemandem davon erzählt, und niemand außer mir schien zu wissen, was das bedeutete.

23.00 Uhr

Cathys Atem ging zunehmend schwerer. Ihre Eltern und ich saßen abwechselnd an ihrem Bett oder auf einem Stuhl gegenüber. Oder wir gingen kurz hinaus auf den Flur. Larry erzählte, dass Cathys Cousinen, die Kreiners, und ihre Tante Terry gekommen waren und im Aufenthaltsraum warteten. Sie hatten Cathy sehr nahegestanden, und ich war froh, dass sie gekommen waren.

Gegen 23.30 Uhr ging die Tür auf und jemand kam herein. Ohne aufzublicken, wusste ich, wer es war: mein Bruder Rick. Schweigend legte er mir die Hand auf die Schulter, drückte sie kurz und sagte mir ohne Worte: „Ich bin bei dir."

Nun waren wir alle versammelt. Eine zusammengewürfelte Gruppe von Menschen aus verschiedenen Städten, Lebensumständen und Glaubensrichtungen. Alle, die bis zuletzt an Cathys Seite bleiben würden. Niemand sprach. Niemand bewegte sich. Nur hin und wieder verlagerte jemand sein Gewicht auf dem Stuhl oder räusperte sich. Alle Hektik und Unruhe des Vormittags und die leidvollen Stunden des Nachmittags waren einer seltsamen Ruhe gewichen.

24.00 Uhr

Unsere Blicke ruhten ängstlich auf Cathy. Es tat weh, ihre mühevollen, rasselnden Atemzüge zu beobachten. Irgendwann ist der Punkt, wo man sich einfach nur wünscht, dass es endlich zu Ende wäre, aus Gnade. Eine geschlagene halbe Stunde dachte ich, jeder Atemzug sei ihr letzter. Die Nachtschwester kam herein, um nach Cathy zu sehen. Sie kontrollierte Puls und Atmung und bevor sie hinausging, legte sie mir teilnahmsvoll die Hand auf die Schulter.

„Es wird nicht mehr lange dauern", sagte sie. Ich betete, dass sie recht hatte.

Wenig später, um 0.34 Uhr, tat Cathy einen tiefen Atemzug, diesmal ganz mühelos, und atmete genauso tief wieder aus. Ihr ganzer Körper schien sich zu entspannen. Mein Vater und ich sahen uns an.

„Glaubst du, sie ist …?", fragte er.

Ich nickte. „Ja."

Cathys Seele hatte ihren Körper verlassen.

Nach ein paar Minuten fragte ich, ob jemand die Schwester rufen würde. Rick stand auf und ging auf den Flur, um sie zu holen. Cathys Herz schlug noch vier, fünf Mal, dann stand es still. Als die

Schwester hereinkam, war bereits alles Leben aus ihr gewichen. Die Frau, die ich so sehr liebte, war nicht mehr da.

Die Schwester fühlte zum letzten Mal Cathys Puls und überprüfte die Körperfunktionen. „Es tut mir leid für Sie“, sagte sie dann. „Mein herzliches Beileid.“ Dann ging sie, um einen Arzt zu holen, der den Tod bestätigen musste.

Niemand rührte sich. Kein einziges Geräusch war zu hören. Cathy lebte nicht mehr. Ich konnte immer noch nicht begreifen, was geschehen war.

Dann betrat der hochgewachsene Mann im weißen Kittel den Raum.

Der Traum

Gina

Ich fühlte mich, als müsste ich nach einem langen, kräftezehrenden Winter wieder auf die Beine kommen. Ich lebte nur noch in der Vergangenheit, war völlig apathisch und randvoll mit „Junk-Food“ in Form von negativen Gedanken. Gott schien unendlich fern. Ich zeigte ihm die kalte Schulter und zog mich zurück, doch das machte es auch nicht besser. Ich wusste zwar, dass ich mir selbst im Weg stand, aber ich konnte nichts dagegen tun. Meine Erinnerung an Matt, wie er vor seiner Krankheit war, war wie ausgelöscht, und diese Erfahrung war beängstigend und qualvoll. Nichts, noch nicht einmal alte Fotos, brachten die Erinnerung zurück.

Dafür standen mir meine eigenen Fehler und Versäumnisse als Ehefrau umso klarer vor Augen. Matt war wortwörtlich die „bessere Hälfte“ unserer Beziehung gewesen, und ich haderte mit Gott, warum er gehen musste. Es gab Tage, da beneidete ich Matt. Er war jetzt in einer anderen Welt, frei von den Sorgen und Nöten des Alltags. Ich blieb zurück mit der Aufgabe, unsere Kinder zu erziehen, ihnen ein Vorbild zu sein und ihre verwundeten Seelen zu trösten. Sie aufzufangen nach dem Leid, das sie für immer verändern würde.

Die Abende waren das Schlimmste. Wenn der Tag zu Ende ging, wurde Matts Fehlen besonders deutlich. Ich wusste, wie ich die Kinder auf andere Gedanken bringen konnte, und machte ihnen auf Wunsch meinen berühmten „Falltür"-Trick vor, während sie vor dem Schlafengehen an der Kücheninsel ihren Kakao tranken. Dabei tat ich so, als würde ich eine Treppe hinunterlaufen, die durch eine geheime Falltür zu erreichen war, indem ich mehr und mehr in die Knie ging, bis ich aus ihrem Blickfeld verschwand. Wenn ich dann wieder auftauchte, hielten sich Drew und Sam die Bäuche vor Lachen. Musik in meinen Ohren. Danach ging es ab in die Wanne, mit viel Schaum und Wasserspielzeugen. Später, wenn sie in ihren Betten lagen, las ich ihnen eine schöne Gute-Nacht-Geschichte vor – alles außer *Bambi* oder *Der König der Löwen*. Doch immer wieder gab es Abende, an denen die quälenden Fragen hochkamen.

„Mom, ist Dad gestorben, weil ich nicht brav genug war?", wollte Drew wissen.

Mein Herz krampfte sich zusammen. Wie in aller Welt kam er *darauf?*

Und der fünfjährige Sam äußerte seine Ängste: „Erst stirbt Dad, dann du und zuletzt Drew. Und wer kümmert sich dann um mich?"

Meine Antworten waren alles andere als allumfassend, doch ich versicherte den Kindern immer wieder, dass ich sie über alles liebte und dass Matt sie genauso geliebt hatte. Damit gaben sie sich für den Augenblick zufrieden, doch ich spürte, dass dies im Laufe der Zeit immer schwieriger werden würde.

Am 27. Februar lag ich die ganze Nacht wach. Ruhelos wälzte ich mich hin und her und sah mindestens einmal pro Stunde auf die Uhr. Erst in den frühen Morgenstunden des 28. fiel ich erschöpft in den Schlaf und hatte einen lang ersehnten Traum von Matt. Er sah gut aus – gesund und glücklich, und auf seinem Gesicht lag ein überirdischer Glanz. Sein Anblick erfüllte mich mit Staunen und Ehrfurcht. Fast hatte ich Angst, mich ihm zu nähern. Er breitete die

Arme aus und ich flüchtete mich zu ihm. Im selben Augenblick war ich beschämt, wie ein Kind, das etwas Verbotenes getan hatte. Ich fühlte mich unwürdig, ihm so nahe zu sein in seiner strahlenden Vollkommenheit. Verlegen machte ich mich los und drehte mich um, obwohl es mich mit aller Macht zu ihm zog. Er legte von hinten die Arme um mich, und ich lehnte mich an ihn und fühlte mich geborgen. Er küsste mich seitlich auf den Hals, und dann wachte ich auf. Verzweifelt versuchte ich, wieder einzuschlafen und den Traum zurückzuholen, aber es gelang mir nicht.

Was blieb, war die Freude, Matt gesehen zu haben – lebendig, heil und erfüllt vom Glanz der Ewigkeit. Ein Lichtstrahl, der das schwere Sargtuch der Trauer durchdrang.

Den ganzen Tag über dachte ich an den Traum – wie an eine Filmszene, die man immer wieder zurückspult. Matt war so wirklich gewesen und so rein. Ich verschränkte meine Arme und stellte mir vor, ich könnte seine Nähe spüren.

Die Kinder

Michael

Wenn jemand im Krankenhaus stirbt, fällt automatisch Papierkram an. Überraschenderweise ist es nicht sehr viel. Ein Formular, das belegt, dass man der nächste Angehörige ist, und ein zweites zur Freigabe des Leichnams für die Überführung zum Bestattungsinstitut. Das war alles. Ich fragte die diensthabende Schwester, wie es nun weiterginge.

„Nachdem Sie die Papiere unterschrieben haben, kommt eine Schwester oder ein Pfleger und bringt die Verstorbene nach unten in den Kühlraum.“ Ihre Stimme klang vollkommen sachlich. Man hörte, dass sie diese oder ähnliche Worte schon tausend Mal gesagt hatte. „Sie können jetzt nach Hause gehen. Mein aufrichtiges Beileid.“

„Ich würde gern bei ihr bleiben." Ich war immer noch Cathys Ehemann. Ich würde sie nicht allein lassen.

„Das geht nicht." Sie sah mich streng an. Dann wurde ihre Stimme milder. „Bitte, fahren Sie nach Hause zu Ihrer Familie." Sie meinte es gut mit mir. Doch ich blieb hartnäckig.

„Ich möchte gern wissen, wohin sie gebracht wird."

Die Schwester schien zu verstehen. „Ich sage Ihnen Bescheid, wenn wir so weit sind. Sie können uns nach unten begleiten."

Mein Bruder Rick war die ganze Zeit nicht von meiner Seite gewichen. Er legte mir die Hand auf die Schulter und sagte: „Komm schon, Michael. Wir setzen uns so lange in die Cafeteria."

Ich saß mit meinem großen Bruder in der menschenleeren Cafeteria vor einem vollen Glas Cola, das ich nicht anrührte, und fragte mich, wie mein Leben in den folgenden Wochen und Monaten aussehen würde. Zwei Männer, die es gewohnt waren, Dinge zu organisieren, zu reparieren und zu kontrollieren und die nun mit der gnadenlosen Wirklichkeit konfrontiert wurden, dass vieles geschieht, was wir weder steuern noch verhindern können. Wir sprachen nicht viel. Ein betroffenes Schweigen senkte sich über uns. Doch in meinem Inneren formte sich ein verzweifelter Schrei.

Nach etwa einer halben Stunde kam die Schwester und sagte Bescheid. Es war so weit. Als wir auf der Station ankamen, rollten sie bereits Cathys Körper hinaus auf den Flur. Sie steckte in einer Hülle aus rotem Vinyl, wie in einer überdimensionierten Reißverschlusstasche. Für einen kurzen Moment legte ich die Hand auf die Transportliege, dann gingen wir zu viert schweigend den langen Gang entlang: ein Pfleger, der die Liege schob, eine Schwester mit den Formularen in der Hand, mein Bruder und ich. Rick und ich gingen langsam mit ein paar Schritten Abstand hinterher, vorbei an unzähligen Türen mit schlafenden Patienten dahinter. Sie alle wollten wieder gesund werden. Und nun erinnerte diese groteske Prozession nachts um 2.30 Uhr an die Grenzen der modernen Medizin. Ich hoffte, dass wirklich alle schliefen.

Die mächtige Doppeltür eines riesigen Aufzugs öffnete sich. Kein Geräusch war zu hören, als wir nach unten fuhren, bis auf das leise

Summen und Knacken des Aufzugs selbst. Niemand sagte ein Wort. Dann öffneten sich die Türen im zweiten Untergeschoss. Der blanke Betonboden hatte keine Markierungen. Die Einfahrt für Fahrzeuge am Ende des Ganges war mir nicht entgangen. Hier würde also morgen der Leichenwagen vorfahren, mit einem Fremden am Steuer, und Cathy zurück nach Rochester bringen. Vielmehr ihren Körper. Ihren toten Körper. *Lieber Gott, steh mir bei.*

Wir näherten uns einer Stahltür mit dem schlichten Schild „Kühlraum".

Der Pfleger blieb stehen. „Hier dürfen Sie leider nicht mit rein. Vorschrift."

Ich konnte es nicht glauben. Es klang wie einer dieser Sätze, weshalb man im Theater nicht hinter die Bühne durfte, nämlich „aus versicherungstechnischen Gründen". Zu einem anderen Zeitpunkt, vielleicht vor wenigen Stunden, hätte ich noch mit ihm darüber gestritten. Aber nun gab ich mich geschlagen. Es war vorbei. Es gab für mich als Ehemann nichts mehr zu tun. Außerdem war ich kein Ehemann mehr.

„In Ordnung", sagte ich nur. „Danke."

Rick bot an, mich nach Hause zu fahren, aber ich wollte mein Auto nicht auf dem Klinikparkplatz stehen lassen. Und wenn ich ehrlich war, wollte ich gern einen Moment allein sein.

„Fahr mir einfach hinterher", sagte ich.

Während der Fahrt durch die leeren Straßen wurde mir klar, dass es in den nächsten Tagen in erster Linie meine Aufgabe sein würde, die Nachricht von Cathys Tod zu verbreiten. Meine Brüder und meine Schwester wussten es bereits. Mein Vater war mit im Sterbezimmer gewesen.

Ich hatte das Bedürfnis, meinen besten Freund Dan in Kalifornien anzurufen. Der Akku meines Handys war leer. An der nächsten roten Ampel stieg ich aus und borgte mir Ricks Handy. Dan war von meinem Bruder Bob vorgewarnt worden, dass Cathy die Nacht wahrscheinlich nicht überstehen würde, daher war der Anruf für ihn kein absoluter Schock.

Dan und ich hatten uns über die Jahre immer auf dem Laufenden gehalten, was die großen Ereignisse in unserem Leben betraf: „Wir wollen heiraten", „Es ist ein Junge", „Wir haben ein Haus gekauft." Dieses Mal konnte ich nur sagen: „Danny, sie ist gestorben."

Ich weinte noch nicht einmal. Ich war wie betäubt. Müde. Leer. Wir sprachen ein paar Worte, Danny drückte sein Mitgefühl aus und sagte, dass er für uns beten würde. Er beendete das Gespräch mit: „Ich komme mit dem nächsten Flieger."

Ich fuhr weiter durch die Nacht, und plötzlich durchzuckte mich der Gedanke: *Wie soll ich es bloß den Kindern sagen?*

Ich hatte die schwere Aufgabe, ihnen die grausame Wahrheit beizubringen – dass ihre Mom nie wieder nach Hause kommen würde. Gab es etwas Schlimmeres, was man einem Kind antun konnte? Würden mir die richtigen Worte einfallen? Was war der richtige Ort? Oder der richtige Zeitpunkt? Ich lag die ganze restliche Nacht wach und führte Selbstgespräche, Gespräche mit Gott und mit Cathy. Ich fragte sie, was ich tun sollte. Die Antwort war immer unbefriedigend.

Zuerst einmal ging ich nach oben, um nach den Kindern zu sehen. Jack und Dan teilten sich ein Zimmer. Ich betrachtete ihre Gesichter. Wie verletzlich sie im Schlaf aussahen. Als normale Kinder mit Mutter und Vater waren sie zu Bett gegangen. Nie wieder würden sie dieselben sein, sondern von nun an „die Jungen, deren Mutter gestorben ist".

Im Zimmer gegenüber schlief Charlotte. Mit neun Jahren stand sie an der Schwelle zur Pubertät. Ohne Mutter, die ihr half und ihr erklärte, wie es ist, wenn ein Mädchen zu einer jungen Frau heranwächst. Ohne eine Mutter, die sie tröstet und zurechtweist, die mit ihr streitet, lacht und weint oder einen Einkaufsbummel macht.

Lieber Herr, was soll ich bloß sagen?

Als die Kinder am nächsten Morgen aufstanden, stellten sie fest, dass nicht nur ihr Großvater, „Grandpa Hoke", wieder zu Besuch war, sondern auch Onkel Rick. Ich kündigte an, dass sie heute alle zu Hause bleiben durften und nicht zur Schule oder in den Kindergarten zu gehen brauchten. Dann frühstückten wir, ganz normal, wie immer.

Ich hatte beschlossen, es zuerst den beiden Älteren zu sagen. Charlotte und Jack waren reif genug, um zu verstehen, was das bedeutete. Danny sollte es als Letzter erfahren, wenn wir alle für ihn da sein und ihn trösten konnten.

Als Charlotte und Jack mit dem Frühstück fertig waren, bat ich sie, kurz mit nach oben zu kommen, ich bräuchte ihre Hilfe. Wir gingen ins Schlafzimmer und ich schloss die Tür. Die anderen wussten alle Bescheid, alle bis auf Danny. Wenn ich daran dachte, was ich jetzt tun musste, zerriss es mir fast das Herz.

Wir setzten uns aufs Bett, eine rechts, einer links von mir, und ich legte die Arme um die Kinder. Auf dem Bett daneben stand eine Box mit Papiertaschentüchern. Wir schwiegen einen Augenblick, dann begann ich:

„Ihr wisst ja, dass Moms Krankheit ziemlich schlimm ist, nicht wahr?" Sie nickten stumm. „Nun, gestern ging es ihr ganz schlecht, und ihre Kopfschmerzen wurden immer stärker." Charlotte begann zu ahnen, dass etwas Furchtbares kommen würde. Sie drehte mir den Rücken zu und legte sich aufs Bett.

„Die Ärzte haben alles versucht, um ihr zu helfen. Trotzdem ging es ihr immer schlechter. Sie konnten nichts mehr für Mom tun."

Jack weinte leise. Charlotte lag ganz still, aber ich spürte ihre innere Spannung.

„Kinder … es tut mir so leid. Mom ist heute Nacht gestorben."

Es folgte ein Geräusch, das ich mein Leben lang nicht vergessen werde. Ein kehliger Laut, der aus tiefster Seele kam. Ein gequältes Aufheulen voller Schmerz und Verzweiflung. Ein Geräusch, für das es keine Worte gibt, um es zu beschreiben: das Weinen eines Kindes, das seine Mutter verloren hat.

Über zwei Stunden lang saßen wir im Schlafzimmer, weinten, schluchzten und hielten uns fest im Arm.

Jack hatte viele Fragen. „Warum musste Mom sterben?"

„Ich weiß es nicht. Die Antwort werden wir erst erfahren, wenn wir im Himmel bei Gott sind und ihn fragen können. Aber wir können Gott vertrauen. Er wusste, warum."

„Hatte Mom ganz große Schmerzen?"

„Nein“, log ich. „Aber es ist gut, dass sie jetzt nie mehr Kopfschmerzen haben muss.“

Ich tat mein Bestes, um alle seine Fragen zu beantworten. Jack weinte, als wollte er nie mehr aufhören.

Charlotte schluchzte leise. Sie sagte die ganze Zeit über kein einziges Wort. Sie hörte zwei Stunden lang aufmerksam zu. Dann sagte sie plötzlich: „Dad?“

„Ja, mein Schatz.“

„Kannst du mir etwas versprechen?“

„Alles, was du willst.“ Ich meinte es völlig ernst.

„Versprichst du mir, dass du nie eine andere Frau heiraten wirst?“

Das war also ihre größte Sorge. Für ein neunjähriges Mädchen eine wichtige Frage, die zuerst geklärt werden musste. Diesen Gefallen tat ich ihr gerne.

„Versprochen, mein Schatz.“

Als dieses Problem aus der Welt war, hatten die Kindern noch ein paar Fragen.

„Was wird jetzt aus uns?“, wollte Jack wissen.

Ich gab mir Mühe, realistisch zu sein und gleichzeitig optimistisch. „Nun, manches wird wohl ein wenig anders sein. Ich muss zum Beispiel kochen lernen oder Wäsche waschen. Aber im Großen und Ganzen soll alles so bleiben wie immer.“

„Bleiben wir hier wohnen?“

„Aber natürlich!“ Das stand für mich von Anfang an fest. Ich würde die Kinder nicht aus ihrer gewohnten Umgebung reißen. Sie sollten auf keinen Fall umziehen und bei irgendwelchen Verwandten aufwachsen müssen. Ich würde alles tun, damit ihr Leben so „normal“ wie möglich weiterging. Die Einzelheiten musste ich mir noch überlegen.

Nach einer Weile schienen die Kinder das Wesentliche verstanden zu haben. Sie waren traurig und verängstigt, aber sie wirkten auch bemerkenswert stark. Ich musste sie noch darauf vorbereiten, was sie in den nächsten paar Tagen erwartete. „Es werden ganz viele Leute zu Besuch kommen“, sagte ich. „Viele Erwachsene, die sehr viel weinen, weil sie Mom alle so lieb hatten und traurig sind, dass sie nicht mehr da ist. Wichtig ist, dass ihr immer daran denkt: Wenn man traurig ist, ist es in Ordnung, zu weinen. Aber wenn euch nach Lachen zumute ist, dann dürft ihr ruhig lachen. Ihr braucht euch nicht genauso zu fühlen wie alle anderen. Ihr dürft so sein, wie *ihr* euch fühlt, und das ist okay."

Die Kinder nickten. Meine Worte schienen sie zu beruhigen. Ich konnte spüren, wie sich ihre Anspannung ein klein wenig löste. Sie hatten genug wegstecken müssen. Ich fand es an der Zeit, die Situation ein wenig zu entschärfen. „Zum Beispiel, wenn mir danach ist, euch quer durchs Zimmer zu jagen und euch den Hintern zu versohlen, dann darf ich das auch!" Ich stand auf und tat so, als wollte ich sie packen. Sie sprangen kreischend vom Bett, stürzten aus der Tür und rasten die Treppe hinunter, vorbei an meinem Vater und lachend und schreiend vorbei an den anderen Erwachsenen, die inzwischen eingetroffen waren. Danny machte mit, und ich rannte hinterher. Ich war ihnen dicht auf den Fersen, aber es gelang mir nie, einen von ihnen zu erwischen,

Zuletzt trafen wir uns alle vier in der Küche. Außer Atem blieben wir stehen, und ich spielte den armen alten Mann, der völlig erschöpft war von der wilden Jagd. Ein kurzer Moment der Leichtigkeit. Die umstehenden Erwachsenen waren sichtlich irritiert über unsere Ausgelassenheit. Hatte ich es den Kindern überhaupt gesagt? Hatten sie es nicht verstanden? Wie konnten wir in der Situation lachen?

Bald darauf tauschten sie wissende Blicke. Die Kinder durchliefen gerade das allererste Stadium ihrer Trauer. Dabei griffen sie zum einzigen Rettungsanker, der ihnen blieb: das Lachen.

Allmählich verstummten die Stimmen in der Küche. Die Erwachsenen waren verlegen und wussten nicht recht, was sie sagen sollten. Alle gaben sich die größte Mühe, so „normal" wie möglich zu wirken, aber es wollte nicht klappen.

Ich hatte noch eine traurige Aufgabe vor mir: Ich musste es Danny sagen. Daniel war erst vier Jahre alt, und er hatte noch eine besonders enge Beziehung zu Cathy. Mithilfe von Charlotte und Jack sagte ich ihm, dass seine Mama nicht mehr zurückkommen würde und jetzt im Himmel war. Er weinte, als er das hörte, aber ich war nicht sicher, ob er es verstanden hatte. Eines Tages würde er die ganze Tragweite begreifen. Für heute dankte ich Gott, dass er mir beigestanden hatte am schwersten Vormittag meines Lebens.

Warum nur?

Gina

Zwischen zwei Schwestern besteht eine besonders enge Verbundenheit. Ebenso zwischen besten Freundinnen. Colleen und ich haben das Bedürfnis, alle paar Stunden miteinander zu reden oder uns wenigstens eine SMS zu schreiben, sonst leiden wir unter Entzugserscheinungen.

Am 28. Februar sollten die Schomakers aus Florida zurückkommen, und ich konnte es nicht abwarten, von Colleen zu hören. Sie rief noch aus dem Auto heraus an, während sie auf dem Heimweg vom Flughafen waren, und berichtete von ihren letzten Ferientagen. Meistens gab es die eine oder andere lustige Anekdote über unsere Kinder, doch dieses Mal waren unsere Gespräche ernster. Ich erzählte ihr, wie sehr Sam seinen Vater vermisste und dass er untröstlich war über einen kaputten Luftballon; sie sprach von den Schwierigkeiten mit Tommys Herzmedikamenten.

Wir tauschten noch ein paar Gedanken aus und gingen dann zu Phase zwei unseres Gesprächs über, zur Planung der kommenden Woche. Colleen hatte mit Tommy einen Termin beim Herzspezialisten in der Uniklinik, ich musste mich mit der Krankenkasse und der Sozialversicherung herumschlagen. Wir redeten über Alltägliches, über Schulausflüge, Frisörbesuche und über den nächsten gemeinsamen Spielnachmittag für Tommy und Sammy, das hieß, wann wir uns das nächste Mal treffen würden. Damit gingen wir zu Phase drei über, der Endphase, in der wir gewöhnlich alles besprachen, was in Phase eins und zwei zu kurz gekommen war. Oftmals dauerte diese Phase länger als die ersten beiden zusammen. Nachdem wir eine halbe Stunde telefoniert hatten, war Colleen fast zu Hause und wir waren kurz davor, uns zu verabschieden.

„Hast du übrigens irgendetwas von Cathy Spehn gehört?", fragte sie zum Schluss.

„Nein, gar nichts. Ich bin nicht mehr im E-Mail-Verteiler und niemand sagt mir etwas, wahrscheinlich aus Rücksicht wegen Matt. Ich habe gehofft, du wüsstest vielleicht etwas."

„Ich checke gleich mal meine Mails und gebe dir dann Bescheid."

„Danke. Und – ach ja, falls du daran denkst, könntest du mir vielleicht die Mails weiterleiten? Ich wüsste gern, wie es ihr geht."

Es dauerte nur ein paar Minuten, dann klingelte das Telefon wieder. Colleen. Das bedeutete nichts Gutes. Ich wusste es, bevor sie es aussprach.

„Gina?" Ihre Stimme klang gepresst. „Ich weiß gar nicht, wie ich dir das sagen soll."

„Cathy?"

„Ja. Ich kann es noch gar nicht fassen."

„Sie ist gestorben?"

„Ja."

„Oh nein!" Ich kniete mich hinter der Küchentheke auf den Boden, wo die Kinder mich nicht sahen, und drosselte meine Stimme. „Es darf nicht wahr sein! Und warum so plötzlich? Was ist passiert?"

„Alles, was ich weiß, ist, dass es ihr letzte Woche schlechter und schlechter ging. Es hieß, sie sollte eine Chemotherapie kriegen und dann nach Hause dürfen, doch dann bekam sie plötzlich eine Hirnblutung oder so etwas. Dann ging alles ganz schnell."

Colleen gab noch mehr Details aus den E-Mails wieder, aber es spielte keine Rolle mehr. Cathy Spehn war tot. Ihre Kinder hatten keine Mutter mehr. Matt war tot. Unsere Söhne hatten keinen Vater mehr. Ich spürte, wie eine unbändige Wut in mir hochstieg.

Nachdem Colleen aufgelegt hatte, konnte ich mich gerade lange genug beherrschen, um Drew und Sam zum Spielen nach unten zu schicken. Dann fegte ich wütend einen Papierstapel mit Rechnungen und Beileidskarten von der Arbeitsfläche. Ein Serviettenhalter und eine Schachtel Minzbonbons flogen hinterher. Gott sei Dank waren alle zerbrechlichen Gegenstände außer Reichweite. Ich schimpfte und heulte gleichzeitig und war vollkommen außer mir, wie noch nie zuvor in meinem Leben. Zum Schluss saß ich wie ein Häuflein Elend auf dem Küchenboden, das Telefon in der Hand. Kurz entschlossen wählte ich Pastor Galiks Nummer. Ich brauchte einen Blitzableiter.

Er nahm nach dem ersten Klingeln ab. „Gina Kell", sagte er ruhig, wobei er, wie es seine Art war, den „L-Laut" in meinem Namen in die Länge zog. „Ich habe mir schon gedacht, dass Sie anrufen."

„Ach, wirklich?", sagte ich gereizt. „Schon wieder stirbt jemand aus der St. John-Gemeinde, diesmal eine junge Mutter! Was soll das Ganze? Was hat Gott sich dabei gedacht?"

„Ich kann verstehen, wie aufgewühlt Sie sind."

„Bitte erzählen Sie mir nicht, dass Sie einer von denen sind, die mich ‚schützen' wollten und es mir deshalb nicht gesagt haben!"

„Nun, ich bin nicht gleich zum Telefon gerannt, um es Ihnen brühwarm zu erzählen. Sie haben genug eigenen Kummer, und alles ist noch so frisch. Da ist es verständlich, wenn die Leute denken, dass Sie solche Nachrichten momentan nicht gut verkraften."

„Das ist ja rührend, dass sich alle so um mich sorgen!", schrie ich ins Telefon. Dann schluchzte ich: „Entschuldigung. Ich wollte nicht ungerecht sein. Es ist nur … ich kann es einfach nicht ertragen. Diesen Gedanken, dass noch eine Familie … Erst Matt, dann Tom Larkin … Ist es nicht genug, dass diese fünf Kinder ohne Vater aufwachsen? Und jetzt Cathy Spehns Kinder ohne Mutter! Warum nur? Warum so viele junge Leute? Ich verstehe es nicht!" Ich war untröstlich.

„Ich weiß, wie schwer es ist, das alles mit einem liebenden Gott in Einklang zu bringen." Karl tat genau das Richtige. Er sagte nicht viel, verzichtete auf abgedroschene Phrasen und hörte mir einfach nur zu. Dann sprachen wir über Matt und Karl erinnerte sich an den Abend nach Matts Biopsie, nachdem wir die niederschmetternde Diagnose erhalten hatten. „Erinnern Sie sich noch an den Bibelvers, den ich Ihnen damals gab?"

Ich dachte nach. „Habakuk, ja. Ich habe ihn noch irgendwo, auch wenn mir die Bedeutung nicht ganz klar war."

Er wiederholte die Stelle aus dem Gedächtnis: „Noch trägt der Feigenbaum keine Blüten, und der Weinstock bringt keinen Ertrag, noch kann man keine Oliven ernten, und auf unseren Feldern wächst kein Getreide; noch fehlen Schafe und Ziegen auf den Weiden, und auch die Viehställe stehen leer." Tränen liefen mir übers Gesicht, als ich die letzten beiden Zeilen mit ihm zusammen zitierte: „Und doch will ich jubeln, weil Gott mir hilft, der Herr selbst ist der Grund meiner Freude!" (Habakuk 3,17-18)

„Manchmal hagelt es einfach von allen Seiten auf mich ein, da ist mir nicht nach Jubeln zumute", schniefte ich ins Telefon.

„Ich weiß. Und es ist in Ordnung, wenn wir nicht alles verstehen. Oder wenn sich uns manches erst viel später erschließt. Ich weiß um das unaussprechliche Leid in den betroffenen Familien aus unserer Gemeinde. Und ich habe keine Antwort. Ich kann nur immer wieder sagen: ‚Der Herr selbst ist der Grund meiner Freude.'"

Mir war, als wäre Karl zu mir in die dunkle Gruft heruntergestiegen und hätte dort ein Licht für mich angezündet, das mir den Weg nach oben zeigte. Er besaß den nötigen Abstand und die Klarheit des Geistes, die mir fehlten. Ich durfte ruhig wütend sein, doch er lenkte meinen fehlgeleiteten Zorn in die richtige Bahn. Er versuchte weder, ihn zur Seite zu drängen, noch redete er mir Schuldgefühle ein. Ich durfte ruhig wütend sein. Mein Wutausbruch endete in Tränen, und nach unserem kurzen Gespräch verabredeten wir uns für den nächsten Tag zum Mittagessen.

Dankbar, dass die Kinder so ruhig spielten, ging ich ins Arbeitszimmer und hämmerte mit zitternden Fingern eine E-Mail an eine gute Freundin in den Computer.

Datum: *28. Februar, 18:24 Eastern Standard Time*
Von: *gvkhome*
Betreff: *Bedrängnis und Hoffnung*
Entschuldige, wenn ich dich so überfalle, aber ich muss einfach meine Wut loswerden! Und dich um dein Gebet bitten. Eine Frau aus unse-

rer Gemeinde, Cathy Spehn (sie ist mit Matt zur Schule gegangen), ist überraschend gestorben. Sie hatte plötzlich stechende Kopfschmerzen, kam ins Krankenhaus, und man entdeckte einen schnell wachsenden, inoperablen Hirntumor. Hinzu kam eine Hirnschwellung, eine abgebrochene Chemotherapie – und drei Wochen später war sie tot.

ICH BIN SO unsagbarkläfgjrawcon;2u.ss WÜTEND, dass ich die ganze Zeit nur schkkkßelslssjjkfls SCHREIEN KÖNNTE!!!!

Bitte bete für die Familie, sie haben drei Kinder im Alter von 9, 7 und 4 … Ich kann das momentan nicht. Morgen treffe ich mich mit Pastor Galik … Ich habe das Gefühl, wenn ich alles in mich hineinfresse, werde ich noch wahnsinnig vor Wut und Frust.

Und noch etwas, was ich dir erzählen wollte: Heute Nacht lag ich mal wieder wach bis in die frühen Morgenstunden. Als ich dann gegen 4.00 Uhr endlich einschlief, träumte ich von Matt. Den ganzen Tag über dachte ich an diesen Traum. Es war ein so schöner Traum, der mir Mut und Hoffnung macht.

„Wir rühmen uns der Hoffnung der zukünftigen Herrlichkeit, die Gott geben wird … Wir rühmen uns auch der Bedrängnisse, weil wir wissen, dass Bedrängnis Geduld bringt, Geduld aber Bewährung, Bewährung aber Hoffnung" (Römer 5,2-4).

Daran halte ich mich fest.

Shalom,

G.

Dabei hatte der Tag so gut angefangen. Am liebsten hätte ich mich in meinem wunderschönen Traum eingesponnen wie in einem Kokon, doch die Nachricht von Cathys Tod katapultierte mich in die kalte, dunkle Wirklichkeit zurück.

Ursprünglich wollte ich die Rundmails erhalten, in denen regelmäßig über Cathys Gesundheitszustand berichtet wurde, und jetzt erhielt ich die Mails mit den Infos über ihre Beerdigung. Es folgten Aufrufe, die Familie zu unterstützen, zum Beispiel durch warme Mahlzeiten für Michael und die Kinder. Im Verteiler waren genau dieselben Leute, die nach Matts Tod auch uns geholfen hatten. Ein Blick hinter die Kulissen, der mich nachdenklich stimmte. Ich war zutiefst beschämt, als ich das Ausmaß ahnte, was all die Leute für uns getan hatten und was ich nie wiedergutmachen konnte.

In meinem Posteingang befanden sich noch weitere Mails, die Colleen mir geschickt hatte: ihren letzten Briefwechsel mit Cathy Spehn vor ungefähr vier Wochen.

Von: *Cathy Spehn*
An: *Colleen Schomaker*
Gesendet: *Donnerstag, 26. Januar, 14:41 Uhr*
Hi Colleen und Mike,
ich hoffe, es geht euch gut. Colleen, auf deiner „CarePages"-Seite hast du geschrieben, dass du noch Videokopien von Matt Kells Trauerfeier hast. Könntest du mir, wenn es möglich ist, eine mitbringen? Es war so ein wunderschöner Gottesdienst. Michael konnte an dem Tag nicht mitkommen, und so könnte er ihn wenigstens auf Video sehen. Es waren so viele gute Gedanken darin – von der Kraft der Liebe und der Freundschaft und der Beziehung zu Gott. Auch wenn man Matt nicht besonders gut kannte, bekommt man einen Eindruck seines erstaunlichen Lebens und wie wichtig ihm diese Beziehungen waren – so wie euch allen.

Ich denke oft an euch alle, besonders auch an Gina und die Jungs.
Macht's gut, alles Liebe,
Cathy

In einer anderen E-Mail an Colleen schrieb Cathy, dass sie mich und Drew und Sam gern zu sich zum Pizzaessen einladen wollte und die Kinder später „nach Herzenslust im Keller rumtoben" dürften. – Wir hätten Freundinnen werden können.

Ich kämpfte mit den Tränen. Ein weiterer sinnloser Tod. Ich weinte um Cathy und um alles, was einmal war und was hätte sein können. Gleichzeitig wurde mir klar, dass ich in meiner Situation und mit meiner Erfahrung vielleicht dieser Familie helfen konnte wie sonst niemand aus ihrem Bekanntenkreis. Ich war mir nicht sicher, wie ich das anstellen sollte, aber ich musste irgendwie Kontakt aufnehmen.

Immer wieder las ich die E-Mails von Colleen und Cathy. Emotional erschöpft ging ich ins Bett. Ich legte mich auf Matts Seite und hoffte, er würde mir noch einmal im Traum begegnen.

An meiner Seite

Michael

Die Vorbereitungen für Cathys Trauerfeier nahmen ihren Lauf. Gemeinsam mit Rick, Lynn und Larry fuhr ich zum Beerdigungsinstitut, wo kurz und sachlich alles Organisatorische besprochen wurde. Als wir danach zum Parkplatz zurückgingen, kehrte ich unter dem Vorwand, etwas vergessen zu haben, noch mal um.

„Wartet hier auf mich“, sagte ich zu Rick. „Ich bin gleich wieder da.“

Schnellen Schrittes durchquerte ich das Foyer und erwischte den Bestattungsunternehmer, kurz bevor er in seinem Büro verschwand.

„Ich hätte noch eine Frage“, sagte ich. „Wann werden Sie so weit sein? Ich meine, mit der Aufbahrung und den Blumen und allem?“

„Bis Donnerstagnachmittag sollten wir fertig sein. Warum?“

„Ich würde gerne allein vorbeikommen, wenn das möglich ist. Bevor die Besucher da sind. Auch wegen der Kinder. Damit ich weiß, worauf ich sie vorbereiten kann.“

Er war sehr zuvorkommend. „Natürlich, kein Problem. Kommen Sie einfach gegen 14.00 Uhr vorbei, dann haben Sie alle Zeit der Welt.“

Pastor Galik, der für die kirchliche Bestattung zuständig war, fragte, ob er uns vorher einen Besuch abstatten dürfte, um die Angehörigen kennenzulernen. Menschliche Beziehungen waren ihm wichtig, und das schätzte ich an ihm.

An dem Tag musste ich noch ein paar Einkäufe erledigen und hatte mich verspätet. Als ich nach Hause kam, staunte ich nicht schlecht. Der kleine Danny saß auf Pastor Galiks Schoß auf dem Küchenboden. Beide waren in ein ernsthaftes Gespräch vertieft.

Zuvor hatte folgende Unterhaltung stattgefunden:

„Ich kenne dich. Du bist Pastor Galik aus der Schule."

„So ist es."

„Weißt du, dass meine Mom im Himmel ist?"

„Ja, Danny, ich weiß."

Dann zog Karl Galik kurzerhand sein Jackett aus und ließ sich in der Küche auf dem Boden nieder. Danny kam und setzte sich vertrauensvoll auf seinen Schoß. Normalerweise war er bei Fremden eher zurückhaltend, aber er spürte wohl instinktiv, dass er bei Pastor Galik in guten Händen war.

„Ich will nicht, dass sie im Himmel ist", sagte Danny.

„Ich auch nicht", antwortete der Pastor.

Diese einfache Antwort und die Art, wie dieser Mann mit einem Vierjährigen sprach, beeindruckten mich. Die beiden unterhielten sich noch ein paar Minuten über Jesus und Mom, über den Himmel und über Raupen und Schmetterlinge. Unweigerlich musste ich an meinen Vater denken. Er hatte dieselbe „Alles-andere-ist-jetzt-nicht-wichtig-und-kann-warten"-Haltung. Pastor Galik war es egal, dass er seinen besten Anzug trug oder dass vierzehn Erwachsene um ihn herumstanden und ihn beobachteten. Hier war ein Kind, das Kummer hatte und das jemanden brauchte, der sich auf seine Ebene begab und ihm zuhörte.

Ich hatte noch nie einen Pastor, Priester, Pfarrer oder Rabbi gesehen, der so etwas tat. Als ich die Szene betrachtete, musste ich lächeln. Seit dem Augenblick habe ich großen Respekt für Karl Galik.

Nach einer Weile war das Gespräch für Danny beendet und er stand auf und rannte zurück ins Spielzimmer, während sich die Erwachsenen an den Tisch setzten, um den Ablauf der Trauerfeier zu besprechen. Ich saß mit Pastor Galik, meiner Schwester Lynn und Cathys Eltern in der Küche. Nebenan, aber in Hörweite, waren die Skeptiker versammelt: mein Vater, mein Bruder Bob und mein Onkel Mel.

Die Logistik war schnell besprochen. Pastor Galik machte Vorschläge, und ich stimmte fast allem zu. Ein Anliegen hatte ich noch. „Ich würde gern im Gottesdienst ein paar persönliche Worte sagen. An welcher Stelle im Ablauf könnte ich das tun?“

Einen Moment war es still im Raum. Alle sahen mich an, als hätte ich etwas völlig Ungeheuerliches vorgeschlagen. Karl räusperte sich.

„Michael, ich würde Ihnen davon abraten“, sagte er dann mit allem pastoralen Ernst, den er aufbringen konnte. „Muten Sie sich nicht zu viel zu.“

„Wieso denn?“

Er druckste ein wenig herum. Darauf war er nicht vorbereitet gewesen. „Nun, es ist normalerweise nicht üblich. Ehrlich gesagt, bin ich etwas besorgt. Ich weiß nicht, ob Sie das schaffen. Die emotionale Belastung an einem solchen Tag ... Sie wissen schon. Ich bin seit fünfundzwanzig Jahren Pastor und habe noch nie erlebt, dass ein Ehepartner eine Rede hielt.“

Die anderen stimmten ihm zu, mit Ausnahme meiner Schwester. Lynn wusste, dass ich es schaffen konnte. Sie kannte mich und wusste außerdem, dass es mir ein Bedürfnis war, an die Leute, die kommen würden, ein paar Worte zu richten. Sie nickte mir aufmunternd zu und ergriff in der darauf folgenden Debatte für mich Partei.

„Also gut“, seufzte Pastor Galik. „Was soll ich ins Programm schreiben?“

„Worte des Dankes“, sagte ich.

Später, als ich Pastor Galik zu seinem Auto begleitete, erzählte ich ihm in der Einfahrt, dass Cathy mir kurz vor ihrem Tod ans Herz gelegt hatte, ich sollte Gina Kell anrufen. Damals wusste ich noch nicht, dass er ein guter Freund der Familie Kell war, sie seelsorgerlich begleitet hatte und für Matt wie ein Bruder gewesen war.

Karl Galik dachte einen Augenblick nach. „Ja“, sagte er dann, „Sie sollten sie wirklich anrufen.“

„Nein. Ich habe Ihnen das nur erzählt, damit Sie verstehen, was für eine warmherzige, selbstlose Frau Cathy war. Noch in ihren letzten Stunden dachte sie an andere.“

„Trotzdem – Sie sollten sie anrufen." Dann stieg er in sein Auto und ließ den Motor an.

Am selben Tag noch fuhr Lynn mit mir zur Druckerei, um die Trauerkarten und die Gedenkschrift drucken zu lassen, die ich entworfen hatte, mit Texten und Fotos von Cathy und den Kindern.

In derselben Druckerei hatte ich vor vierzehn Monaten die Todesanzeigen für meine Mutter drucken lassen, aber der Mann würde sich kaum an mich erinnern. Ich reichte ihm den USB-Stick über den Tisch.

„Ich bräuchte das bis Freitagnachmittag", sagte ich. „Geht das?"

„Lassen Sie mich mal reinschauen." Er ging mit dem Stick zu einem Computer im Nebenraum. Meine Schwester und ich warteten hinter dem Empfangstresen.

„Ist das für eine Beerdigung oder so was?", rief er durch den ganzen Raum.

Lynn und ich tauschten einen Blick. *Oh nein*, dachten wir bloß.

Ich bejahte. „Eine Gedenkfeier. Deshalb bräuchte ich alles bis Freitag."

Als er zu uns zurückkam, setzte bei ihm die Erinnerung ein. „Habe ich so was Ähnliches nicht schon mal für Sie gemacht? Vor etwa einem Jahr?" Er kratzte sich nachdenklich am Kopf.

„Ja. Für die Trauerfeier meiner Mutter."

„Hhm." Diese Information musste er erst mal verarbeiten. Dann sagte er, ohne irgendeine Gefühlsregung: „Und wer ist es diesmal?" Als hätte er gefragt, wo ich mein Auto geparkt hatte.

Meine Schwester sah mich entsetzt an. Es blieb mir nichts anderes übrig, als zu antworten. „Meine Frau. Sie ist vorgestern gestorben."

Lynn hielt sich mit beiden Händen an der Empfangstheke fest. Im Stillen betete sie, dass dieser Augenblick vorübergehen würde.

Aber der Mann setzte noch nach. Bevor er sich umdrehte und zum Computerraum zurückging, bemerkte er: „Oh, Mann, das ist der Hammer." Und dann: „Klar, das kriegen wir hin bis Freitag."

Der Hammer. Lynn war wie versteinert. Sie warf mir einen ängstlichen Seitenblick zu, als befürchtete sie, dass ich dem Kerl an die Gurgel springen oder einen Weinkrampf bekommen würde.

Der Drucker war inzwischen wieder im Nebenraum verschwunden.

Die ganze Situation war so grotesk, dass ich nicht länger an mich halten konnte. „Ich finde", sagte ich zu ihr, „er hat es ziemlich gefasst aufgenommen."

Lynn fing an zu kichern, dann brachen wir beide in hysterisches Gelächter aus. „Der Hammer!", riefen wir gleichzeitig. Es war die Untertreibung des Jahrhunderts, aber der Mann hatte buchstäblich den Nagel auf den Kopf getroffen. Wir lachten noch immer, als wir schon im Auto saßen.

Bei uns zu Hause ging es zu wie im Taubenschlag. Freunde, Nachbarn und Verwandte kamen und gingen. Die Zeit zwischendurch verbrachte ich am Telefon oder mit den Kindern. Ständig wurde uns Hilfe angeboten und die Leute wollten „irgendetwas tun". Das war hilfreich und gut gemeint, aber auch anstrengend. Immer wieder musste ich dieselben Fragen über dieselben banalen Dinge beantworten: „Wo ist der Dosenöffner?", „Um wie viel Uhr kommt die Post?", „Wohin sollen wir mit den Kindern zum Essen gehen?"

Ich war allein im Boot. Von nun an würde ich mich um alles kümmern müssen. Ich würde noch vieles lernen müssen, und zwar schnell. Aber nicht heute. Heute hatte ich noch eine Verabredung.

„Ich muss noch mal kurz weg", war alles, was ich sagte.

Der Bestatter empfing mich an der Tür und führte mich in den Raum, wo Cathys Sarg stand. Überall sah ich Sträuße und Gestecke, es war ein Meer von Blumen.

„Lassen Sie sich Zeit", sagte er und schloss die Tür hinter sich. Ich war allein.

Ich stand da und ließ die Szene auf mich wirken. Die Blumen. Den Sarg. Das Halbdunkel des Raumes. Die grausame Wirklichkeit. Ich trat langsam an den Sarg heran, legte die Hände an den Rand und schaute direkt hinein. Was ich sah, versetzte mir einen Schock – Cathy war nicht da.

Sie war nicht da! Die ganze Zeit hatte ich darauf gewartet, ein paar Augenblicke allein mit meiner Frau zu verbringen. Und nun war sie fort. Ja, ihr Körper war da, aber sie – Cathy – war nicht mehr hier. Natürlich war es nur ihr lebloser Körper, aber ich brauchte diesen Moment an ihrem Sarg, um es wirklich zu begreifen. Auf einmal wusste ich glasklar: Cathy war im Himmel.

Cathy hatte es gewusst, bevor sie ging. Auf 8-Süd hatte sie zu mir gesagt: „Ich werde bald im Himmel sein." Dies war der Beweis. Ich stand vor ihrem Sarg und sie lag nicht darin. Und wenn es irgendjemand auf der Welt verdient hatte, in den Himmel zu kommen, dann Cathy. Ich hatte keine Tränen. Ich musste sogar ein wenig lächeln und schüttelte ungläubig den Kopf. *Unglaube* war hier überhaupt das falsche Wort, es war vielmehr ein fester *Glaube*.

„Gut gemacht, Cathy", flüsterte ich. „Du hast es geschafft."

Ich setzte mich auf einen Stuhl an der Seite, etwa vier Meter vom Sarg entfernt, und ließ die Stille auf mich wirken. Ich war allein. Die Zukunft war ungewiss und ich machte mir Sorgen, wie alles weitergehen würde. Aber in dem Moment war ich ganz ruhig. Nie zuvor in meinem Leben hatte ich Gottes Nähe so deutlich gespürt. Und ich war erfüllt von einem tiefen Frieden.

Ich spürte Cathys Geist. Und den Geist meiner verstorbenen Mutter, meines Onkels Jack und meines Großvaters. Ihnen allen fühlte ich mich nahe. Und ich war erfüllt vom Heiligen Geist, zum ersten Mal in meinem Leben als Skeptiker. Kein Theologe hätte mir vermitteln können, was ich an jenem Tag begriff. Es hatte nichts mit Religion zu tun, sondern mit meinem persönlichen Glauben. Mein Gott lebte und war in mir lebendig. Mein Leben lang hatte ich ihn gesucht. In Kirchen und in der Brandung des Meeres, in der Taufe und in der Bibel selbst. Ich hatte gebetet und Buße getan. Doch er war immer fern und unerreichbar geblieben. Wer hätte gedacht, dass ich ihm jetzt begegnen würde, mitten in meiner Trauer? Dass ich ihn hier finden würde, am Sarg meiner verstorbenen Frau? Dabei war er da, wo er die ganze Zeit gewesen war: an meiner Seite.

Die Einzige, die ich kenne

Gina

Das dritte Mal in drei Monaten ging ich zur Trauerfeier eines jungen Vaters oder einer jungen Mutter, die ein Kind in unserer Schule hatten. Mit Matts Beerdigung hatte alles angefangen, und seitdem wollte die Trauer kein Ende nehmen. Langsam kam ich mir vor wie die „Witwe vom Dienst". Erst vor einem Monat hatten wir von Tom Larkin Abschied genommen, dessen Sohn in Drews Klasse war. Mit zwei vaterlosen Jungen in der ersten Klasse fragten sich die anderen Kinder ängstlich, ob ihr Papa der Nächste war. Die Trauer hing wie ein schweres, dunkles Tuch über der Schule und der Gemeinde. Der Verlust dieser jungen Menschen beschäftigte alle Altersstufen. Nun kam Cathy Spehn hinzu, ein weiterer schlimmer Verlust.

Ihre Trauerfeier fand an einem kalten, trostlosen Freitagabend statt. Colleen und ich hatten uns um 18 Uhr vor dem Beerdigungsinstitut verabredet. Wir waren früh dran und standen noch unschlüssig vor der Tür. Nur allzu genau wussten wir, was uns drinnen erwartete.

„Ist es okay für dich?", fragte sie, als wir hineingingen.

„Ich weiß nicht. Bleib in meiner Nähe, ja?" Mein Magen krampfte sich zusammen und ich spürte, wie ich anfing zu schwitzen. Der für Beerdigungen typische schwere Lilienduft hing im Raum. Ich hielt den Atem an. Wir gingen weiter, vorbei an dem Tisch mit dem Kondolenzbuch, und ich erkannte einige von Matts Highschool-Freunden wieder. Dieselben Freunde im selben Raum, die mir vor zwei Monaten ihre Anteilnahme ausgedrückt hatten. Wir schüttelten die Hände, und als die übliche Beerdigungskonversation und das allgemeine Kopfschütteln begann, trat jemand hinzu und sprach mich an.

„Sind Sie Gina Kell?" Ich drehte mich um und nickte. Der Mann nahm meine Hand und sagte: „Danke, dass Sie gekommen sind." Zuerst dachte ich, er sei ebenfalls ein Freund aus der Highschool, doch dann wurde mir rasch klar, dass er Cathys Mann sein musste, Michael.

„Mein herzliches Beileid." Ich spulte dieselben Worte ab, die ich vor Kurzem Hunderte von Malen gehört hatte. Die tröstenden Worte zu hören, hatte mir gutgetan, aber als ich sie jetzt von mir gab, schienen sie mir abgedroschen und unpassend.

„Kann ich Sie für einen Augenblick sprechen?", fragte er. Der Raum füllte sich mit Menschen und alle warteten auf eine Gelegenheit, Michael die Hand zu schütteln. Aber er ließ sich nicht aus der Ruhe bringen, sondern tat eines nach dem anderen.

„Ja, bitte", antwortete ich und warf Colleen einen unsicheren Seitenblick zu. Sie schaute uns nach, als Michael mich zu einer Sitzgruppe etwas abseits der Menschenmenge führte. Kurz entschlossen schob er zwei Polstersessel näher zusammen und wir setzten uns gegenüber. Er wirkte sehr gefasst, doch ich sah den Schmerz in seinen Augen und in seiner ganzen Körperhaltung.

„Wie geht es Ihnen in dieser schweren Zeit?", fragte ich und versuchte, das Stimmengewirr zu übertönen. Im selben Moment wurde mir bewusst, wie idiotisch das klang. „Verzeihen Sie", ergänzte ich. „Was für eine dumme Frage. Ich sollte es besser wissen."

Er schien es mir nicht übel zu nehmen. „Ich wollte gerade dasselbe sagen. – Ich möchte Ihnen nicht zu nahetreten, aber darf ich Sie etwas fragen?" Er lehnte sich in seinem Stuhl leicht nach vorn.

„Aber natürlich. Worum geht es denn?" Ich bemühte mich um einen sachlichen Ton.

Seine Worte kamen zögernd. Nicht aus Nervosität, sondern weil er sie mit Bedacht wählte. Aus Rücksicht, hatte ich den Eindruck.

„Nun, Sie sind mir in diesem Prozess eine Naselänge voraus. Wie kommen Ihre Kinder damit klar?" Er beugte sich aufmerksam vor und sagte noch schnell: „Sie brauchen nicht unbedingt die Wahrheit zu sagen."

„Ich brauche auch nicht zu lügen. Die Kinder leben ihre Traurigkeit aus, aber das ist normal. Wir sprechen viel von Matt, wir lachen und weinen zusammen, aber im Grunde gehen sie erstaunlich souverän damit um. Unser Glaube gibt uns Kraft. Und das Gefühl, von

Menschen umgeben zu sein, die uns lieben und durchtragen. Das hilft uns, nicht unterzugehen."

Wir redeten noch eine Zeit lang über die Kinder. Es war ein intensives Gespräch. Zwischendurch wurde Michael von seinen Gefühlen überwältigt, und ich spürte seine Verunsicherung und Verzweiflung. In vieler Hinsicht war er ein Spiegel meiner selbst – so, wie es mir vor drei Jahren ergangen war, unmittelbar nach Matts Krebsdiagnose. Michael hatte keine Zeit gehabt, sich mit Cathys Krankheit auseinanderzusetzen, geschweige denn den plötzlichen Abschied zu verarbeiten. Ich wollte ihn so gerne trösten, aber ich wusste nicht, wie.

Aus den Augenwinkeln sah ich, dass die Menschentraube um uns herum immer größer wurde. Hunderte von Leuten waren gekommen, um Cathy die letzte Ehre zu erweisen und Michael ihre Anteilnahme auszudrücken, und er verbrachte übermäßig viel Zeit mit mir, anstatt seinen Pflichten nachzukommen. Auch Michael war sich dessen durchaus bewusst, doch er ließ sich nicht drängen.

„Es bedeutet mir sehr viel, dass Sie gekommen sind", sagte er. „Als ich mich heute Abend auf den Weg machte, habe ich mich gefragt, ob ich Sie hier treffen würde. Ich hatte gehofft, dass Sie kommen. Am Tag, bevor Cathy starb, hat sie von Ihnen gesprochen. Sie meinte, ich sollte Sie unbedingt anrufen."

„Wirklich?", fragte ich, leicht bestürzt. Ich versuchte zu verstehen, warum Cathy an ihrem letzten Lebenstag ausgerechnet von mir gesprochen hatte.

„Das war typisch für Cathy. Sie dachte immer an andere. In ihren letzten Stunden dachte sie an Ihre Kinder und dass die Jungs bestimmt gern richtig Basketballspielen lernen wollten. Ich bin Basketballtrainer. Cathys Idee war, dass ich mit den Jungen trainieren könnte, wenn sie Spaß daran haben. Manchmal hatte sie so eine Intuition. Sie war überzeugt, dass wir einander helfen können."

„Es ist alles so … so unwirklich." Ich war etwas verwirrt über die Wendung, die das Gespräch genommen hatte. Gleichzeitig fühlte ich mich geehrt, dass er mir dies anvertraut hatte. „Ich habe Cathy nur wenige Male getroffen", sagte ich dann. „Sie hatte eine besondere Ausstrahlung. Als ob die Sonne aufging. Nie werde ich ihr Lächeln vergessen und ihre Herzlichkeit."

Ich erzählte von unserer ersten Begegnung in der Schule. Michael zeigte mir die Gedenkschrift für Cathy. Die Titelseite zeigte ein Porträt von ihr, daneben drei kleinere Bilder von Cathy mit ihren Kindern. Im Innenteil war es besonders das eine Foto, das mich fesselte: Cathy auf einem Boot, mit einem Arm an der Reling. Sie lächelte und bog den Kopf zurück, und die Sonnenstrahlen küssten ihr Gesicht. Eine wunderschöne Frau.

Langsam wurde mir klar, weshalb ich zu dieser Gedenkfeier kommen sollte. Ich war hier, um zuzuhören und Trost zu spenden – als Mensch, der dasselbe durchgemacht hatte. Es war ein gegenseitiges Geben und Nehmen und ich fühlte mich reich beschenkt. Uns verband die gemeinsame Erfahrung der Trauer um den Verlust eines geliebten Menschen. Mir war, als ob sich im freien Fall ein Fallschirm öffnete. Stumm betrachtete ich das Papier in meinen Händen, und wir saßen über eine Minute lang einfach nur da, in dem stickigen, überfüllten Raum, bis Michael das Schweigen brach.

„Ganz schön viele Leute hier, heute Abend." Er blickte sich um.

Ich nickte.

„Freunde und Verwandte aus vierzig Lebensjahren." Dann wandte er sich wieder mir zu und sah mir direkt in die Augen. „Sie und ich haben uns gerade erst kennengelernt, aber Sie sind die Einzige, die ich kenne."

Ich deutete ein Lächeln an. Gegenüber von mir saß ein Fremder, und doch war es, als würden wir uns schon Jahre kennen. „Ich weiß, wie das ist", antwortete ich. Plötzlich wurde mir bewusst, dass wir schon viel zu lange hier saßen. Ich durfte ihn nicht länger von seinen Pflichten abhalten. Außerdem würde Colleen bestimmt schon nach mir suchen.

Während wir uns verabschiedeten, stellte mich Michael seinem Onkel Mel vor, der mit einem Tablett herumging.

„Das ist Gina Kell, von der ich dir erzählt habe."

Mel drückte mir die Hand und sprach sein Beileid aus. Dann hielt er Michael das Tablett unter die Nase. Michael wandte sich mit gequältem Blick ab und begrüßte stattdessen einen alten Freund. Aus der Entfernung konnte ich sehen, wie Mel nicht lockerließ und ihm immer wieder etwas zu essen anbot.

Michael tat mir leid. Ich kannte das Phänomen aus meiner eigenen Familie. Es ist, als ob angesichts eines Trauernden alle Verwandten zu italienischen Großmüttern werden, die immerzu sagen: „Iss, iss! Mangi, mangi!“ Nach meiner Erfahrung bekommt man in einer solchen Situation keinen Bissen herunter, schon gar nicht in einer Menschenansammlung auf einer Trauerfeier.

Mein Beschützerinstinkt wurde wach, und in einem günstigen Moment nahm ich Mel beiseite. „Ich weiß, dass Sie Michael gern etwas zu essen anbieten wollen“, sagte ich. „Aber ich glaube, er *kann* im Moment wirklich nichts essen. Ich weiß es aus eigener Erfahrung.“

„Aber er muss doch wieder zu Kräften kommen“, widersprach Mel.

„Ich verstehe Ihre Sorge, aber ich glaube, dass er zurzeit seine Kraft aus einer anderen Quelle schöpft. Wichtig ist für ihn, dass Sie einfach für ihn da sind. Bis er von selbst kommt und sagt: ‚Ich habe Hunger.‘“

Mel und ich waren bald darauf in eine angeregte Unterhaltung vertieft. Er stellte mich einigen Leuten vor und erklärte mir die verschiedenen Verwandtschaftsbeziehungen. Wir sprachen über Trauerbewältigung, über den unterschiedlichen Umgang mit Trauer bei Männern und Frauen, und welche Hilfe für Michael im Laufe des Jahres am sinnvollsten wäre. Mel war sehr einfühlsam und verständnisvoll, und es kam mir vor, als würde ich mit einem alten Freund reden.

Als Colleen mich endlich fand, grinste sie und sagte: „Wer wollte denn in meiner Nähe bleiben?“

Dann war es Zeit, sich in den Aufbahrungsraum zu begeben. Cathys Sarg stand an genau derselben Stelle, wo vor zwei Monaten Matts Sarg gestanden hatte. Ein Déjà-vu-Erlebnis. Larry Lutz, Cathys Vater, stand an meinem Platz neben dem Sarg und schüttelte die Hände der Besucher, die in einer langen Reihe warteten, um von Cathy Abschied zu nehmen. Er wirkte wie ein gebrochener Mann, schmal und ausgezehrt, die Schulter gebeugt von der Last der vergangenen Wochen.

Die Schlange rückte vor und wir näherten uns dem geöffneten Sarg. Ich richtete den Blick auf Cathys Hände und bemerkte, wie zart sie waren. Ich wollte ihr nicht ins Gesicht schauen, denn es war nicht Cathy, sondern nur ihre sterbliche Hülle. Mir fiel auf, dass sie eine Kette mit einem wunderschönen Kreuzanhänger trug. Ich neigte den Kopf und sprach ein stilles Gebet für Michael und seine Kinder.

Endlich kamen wir bei Larry an. Wir umarmten uns und weinten zusammen. Cathys Vater bedankte sich für unser Kommen. Er war ein stiller, sanftmütiger Mann, ich mochte ihn sofort. „Es muss sehr schwer für Sie sein", sagte er zu mir. Ich versuchte, mich zu beherrschen, aber ich konnte die Tränen nicht zurückhalten. Wir wechselten ein paar verständnisvolle Worte, schüttelten den Kopf über die Sinnlosigkeit des Geschehenen und erinnerten uns gegenseitig daran, dass letztendlich Gott alles in seinen Händen hält. Wir hielten uns daran fest, dass Matt und Cathy jetzt beide im Himmel waren, denn es war das einzige Tröstliche, was man sagen konnte.

Danach dauerte es noch einmal zwanzig Minuten, bis Colleen und ich durch das Gedränge den Ausgang erreicht hatten. Durch die kalte Märzluft gingen wir zu unseren Autos. Wir hatten uns mit ihrem Mann Mike zum Essen in einem nahe gelegenen Restaurant verabredet.

„Willst du lieber mit mir fahren?", fragte sie.

„Danke, gerne." Ich musste das Erlebte erst einmal verarbeiten. „Heute Abend brauche ich ein Glas Wein."

Sie sah mich von der Seite an. „Das glaube ich dir gern. Was war denn da zwischen dir und Michael Spehn?"

„Das hast du wohl gesehen, was?"

„Jeder hat es gesehen. Ihr beide hattet für nichts anderes Augen und Ohren und wart über zwanzig Minuten ins Gespräch vertieft. Der Bestatter ist bald wahnsinnig geworden! Er wollte, dass Michael die Leute begrüßt und Beileidsworte entgegennimmt, aber er wagte es nicht, euch zu unterbrechen."

„Ich weiß auch nicht, was los war. Es war, als würde ich ihn schon ein Leben lang kennen."

Sie fragte nicht weiter. Das erste Mal, seit ich Colleen kenne, saßen wir während der ganzen Fahrt schweigend nebeneinander.

Fünf Kirchenbänke

Michael

Am Samstag hielten wir den Gedenkgottesdienst für Cathy in der St.-John-Kirche. Ich vermied es, „Trauergottesdienst" zu sagen; es gibt gewisse Worte, die ich einfach nicht mag. Meinem Onkel fiel auf, dass ich ganz selten „sterben" sagte, sondern fast immer „heimgehen". Das stimmt, aber „meine Frau ist heimgegangen" klingt einfach besser als „meine Frau ist gestorben". Und statt eines Trauergottesdienstes wollten wir einen Gottesdienst feiern, in dem wir Cathys Leben feierten.

Wir nahmen unsere Plätze in der ersten Reihe ein. Ich ließ alles auf mich wirken: die Blumen, die Lieder, den Chor der Highschool und Pastor Galiks aufrichtige, tief empfundene Worte. Parallel dazu gab es sogar einen Kindergottesdienst.

Dann kündigte Karl Galik an, dass ich gern ein persönliches Wort an die Gemeinde richten wollte. Ich stieg die vier Marmorstufen zum Altar hinauf, drehte mich um und sah die riesige Menschenmenge – Bekannte und Unbekannte, Junge und Alte, es müssen mehrere Hundert Leute gewesen sein. Sie standen bis zur Tür hinaus. Alle waren gekommen, um Cathy auf ihrem letzten Weg zu begleiten.

Ich hatte mir ein paar Dinge zurechtgelegt, die ich sagen wollte, aber auf ein schriftliches Konzept verzichtet. Wenn ich eine vorgefertigte „Rede" hielt, würden die Worte, so dachte ich, nicht mehr unmittelbar aus dem Herzen kommen. Alle schauten mich an. Es war so still, dass man eine Stecknadel hätte fallen hören. Meine

Stimme hallte durch den Raum. „Pastor Galik in seiner fürsorglichen Art hatte mir davon abgeraten, das zu tun, was ich jetzt tun möchte. Er hatte Angst, dass es emotional zu belastend wäre. Ich möchte es trotzdem tun. Denn es ist das, was Cathy von mir erwartet hätte. Sie hätte mir einen Rippenstoß gegeben und geflüstert: ‚Du musst unbedingt etwas sagen.'

Und wenn zwischendurch ein paar Tränen fließen, ist das in Ordnung. Bei uns zu Hause wurde viel geweint. Aber auch viel gesungen, getanzt und gespielt.

Heute ist ein trauriger Tag. Wir sind hier, um uns von einem wunderbaren Menschen zu verabschieden – von unserer Freundin, Nachbarin, Tochter, Mutter … und der besten Ehefrau aller Zeiten, der Liebe meines Lebens.

Aber es ist auch ein Tag großer Dankbarkeit. Ich habe unendlich viel Grund zur Dankbarkeit, dass ich nicht anders konnte, als mich hier vorn hinzustellen und es Ihnen allen zu sagen. Ich danke Gott für mein Leben. Ich bin dankbar für meine Gesundheit, denn ich habe aus nächster Nähe gesehen, wie zerbrechlich sie sein kann und wie flüchtig unser irdisches Dasein ist. Ich will jeden neuen Tag und jeden Atemzug als Geschenk aus Gottes Hand nehmen und diese geschenkte Zeit nicht verschwenden.

Ich bin unendlich dankbar für die Zeit mit Cathy. Sie alle hatten das Glück, sie zu kennen. Aber ich hatte das große Los gezogen: Ich durfte mit ihr leben. Jeden Tag und jede Nacht, jede langweilige Autofahrt verbrachte ich in Gegenwart eines Engels. Und jeden Morgen wachte ich auf, schaute sie an und war glücklich, dass sie bei mir war.

Ein Freund von uns fragte mich damals, als Cathy und ich überlegten, ob wir eine Familie gründen wollten: ‚Michael, warum willst du überhaupt Kinder haben?' Und ich hatte immer gedacht, *ich* sei zynisch. Doch ich sagte ohne zu zögern: ‚Ich habe die großartigste Frau der Welt geheiratet. Eine Frau von strahlender Schönheit, mit bemerkenswertem Verstand und einem Herzen voller Liebe. Und ich finde, es sollte mehr Menschen von ihrer Sorte geben.'

Ich bin sehr dankbar für unsere Kinder – ja, für euch. Für die besten, lustigsten, intelligentesten und liebenswertesten Kinder, die Gott jemals erschaffen hat. Sie sind manchmal unordentlich und laut, und sie geben mir einen frechen Klaps auf den Hintern, wenn ich ihnen den Rücken kehre. Aber sie sind das Ebenbild ihrer Mutter und ich bin stolz auf sie. Jeder Tag mit ihnen ist ein Geschenk.

Und ich bin dankbar für Sie – für Sie alle, die Sie hier sitzen. In den letzten drei Wochen waren Ihre Liebe und Hilfsbereitschaft für uns eine Quelle des Trostes und der Kraft. – Sehen Sie sich einmal im Raum um. Hier befinden sich Menschen jeglicher Couleur, jeden Alters und aus den unterschiedlichsten Teilen des Landes. Manche haben nicht viel gemeinsam, außer dass Cathy ihr Leben berührt hat.

Sie haben durch Ihre Anteilnahme, Ihre Gebete und Ihre praktische Hilfe so unendlich viel für uns getan … auch mit Ihrem überirdischen Gebäck. Wir werden die Zahnärzte von Rochester über Jahre beschäftigen!

So ist diese Zeit der tiefen, übermächtigen Trauer und des Schmerzes auch immer wieder eine Zeit der Dankbarkeit und Freude – dank Ihrer bedingungslosen Liebe.

Wir wissen nicht, was die Zukunft für uns bereithält. Da sind Zweifel, Unsicherheit und Furcht. Aber wir fühlen uns von Ihrer Liebe getragen wie von einer barmherzigen Welle im Meer der Angst. Dafür danke ich Ihnen von Herzen, auch im Namen meiner ganzen Familie. Gott segne Sie."

Nach dem Gottesdienst drängten alle zum Ausgang. Die Menschen stauten sich in den Gängen und umarmten uns ein letztes Mal mit den Worten, dass sie für uns beten würden. Ganz hinten, in der Nähe der Tür, stand jemand, der auf mich wartete. Mein Vater.

Er war ganz allein. Niemand sprach mit ihm, niemand umarmte ihn. Er stand dort wie ein Fels in der Brandung und war in dem Moment nichts weiter als ein einsamer, alter Mann, der auf seinen Sohn wartete.

Als ich näher kam, legte er mir seine riesige Hand um den Nacken wie damals, als ich noch ein Junge war, und zog mich an sich. Ich küsste ihn auf die Wange und sah, dass er Tränen in den Augen hatte.

„Michael James“, flüsterte er dicht an meinem Ohr, „das hast du gut gemacht. Cathy wäre stolz auf dich.“

Sein Lob bedeutete mir mehr als alles andere. Ich hatte getan, was er auch getan hätte. Und ich hatte getan, was Cathy sich von mir gewünscht hätte. Und was auch Gott von mir erwartete.

Unten in den Gemeinderäumen hatten helfende Hände ein kaltes Büfett für mehrere Hundert Personen aufgebaut. Ich konnte nichts essen. Die meiste Zeit verbrachte ich damit, Leute zu umarmen und umarmt zu werden, getragen von einer Welle der Barmherzigkeit. Es dauerte nicht lange, bis Gina Kell auf mich zukam. Ich dankte ihr, dass sie gekommen war. Auch sie umarmte mich und sagte, dass meine Worte sie sehr berührt hätten. Das bedeutete mir viel.

In einem ruhigen Augenblick, als die meisten noch mit Essen beschäftigt waren, stahl ich mich zurück in den Gottesdienstraum. Stille umfing mich, und ich lenkte meine Schritte zum Altar, wo der Tisch mit dem Blumenschmuck stand. Hinter den Blumen verbarg sich – was die meisten nicht wussten – die Urne mit Cathys Asche. Ich streckte die Hand aus und berührte sie leicht.

„Du hast dich getäuscht, Liebling“, sagte ich. „Du hast mehr als fünf Kirchenbänke gefüllt.“

Danach ging ich kurz nach draußen, um durchzuatmen und den Kopf frei zu bekommen. Es war kalt, und meine Jacke war irgendwo, aber es war mir egal. Ich musste ein paar Minuten allein sein. Ich blinzelte in die grelle Mittagssonne und steckte die kalten Hände in die Hosentaschen. Dann lehnte ich mich gegen die Backsteinmauer der Kirche und ließ meine Gedanken schweifen.

Es war immer noch alles so unwirklich. Ich konnte und wollte es nicht glauben. Dieses neue Leben, das uns erwartete … Der „normale“ Alltag, wie würde er in Zukunft aussehen? Was hatte Gott sich dabei gedacht? Die nächsten Wochen und Monate würden nicht leicht sein, so viel stand fest.

Für einen kurzen Moment lehnte ich den Kopf an die raue Steinmauer. Aber ich konnte nicht ewig hier stehen bleiben. Ich musste zurück. Die Kinder würden mich brauchen.

Teil 3

Das neue Leben

Der Anruf

Michael

Ich befand mich wortwörtlich am Boden. Auf dem kalten Küchenboden. Ich hatte die Kinder zur Schule gefahren, kam nach Hause und brach buchstäblich zusammen. Vor mir lag ein weiterer einsamer Tag. Ich versuchte, mich zusammenzureißen und aufzustehen, denn ich musste dringend zur Arbeit, aber ich schaffte es einfach nicht, auf die Beine zu kommen. Cathy. Sie war überall. Ihr leerer Stuhl am Tisch, ihr Mantel an der Garderobe, ihre Haarbürste, ihr Ring, ihr Parfüm, ihr Kaugummipäckchen, ihr Kopfkissen, ihre Zeitschriften, ihr Terminkalender und tausend andere Dinge, die jetzt nutzlos schienen, mich aber täglich an sie erinnerten.

Der Schmerz grub sich tief in meine Seele ein, packte mich an der Kehle und schüttelte mich wie eine Stoffpuppe. Sie war fort, hatte mich für immer verlassen. „Wo bist du?", schrie ich hinaus in die Leere. Ich war eine einzige offene Wunde. Die Verzweiflung kam in Wellen. Jedes Mal, wenn ich dachte, dass es besser ging, rollte die nächste Welle heran und begrub mich unter sich. Ich weinte, heulte und schluchzte wie noch nie in meinem Leben und konnte nicht mehr aufhören. Kehlige Klagelaute drangen aus meinem Mund, Geräusche meiner persönlichen Hölle. „Wo bist du?", kreischte ich. Keine Antwort. Nur Stille. Und der harte, kalte Fußboden.

Ich schrak zusammen, als das Telefon klingelte. Für einen Moment hörte ich auf zu schluchzen. Banale Alltagsgeräusche schafften es meistens, mich kurzfristig aus meiner Trauer herauszureißen. Im Display erkannte ich Karl Galiks Nummer. Zuerst wollte ich ihn auf den Anrufbeantworter sprechen lassen, überlegte es mir aber anders. Ich mochte diesen Pastor. Für einen Mann der Kirche war es nicht leicht, einen Skeptiker wie mich für sich einzunehmen, aber seine Freundlichkeit und kompetente, umsichtige Art, wie ich sie bei Cathys Beerdigung kennengelernt hatte, überzeugten mich. Bevor ich das Telefon abnahm, räusperte ich mich, doch meine Stimme klang immer noch belegt. Ich fasste mich kurz, blieb aber lange genug am Apparat, um ein Treffen zum Mittagessen auszumachen.

Wir saßen an einem Tisch in einer gemütlichen Nische beim Spanier und taxierten einander. Ich wusste genau, warum wir hier waren. Der Pastor hatte sozusagen seine emotionalen weißen Handschuhe und den therapeutischen Staubwedel mitgebracht, für den Fall, dass meine Psyche eine Entrümpelung nötig hatte. Und ich wollte sehen, ob bei dem Kirchenmann der Inhalt hielt, was die Verpackung versprach. Wir tauschten ein paar Nettigkeiten aus und bissen ein paarmal in unsere Sandwichs, dann kam er zur Sache.

„Ich wollte einfach mal nach Ihnen sehen und fragen, wie es so geht."

Na, also, dachte ich. „Es geht so einigermaßen", antwortete ich knapp.

„Sehen Sie, ich kann verstehen, wenn Sie nicht mit mir sprechen wollen", sagte er. „Wir kennen einander kaum, und Sie haben vielleicht den Eindruck, ich sei neugierig. Aber ich habe einige Erfahrung auf diesem Gebiet und stehe Ihnen gern als Gesprächspartner zur Verfügung, falls Sie das möchten."

„Danke, das ist sehr freundlich." Ich hielt ihn immer noch eine Armlänge auf Abstand.

Er spürte, dass ich noch mehr Vertrauensbeweise brauchte. Instinktiv warf er mir den richtigen Knochen hin. „Sie sind aus Chicago, nicht wahr?"

„Ja, von der West Side."

„Und ich von der South Side", sagte er. „Aber mein Herz schlägt immer noch für die ‚Cubs'."

Die Atmosphäre erwärmte sich zusehends. Er war aus Chicago, und er war „Cub"-Fan.

„Ich werde Ihnen nur eine einzige Frage stellen und Sie können entscheiden, ob Sie reden wollen oder nicht. Ich für meinen Teil würde wirklich gern mehr über Ihre Familie erfahren. Wenn Sie lieber nichts erzählen wollen, verstehe ich das vollkommen. Aber wenn Sie reden, seien Sie ehrlich und versuchen Sie nicht, mir einen Bären aufzubinden."

Ich hörte auf zu kauen und sah ihn an. Er aß seelenruhig weiter, wohl wissend, dass er auf mich Eindruck gemacht hatte. Dann fuhr er sein schwerstes Geschütz auf.

„Erzählen Sie mir von Cathy", sagte er. „Was für ein Mensch war sie?"

Jetzt hatte er mich an der Angel. Niemand stellt einem Witwer diese einfache Frage. Stattdessen reden alle davon, wie traurig es ist, dass der geliebte Mensch nicht mehr da ist. Alle sprechen über die Krankheit und über die Beerdigung, sie fragen nach den Kindern und nach der Zukunft. Aber niemand fragt nach dem Verstorbenen als Mensch. „Erzählen Sie mir von ihr", sagte Karl Galik. Das war es. Ab dem Augenblick war er mein Freund.

Wir unterhielten uns lange an dem Tag, und eine Woche später noch einmal. Von da an trafen wir uns regelmäßig zum Mittagessen, und ich lernte unsere Gespräche zu schätzen und freute mich schon darauf. Wir sprachen viel über Trauerbewältigung. So unterschiedlich die Menschen sind, so unterschiedlich ist ihre Art, mit Verlust umzugehen. Trauer sei ein Prozess, sagte er, und wollte wissen, wie ich diesen Prozess durchlebte.

„An manchen Tagen weiß ich nicht, wie ich weiterleben soll", vertraute ich ihm an. Ich sprach über die unerträgliche Stille im Haus, darüber, dass ich nicht mehr schlafen konnte und morgens kaum aus dem Bett kam, über das unkontrollierte Weinen und das Gefühl der abgrundtiefen Leere.

„Es ist wie eine Tsunami-Welle“, sagte ich. „Eine Welle, die plötzlich da ist, ganz unerwartet, an einem klaren, sonnigen Tag. Eine Wasserwand, die sich auftürmt, die alles unter sich begräbt und Zerstörung und Elend mit sich bringt.“

Er nickte. „Ich weiß, wie Sie sich fühlen.“

„Die Erinnerung und der Schmerz … es kommt plötzlich über mich, ohne Vorwarnung. Oft sind die kleinen, alltäglichen Dinge der Auslöser oder auch bestimmte Situationen.“ Ich erzählte ihm von der Begebenheit mit dem Kirchenchor. „Da ist eine Frau im Chor, die gibt beim Singen solche … ich weiß nicht, wie ich es anders beschreiben soll … solche gurgelnden Truthahngeräusche von sich. Cathy und ich mussten uns jedes Mal, wenn sie sang, die Hände auf den Mund pressen, um nicht laut loszulachen. Wir kamen uns vor wie alberne Teenager, doch wir konnten uns nicht beherrschen. Es war einfach zu komisch.“

Karl wusste genau, von wem ich sprach. Er musste lachen.

„Jedes Mal, wenn sie ein Solo sang, brauchte ich nur Cathy anzuschauen, und sie prustete los“, sagte ich. Dann erzählte ich ihm vom ersten Mal, das ich die Frau singen gehört hatte, seit Cathy tot war. „Ich sah die Tsunami-Welle kommen. Den Kindern sagte ich, dass ich schnell auf die Toilette müsste. Dann stürzte ich hinaus, schloss mich auf dem Klo ein und weinte die nächsten zwanzig Minuten.“

Wir schwiegen eine Zeit lang. „Ich kann absolut nichts dagegen tun“, sagte ich.

„Es braucht Zeit, Michael“, erwiderte er und ging zum Du über. „Hab Geduld mit dir und geh nicht zu hart mit dir ins Gericht.“

Mit Karl zu sprechen, tat gut. Er war mir in der Zeit eine riesige Stütze und erwies sich als sensibler, aufmerksamer Zuhörer, der nie versuchte, mich mit Bibelversen zu „erschlagen“ oder mir zu sagen, was ich tun sollte.

„Weißt du, Michael“, sagte er einmal, „du trauerst um mehr als um den Verlust deiner Frau. Als Cathy starb, hast du noch jemanden verloren.“

Ich sah ihn verständnislos an.

„Du hast dich selbst verloren", fuhr er fort. „Den Mann und Ehemann, der du die ganzen Jahre über warst. Und der du gerne warst."

„Ja", sagte ich und bekam schon wieder feuchte Augen. Er hatte den Nagel auf den Kopf getroffen. „Da hast du wahrscheinlich recht."

Ohne Cathy war ich nur noch ein halber Mensch. Es gab kein „Wir" mehr. Die meisten Dinge hatten wir gemeinsam unternommen, als Paar. Wir hatten gemeinsame Freunde. Doch seitdem es uns als Paar nicht mehr gab, hatte ich auch mich selbst verloren. Cathy war mein Halt gewesen, meine Verbindung zur Welt und die Person, über die ich mich definierte. Nun musste ich mich neu definieren. Allein. Der Gedanke war beängstigend und unbequem. Doch da er einmal ausgesprochen war, verlor er ein Stück weit seinen Schrecken.

Pastor Galik fragte plötzlich, ob ich mit Gina Kell schon Kontakt aufgenommen hätte. Vor meinem inneren Auge sah ich Cathy, wie sie mich eindringlich anschaute und mich bat, ich sollte Gina anrufen, da wir einander helfen könnten. Sie war so sicher gewesen.

Ich verneinte. „Die Frau hat im Moment genug eigene Sorgen."

Aber Karl ließ nicht locker. „Cathy und ich haben etwas gemeinsam. Wir beide kannten Matt und Gina, und ich würde dir diesen Anruf nicht so sehr ans Herz legen, wenn ich nicht genau wüsste, dass es euch beiden guttäte."

Als ich immer noch zögerte, fügte er hinzu: „Cathys Kraft reichte an jenem Tag nur noch für wenige Worte. Sie hätte sie nicht verschwendet, wenn es ihr nicht so wichtig gewesen wäre."

Ich versprach, darüber nachzudenken. Die Entscheidung wurde mir abgenommen, als ich am Sonntagabend eine E-Mail von Gina Kell erhielt.

Von: *Gina*
An: *Michael Spehn*
Betreff: *Hallo*
Hallo Michael,
ich habe gehört, dass Sie heute im Gottesdienst waren. Ich weiß, wie schwer das ist … Die Leute können zum Teil sehr unsensibel sein mit ihren Beileidsbezeugungen, auch wenn es gut gemeint ist.

Es würde mich sehr freuen, wenn wir uns einmal treffen und unser Gespräch fortsetzen könnten. Ich habe auch noch ein paar Sachen für die Kinder, die sie vielleicht gebrauchen können. Melden Sie sich einfach, wenn Sie mögen, per Telefon oder per E-Mail. Meine Rufnummer ist 248-xxxx-xxxx und mobil 248-xxx-xxxx. Sie können mich jederzeit erreichen. Wirklich JEDERZEIT.

Shalom,

Gina Kell

Ich starrte auf den Bildschirm, las den Text wieder und wieder. Erst Cathy, dann Karl und jetzt die Frau selbst. Am späteren Abend schrieb ich zurück: „Danke für Ihre Nachricht. Ja, ich war mit den Kindern im Gottesdienst. Hatte den Eindruck, es war wieder einmal dran. Die Leute reagieren so, als hätte ich auch eine tödliche Krankheit. Bis bald, Michael Spehn.

PS: Seien Sie vorsichtig mit Ihrem „jederzeit". Mein „Jederzeit" erstreckt sich momentan bis in die frühen Morgenstunden. Würde mich gern mit Ihnen treffen, um zu reden. Sagen Sie mir, wann ich Sie am besten anrufen kann."

Wenige Minuten später kam prompt ihre Antwort: „Jederzeit heißt jederzeit. Wenn Sie denken, Sie seien der Einzige, der morgens um 3 Uhr noch wach ist, haben Sie sich geirrt. Gina."

Leichter konnte man es mir nicht machen. Dennoch fiel es mir schwer, zum Telefon zu greifen. Zwar dachte ich zwischendurch daran, während ich Arztrechnungen beglich, die Kinder zur Schule fuhr oder Kunden besuchte, doch ich schob den Anruf immer wieder auf.

Ich verbrachte meine Tage damit, Cathys Sachen durchzusehen, um ein Stück von ihr wiederzufinden, ihr nahe zu sein. Ich blätterte in ihrem Terminkalender, ihren Notizbüchern, durchwühlte sogar ihre Handtasche und verbrachte einen ganzen Abend damit, ihre alten E-Mails zu lesen. Es war tröstlich, beim Lesen ihre Stimme zu hören. Ich stieß auf einen Mailwechsel vom Januar zwischen ihr und Colleen Schomaker, in dem Cathy die Idee äußerte, Gina und die Kinder zu uns zum Spielen und Pizzaessen einzuladen.

Das war typisch Cathy. Es war ihr ureigener Wunsch gewesen, Menschen zusammenzubringen und zu helfen, wenn jemand in Not war oder Kummer hatte. Und nachdem ich ihre E-Mail gelesen hatte, wurde mir klar, dass das, was sie im Krankenhaus zu mir gesagt hatte, keine spontane Idee gewesen war, sondern schon länger ihr Plan. Gina Kell einzuladen, war ihr ein Bedürfnis gewesen. Ich würde Cathys Letzten Wunsch erfüllen. Es konnte schließlich nicht schaden, unser Haus mit fröhlichem Kinderlachen zu füllen. Vielleicht würde es auch mir guttun. Immer noch mit gemischten Gefühlen griff ich Cathy zuliebe zum Hörer.

Gina und ich machten zuerst ein wenig Small Talk, bevor ich meine Essenseinladung aussprach. Sofort bot sie an, etwas zu kochen, aber ich hatte eine andere Idee.

Etwa eine Woche nach Cathys Tod war unser Nachbar Ed zu mir gekommen und hatte gefragt, ob ich an dem Nachmittag zu Hause sei. Dann hatte er mich gebeten, ab 16 Uhr das Garagentor offen zu lassen. Mehr wollte er nicht sagen. Dann, gegen halb fünf, hatte ich draußen ein Geräusch gehört. Ed hatte mit zwei anderen Nachbarn eine große Gefriertruhe in unsere Garage gerollt. Sie hatten sie gegen eine Wand geschoben und den Stecker in die Dose gesteckt.

„Hier", hatte er gesagt. „Das ist jetzt eure."

„Danke", hatte ich verwirrt gestammelt. „Aber wofür?"

„Ich weiß, wie sehr du diese roten Kühlboxen hasst", hatte er geantwortet. „Deshalb haben wir zusammengelegt und für euch die Truhe gekauft. Jetzt könnt ihr die gefrorenen Mahlzeiten hier reintun, bis ihr sie braucht."

„Das ist … super. Vielen Dank. Aber so viel Tiefgefrorenes haben wir gar nicht."

„Darum mach dir mal keine Sorgen!", hatte er geantwortet. „Lass einfach das Garagentor auf."

In den nächsten zwei Stunden hatte sich die Gefriertruhe gefüllt. Ein Nachbar nach dem anderen war vorbeigekommen, insgesamt über zwanzig Familien. Manchen war ich noch nie zuvor begegnet. Alle hatten ein selbst gekochtes Essen mitgebracht. Ich war dankbar, dass ich mich nicht täglich an den Herd stellen musste. Einige hatten an der Haustür geklingelt, um uns zu begrüßen und zu umarmen, andere hatten bloß still und leise ihr Essen in die Truhe gestellt. Ich war überwältigt von so viel Liebe und Hilfsbereitschaft gewesen.

Ed war ich zutiefst dankbar. Er wusste genau, was ich brauchte – und was ich nicht wollte. Und er hatte nicht lange gefragt, er hatte einfach gehandelt. So sah echte Freundschaft aus.

Wir hatten für die nächsten Wochen und Monate mehr als genug zu essen, und Gina war einverstanden, ein paar Sachen aus der Garagentruhe aufzutauen.

„Alles außer Nudelauflauf", sagte sie lächelnd. „Das gab es bei uns die ganze Zeit."

Sie bestand darauf, einen Salat mitzubringen, und wir machten den Wochentag und die Uhrzeit aus. Zum Schluss sagte ich noch, dass ich ihr eine Wegbeschreibung zu unserem Haus mailen würde. Dann legte ich auf und starrte das Telefon noch eine Weile ungläubig an.

Ich hatte Gina Kell angerufen.

Die Kinder waren schon im Bett und schliefen. Das Haus war wieder still. Es war die Zeit, wenn die Flutwelle der Traurigkeit heranrollte. In der Ferne hörte ich schon das Donnern der Brandung.

Ich ging in Deckung.

Das Abendessen

Gina

Von lieben Nachbarn, wohlmeinenden Freunden und Leuten aus der Gemeinde wurden wir treu mit hausgemachten Mahlzeiten versorgt. Nach zwei Monaten versuchte ich, ihnen höflich klarzumachen, dass sie die Essenslieferungen einstellen konnten. Es nützte nichts. Ich bat Colleen um Hilfe. Sie war meine Verbündete, meine

Fürsprecherin und mein „Puffer“ in allen Lebenslagen, auch wenn es darum ging, jemandem schonend beizubringen, wann es genug war. Ich wollte nicht undankbar sein, aber schließlich war ich bloß Witwe und nicht bettlägerig und durchaus in der Lage, selbst einzukaufen und zu kochen. Zumal ich gerne kochte. Für mich lag etwas Heilsames in diesen einfachen alltäglichen Arbeiten. Jetzt, da ich nicht mehr für Matt sorgen musste, fühlte ich mich nutzlos und leer.

Ich dachte an Michael Spehn. Er konnte ebenfalls ein Lied davon singen. Als er anrief und uns zum Essen einlud, erzählte er mir von dem brandneuen Gefrierschrank, den seine Nachbarn für ihn gekauft hatten. Und der nun, randvoll mit Essensvorräten, in seiner Garage stand.

„Was essen Ihre Kinder am liebsten?“, fragte er. „Wir haben Nudelaufläufe, Lasagne und mehrere undefinierbare Eintopfgerichte im Angebot. Und ein Reisgericht mit Hühnchen.“ Wir einigten uns auf Reis mit Huhn und dass ich einen Salat mitbringen durfte.

Im Anschluss schickte er mir eine Mail mit der Wegbeschreibung. Die Route führte direkt an dem Friedhof vorbei, auf dem Matt beerdigt war. Ich warf einen Blick in den Rückspiegel und fragte mich, ob sich die Kinder erinnerten. Doch sie sagten nichts, und ich starrte das Tor an und hielt in meinem Kopf stumm Zwiesprache mit Matt. *Ich vermisse dich. Ich liebe dich. Wir besuchen Cathys Familie. Grüß Cathy von mir. Ich wünschte, du wärst hier.*

Michael und seine drei Kinder warteten in der Einfahrt, um uns zu begrüßen. Drew und Sam brauchten nicht lange, bis sie mit Charlotte, Jack und Danny zum Spielen ins Haus rannten. Michael half mir, das Auto auszuladen.

„Was ist das?“, fragte er lachend. „Sie haben gesagt, Sie bringen einen Salat mit.“

„Das habe ich auch“, antwortete ich, während ich ihm die vierte Einkaufstüte aus dem Kofferraum reichte. Ich hatte eine Mischung mit grünem Salat eingepackt, einen Obstsalat, drei verschiedene Salatsaucen plus die Zutaten für meine hausgemachte Vinaigrette, eine Tüte Brötchen und ein paar Geschenke für die Kinder.

Als wir durch die Waschküche ins Haus gingen, sah ich ein Hundehalsband und ein Futterschälchen. „Oh, einen Hund haben Sie auch?", fragte ich nichtsahnend.

Michaels Gesicht verfinsterte sich. „Leider nein." Er spähte um die Ecke, um zu sehen, ob die Kinder in der Nähe waren, und sagte mit unbeweglichem Gesicht: „Der Hund ist gestorben. Die Kinder wissen es bloß noch nicht."

„Ach, du liebe Zeit!", rief ich lachend. Ich konnte mich einfach nicht beherrschen.

Er machte eine hilflose Handbewegung und stimmte in das Lachen ein.

Plötzlich wurde er ernst. „Entschuldigen Sie. Ich benehme mich völlig unmöglich. Ich meine … das ist nicht lustig. Der Hund ist wirklich gestorben, und ich bringe es nicht übers Herz, es den Kindern zu sagen. Sie denken, er ist noch beim Tierarzt."

„Oh." Hilflos suchte ich nach Worten.

Dann erzählte er mir, dass Maggie, der Hund, an Unterleibskrebs gestorben war. „Ich musste sie vor einer Woche einschläfern lassen. Es war furchtbar. In der Tierarztpraxis lag zufällig eine Ausgabe der *Oakland Press*, in der ein Artikel über unsere Familie erschienen war, mit einem Foto von uns mit Maggie."

„Ja, ich erinnere mich an den Artikel."

„Die Leute im Wartezimmer haben mich wiedererkannt und versuchten alle, mich zu trösten. Aber das machte die Sache noch schlimmer. Und die ganze Zeit dachte ich: ‚Wie soll ich es bloß den Kindern sagen?' Charlotte ahnt etwas und ich kann sie bald nicht mehr länger hinhalten."

„Es tut mir so leid", sagte ich. Die armen Kinder. Erst hatten sie ihre Mutter verloren, und dann ihr geliebtes Haustier. Gleich zwei Familienmitglieder in so kurzer Zeit.

Michael wirkte verstört und dennoch sehr gefasst. Nur an seinen Gesten merkte man, wie aufgewühlt er war. Immer wieder fuhr er sich mit den Fingern durchs Haar. Ich wusste nicht recht, was ich tun oder sagen sollte, und begann zu verstehen, wie sich die Leute in meiner Gegenwart fühlen mussten.

Wir standen an der Kücheninsel und redeten über den Hund, die Kinder und das Leben. Wenn wir von uns und unseren Gefühlen sprachen, dann mit so viel Distanz, als redeten wir über andere Leute. Wir stützten die Hände auf die Arbeitsplatte. Wer unsere Körpersprache las, der bemerkte deutlich unsere Erschöpfung und unser Bedürfnis nach Halt und Trost. Michael erzählte leise und in ruhigem Tonfall von Cathys letzten Tagen. Ich lehnte mich vor, um ihn besser zu verstehen. In dem Moment fiel das Licht durch ein Fenster hinter mir, und seine Augen schienen die Farbe zu wechseln in ein intensives, strahlendes Blau.

In den Gesprächspausen konnten wir hören, wie die Kinder im Spielekeller tobten und lachten. Ich war froh, dass sie so unbeschwert sein konnten. Zwischendurch erschien die neunjährige Charlotte in der Küche. Offensichtlich wollte sie bei ihrem Papa sein und die Erwachsenengespräche verfolgen, doch Michael schickte sie immer wieder nach unten. Das Mädchen tat mir leid. Ich sehnte mich danach, sie in den Arm zu nehmen, zu trösten und für immer zu beschützen. Ihr zu sagen: „Alles wird gut." Und ich fragte mich, wie mein Leben verlaufen wäre, wenn ich so früh meine Mutter verloren hätte – die Frau, die mich besser kannte als ich mich selbst.

Als Charlotte das nächste Mal nach oben kam, hatte sie die Jungen im Schlepptau. Sie umringten Michael und bettelten, er sollte mit ihnen „Ball des Verderbens" spielen, ein typisches Spiel der Familie Spehn. Ab sofort nahm die Dynamik im Raum eine rasante Wendung, und fünf Kinder rannten aufgeregt kreischend im Kreis herum und von einem Zimmer ins nächste. Drew und Sam hatten keine Ahnung, worum es ging, aber sie machten begeistert mit. Michael schnappte sich einen Wasserball, der hinter der Couch versteckt war, ging in die Knie und warf den Ball gegen die Wand. Dabei stieß er mit einem fürchterlichen französischen Akzent urkomische Warnrufe aus. Die Kinder rannten schreiend hin und her und versuchten, dem gefährlichen Ball auszuweichen. „Wer getroffen wird, der muss auf den ‚Stuhl der Verdammnis'!", rief Michael.

Niemand landete auf dem berüchtigten Stuhl, denn plötzlich

stürzten sich alle Kinder auf Michael, setzten sich auf ihn und kitzelten ihn durch. Es war eine wilde Balgerei und alle hatten Spaß, aber Michael lachte am lautesten. Er war ein Vater, der mit seinen Kindern herumtoben und auf dem Boden raufen konnte, aber trotzdem eine Respektsperson blieb. Als er außer Atem „Jetzt ist Schluss!" rief, war wirklich Schluss.

Danach waren alle hungrig, und wir gingen zum Abendessen über. Die Kinder waren aufgedreht und albern, und ich hatte ein schlechtes Gewissen, dass ich bei Drew und Sam in letzter Zeit in der Erziehung etwas zu nachlässig gewesen war.

Meine Jungs hatten sich vor Kurzem ein „Candlelight-Dinner" gewünscht, ein festliches Abendessen bei Kerzenschein. Anstatt wie üblich am Küchentisch, saßen wir im Esszimmer. Ich hatte unser bestes Geschirr gedeckt, das gute Besteck, Kristallgläser und für die Kinder die neuen Buzz-Lightyear-Gläser. Meine Jungs waren schwer beeindruckt. Die Kerzen und die besondere Atmosphäre verfehlten ihre Wirkung nicht. Selten war es bei uns bei Tisch so ruhig und gesittet zugegangen.

Statt Spaghetti mit Tomatensauce gab es Linguini mit Broccoli. Wir diskutierten gerade darüber, wie man die Nudeln am besten auf die Gabel aufrollte, als es passierte. Ich weiß nicht, ob es am Broccoli lag, aber Sam bekam plötzlich heftige Blähungen, und ehe ich mich's versah, hatten wir am Tisch den größten Pups- und Rülpswettbewerb. Wir lachten, bis uns die Tränen kamen. Die Krönung für die Jungs war, als ich mit einstimmte. (Es ist ein streng gehütetes Familiengeheimnis, aber bei den Valentis können die zierlichsten Frauen rülpsen wie ein betrunkener Bär im Saloon.) Die Kinder waren außer Rand und Band und fielen vor Lachen fast vom Stuhl. Doch bei allem Spaß hatte ich ein wichtiges Details vergessen: Ihnen zu sagen, dass man so etwas – wenn überhaupt – dann nur zu Hause im Familienkreis machte und niemals im Restaurant oder wenn man irgendwo eingeladen war.

Jetzt kam, was kommen musste. Kaum saßen wir bei den Spehns am Abendbrottisch, als Sammy einem gewissen Drang nachgab und ihm ein dröhnender Furz entwischte. Die fünf Kinder brachen in lautes Gelächter aus. Michael entfuhr ein erstauntes „Hoppla!“, und ich war belustigt und peinlich berührt zugleich. Ich wies Sam zurecht und erinnerte ihn an seine guten Manieren, wobei ich mich bemühte, ernst zu bleiben. Dabei schüttelte es mich vor unterdrücktem Lachen. Als Nächstes bekleckerte sich Charlotte aus Versehen von oben bis unten mit Salatsauce. Und während sie aufstand, um sich umzuziehen, kippte Dannys Milchglas um, die Milch ergoss sich über den Tisch und tropfte auf den Boden. In weniger als zwei Stunden waren alle guten Vorsätze und alle höfliche Distanz zunichte. Der erste Eindruck war einer derben, herzlichen Alltagsatmosphäre gewichen. Es war das pralle Leben.

Nachdem sich der erste Tumult etwas gelegt hatte, stellte ich den Kindern die entscheidende Frage: „Weiß jemand, warum wir heute zusammen zu Abend essen?“ Ich wollte herausfinden, wie viel sie voneinander wussten.

Jack antwortete strahlend: „Weil wir jetzt neue Freunde sind!“

„Genau“, antwortete ich und ließ es erst einmal dabei. Vielleicht sollte ich keine schlafenden Hunde wecken. Außerdem hatten sie sich gerade erst kennengelernt. Trotzdem sollten sie wissen, dass auch sie im selben Boot saßen, so wie Michael und ich. Zuvor hatte ich Drew und Sam erzählt, dass die Spehn-Kinder ihre Mom verloren hatten, aber im Augenblick waren für die Kinder andere Dinge dran. Ich ließ das Thema fallen. Trotzdem war ich ein bisschen enttäuscht. Ich wollte ihnen so gern sagen, dass wir sie gut verstehen konnten und dass sie mit ihrem Kummer nicht allein waren.

Der Abend neigte sich dem Ende zu, und in dieser kurzen Zeit hatten Michael und ich zusammen gelacht und geweint, getrauert und gespielt. Und zu Abend gegessen, inklusive Peinlichkeiten und Familiendynamik. Jede Menge schmutziges Geschirr wollte gespült werden, und ich ging davon aus, dass wir auch diese Arbeit gemeinsam erledigen würden. Automatisch fing ich an, den Tisch abzuräumen und die Teller vorzuspülen.

„Nein, bitte nicht“, wehrte Michael höflich ab und wollte die Spülmaschine zuklappen.

„Warum denn nicht? Das ist überhaupt kein Problem." Demonstrativ ging ich dazwischen und hielt die Tür auf.

Mein Widerstand schien ihn zu amüsieren. „Sie sollen hier nicht den Abwasch machen." Entschlossen drehte er den Wasserhahn zu.

„Es macht wirklich keine Mühe, sehen Sie?" Ich fuhr fort, das Geschirr in die Maschine einzuräumen.

„Gäste brauchen in unserem Haus kein Geschirr spülen."

„Wie wir uns am Tisch benommen haben, gehen wir wohl kaum noch als Gäste durch", entgegnete ich. „Wenn wir bei Colleen essen, würde ich nie einfach alles stehen und liegen lassen und gehen, also warum sollte ich es hier tun?"

Der Vergleich mit meiner besten Freundin ließ ihn erst einmal verstummen und schien ihn zu überzeugen. Zum Schluss sagte ich ihm noch, dass es mir selbst auch manchmal zu viel wäre, wenn die Leute mir dauernd „helfen" wollten. Und dass ich ihm diese Aufgabe durchaus zutraute und ihn nicht einer Arbeit berauben wollte, die er fürs Leben gern tat. Die ganze Situation war weder gespannt noch befremdlich. Unser Umgang miteinander war vertraut und natürlich und hatte etwas Alltägliches, als würden wir uns schon hundert Jahre kennen. Unsere spielerische Kabbelei beflügelte mich und weckte meine Lebensgeister. Schlussendlich lenkte Michael ein und ließ mich die Spülmaschine einräumen, während er sich um den Nachtisch kümmerte.

„Hhm, sind das Brownies?"

Er nickte. „Nach dem Rezept meiner Großmutter", sagt er stolz. „Keine Backmischung, sondern mit frischen Zutaten."

„Beeindruckend."

Michael lächelte zufrieden. „Fehlt nur noch die Schokoladenglasur."

„Für mich bitte nicht", sagte ich schnell und dachte an die Kalorien.

„Wirklich nicht? Es ist Oma Mayzies berühmte Schoko-Buttercreme-Glasur."

„Ich mag Brownies am liebsten ohne alles. Ich bin Purist."

„Kommen Sie schon und probieren Sie ein winziges Häppchen!"

Ich musste zugeben, dass die Schokoglasur sehr lecker aussah, und wir einigten uns auf einen „Halbe-halbe"-Kompromiss.

Die Kinder waren wieder nach unten zum Spielen gegangen und wir waren allein mit unseren Brownies. Wir redeten darüber, wie wir durch unsere veränderten Lebensumstände unsere Umwelt ganz anders wahrnahmen. Und wie wir von unserer Umwelt wahrgenommen wurden. Dass es in der Trauerphase so schwierig war, die ständig wechselnden Gefühle zu analysieren und auszudrücken und dabei dauernd gefragt zu werden: „Wie geht es dir heute?" Manchmal war der Schmerz so groß, dass ich keine Worte dafür hatte. Und es war tröstlich zu wissen, dass Michael Spehn mich auch ohne Worte verstand.

Nach einer längeren Pause sagte ich: „Das war die beste Schokoladenglasur, die ich je probiert habe. Sie haben mich zur Glasur-Liebhaberin bekehrt."

Als ob er mich nicht gehört hätte, blickte Michael auf und sagte: „Wie ist es möglich, dass Sie hier sind und heute Abend bei uns auf dem Sofa sitzen?"

Ich legte meinen Brownie beiseite. Wir beide hatten einen geliebten Menschen verloren und brauchten Hilfe, aber vor allem Verständnis. Ich befand mich in meiner ersten großen Lebenskrise und mir gegenüber saß Michael Spehn, mein Spiegelbild. Ich wusste nicht, weshalb ich hier war. Ich wollte ihm die Hand reichen, ihm Kraft geben, ihm eine Stütze sein, doch er war das Abbild meiner eigenen Trauer, irgendwo im luftleeren Raum zwischen Vergangenheit und Zukunft. Und bevor es eine Zukunft geben konnte, mussten die Wunden der Vergangenheit heilen. Je länger ich in den Spiegel schaute, desto klarer wurde das für mich.

„Durch Gottes Gnade", sagte ich leise. Es gab keine andere Erklärung.

Bevor wir uns auf den Heimweg machten, überreichten wir Charlotte, Jack und Danny ein Tagebuch als Geschenk, eines, wie Drew und Sam es von den Schomakers bekommen hatten. Auf die erste Seite hatten wir geschrieben: „Erinnerungen an Mom". Sie waren überrascht, doch es schien sie zu trösten, dass sie mit ihrer Trauer nicht allein waren. Charlotte sagte nichts, aber sie drückte mich kurz zum Abschied, bevor wir in die Dunkelheit hinaustraten.

Als wir auf dem Heimweg am Friedhof vorüberfuhren, vergoss ich leise ein paar Tränen.

E-Mail von Hoke

Michael

In meinem Leben war nichts mehr so, wie es einmal gewesen war. Ein positiver Aspekt war, dass mein Vater und ich uns wiedergefunden hatten. Die Kinder waren überglücklich, dass „Opa Hoke" wieder da war. Er rief mehrmals in der Woche an. Er schickte Geschenke und Grußkarten. (Die Vorstellung von Dick Spehn in einem Geschenkeladen brachte mich zum Lächeln.) Wir sprachen oft miteinander. Ich rief ihn an, wenn die Kinder im Bett waren, und jammerte über die Ungerechtigkeit des Lebens. Und er kam im ersten Jahr nach Cathys Tod mehrmals zu Besuch.

Von: *Hoke*
Betreff: *Verschiedenes*
An: *mspehn*
Das Leben ist schwierig. Immer wieder erinnert es uns daran, wie schnell etwas passieren kann und wie vergänglich alles ist. Immer wieder werden wir mit unserer eigenen Sterblichkeit konfrontiert. Wenn ich mit Leuten spreche, höre ich immer wieder: „Warum hat Gott das zugelassen?" Die Antwort liegt in der Frage selbst. Doch die Last ist schwer. Wir können sie nicht allein tragen. Und ich bin sehr stolz auf deine Brüder und deine Schwester, dass sie bereit sind, die Last mitzutragen und einen Teil davon auf ihre Schultern zu nehmen.

Ein letztes Wort: Wenn du glaubst, dass es gut für die Kinder wäre, wenn ich komme, lass es mich wissen. Ich habe ihnen gesagt, dass ich

immer für sie da sein werde, und du weißt, dass ich es ernst meine. So lange ich noch mobil bin, kann ich jederzeit überall hinkommen, wo ich gebraucht werde. Ruf mich an!!
Dad

Dass Dad wieder Teil meines Lebens war, war ein mittleres Wunder. Trotzdem hatte ich manchmal Schuldgefühle. Warum musste erst ein geliebtes Familienmitglied sterben, damit wir uns wieder näherkamen? Hätten wir uns je versöhnt ohne Cathys Tod? Der Gedanke ließ mich nicht los.

Meine Schwester Lynn sagte, dass Dads Herz seitdem viel weiter geworden sei.

In vieler Hinsicht hatte sie recht. Mein Vater war ein neuer Mensch. Er war unendlich viel geduldiger, als ich ihn in Erinnerung hatte. Er war milder geworden und sah das Leben weniger verbissen. Plötzlich achtete er auf die kleinen Dinge am Wegrand und schätzte sie. Und er scheute sich nicht mehr, seine Gefühle auszudrücken.

Von: *Hoke*
Betreff: *Verschiedenes*
An: *mspehn*
Ich denke oft an die Begegnungen mit Cathy, an unsere ganz besonderen „Momente", die uns verbanden … und die ich nie vergessen werde. Ich bin sicher, sie wäre stolz auf dich. Du hast Unglaubliches erlitten und geleistet.

Auch ich als Vater bin sehr stolz auf dich.
Cathy hatte recht, als sie sagte: „Michael ist stark."
Dad

Nach Cathys Heimgang kamen immer wieder Leute mit guten Ratschlägen auf mich zu. Bei jeder Gelegenheit wurde darüber diskutiert, wer in der Familie welche Rolle übernehmen sollte. Jill, Cathys Mutter, wollte einen Großteil der „mütterlichen Aufgaben" in unserem Haushalt übernehmen. Ich wehrte mich dagegen. Die neue Rollenverteilung war nicht klar definiert und machte mich zunehmend unzufrieden.

Außerdem hielt ich nichts davon, die Aufgaben neu zu verteilen. Cathy hinterließ eine Lücke, die nicht zu schließen war, aber warum sollten wir deshalb unser ganzes Leben umkrempeln? Natürlich, als Vater hatte ich jetzt ein paar neue Aufgaben, aber ich war immer noch Dad und ich würde es schon schaffen. Trotzdem schienen alle – Großeltern, Onkel und Tanten, ja, sogar Nachbarn – zu denken, dass ich hoffnungslos überfordert war.

Vielleicht hing es damit zusammen, dass ich ein Mann bin. Wäre ich gestorben und hätte Cathy als Witwe zurückgelassen, hätte sich niemand auch nur halb so viele Gedanken gemacht. Alle wären überzeugt gewesen, dass sie bestens in der Lage war, den Laden zu schmeißen. Kochen, Einkaufen, Putzen, Wäsche waschen, Elternarbeit in der Schule und so weiter – alles wäre in besten Händen. Die Onkel und Tanten der Welt würden mit den Kindern hin und wieder zum Eisessen oder ins Kino gehen, aber sie kämen nie auf die Idee, ihre Hausaufgaben zu kontrollieren oder ihnen die Fingernägel zu schneiden. Bei mir als Mann dagegen war die kollektive Meinung: „Er schafft das nicht allein." Was sich in erster Linie auf den Haushalt bezog. Man traute mir nicht zu, dass ich Essen kochen oder Betten machen konnte. Plötzlich wollten mir alle helfen, was gut gemeint war, aber ich konnte sehr schlecht damit umgehen. Ich bin ein Sturkopf und jemand, der sich nicht gern sagen lässt, was er zu tun hat. Oder wie man es richtig macht.

Im Nachhinein ist mir bewusst, dass ich die Helfer oft vor den Kopf gestoßen habe, und das tut mir leid. Doch es war mir unangenehm, beim Nachhausekommen festzustellen, dass meine Schwiegermutter da gewesen war und meine Unterwäsche zusammengelegt hatte.

Das Problem lag noch tiefer, und ich brauchte eine Weile, um es zu verstehen. Als Ehemann und Familienvater war es meine ureigenste Aufgabe gewesen, meine Familie zu ernähren und zu beschützen. Fast dreizehn Jahre lang war das meine Rolle gewesen. Dann wurde Cathy von meiner Seite gerissen. Und ich konnte es nicht verhindern. Ich konnte sie nicht beschützen, unsere Familie nicht vor dem Unheil bewahren. Ich hatte versagt. Also verhielt ich mich wie die meisten Männer in einer solchen Situation: Ich ging in die Defensive und wehrte alles ab, was von außen kam.

Immer wieder wurde mir vorgeschlagen, nach Chicago zu ziehen, um näher bei meiner Familie zu sein. Ich könnte meiner Arbeit im Außendienst nachgehen wie bisher. Meine Schwester Lynn und meine Schwägerin Patti könnten sich um die Kinder kümmern, wenn ich nicht da war. Patti hatte selbst drei großartige Jungen, und Lynn war eine fürsorgliche und kompetente Tante. Die Argumente waren also durchaus berechtigt. Dennoch weigerte ich mich. Ich wollte die Kinder nicht aus ihrer vertrauten Umgebung herausreißen.

Monatelang wurde ich von allen Seiten mit Ideen, Hilfsangeboten und guten Ratschlägen bombardiert. Aber mein Instinkt – geschärft durch das Vorbild der zwei besten Väter der Welt (mein eigener und mein Bruder Rick) – sagte mir, dass ich die Interessen der Kinder über alles andere stellen musste. Ich hatte keinen Plan und wusste nicht, was ich auf die Frage: „Wie wird es jetzt bei dir weitergehen?" antworten sollte, aber ich wusste ganz genau, was ich *nicht* wollte.

Und davon konnte mich niemand abbringen.

***Von:** Hoke*
***Betreff:** Verschiedenes*
***An:** mspehn*
Vielleicht ist es an der Zeit, über Veränderungen nachzudenken. Zum Beispiel über einen Umzug. Ihr könntet nach Chicago gehen. Ein Ortswechsel hätte viele Vorteile. Du hättest Lynn und Patti in der Nähe, die in solchen Situationen einspringen könnten, wie du sie in deiner letzten Mail beschreibst. Lynn sagte neulich, was du brauchst, sind „Back-up"-Leute, die es dir ermöglichen, deine Arbeit zu tun, dich auszuruhen und ein eigenes Leben zu führen. Wir können ausführlich darüber sprechen, wenn ich euch an Thanksgiving besuchen komme. Wir alle wollen nur das Beste für euch. Wir denken an die

Kinder, an dich und deine Gesundheit und wie ihr das Leben meistern könnt. Natürlich liegt die Entscheidung allein bei dir. RUF MICH AN, wenn du darüber reden möchtest! Es gibt so viele Möglichkeiten …

Dad

***Von:** mspehn*
***Betreff:** Verschiedenes*
***An:** Hoke*
Nein.

***Von:** Hoke*
***Betreff:** Verschiedenes*
***An:** mspehn*
Es soll bloß keiner mehr behaupten, dass du ein Mann vieler Worte bist. Schon gut.

Dad

Ich musste einen wichtigen Schritt tun. Seit unserem Umzug nach Michigan war ich als Franchiseunternehmer tätig und besuchte Kunden im ganzen Land, aber das viele Reisen würde in meiner neuen Lebenssituation nicht mehr möglich sein. Ich musste mich beruflich verändern, mich neu orientieren.

In den letzten Jahren hatte ich meine Liebe zur Fotografie entdeckt. Hinzu kam das Interesse an der digitalen Bildbearbeitung. Seit 1994 hatte ich Kurse in Adobe Photoshop belegt, mich seitdem kontinuierlich weitergebildet und auf dem Gebiet einige Leistungsnachweise erworben. Foto-Design war meine Leidenschaft. Bisher war es allerdings nur mein Hobby gewesen und ich hätte mir nie träumen lassen, damit meinen Lebensunterhalt zu verdienen.

Ich beschloss, mit Gina Kell über meine Geschäftsidee zu sprechen. Wir diskutierten ausgiebig über die Herausforderungen und Risiken einer Existenzgründung, aber insgesamt fand sie die Idee gut und machte mir Mut, meinen Traum zu verwirklichen. Sie bot an zu helfen, wo sie konnte, und nach ein paar Wochen hatte ich meine eigene Firma, „Spehn Photography & Design".

Bei der angespannten Wirtschaftslage im Südosten Michigans einen Kleinbetrieb aufzubauen, war schwer. Nebenbei den Haushalt zu führen und sich um die schulischen Belange von drei Kindern unter zehn Jahren zu kümmern, war unmöglich. Regelmäßig gegen 17 Uhr fiel mir ein, dass ich ja zum Abendessen irgendetwas auf den Tisch bringen musste. Und dass ich dafür vorher vielleicht hätte *einkaufen* sollen ...

Auf unserem Küchentisch luden die Kinder alles ab, was sie von der Schule nach Hause brachten: Bastelarbeiten, Hausaufgaben, Klassenarbeiten und Schulmitteilungen zum Unterschreiben. Nicht zu vergessen die Listen, in die man sich bei Schulveranstaltungen zum Helfen oder Kuchenbacken eintragen sollte. Die Stapel wurden täglich höher. Um der Papierflut Herr zu werden, entwickelte ich ein „System": Alles, was nicht sofort erledigt werden musste, wanderte ins Esszimmer. Bald schon erinnerten die Papierberge auf dem Esstisch an Stonehenge. Ein Denkmal meiner Verzögerungstaktik. Wenn das Licht im richtigen Winkel durch die Scheiben fiel, sah es sogar recht malerisch aus.

Eines Abends – ich stand gerade in der Küche und kochte ein Drei-Sterne-Menü (Hähnchenschenkel aus dem Tiefkühlregal mit Pommes Frites) – sah ich, wie alle drei Kinder im Wohnzimmer die Köpfe zusammensteckten. Charlotte hatte dabei ein Blatt Papier auf dem Schoß, das ich offensichtlich – noch – nicht sehen sollte.

Nach dem Essen präsentierten sie mir ihr Werk: ein handgeschriebener Vertrag, den ich unterschreiben sollte. „Ich, Daddy Spehn, verspreche hiermit, nie, nie wieder zu heiraten. Nur wenn du deine drei lieben Kinder Charlotte, Jack und Dan fragst und sie es dir erlauben. Wenn du ohne unsere Zustimmung heiratest, werden wir ganz doll weinen und dir sehr böse sein."

Ich überlegte, ob ich den Vertrag meinem Anwalt, Dan Pelekoudas, zeigen sollte. Aber dann unterschrieb ich ihn lächelnd. Die Kinder waren erleichtert, vor allem Charlotte.

Ein paar Monate nach Cathys Tod sah ich im Foyer der Kirche

Mike Schomaker mit seinen drei Kindern. Sie standen vor dem Trinkbrunnen und die Kinder verursachten gerade eine Riesenüberschwemmung. Mike machte gute Miene dazu, aber ich sah, dass er kurz vor einem Nervenzusammenbruch stand. Mir fiel ein, dass an dem Wochenende eine Frauenfreizeit stattfand und Colleen zusammen mit all den anderen Müttern ihre wohlverdiente Auszeit genoss, während Mike mit den drei Kindern allein war.

Ich gab ihm einen freundschaftlichen Klaps. „Wie geht's, Strohwitwer?"

Mike lachte und verdrehte die Augen. „Nur noch drei Stunden! Noch einmal Essen kochen, dann habe ich es geschafft!"

Wir lachten beide, und als ich weiterging, dachte ich nur: *Willkommen im Club.*

Von: *mspehn*
Betreff: *Verschiedenes*
An: *Hoke*

Lieber Dad,
hier ist es im Moment ziemlich chaotisch. Der Schulbetrieb ist in vollem Gang. Den Kindern geht es so weit gut. Sie werden überschüttet mit Aufmerksamkeit und Fürsorge. Charlotte hat sehr viele Hausaufgaben. Sie braucht meine Hilfe, besonders in Mathe.

Cathy fehlt uns allen. Die Kinder fragen jetzt oft: „Dad, können wir über Mom reden?" Dann reden wir, meistens über eine halbe Stunde. Es wird viel geweint, und sie stellen viele „Warum?"-Fragen. Danny ist jetzt in einer Phase, wo er sprachlich große Fortschritte macht. Umso besser kann er ausdrücken, wie sehr er seine Mom vermisst. Abends vor dem Einschlafen ist es am schlimmsten für ihn, wenn er besonders müde ist. Ich versuche, ihn zu trösten, wie Cathy ihn getröstet hätte – spreche mit leiser Stimme, streichle ihm sanft über den Kopf (nicht wie der strenge Vater, der immer schimpft). Aber wir wissen beide, dass es nicht dasselbe ist. Er braucht seine Mama.

Manchmal möchte ich mich zerreißen, um meine Arbeit zu schaffen. Die Zeit läuft mir davon. Meine Tage sind durchgetaktet. Und dann nach Feierabend die Wäsche, Einkaufen, Kochen und Putzen,

Klamotten kaufen für die Kinder und Schultermine koordinieren wie Elternabende, Aufführungen und schulfreie Tage.

Wenn dann noch irgendetwas dazwischenkommt, wird es eng. Ich hoffe, die Kinder sind nachsichtig mit mir. Ich gebe mir Mühe, ein guter Vater zu sein, aber ich weiß, ich bin nicht hundertprozentig. Neulich fiel mir auf, dass ich, seitdem Cathy nicht mehr bei uns ist, noch keine einzige Erkältung hatte. Ich kann es mir einfach nicht leisten.

Muss leider Schluss machen – die Arbeit ruft.

Nach und nach bekam ich die ersten Aufträge in meiner neuen Firma. Zu Hause lief es immer besser. Zum Glück entwickelte ich bei der Hausarbeit mit der Zeit eine gewisse Routine. Die Kinder hatten sehr viel Geduld mit mir. Sie vertrauten mir voll und ganz. Auch ihr Vertrauen zu Gott hatten sie nicht verloren. Sie hielten zusammen, auch wenn sie sich manchmal stritten, und sie redeten viel von Cathy. „Das ist Moms Lieblingslied“, hörte ich sie sagen oder: „Mom liebt Hähnchen mit Pilzsauce.“ Sie sprachen immer im Präsens und ich korrigierte sie nie. Ich staunte, wie gefestigt sie waren.

Die Leute, die mir prophezeit hatten: „Das schaffst du nie allein!“, hatten nichts verstanden. Ich war zwar weit und breit der Einzige mit zerknittertem Hemd und angebranntem Essen, aber ich war nicht allein.

Von: *Hoke*
Betreff: *Verschiedenes*
An: *mspehn*
Kein Tag ist völlig frei von Angst und Kummer. Wenn wir älter werden, summieren sich die Freuden des Lebens, aber auch die Trauer. Leider hinterlässt die Trauer meistens tiefere Spuren in unserer Seele, gepaart mit Wut, Einsamkeit und der Frage nach dem „Warum“. Bei der Geburt eines Kindes staunen wir über das Wunder, doch gleichzeitig fragen wir uns ängstlich, was die Zukunft bringen wird. Geburt und Tod gehören beide zum Leben. Immer wieder werden wir

konfrontiert mit unserer eigenen Sterblichkeit. Doch das Wunder bleibt bestehen.

Ein neues Jahr liegt vor uns, weitere werden folgen. Deine Kinder werden heranwachsen und dir immer wieder neue Freude schenken, ein neues Lachen, neue Momente der Zärtlichkeit. Ihr werdet immer eine besonders enge Beziehung haben. Dennoch hoffe ich als dein Vater für dich, dass du persönlich nicht stehen bleibst, sondern den Schritt wagst in ein neues, eigenes Leben. Ein Leben, das deine Kinder gerne teilen werden. Dein Leben mit Cathy liegt hinter dir wie ein wunderschöner Sonnenuntergang. Nun ist es Zeit, den neuen Morgen zu begrüßen. Die Farben des Sonnenuntergangs wirst du nie vergessen. Du wirst die kostbare Erinnerung für immer bewahren, und sie wird dir Kraft geben in der Wüste und in Winterstürmen und wie eine Rose ihren Duft entfalten, wenn man ihn am nötigsten braucht.

Du und deine Kinder, ihr habt einen ganzen Korb voll Rosen. Ein unbeschreiblicher Schatz, den euch keiner nehmen kann, selbst wenn die Farben verblassen. Ich weiß, dass die bedingungslose Liebe und Fürsorge, die dich und die Kinder verbinden, dir helfen werden, Schmerz, Trauer und Einsamkeit zu überwinden. Deine Familie ist voller Liebe und Leben. Das ist Cathys Vermächtnis.

Enttäusche sie nicht.

In Liebe,
dein Dad

Solche Worte hatte ich noch nie von meinem Vater gehört. Das war nicht der Mann, den ich von früher kannte. Und ich glaube, es war nicht Cathys Tod, der ihn verändert hatte. Es war die Liebe, die sein hartes Herz erweicht und diese wunderschönen Worte in seinen Mund gelegt hatte.

Er hatte geschrieben, dass unsere Familie „voller Liebe und Leben" sei. Er hat recht. Aber es war nicht allein Cathys Vermächtnis, sondern auch seines.

Der Friedhof

Gina

Sechs Jahre, nachdem ich meine Stelle als Kundenbetreuerin bei der regionalen Niederlassung des Fernsehsenders CBS gekündigt hatte, kehrte ich in die Arbeitswelt zurück, diesmal als Rezeptionistin im Schulsekretariat von St. John. Als frisch gebackene Witwe brauchte ich die Sicherheit, unseren Lebensunterhalt selbst zu verdienen, und es war tröstlich, dass ich dabei in der Nähe meiner Kinder sein konnte. Die Arbeit machte mir Freude. Ich trug ein Headset zum Telefonieren und saß am Empfang hinter einer Glasscheibe mit Schiebefenster, neben mir Sheri Aman, die Schulsekretärin und Seele von St. John. Sheri wusste alles und kannte jeden mit Namen. Sie arbeitete mich ein und ich lernte ganz viel von ihr, indem ich beobachtete, wie sie mit Schülern, Lehrern und Besuchern umging. Ob es der Erstklässler mit Bauchschmerzen oder der Achtklässler mit dem frechen Mundwerk war – sie begegnete jedem mit derselben Freundlichkeit und ihrem entwaffnenden Humor.

Als Kundenberaterin besaß ich eine gute Grundlage und Sozialkompetenz, doch wenn es darum ging, mir die Namen von Hunderten von Schülern zu merken, die alle die gleiche Schuluniform trugen, kam ich schnell an meine Grenzen. Einmal verwechselte ich Haley mit Riley und rief die falsche Mutter an, um ihr krankes Kind abzuholen. Zum Glück hatte man Nachsicht mit mir.

Die größte Herausforderung an meinem neuen Arbeitsplatz waren die modernen, hochkomplizierten Büromaschinen, vor allem eine, die Papier in alle Richtungen falten konnte und auf alle Arten, außer Origami. Als ich mit einem Notizblock neben Sheri saß, die mir zum wiederholten Mal die Funktionen des Kopierers erklärte, warf sie mir einen belustigten Seitenblick zu. „Und du hast wirklich schon mal in einem Büro gearbeitet?"

„Ich habe Kunden beraten und Sendezeit verkauft!", verteidigte ich mich. „Es wurden keine technischen Kenntnisse verlangt!"

Als ich entdeckte, dass die Postmaschine die Briefe nicht nur falten und eintüten, sondern auch noch frankieren konnte, fragte ich: „Wozu werde ich hier überhaupt noch gebraucht?“

„Hauptsächlich, um die Papierstaus zu beseitigen“, grinste Sheri. Aber eigentlich ging es bei meinem neuen Job weniger um die Büroarbeit, sondern um den Dienst am Menschen. Post sortieren und Telefonanrufe entgegennehmen waren zweitrangig. Viel wichtiger waren ein Lächeln, eine Auskunft oder ein guter Rat für diejenigen, die an unser Fenster kamen.

In den ersten paar Monaten kam es mir vor wie ein persönliches „drive-thru“-Therapiefenster. Unzählige Bekannte kamen vorbei, auch Leute, die ich noch nie gesehen hatte, aber die Matt kannten. Alle fragten nach, wie es uns ging und wie die Kinder die Situation verkraftet hätten. Sheri war sehr verständnisvoll, und mehr als einmal übernahm sie für mich den Telefondienst, während ich in ein besonders langes, emotionales Gespräch verwickelt war.

Die schönsten Gespräche waren die, wenn Menschen mir ihre gemeinsamen Erlebnisse mit Matt erzählten oder welchen Einfluss er auf ihr Leben gehabt hatte. Solche Begegnungen waren ein kostbares Geschenk. Leider gab es davon nur wenige. Es war erstaunlich, wie viele Leute sich scheuten, Matts Namen auszusprechen. Dabei gibt es für einen Trauernden nichts Schöneres, als den Namen des geliebten Menschen zu hören.

Eines Tages saß ich nach Schulschluss noch allein im Sekretariat, als Larry Lutz erschien. Ich hatte ihn seit Cathys Beerdigung nicht mehr gesehen. Wir machten etwas Small Talk, und Larry erzählte, dass Jill und er vorhätten, ihren Lebensabend in ihrem Haus am Mullett Lake zu verbringen.

„Keine Sorge“, sagte ich, „ich kümmere mich um Charlotte, Jack und Danny, solange sie an dieser Schule sind.“

Dann sprachen wir über Matt und Cathy. Ich erzählte ihm von meiner ersten Begegnung mit Cathy, hier in der Eingangshalle. Larry erzählte, dass er früher Softball-Trainer gewesen war, und dass er Matt in der Mannschaft der Achtklässler hatte, als sie das Spiel gewannen. Bald drehte sich unsere Unterhaltung um die Trauer – das, was uns am meisten verband.

„Wissen Sie, was ich so schade finde?“, fragte er. „Niemand scheint über Cathy reden zu wollen.“

„So geht es mir auch mit Matt. Wahrscheinlich aus Angst, uns zu verletzen.“

„Trotzdem ist es schade“, sagte er traurig.

„Ich weiß, Larry. Aber die Leute meinen es nur gut. Sie wissen es nicht besser.“

„Woher sollten sie auch? Niemand kann das nachvollziehen, wenn er nicht selbst einen lieben Menschen verloren hat.“ Dann wechselte er rasch das Thema. „Ich habe gehört, Sie haben Charlotte so lieb wegen ihrer neuen Kontaktlinsen geholfen.“

„Das ist doch selbstverständlich. Es ist eine große Umstellung, von der Brille auf Kontaktlinsen.“

Ich erwähnte nicht, wie sehr ich mich freute, dass Charlotte oft zu mir an mein Fenster kam, wenn sie irgendeine Frage hatte oder Hilfe brauchte. Seit unserer ersten Begegnung wünschte ich mir, die Beziehung zu ihr zu vertiefen. Mehr Gelegenheit dazu hatte ich, als Michael und ich uns als Freiwillige für ein Schulprojekt meldeten, bei dem es darum ging, das Atrium zu wischen unserer Schule und der Kirche zu verschönern.

Schon immer hatte ich meine Erfahrungen aus der Werbebranche gern in der Schule oder in der Gemeinde eingebracht. Bei vielen Projekten fehlten allerdings zwei wichtige Komponenten: das Budget und ein Grafikdesigner. Als dann der Vorstand die Mittel zur Gestaltung des Atriums zur Verfügung stellte und mich fragte, ob ich die Leitung des Projekts übernehmen wollte, sagte ich begeistert zu. Nun brauchte ich nur noch jemanden mit grafischen Kenntnissen und einem Auge für Design. Ich dachte sofort an Michael, nicht nur wegen seines beruflichen Hintergrunds, sondern auch, weil er sich wie ich St. John sehr verbunden fühlte und der Schule und der Gemeinde, die so viel für seine Familie getan hatten, gern etwas zurückgeben wollte. Ich rief ihn an und er sagte sofort zu.

Nach dem Verzehren von Sandwichs beim Spanier diskutierten wir unsere Ideen und stellten der Kirchenleitung bald darauf einen Entwurf vor, wie man die kahlen Mauern des Atriums beleben könnte. Dabei konzentrierten wir uns auf ein zentrales Thema der Gemeinde: Menschen. Michael prägte den Namen des Projekts: „das lebendige Wandbild“. Phase eins sollte eine Kollage sein, bei der Bilder unterschiedlicher Größe und aus unterschiedlichen Zeitepochen zu einem Ganzen zusammengesetzt wurden, die das Gemeindeleben und die Geschichte der Schule darstellten. In der zweiten Phase war ein abstraktes Bild aus verschiedenen Symbolen geplant, das dem Betrachter aus unterschiedlichen Blickwinkeln immer wieder neue Perspektiven eröffnete.

Michael und ich arbeiteten mit Feuereifer an dem Projekt. Es machte Spaß und war außerdem der perfekte Vorwand, uns zu treffen. Wir hatten beschlossen, die Kinder mit einzubeziehen, und verbrachten viel Zeit miteinander. Manchmal sprachen wir nur eine halbe Stunde über das Projekt und dann Stunden über unser Leben und waren hauptsächlich damit beschäftigt, uns alle besser kennenzulernen. Wenn unsere Gespräche zu sehr von Trauer überschattet wurden, war Michaels Humor ein guter Ausgleich. Manchmal erschrak ich über mein lautes Lachen und war nicht sicher, ob es überhaupt angemessen war, so laut zu lachen. Doch es tat so gut.

Eines Nachmittags hielt ich auf unserem Heimweg von den Spehns am Friedhof. Matts Grabstein war gesetzt worden, und ich dachte, es sei Zeit, dass ich Drew und Sam zeigte, wie die letzte Ruhestätte ihres Vaters nun aussah.

Als wir zum Grab kamen, ging Sammy direkt zum Grabstein und setzte sich davor auf den Boden. Drew ging umher und betrachtete die verschiedenen Gräber.

„Hier liegen ziemlich viele Leute begraben“, stellte er fest.

Wir lasen die Inschriften einiger Steine und errechneten anhand der Jahreszahlen das Alter der Verstorbenen. Viele jüngere Leute waren dabei, auch einige Kinder.

„Das Kind hier war erst acht!“, rief er erstaunt. Und dann: „Sieh mal, Mom, hier! Das war noch ein Baby! Warum ist es so früh gestorben?“

„Ich weiß es nicht.“

Ich wünschte, ich hätte eine Antwort gehabt auf all die Fragen meiner Kinder. Aber hier, auf dem Friedhof, wenige Meter entfernt vom Grab ihres Vaters, fühlte ich mich komplett hilflos.

„Manchmal gibt es keine Antwort auf unsere Fragen."

Sam saß im Schneidersitz vor dem Stein und fuhr mit dem Zeigefinger über jeden einzelnen Buchstaben der Inschrift. „Mom, erzählst du mir die Geschichte von der Raupe und dem Schmetterling?"

Mitten in der Geschichte kam Drew von seinem Rundgang zurück. „Ich will nach Hause."

„Gleich." Ich zog ihn zu mir heran. „Komm, setz dich zu uns, Drew."

Beide Jungen saßen auf meinem Schoß, und wir sprachen über Matt, über den schönen Tag und die Stille und den Frieden, den dieser Ort ausstrahlte. Bei ihren Fragen dachte ich daran, was Matt wohl antworten würde. Ich erinnerte die Jungen an Gottes Liebe und Weisheit und dass wir ihm immer vertrauen konnten, auch wenn er nicht alle unsere Fragen beantworten würde. Lange Zeit saßen wir so. Ich hielt die Kinder fest und wiegte sie in meinen Armen.

„Wisst ihr, was ich denke, wenn ich mich hier umschaue? Wir sind nicht allein. Es gibt ganz viele Leute, die sich so fühlen wie wir."

„Wie die Spehns?", fragte Drew.

„Genau."

Dabei fiel mir meine Unterhaltung mit Larry Lutz vor ein paar Wochen ein. Vielleicht hatte ich unrecht und es gab mehr Menschen, die uns verstehen konnte, als ich dachte.

Da legte sich Sammy ins Gras und fing leise an zu weinen. Ich streichelte ihm über den Kopf.

Drew wurde ungeduldig. „Können wir *jetzt* endlich gehen?"

„Nein!", schluchzte Sam.

Er wollte noch bleiben, aber ich hob ihn hoch und versprach, dass wir ein andermal wiederkommen würden.

„Können wir ein Eis essen?", fragte er unter Tränen.

„Aber klar doch!"

Bergwanderung zum See

Gina

Das erste Mal seit Matts Tod war ich wieder in Colorado. Meine Eltern hatten mich und die Kinder in ihre Ferienwohnung eingeladen. Drew und Sam hatten Sommerferien, und ich war urlaubsreif. Ich freute mich über einen Tapetenwechsel und die Gelegenheit zum Durchatmen und darauf, abseits vom Alltag endlich wieder einmal Zeit für meine Kinder zu haben. Ich hatte nicht damit gerechnet, dass meine Eltern andere Pläne hatten.

Sie hatten es gut gemeint und wollten die Kinder zu Ausflügen mitnehmen oder sie für ein Tagescamp anmelden, damit ich mich erholen und Zeit allein verbringen konnte. In Wirklichkeit wünschte ich mir mehr als alles andere, mit den Kindern zusammen zu sein. Drei Jahre lang hatte ich sie zu Freunden und Verwandten abgeschoben. Während Matts Tour durch die Krebskliniken hatte ich als seine Tour-Managerin fungiert, Arzttermine und Therapiepläne hatten unser Leben bestimmt. Sosehr wir auch versucht hatten, die Balance zwischen „Krebs-Tour" und Familienleben zu halten – die Kinder waren oft zu kurz gekommen. Ja, so war es: Die Kinder kamen zu kurz. Es war die schmerzliche Realität, und ich haderte mit Gott, dass ich ihnen nicht gerecht werden konnte. Ich konnte mich abstrampeln und um eine vernünftige Zeitplanung bemühen, so viel ich wollte, ich schaffte es einfach nicht, ihnen eine glückliche Kindheit im Schoß der Familie zu ermöglichen. Der Krebs machte alles zunichte. Diese verlorene Zeit wollte ich aufholen.

Auf Drängen meiner Eltern nahm ich mir täglich eine Auszeit und ging in den frühen Morgenstunden allein spazieren. Die Berge hatten für mich immer Kraft und Erholung bedeutet, doch diesmal rannte ich durch die Gegend, bis meine Lungen schmerzten. Die Schönheit der Landschaft nahm ich nicht wahr.

Ich wollte es allen recht machen, aber ich war angespannt und gereizt. Ich ärgerte mich über meine Eltern, dabei hatte meine schlechte Laune nichts mit ihnen zu tun. Ständig fühlte ich mich unverstanden und wünschte, sie würden mehr auf meine Wünsche und Bedürfnisse eingehen – obwohl ich diese nie klar geäußert hatte und selbst nicht genau wusste, was ich eigentlich wollte. Ich erwartete einfach, alle würden meine Gedanken lesen und auf meine Stimmungen eingehen.

Mein Vater hatte jeden Tag durchgeplant und eine feste Vorstellung davon, was Spaß machte und was für uns alle das Beste war. Und in meinen ersten fünfunddreißig Lebensjahren hatte ich das als artige Tochter weitgehend akzeptiert. Wenn er Widerstand gespürt hatte oder die Begeisterung ausgeblieben war, hatte er in den Verkäufer-Modus geschaltet und sein „Produkt" angepriesen, bis niemand mehr Nein sagen konnte.

Während dieser Zeit in Colorado hatte ich jedoch zum ersten Mal nur meine eigenen Pläne im Kopf. Ja, meine Eltern hatten mich eingeladen, aber das war *mein* Urlaub, mit *meinen* Kindern. Ich hätte das besser kommunizieren und im Vorfeld mit meinen Eltern darüber reden sollen, was ich mir wünschte. Stattdessen war ich missmutig und abweisend, wenn mein Vater einen Vorschlag machte, und zog mich in mein Schneckenhaus zurück. In meiner Trauer und in dem Prozess, meine Rolle als alleinerziehende Mutter zu finden, musste ich mich abgrenzen und meinen eigenen Weg gehen. Unglücklicherweise hatte ich einen Familienurlaub gewählt, um diesen Prozess zu durchleben, und ich tat es in einer Weise, die undankbar und verletzend gegenüber meinen Eltern war.

Gegen Ende der ersten Woche stießen meine Schwester Tara und ihr Mann Bob zu uns. Die Kinder freuten sich riesig und hatten Spaß, ich dagegen hatte mich noch kein bisschen erholt und war noch genauso gestresst wie am ersten Tag. Im Gegenteil, meine Anspannung nahm eher noch zu.

Ich war besessen von der Idee, zu einem bestimmten See zu wandern, den ich auf der Karte entdeckt hatte. Er hieß Turquoise Lake, der türkisfarbene See. Dieser Ort zog mich magisch an, schon wegen seines Namens, und ich erkundigte mich bei der Touristeninformation nach Wanderrouten. Man riet mir, die Wanderung nicht allein zu unternehmen. Der See war etwa sechs Kilometer entfernt vom Beaver Lake, einem tiefblauen Bergsee in knapp zweitausendfünfhundert Metern Höhe, zu dem ich schon mehrmals gewandert war. Trotzdem ließ mich der Gedanke nicht los: Ich wollte zum Turquoise Lake. Ein neues Ziel, eine neue Herausforderung. Ich musste diesen See mit eigenen Augen sehen.

Um zu diesem paradiesischen Ort zu gelangen, musste ich das mir bekannte Wanderwegenetz im Umkreis verlassen und auf über dreitausend Höhenmeter aufsteigen, vorwiegend auf Forstwegen und ungesicherten Pfaden, die nicht unbedingt auf der Karte eingezeichnet waren, aber das störte mich nicht. Alles, was ich brauchte, war ein Wanderpartner.

Meine Mutter war oft genug mit mir in Colorado gewesen, um zu wissen, dass Wandern meine Leidenschaft war. Selbst während der Woche auf der Ranch hatte ich zum Teil auf das Reiten verzichtet, um mit meiner Mom an den geführten Tageswanderungen teilzunehmen. Aber obwohl sie meine Freude an den Bergen und am Wandern teilte, hatte sie keine Lust auf den beschwerlichen Aufstieg zum Turquoise Lake. Außerdem fürchtete sie sich vor Bären und hatte Angst, die Grizzlys würden uns als willkommene Abwechslung ihres Menüs betrachten.

„Eine alleinerziehende Mutter sollte ein solches Risiko auf keinen Fall eingehen“, predigte sie. „Es ist unverantwortlich. Was ist mit den Bären?“

„Du mit deinen Bären!“, schnaubte ich. „Und du weißt, dass ich die Tour nie allein machen würde.“

„Wenn du jemanden findest, der mitgeht, meinetwegen. Trotzdem – die Idee gefällt mir nicht.“

Ich hatte gehofft, Tara und Bob für die Wanderung begeistern zu können, aber sie hatten auch keine Lust. Ich fragte alle möglichen Touristen und Leute, die mir unterwegs begegneten. Doch anscheinend traute sich niemand eine 22 Kilometer lange Wanderung zu. In Gedanken verabschiedete ich mich traurig von meinem türkisfarbenen See.

An unserem letzten Urlaubstag nahmen Tara und Bob die Kinder auf einen Ausflug mit, damit ich noch einmal in Ruhe wandern konnte. Ich packte meinen Rucksack mit Proviant, Regenzeug usw., wie immer, doch auf dem Weg nach draußen machte ich auf der Schwelle kehrt. Dann ging ich noch einmal in die Küche und steckte vier extra Wasserflaschen und ein paar Reserve-Müsliriegel ein. Man konnte ja nie wissen. Der Rucksack war schwer, aber so war ich für alle Fälle gerüstet. Insgeheim hoffte ich auf ein neues Abenteuer. Schließlich würde dies für lange Zeit mein letzter Tag in den Bergen sein.

Ich schlug den bekannten Weg zum Beaver Lake ein. Dabei ließ ich mir Zeit und fotografierte jede Brücke und jeden Schmetterling. Einladend lag der Pfad vor mir im Sonnenschein. Beim Beaver Lake machte ich Rast und versuchte, die Schönheit des Sees mit der Kamera einzufangen. Ein Ding der Unmöglichkeit. Ich setzte mich auf einen Baumstamm am Ufer und genoss die Stille. Als ich die Umgebung betrachtete, entdeckte ich ein junges Paar, das in der Nähe picknickte. Beide waren blond und blauäugig und vielleicht Anfang zwanzig. An ihren blauen Hemden erkannte ich, dass sie zum Personal der Ferienanlage gehörten. Kurz entschlossen stand ich auf und ging zu ihnen hinüber. „Entschuldigen Sie, kennen Sie sich aus mit den Wanderwegen zum Turquoise Lake?“

„Was für ein Zufall“, lachte der Mann. „Da wandern wir heute hin.“

„Wirklich?“ Meine Miene hellte sich auf. „Dort wollte ich die ganze Woche hin und habe keinen gefunden, der mich begleiten mochte.“

Ich beschloss, direkt zu fragen. Was hatte ich schon zu verlieren? „Würde es Ihnen etwas ausmachen, wenn ich mich anschließe? Ich würde Sie nicht aufhalten oder vollquatschen, sondern einfach unauffällig hinter Ihnen hergehen.“

„Klar, kein Problem.“

Innerlich jubelte ich. Ich hatte es gewusst! Auf der anderen Seite hatte ich ein schlechtes Gewissen, weil ich jetzt mindestens drei Stunden länger ausbleiben würde als geplant und meiner Familie nicht Bescheid gesagt hatte. Meine Mutter würde mich umbringen (falls ich nicht vorher von den Bären gefressen wurde).

Ich probierte anzurufen, hatte aber hier draußen in der Wildnis natürlich keinen Empfang. Aber ich sagte mir, dass sie sich sicher denken konnten, wo ich war. Die ganze Woche über hatte ich von nichts anderem geredet als vom Turquoise Lake. Diese einmalige Chance konnte ich mir nicht entgehen lassen. Ich freute mich so, dass es doch noch klappte.

In den nächsten zwei Stunden folgten wir dem schmalen Pfad, der sich durch den Wald schlängelte. Je höher wir kamen, desto wilder und zerklüfteter wurde das Gelände, doch das war ganz nach meinem Geschmack. Der Weg war abwechslungsreich und führte über Naturbrücken aus Baumstämmen, durch dichtes Unterholz und über Geröllfelder. Ich fotografierte und filmte so viel wie möglich. Meinen Begleitern, John und Audrey, rief ich zu: „Winkt doch mal in die Kamera, damit meine Eltern sehen, dass ich nicht leichtsinnig war!"

Wir lachten herzlich. Gleichzeitig wurmte es mich, dass ich mit sechsunddreißig Jahren meinen Eltern immer noch Rechenschaft schuldig war. John und Audrey, die, wie ich erfuhr, Geschwister waren, hatten ein strammes Marschtempo, blieben jedoch zum Glück zwischendurch stehen, um zu verschnaufen. Inzwischen war ich seit vier Stunden unterwegs und dankbar für jede kleine Pause. Die Wanderung war anstrengender, als ich gedacht hatte, und mit steigender Höhe wurde die Luft merklich dünner. Ich versuchte, einen Müsliriegel zu essen, aber es war schwierig, gleichzeitig zu gehen, zu kauen und Luft zu holen. Vor uns lag eine weite, grasbewachsene Fläche mit Wildblumen und Schneefeldern, wie eine Ouvertüre zu der türkisfarbenen Symphonie, die uns erwartete.

Wir stiegen an der Südseite eines Gebirgskamms auf. Audrey und John gingen die ganze Zeit voraus, ich folgte mit einigem Abstand. Als wir den Grat erreichten, erfasste mich eine Welle der Traurigkeit. Obwohl der Weg steil und beschwerlich gewesen war, wollte ich nicht, dass die Wanderung zu Ende war. Ein paar Mal war ich gestolpert oder ausgerutscht und hatte Schrammen und blaue Flecken an Armen und Beinen, doch ich wollte weitergehen. Immer weiter.

Meine Beine waren müde und schwer. Es war still hier oben, bis auf meinen keuchenden Atem und das Geräusch meiner Schritte. Dann war es geschafft. Vor mir lag der See. Ich spürte einen Kloß im Hals. Das war der Moment, auf den ich so lange gewartet hatte. Der Zauber war vorüber. Die Stille und Schönheit der Landschaft umgaben mich. Tränen liefen mir übers Gesicht.

Drei Jahre hatte ich gebraucht, um bis hierher zu kommen. Am Ufer kniete ich nieder, berührte die Wasseroberfläche mit den Fingerspitzen und sah, wie sich die kleinen Wellen kreisförmig ausbreiteten.

„Auf Wiedersehen, Matt", flüsterte ich. Ich hatte mein Versprechen erfüllt. Dies war mehr als eine Wanderung. Es war mein Abschied von der Vergangenheit. Der Ort, an dem sich Vergangenheit und Zukunft begegneten. Die Einsamkeit in der Wildnis, der steinige Pfad hierher und der neue Weg, den ich mit Gott gehen würde. Es war eine Sache zwischen Gott und mir. Hier in der Abgeschiedenheit der Berge brachte ich ihm meinen Schmerz und meine Angst, meine Schuldgefühle und Unzulänglichkeit als Ehefrau und Mutter. Aber noch wichtiger als das würde sein, was ich mit zurücknehmen würde.

Ich betrachtete den See. Er war nicht türkis, sondern von einem tiefen Blau, das so dunkel war, dass es beinahe schwarz wirkte. Er war auch kein typischer Bergsee, sondern lag in einer Art Talkessel. Nicht so, wie ich ihn mir vorgestellt hatte. Ich lief den schmalen Waldweg entlang, um zu John und Audrey aufzuschließen, kletterte über Steine und umgestürzte Bäume, die den Weg versperrten, als ich Johns Stimme hörte. „Gina!", zischte er aufgeregt. „Schau, dort oben!" Und dann sah ich ihn.

Oben auf dem Grat stand ein Puma. Ich hielt den Atem an, doch ich verspürte keine Angst, sondern Scheu und Ehrfurcht, diesem majestätischen Tier in seinem Revier zu begegnen. Bevor ich die Kamera hervorkramen konnte, war er auch schon mit einem Satz hinter dem Bergrücken verschwunden.

Ich dankte John und Audrey für ihre guten Dienste als Bergführer. Dann trennten sich unsere Wege. Den elf Kilometer langen Rückweg musste ich allein antreten.

Bergab war es weniger anstrengend, ging aber mehr in die Beine und erforderte größere Trittsicherheit. Wenn das Gelände es zuließ, legte ich ein Stück im Laufschritt zurück. Ein paar Mal verlor ich das Gleichgewicht und stolperte, doch ich stürmte weiter. Ich musste zurück. Freude und Angst trieben mich gleichermaßen vorwärts.

Zwischendurch versuchte ich zu telefonieren, doch ohne Erfolg. Endlich, bestimmt nach dem fünfzigsten Mal, nahm meine Schwester ab. Es war noch schlimmer, als ich befürchtet hatte. Meine Hoffnung, über die tiefe Bedeutung sprechen zu können, die dieser Ausflug für mich hatte, wurde mit einem Anruf zunichtegemacht. Ich hatte die gesamte Familie erzürnt und in Angst und Schrecken versetzt.

Als ich ins Haus trat, schmollte meine Mutter und ließ mich links liegen. Drew kann mir mit verheultem Gesicht entgegengelaufen. „Wo warst du so lange, Mom? Wir wussten nicht, wo du bist!"

Tara und Bob schüttelten die Köpfe. Sie hörten mich wenigstens an und versuchten, mich zu verstehen. Aber sie hatten sich große Sorgen gemacht, und ich hatte ihnen den Urlaubstag verdorben. Sie konnten ihre Enttäuschung nicht verbergen.

Mein Vater war der Einzige, der mich verstand. Natürlich konnte er meiner Mutter nicht in den Rücken fallen, aber in einem günstigen Augenblick nahm er mich beiseite. „Na, wie war's?", fragte er. „Ich wette, es war fantastisch."

„Das war es auch. Es war die anstrengendste Tour, die ich je gemacht habe, aber es hat sich gelohnt. Es war sogar den Ärger wert." Es entstand eine längere Pause. Dann sagte ich: „Danke, dass du gefragt hast. Es tut mir so leid, dass ihr euch meinetwegen alle solche Sorgen gemacht habt. Ich hatte ein schlechtes Gewissen, als ich losging. Aber ich hatte keine Zeit, um lange zu überlegen, und habe mich entschieden, es zu wagen."

„Ich hätte an deiner Stelle dasselbe getan", antwortete er. „Deine Mutter wird ein paar Tage brauchen, bis sie darüber hinweg ist, aber sie wird es verkraften." Das war typisch Dad. Ich liebe meinen Vater.

Beim Abendessen war es ungewöhnlich still und es herrschte eine angespannte Atmosphäre. Mein Vater war der Puffer. Nachdem die Kinder im Bett waren, machte ich Small Talk mit Tara und Bob. Meine Mutter zog sich gekränkt zurück, nachdem sie mir ihre Meinung gesagt hatte. Ich sei egoistisch und verantwortungslos gegenüber den Kindern und hätte ohne Rücksicht auf andere diese gefährliche Wanderung gemacht. Das saß. Ich hatte mich tausend Mal entschuldigt und immer wieder beteuert, wie leid es mir tat. Ich verzichtete auf irgendwelche Erklärungen – sie hätten es doch nicht verstanden. Meine Entschuldigungen klangen wahrscheinlich angesichts ihrer Enttäuschung leer und fadenscheinig. Das Paradoxe war, dass ich zum ersten Mal nach zwei Wochen spürte, wie die innere Spannung langsam von mir wich. Oder war es nach drei Jahren?

Ich ging nach draußen auf die Terrasse, um Michael anzurufen. Mächtige Blumenkübel säumten die Gartenwege. Der Himmel war von zartem Rosa und Lavendelblau, die Luft war kühl und frisch. Ich brannte darauf, ihm in allen Einzelheiten von meiner Wanderung zu erzählen, und von den Schuldgefühlen gegenüber meiner Familie. Michael hörte mir geduldig zu, und als ich fertig war und Luft holte, sodass eine kurze Pause entstand, sagte er: „Es ist schön, deine Stimme zu hören, Gina. Du klingst gut! Es tut mir leid, dass es Ärger mit der Familie gab. Deine Mutter hat recht: Du warst *wirklich* egoistisch heute. Aber ich bin stolz auf dich. Zum ersten Mal seit über drei Jahren hast du deine eigenen Bedürfnisse an die erste Stelle gesetzt. Ich weiß, wie schwer dir das fällt."

Ich weinte leise am anderen Ende der Leitung. Er hatte den Nagel auf den Kopf getroffen. Und tief in mir wusste ich: Heute begann ein neuer Lebensabschnitt. Mein altes Ich war mit Matt gestorben. Ich konnte mich weder daran erinnern, was für ein Mensch ich vor Matt gewesen war, noch an unser Leben, bevor der Krebs alles zerstörte. Nur so viel wusste ich mit Sicherheit: Ich war die Mutter von zwei Söhnen. Darüber hinaus tappte ich im Dunkeln.

Heute war ich buchstäblich an einen Ort geführt worden, der die Erfüllung meines Versprechens an Matt widerspiegelte. Ich stand mit ihm am Ufer. Der See wurde für mich gleichzeitig zum Symbol der Erneuerung. An seinen stillen Wassern heilte Gott meine wunde Seele. Ich hatte mich ein letztes Mal von Matt verabschiedet, doch sein Vermächtnis wird ewig in mir weiterleben und ich werde es stets in Ehren halten. Was ich vom See mit zurücknahm, waren die Einsichten und Erkenntnisse, die er mir in den Jahren unserer Ehe vermittelt hatte und die tief in mir verankert sind, in meinen Gedanken, Worten und Taten. Ich werde sie für immer bewahren.

Michael und ich sprachen noch lange am Telefon, wie wir es gerne taten. Worte des Trostes und der Ermutigung wechselten sich ab mit Weinen und Lachen – mit ihm konnte ich all das teilen. Die ersten Sterne funkelten am nächtlichen Himmel, der eine tiefblaue Färbung annahm, so blau wie das Wasser vom Turquoise Lake. Nichts war so, wie ich es geplant oder mir vorgestellt hatte, aber in meinem Herzen regte sich ein Gefühl, das ich viel zu lange vermisst hatte: Hoffnung.

Nächtliche Anrufe

Michael

„Was ist denn das?" Ich kam aus dem Arbeitszimmer und rieb mir die Augen.

„Was denn?" Gina drehte sich um. Sie trug Jeans und ein Kapuzen-Sweatshirt, das sie bis zu den Ellbogen hochgeschoben hatte. Das Haar hatte sie zu einem losen Pferdeschwanz zusammengebunden, aus dem ein paar seitliche Strähnen heraushingen, was ihr gut stand. Sie hatte das Küchenradio an, eine Bratpfanne vor sich und ein glückliches Lächeln im Gesicht.

„Das brennt ja richtig!" Ich rieb mir demonstrativ die Augen.

„Das soll es auch. Meine Großmutter wäre stolz auf mich."

„Was ist das? Irgendeine italienische Geheimwaffe?"

„Nur ein bisschen Knoblauch! Stell dich nicht so an!", lachte sie. „Stärkt die Abwehrkräfte und ist gut fürs Gedächtnis."

„Und wehrt die Vampire ab“, konterte ich. „Die werden heute Abend alle die Flucht ergreifen.“

Ich ließ meine Augen über das Schlachtfeld schweifen, das einmal meine Küche gewesen war. Gina warf mir einen missbilligenden Blick zu.

„Ich koche“, verteidigte sie sich. Sie sagte es mit einem so zufriedenen Gesichtsausdruck, dass ich alle weiteren Kommentare herunterschluckte. Sie fühlte sich wohl in meiner Küche. Und sie fand mit sicherem Instinkt Dinge in den Schubladen, von denen ich noch nicht einmal wusste, dass sie existierten. Soeben schaltete sie eine kleine Maschine ein, die ein fürchterliches, mahlendes Geräusch von sich gab. Ich trat näher heran und schaute ihr über die Schulter.

„Was mixt du hier eigentlich? Spachtelmasse zum Zementieren?“

„Das ist eine Küchenmaschine, du Spaßvogel. Und ich zerkleinere Zwiebeln für die Soße. Geh besser in Deckung!“

Eine Haarsträhne fiel ihr über die Augen und sie versuchte, sie mit dem Arm aus dem Gesicht zu streifen, da sie noch Zwiebeln und Knoblauch an den Händen hatte. Ich strich ihr sanft die Strähne aus den Augen. „Ich hoffe, du weißt, dass ich diesen Geruch nie wieder aus der Küche rauskriege.“

Sie lächelte entwaffnend. „Das ist ja der Sinn der Sache.“

In der Enge meiner kleinen Küche mussten wir einander ständig ausweichen, doch es war uns einerlei. Wir scherzten und flirteten und ich zog Gina wegen ihrer italienischen Herkunft auf. Sie versetzte mir von der Seite einen Stoß mit der Hüfte.

„Platz da! Ich will kochen und du lenkst mich ab.“

„Platz da?“

„Ja, du sollst Platz machen.“

„Moment mal! Normalerweise bin *ich* derjenige, dem alle Platz machen müssen. Niemand schreibt *mir* vor, was ich zu tun habe.“ Ich spielte den Beleidigten.

„Und, was ist das für ein Gefühl?“

„Kein besonders gutes. Ich wollte dir noch erzählen …“

„Jetzt aber wirklich! Ab mit dir! Ich muss mich auf die Soße konzentrieren.“

„Na schön. Ich muss mich sowieso vor deiner nächsten Ladung Zwiebeln in Sicherheit bringen“, gab ich klein bei, während sie einen Kochlöffel in meine Richtung schwang.

Ich zog mich wieder ins Arbeitszimmer zurück, schloss die Tür und ließ die Situation auf mich wirken. Eine Frau in meiner Küche – Cathys Küche – und sie kochte für mich und meine Familie. Es war ein merkwürdiges Gefühl. Aber zum ersten Mal in den Monaten ohne Cathy fühlte ich mich okay. Mehr noch, ich fühlte mich normal. In Ginas Gegenwart fühlte ich mich wieder mehr wie ein vollständiger Mann. Ich liebte es, sie zum Lachen zu bringen. Und es gefiel mir, dass sie für mich kochte. Ich mochte die Vertrautheit, die langsam zwischen uns entstand.

Die Geräusche und der Duft, die aus der Küche kamen, waren himmlisch. Hunde markieren bekanntlich ihr Revier mit Duftmarken aus Urin. Italienische Frauen schaffen das mit Knoblauch, Zwiebeln und Basilikum.

Das Essen schmeckte überirdisch gut. Diese Frau konnte kochen, so viel stand fest. Nach dem Abendessen fuhren die Kells nach Hause. Als ich die Kinder ins Bett brachte, schielte ich auf die Uhr. Gina würde bald anrufen. Unsere Anrufe waren zu einer schönen Gewohnheit geworden, das Gute-Nacht-Ritual für uns Erwachsene. Nach Möglichkeit erledigte ich vorher den Abwasch und die liegengebliebene Hausarbeit, weil ich wusste, dass ich nachher nicht mehr dazu kommen würde, denn unsere Telefonate dauerten oft bis nach Mitternacht. Ein paar Mal war es uns schon passiert, dass wir mitten im Satz die Sonne aufgehen sahen. Kein besonders berauschendes Gefühl, wenn man nach einer durchgemachten Nacht drei Kinder wecken und zur Schule bringen muss.

Der Inhalt unserer Telefongespräche änderte sich mit der Zeit. Nach der ersten Kennenlernphase waren wir zu persönlichen Geschichten aus unserem Leben übergegangen und schließlich beim Reizthema Religion angekommen. Gina hatte einen starken Glauben und sie sprach gern darüber. Ich hatte ebenfalls einen starken Glauben an Gott, aber keine hohe Meinung von den Leuten, die seine Botschaft in den Kirchen verkündigten.

Ich wusste, dass es Millionen von Menschen gab, die so dachten wie ich. Und die viele offene Fragen hatten, zum Beispiel, warum manche Aussagen in der Bibel weniger ernst genommen werden als andere. (Niemand kümmert sich mehr um alttestamentliche Kleider- und Speisevorschriften oder die Gesetze für Saat und Ernte. Und wenn man am Sabbat arbeitet, hat damit kaum jemand ein Problem. Während andere Dinge für Christen sehr wohl ein Problem sind, zum Beispiel alles, was mit Sex zu tun hat.)

Solche „verlorenen Seelen“ wenden sich vom Wort Gottes ab, obwohl sie es so dringend bräuchten. Ihre Fragen werden nicht ernst genommen und schon gar nicht diskutiert. Einen Skeptiker lässt man am ausgestreckten Arm verhungern, weil er „keiner von uns“ ist. Aber Gott will, dass die Verlorenen gerettet werden, und damit meint er auch die Fragenden und die Zweifler. Auch ihnen gilt der Missionsbefehl von Jesus.

Als Gina diesmal anrief, war es schon spät. Sie redete drauflos, als wären wir schon mitten im Gespräch. „Ich liebe Regis Philbin.“

„Wen?“

„Regis Philbin. Er ist heute Abend in der Talkshow bei David Letterman. Sag bloß, du kennst Regis nicht?“

Ich stellte mich dumm. „Wer ist das? Abraham Lincolns erster Vizepräsident?“

Sie lachte. „Dann wäre er jetzt über 150 Jahre alt.“

„Meinetwegen.“

„Komm schon! Der Moderator Regis Philbin, der mit *Wer wird Millionär*. Er erinnert mich an dich.“

„Echt? Wieso?“

„Sein Witz, sein Sarkasmus … und er sieht gut aus. Irgendwie sieht er dir ein bisschen ähnlich.“

„Jetzt mach mal halblang! Der Mann hatte mindestens neunzig Bypass-Operationen.“

„Sei nicht so gehässig. Du solltest das als Kompliment auffassen.“

Ich wechselte das Thema. „Hast du die Mail von den Schomakers gesehen?“

Die kleine Tochter von Freunden der Schomakers musste am

Herzen operiert werden. Colleen hatte per E-Mail einen Gebetsaufruf gestartet. Nach ein paar Tagen diese zweite Mail mit dem Inhalt, die Operation sei erfolgreich gewesen. Gott hatte alle Gebete erhört.

„Ja, ich habe sie gelesen."

„Und, was denkst du darüber?"

Gina wusste, worauf ich hinauswollte, und antwortete mit einer Gegenfrage. „Was denkst *du* darüber?"

„Ich habe so meine Schwierigkeiten mit diesen ‚Gebetserhörungen'. Ich meine, wir haben Tag und Nacht gebetet, dass Cathy wieder gesund wird. Und ich wette, Hunderte oder sogar Tausende von Menschen haben für Matts Heilung gebetet. Haben wir alle nicht *genug* gebetet? Oder nicht *richtig*?"

„So ist es ja nicht ..."

„Weißt du, da stopfen diese E-Mails das Postfach voll und rufen zum Gebetsmarathon auf, nach dem Motto: ‚Wenn wir nur genug Beter zusammenkriegen, können wir Gott dazu bringen, dass er seine Meinung ändert' – was soll das?"

„Es nennt sich Fürbittengebet."

„Meinst du, diese Leute glauben ernsthaft, dass sie damit einen Einfluss auf Gottes Handeln hätten? Dass er ihnen zuliebe seine Pläne ändert? Weil sie so treu und ausdauernd gebetet haben? Das heißt doch, dass unsere Gebete für Matt und Cathy ihm nicht genügt haben? Sorry, Gebetsanforderungen nicht erfüllt. – Mit so etwas habe ich ein echtes Problem."

„Michael, so einfach ist das nicht. Beten ist ... viel komplexer."

„Aber so einfach kommt es rüber. Als ob Gebet so was wie ein riesiger Wunschbrunnen wäre, eine Art magisches Ritual. Und wenn wir alles richtig machen, werden unsere Wünsche erfüllt."

„Warum sollen wir dann überhaupt beten?", provozierte sie mich.

„Das fragen sich viele Leute. Warum sollen wir beten, wenn es doch nichts nützt? Und wenn Gott allwissend und allmächtig ist, macht er sowieso, was er will. Dann wird mein kleines Gebet an seinen Plänen nichts ändern."

Doch Gina ließ mich nicht so leicht von der Angel. „Ich habe aber gesehen, wie du betest."

„Ich bete ganz einfach, um mit Gott zu reden. Um mit ihm in Verbindung zu bleiben. Um ihm zu sagen, dass er mir wichtig ist. Dass ich ihn achte. Schon als Kind habe ich gelernt, dass man ‚den Boss' achten soll. Ich benutze das Gebet jedenfalls nicht als Wunschliste."

„Gut, denn das soll es auch nicht sein. Gebet ist ein Mittel zum Zweck, aber der Zweck ist nicht, dass wir immer bekommen, was wir uns wünschen. Dahinter steht ein tieferer Sinn. Gott will, dass wir mit ihm sprechen, dass wir eine Beziehung zu ihm haben. Er kennt uns besser, als wir selbst uns kennen. Er wünscht sich, dass wir zu ihm kommen, dass wir ihm vertrauen und unsere Hoffnung auf ihn setzen, selbst wenn wir sein Handeln nicht verstehen."

„Das klingt ganz nach meinem Vater", erwiderte ich sarkastisch.

„Es *ist* auch so ähnlich, was die Beziehung angeht. Du solltest deinen Vater nicht nur anrufen, weil du etwas von ihm willst, sondern weil er dein Vater ist. Punkt. Es geht nicht um eine Dienstleistung, sondern um die Beziehung. Die Leute verwechseln Gebetserhörungen oft mit der Erfüllung ihrer Wünsche. Dabei ist es umgekehrt: Gottes Wunsch geht in Erfüllung. Es ist toll, dass wir Gott dafür danken, wenn ein Gebet in unserem Sinn erhört wurde. ‚Die Herzoperation war erfolgreich' war nicht nur Gottes Antwort auf unser Gebet, es war auch die Antwort, die sich alle erhofft hatten. Und alle freuen sich natürlich, wenn unser Wille mit dem Willen Gottes übereinstimmt. Ehrlich gesagt, ich weiß es nicht, ob Gott sich in diesem Fall durch das Fürbittengebet dazu bewegen ließ, seine Meinung zu ändern, oder ob er tat, was er sowieso vorhatte. Es ist müßig. So oder so gebührt Gott die Ehre. Selbst wenn dieses Kind auf dem Operationstisch gestorben wäre, würden wir weiter beten: Dein Wille geschehe." Gina hatte sich so richtig in Fahrt geredet. Eine Sache musste sie noch loswerden: „Außerdem ist es gefährlich, unsere menschliche Logik auf Gott anzuwenden. Gott ist zu groß, als dass er sich in unsere vereinfachte Denkweise pressen ließe. Schon deshalb sollten wir regelmäßig beten, um uns an den Gedanken zu gewöhnen. – Ergibt meine Rede irgendeinen Sinn?"

Ich atmete tief durch. „Ich denke schon. Danke, dass du mir das so erklärt hast."

Nach jeder Unterhaltung mit Gina schien mir Gott ein Stück näher zu sein. Wir einigten uns darauf, dass ich Pastor Galik anrufen sollte. Er war der einzige Pfarrer, der mich dort abholte, wo ich stand, und in verständlicher Weise mit mir redete. Die Gespräche mit ihm waren für mich immer eine große Bereicherung.

Ich war müde und sagte Gina, dass ich für heute zu erschöpft sei, um das Thema weiter zu vertiefen.

„Du solltest schlafen gehen“, sagte sie.

Was ich auch tat.

Unsere Anrufe in den nächsten Wochen waren nicht weniger intensiv. Manchmal fanden wir kein Ende und diskutierten stundenlang über Gott und die Welt.

Oft klemmte ich bei unseren langen Gesprächen das Telefon mit dem Kinn fest, während ich, so gut ich konnte, nebenbei die saubere Wäsche der Kinder zusammenlegte – eine Arbeit, die ich aus tiefstem Herzen hasste. Wenn ich sie beim Telefonieren erledigte, dachte ich, konnte ich wenigstens das Angenehme mit dem Nützlichen verbinden. An solchen Abenden stand ich im Schlafzimmer und versuchte verzweifelt, den Wäscheberg auf dem Bett zu dezimieren, während Gina und ich am Telefon lachten, diskutierten und uns über alles Mögliche und Unmögliche unterhielten.

Es gibt Menschen (Sexisten, aufgepasst!), vorwiegend Frauen (und feminine Künstlertypen, die in der Textilbranche arbeiten), die T-Shirts und Hosen so zusammenlegen können, dass sie millimetergenau auf einen Stapel passen. Wenn man dann drei Wochen später ein Kleidungsstück aus der Mitte des Stapels anzieht, sitzt es perfekt und faltenfrei. Wenn ich Polohemden faltete, sah es ungefähr so aus, als ob ein Einarmiger Luftballontiere knotet.

Mit der Zeit entwickelte ich ein neues Wäschesystem. Nicht umsonst heißt es: Not macht erfinderisch. Das mag schon sein, aber plötzlich stand Nots fauler Cousin Frust vor der Tür und sagte, dass man Wäsche überhaupt nicht zusammenlegen brauchte. Also drapierte ich sämtliche Kleidungsstücke auf dem Bett. Dort lagen sie gut, denn da ich zum Schlafen ja nur die eine Seite brauchte, war die zweite Seite sowieso frei.

An den seltenen Abenden, an denen Gina und ich nicht telefonieren konnten und ich mit meinen Kleiderstapeln allein dasaß, ließ ich manchmal Charlotte länger aufbleiben. Sie genoss es, ihren Dad ganz für sich allein zu haben, während ihre Brüder schon im Bett waren, und ich freute mich, Zeit mit ihr zu verbringen.

Eines Abends lag ich auf dem Teppich im Wohnzimmer, erschöpft von dem anstrengenden Tag. Charlotte hatte es sich auf dem Sofa bequem gemacht, und wir unterhielten uns über alles, was uns gerade bewegte: ihre Freundinnen, meine Arbeit, die lustige Fernsehsendung von gestern, und so weiter. Ich liebte unser leichtes, zwangloses Geplauder.

„Hey, Dad, ich habe nachgedacht“, sagte sie plötzlich. „Ich glaube, ich weiß, warum du und Mrs Kell so gute Freunde seid.“

Das überraschte mich, obwohl ich wusste, dass Charlotte etwas sehr lange mit sich herumtragen kann, bevor sie es ausspricht. Bisher hatte sie mit mir wenig über meine Beziehung zu Gina gesprochen, und ich war neugierig auf ihre Schlussfolgerung.

„Wirklich? Warum denn?“ Ich erwartete, sie würde ein paar einfache, offensichtliche Dinge aufzählen, die in den Augen einer Zehnjährigen wichtig sind. Stattdessen wartete sie einen Moment und sagte dann mit einer Klarheit, die den meisten Erwachsenen fehlt: „Weil sie Bescheid weiß.“

Ich staunte über ihre Antwort. Damit hatte sie absolut ins Schwarze getroffen.

„Ja“, lächelte ich. „Sie weiß wirklich Bescheid.“

Neue Blickrichtung

Michael

Als Witwer erlebt man die unterschiedlichsten Reaktionen der Leute, in positiver und in negativer Hinsicht. Eines Tages rief ich beim Schulsekretariat an, weil ich die Schulleiterin sprechen wollte.

Die Sekretärin teilte mir mit, Frau Sowieso sei leider außer Haus. Sie fragte noch einmal nach meinem Namen und als sie ihn hörte, fiel plötzlich der Groschen.

„Oh, … mh … ja, einen Moment bitte." Kurz darauf hatte ich die Schulleiterin am Apparat. Na bitte, es ging doch. Trotzdem hinterließ die Begebenheit bei mir einen schalen Nachgeschmack.

Meine Nachbarin Heather erzählte mir von einer Bekannten, die uns gern etwas zu essen vorbeibringen wollte. Zuerst versuchte ich, sie abzuwimmeln. Schließlich kannte ich die Frau nicht, und unsere Gefriertruhe quoll über vor Essen.

Heather ließ nicht locker. „Lass ihr doch die Freude. Sie möchte euch etwas Gutes tun."

Wir vereinbarten einen Tag und eine Uhrzeit. Ich hetzte mich ab, damit ich rechtzeitig von Jacks Baseballspiel zurück war, um die Frau nicht zu verpassen. Als ich zu Hause ankam, war sie schon wieder fort. Vor der Tür stand eine Pappschachtel vom Pizzaservice mit einer Lasagne in Alufolie. Wutschnaubend rief ich Heather an.

„Was soll das? Den Pizzaservice anrufen kann ich selbst! Ich bin extra bei Jacks Spiel eher gegangen, um das Essen persönlich in Empfang zu nehmen, weil ich nicht unhöflich sein wollte. Und sie hat noch nicht mal fünf Minuten gewartet! Sag ihr besten Dank – und das nächste Mal soll sie lieber *Pizza* bestellen, die Kinder mögen keine Lasagne!"

Es kam noch besser. Am nächsten Tag um die Mittagszeit saß ich in meinem Büro zu Hause und fand es extrem schwierig, mich zu konzentrieren. Die Sonne schien durchs Fenster und machte mich schläfrig. Um mir die Beine zu vertreten, beschloss ich, zum Briefkasten zu gehen. Barfuß und in Schlafshorts. Zu Hause zu arbeiten, hat durchaus seine Vorteile. Ich hoffte nur, ich würde keinem Nachbarn begegnen.

Die Post war noch nicht da, aber im Kasten lag ein einzelner Umschlag ohne Marke. Das war an sich nichts Ungewöhnliches. Nachbarn und Freunde warfen manchmal Karten ein, und junge Mädchen boten ihre Babysitter-Dienste an. Ich fischte den Umschlag heraus und tippte auf eine Einladung zum Kindergeburtstag oder zur nächsten Tupperparty. „Mr Spehn“ stand darauf, handschriftlich und mit Kugelschreiber.

Der Umschlag war fest zugeklebt, und ich nahm ihn mit ins Haus. Gott sei Dank. Sonst hätte die ganze Straße meinen Wutanfall miterlebt.

Neugierig schlitzte ich den Brief auf und sah hinein. Darin lag ein 20-Dollar-Schein. Sonst nichts. Keine Karte. Kein Zettel. Ich konnte es nicht fassen.

Ich musste Gina anrufen und meinem Ärger Luft machen.

„Was ist passiert?“, fragte sie besorgt.

„Ich habe eine anonyme Spende bekommen – einen 20-Dollar-Schein!“

„Was?“

Ich erzählte ihr die ganze Geschichte. Sie hörte geduldig zu, wusste aber nicht recht, weshalb ich mich so aufregte. „Ja, und?“, fragte sie. „Was ist daran so schlimm?“

„So etwas tut man einfach nicht! Ich meine, wenn jemand uns etwas Gutes tun will, dann kann er das doch sagen! Oder auf einen Zettel schreiben: ‚Laden Sie die Kinder zum Eis ein‘ oder was auch immer. Aber solche Leute machen sich noch nicht mal die Mühe, an der Haustür zu klingeln oder einen Dreizeiler zu schreiben. Das ist … fast wie eine Beleidigung!“

„Ja, das ist etwas merkwürdig.“ Gina wurde nachdenklich. „Aber da steckt doch mehr dahinter?“

„Wie meinst du das?“

„Dir geht es doch nicht nur um den 20-Dollar-Schein.“

„Nein“, gab ich zu. „Es ist … alles zusammen. Die Leute behandeln uns wie … wie Außerirdische, Exoten oder Sozialfälle! Ich komme damit nicht klar. Zuerst die Schulsekretärin, dann die Frau mit der Lasagne und so weiter. Das Leben hat nur noch schlechte Bälle für mich!“

„Ich kann gut verstehen, wie du dich fühlst.“

„Es ist wie beim Baseball“, sagte ich und dachte an Jacks Spiel. „Ich brauche keinen *Homerun*, ein einfacher *Single* würde mir reichen, aber ich kriege keine vernünftigen Würfe. Da kommen keine normalen Bälle – kein leicht zu schlagender *Fastball* durch die Mitte, sondern nur Schrott. Das Leben wirft nur noch Ausbälle nach mir!", schimpfte ich weiter.

Gina hörte sich meine Tirade geduldig an. „Dann geh zur ersten *Base* zurück", sagte sie schlicht.

Ich verstand sie zuerst nicht. „Was?"

„Geh zur *Base* zurück. Hör auf, wie ein Wildgewordener nach den Ausbällen zu schlagen. Geh zurück und schau von da aus weiter."

Ich bediene mich gern einer bildhaften Sprache, wenn ich etwas erklären will. Und jetzt schlug Gina mich sozusagen mit meinen eigenen Waffen. Das hatte noch nie jemand getan. Sie hatte den Baseball-Vergleich aufgegriffen und damit die Sache auf den Punkt gebracht.

Ich war so perplex, dass ich zuerst gar nichts sagen konnte. Über eine Minute lang saß ich da und schwieg. Und das Erstaunliche war: Gina tat dasselbe. Sie ließ mir die Zeit, die ich brauchte.

Natürlich hatte sie hundertprozentig ins Schwarze getroffen. Das war die Lösung. Ich musste endlich aufhören, die gemeinen Bälle abzuwehren, die von allen Seiten auf mich zugeflogen kamen. Ich musste zur *Base* zurückgehen. Ich musste meinen Standpunkt ändern. Die Dinge aus einem anderen Blickwinkel betrachten.

Ich sagte Gina, dass ich meine Gedanken erst mal sortieren musste, und wir verabredeten, dass wir später noch einmal telefonieren würden.

Lange Zeit saß ich regungslos auf dem Stuhl und dachte nach. Gina hatte recht. Ich musste lernen, die Dinge aus einer anderen Perspektive zu betrachten. Das Leben hatte mir schlechte Bälle zugespielt. Bälle, die ins Aus flogen. Bälle, die im Dreck landeten. Anstatt wild um mich zu schlagen, um sie zu treffen, anstatt mit dem Schiedsrichter zu streiten oder das Unmögliche zu erzwingen, musste ich lernen, die Dinge gelassener zu sehen und manche Bälle einfach ins Aus fliegen zu lassen.

Ball eins: Cathys Mutter Jill und ihre Hilfsbereitschaft. Sie wirbelte in der Küche, wusch die Wäsche, holte die Kinder von der Schule ab und vieles mehr, sodass es mir oft zu viel wurde. Ich musste lernen, ihre Hilfe dankbar anzunehmen. Natürlich machte sie manches anders, als wir es gewohnt waren, aber was war daran so schlimm? Außerdem hatte ich mich nie klar geäußert, wie ich es gern hätte. Wir sollten unbedingt darüber reden. Vielleicht konnten wir einen Mittelweg finden.

Ball zwei: Meine Schwester Lynn hatte angeboten, Urlaub zu nehmen und für vier Wochen bei uns zu wohnen. Natürlich bedeutete ein Besuch weniger Privatsphäre und Veränderung in unserer gewohnten Routine. Aber die Kinder liebten ihre Tante, und ihre Hilfe wäre für mich eine Entlastung. Und wenn Lynn auf die Kinder aufpasste, hätten Gina und ich vielleicht sogar Gelegenheit, hin und wieder abends auszugehen.

Ball drei: Die Schulmütter von St. John. Diese unermüdlichen, grenzenlos hilfsbereiten und perfekt organisierten Frauen, denen ich nach Möglichkeit aus dem Weg ging, wenn ich die Kinder zur Schule brachte. Auch sie wollten helfen. Dabei hatten sie nicht die Absicht, sich einzumischen oder mir das Heft aus der Hand zu nehmen. Ich musste lernen, mir helfen zu lassen. Ich würde meine Tochter bei einer Schulfreundin übernachten lassen. Charlotte lag mir deswegen sowieso die ganze Zeit schon in den Ohren. Ich würde erlauben, dass Danny jeden Mittwochnachmittag bei einem Freund verbrachte. Er fände es super, und ich hätte mittwochs Zeit zum Putzen, Einkaufen und all die Dinge zu erledigen, die ich schon viel zu lange aufschob. Oder einfach mal Zeit für mich selbst.

Ball vier: Ich wollte wieder regelmäßig mit den Kindern zum Gottesdienst gehen. Die Menschenansammlung und die geballte Frömmigkeit waren mir zwar manchmal zu viel, aber ich musste zugeben, dass ich mich innerlich gestärkt fühlte, wenn ich von der Kirche nach Hause fuhr. Und Pastor Galik war ein begnadeter Prediger und seine Predigten waren voll sprachlicher Schönheit und Tiefgang. Die Bibelworte begleiteten mich manchmal durch die ganze Woche und es tat gut. Ich beschloss, mich etwas mehr auf das Abenteuer Glauben einzulassen.

Es war Gina, der ich diesen Wechsel der Perspektive zu verdanken hatte. Sie hatte die Gabe, mich dort abzuholen, wo ich stand, und in einer Sprache mit mir zu reden, die ich verstehen konnte. Ihr zu verdanken hatte ich nicht nur die Einsicht, sondern auch den Frieden, es tatsächlich zu tun. Als ich zur ersten *Base* zurückging, stellte ich voller Staunen fest: Sie war schon dort und wartete auf mich.

Ich wusste: Ohne Gina Kell hätte ich es nie bis hierher geschafft. Sie war ein Mensch, dem ich bedingungslos vertraute. Seit Langem hatte ich mit niemandem mehr so offen über alles geredet. Ich war ihr unendlich dankbar. Und musste zugeben, dass ich mich in sie verliebt hatte.

Charlotte hatte gesagt: „Weil sie Bescheid weiß ...“ Ja, Gina wusste Bescheid. Sie hatte alles, den Verlust, den Schmerz, die Trauer und die Herausforderung, das Leben allein zu meistern, am eigenen Leib erlebt. Dennoch schien es, als ob wir langsam darüber hinauswuchsen, um einen neuen Anfang zu wagen.

Das Rendezvous

Gina

Menschliche Tragödien rufen im Umfeld der Betroffenen oft extreme Reaktionen hervor, im positiven wie im negativen Sinn. Oftmals treibt die Hilflosigkeit der Leute seltsame Blüten. Viele tun sich schwer im Umgang mit Trauernden, sie wissen nicht recht, was sie sagen sollen, und ringen nach den richtigen Worten. Zum Glück gibt es Millionen von Beileidskarten, die bei der Wortwahl helfen. Die meisten Menschen schaffen es kaum, im Gespräch mit einer trauernden Witwe einen einzigen zusammenhängenden Satz zustande zu bringen. Richtig peinlich wird es, wenn sie einem mit guten Ratschlägen zur Seite stehen wollen.

Michael und ich redeten viel über die Reaktionen der Leute und ihre manchmal absurden Bemerkungen. Wir lachten über den „Hammer“-Typen aus der Druckerei, und Michael erzählte mir von der wohlmeinenden Kindergarten-Mami, die ihn mit Danny zum Spielen und Kaffeetrinken mit den Müttern einladen wollte.

„Das ist noch gar nichts!“, lachte ich. „Pass auf, was mir passiert ist – das wird dich interessieren.“

Seine Neugier war geweckt. „Was denn?“

„Ich bekam einen wirklich guten Rat, was Männer angeht.“

„Und der wäre?“

„Die Diakonin von St. John sagte … “

Michael unterbrach mich. „Die Diakonin von St. John?“

„Ja. Sie wollte mich warnen. Sie sagte, Witwen würden die Männer anziehen wie das Licht die Motten. Die Männer würden die Hilflosigkeit der armen, einsamen Frauen ausnutzen und wollten nur mit ihnen ins Bett.“

„Recht hat sie, die Diakonin.“

„Wie bitte?“

„Klar doch“, sagte er mit todernster Stimme. „Und das gilt nicht nur für Witwen, sondern für Frauen im Allgemeinen. Das liegt nun mal in der Natur der Sache.“

„Da bin ich aber beruhigt!“

„Das will ich hoffen.“ Durchs Telefon hörte ich ihn leise lachen.

„Das erklärt, warum mich neulich ein wildfremder Mann im Einkaufszentrum gefragt hat, ob ich mit ihm ausgehen will.“

„Was! Wer war das? Den Kerl bringe ich um!“

„Erzähl mir nicht, dass du eifersüchtig bist!“, neckte ich ihn.

„Bin ich aber. Mich hat noch nie eine Frau im Einkaufszentrum gefragt, ob ich mit ihr ausgehen will!“

Ich musste laut lachen.

Michael wurde plötzlich ernst. „Wenn ich dich im Einkaufszentrum treffen würde, würde ich dich auch fragen.“

„Das ist lieb.“

„Bilde dir bloß nicht zu viel darauf ein. Der Geruch von Popcorn und Hotdogs benebelt meine Sinne. Aber für einen irischen Einwanderer aus Chicago kenne ich mich ziemlich gut mit italienischem Essen aus. Ich kenne da ein gutes italienisches Restaurant.“

„Wirklich? Meinst du das *Olive Garden?*“

„Glaub nur nicht, dass du die Einzige bist, die alle italienischen Restaurants kennt, bloß weil du Italienerin bist."

Ich ahnte, wohin dieses Gespräch führen würde, und war froh, dass es am Telefon stattfand, damit Michael mein breites Grinsen nicht sah. Die Vorstellung von einer „echten" Verabredung, einem „Rendezvous", war mir zuwider, aber der Gedanke an einen Abend zu zweit mit Michael war verlockend und ich freute mich auf ein gutes Essen und gute Gespräche in einer angenehmen Atmosphäre.

In Michaels Gegenwart empfand ich eine längst vergessene Leichtigkeit. Er half mir, mein zerstörerisches, negatives Denken abzulegen. Monatelang hatte ich mich mit Fragen gequält wie: „Warum Matt? Wo ist er geblieben?" Doch nun erschien zaghaft eine neue Frage am Horizont: „Wo bin *ich* geblieben?" Seit Matts Tod hatte ich das Gefühl, mich verloren zu haben. Um Drew und Sam eine gute Mutter zu sein, musste ich mich zuerst selbst wieder finden, meine Identität, die der Sehnsucht zum Opfer gefallen war nach dem, was gewesen war und was hätte sein können. Mein Leben im Rückspiegel verwandelte mich in einen Jammerlappen voller „hätte-würde-könnte". Meine Gefühle, Gedanken, Ideen und meine Kraft – alles wurde verschlungen von Wut, Verzweiflung, Resignation und Gleichgültigkeit. Ich war gefangen in mir, wie erstarrt, und ich hoffte, dass sich eines Tages etwas ändern würde. Bis ich merkte, dass ich es war, die sich ändern musste.

Jedes Gespräch mit Michael war ein kleiner Schritt in die richtige Richtung. Und jetzt waren wir verabredet. Ich freute mich und hatte gleichzeitig Angst davor. Dies war absolutes Neuland für mich.

Nicht umsonst existiert in unserer Gesellschaft eine vorgefasste Meinung darüber, wann eine Witwe eine neue Beziehung eingehen darf. Es gibt gewisse Konventionen und ungeschriebene Gesetze. Wenn sie sich zu früh mit jemand anderem trifft, wird sie zum Opfer des „Kaum-ist-er-unter-der-Erde"-Faktors. Bewusst oder unbewusst wird ihr unterstellt, sie hätte ihren verstorbenen Partner nicht genug geliebt. Wenn sie zu lange wartet, wird ihr nachgesagt, sie würde nur in der Vergangenheit leben und könnte nicht loslassen. Scheinbar darf sich eine verwitwete Frau erst neu binden, wenn alle Welt das gutheißt. Werden dann noch die Kinder in die Waagschale geworfen, kochen die Gemüter erst recht hoch.

Michael und ich wollten nicht, dass man sich über unsere Beziehung das Maul zerriss. Über unsere ellenlangen Telefongespräche und die gemeinsame Arbeit an dem Atrium-Projekt hatten wir uns sehr gut kennengelernt. Unsere Freundschaft hatte sich während des Trauerprozesses ganz allmählich entwickelt, sozusagen als natürliche Folge. Außer uns wusste niemand davon, und selbst wir waren uns nicht sicher, wohin der Weg führen sollte. Meine Eltern und Colleen waren die Einzigen, die ich eingeweiht hatte. Der Rest der Welt würde es noch früh genug erfahren.

Vorläufig hatte ich genug damit zu tun, meine eigenen Gefühle zu sortieren.

Mit meinen sechsunddreißig Jahren hatte ich zum ersten Mal seit über fünfzehn Jahren wieder eine „richtige" Verabredung mit einem Mann. Ich hatte Schmetterlinge im Bauch und nichts zum Anziehen im Schrank. Meine Kleider hingen wie formlose Säcke an den Bügeln und trugen nicht gerade dazu bei, mein Selbstbewusstsein zu stärken. Ich ging den ganzen Schrank durch. Bei jedem Kleidungsstück schrie es in mir: „Falsche Farbe! Altmodisch! Zu bieder! Zu aufgedonnert!"

Die Zeit vor meiner Ehe, als ich noch abends ausging, lag lange zurück. Damals waren die Männer noch Jungs, es gab keine Handys und meine Eltern mussten nicht auf unsere Kinder aufpassen. Das Einzige, was sich nicht geändert hatte, war die Tatsache, nichts Passendes zum Anziehen zu haben. Ich besaß eine umfangreiche Kollektion von Sweatshirt-Jacken und Cargo-Hosen als Kinderspielplatz-Outfit, die ich mir alle in den letzten sechs Jahren gekauft haben musste, aber keine ausgehtauglichen Sachen.

Als Nächstes pilgerte ich durch die Modegeschäfte, in der Hoffnung, etwas Passendes zu finden. Es sollte modisch sein, aber nicht zu trendy, es sollte jugendlich wirken, aber nicht flittchenhaft, schlicht und elegant, aber nicht langweilig. Schließlich fiel meine Wahl auf eine sportliche 7/8-Jeans, ein marineblaues T-Shirt mit Flügelärmeln und einen leichten, beigen Sommerblazer mit Ärmeln zum Krempeln, wodurch das Innenfutter mit Blumendruck sichtbar wurde. Zu Hause im Schrank hatte ich noch hübsche Sandalen, um meinen Look zu vervollständigen.

Es war ein wunderschöner Sommerabend. Bevor Michael kam, um mich abzuholen, warf ich einen letzten prüfenden Blick in den Spiegel, ordnete mein Haar und trug noch einmal Lipgloss auf. Durch das Fenster des Arbeitszimmers sah ich, wie sein Wagen in die Einfahrt einbog. Auch das Format der Autos hatte sich geändert, seit ich das letzte Mal ausgegangen war. Außerdem hätten mich meine Eltern mit niemandem ausgehen lassen, der mit einem Kleinbus vorfuhr.

Michael stieg aus. Er trug eine klassische Khakihose und ein helles Jackett mit Nadelstreifen. Damit es nicht aussah, als hätte ich auf ihn gewartet, blieb ich im Arbeitszimmer, bis er an der Haustür klingelte. Die Kinder rannten vor mir zur Tür, um Mr Spehn zu begrüßen.

„Wo geht ihr denn hin?“, wollte Drew wissen.

„In ein italienisches Restaurant“, sagte Michael. „Aber hier riecht es auch gut.“

„Nonna hat Spaghetti mit Muschelsauce gekocht.“

„Nonna?“ Michael warf mir einen fragenden Blick zu.

„Meine Mutter. Meine Eltern sind da und passen auf die Kinder auf.“ Mir fiel auf, wie merkwürdig die ganze Situation war. Ich kam mir vor wie in dem Film „Meine Braut, ihr Vater und ich“, mit dem Unterschied, dass auch die Kinder dabei waren. Mir war, als würde ich in der Ecke stehen und mein Leben von außen betrachten. Mein Mann war nicht mehr da. Ein neuer Mann stand im Flur und holte mich zum Essen ab. Wir waren keine Teenager mehr, sondern zwei erwachsene, vom Leben gezeichnete Menschen, die sich eine Atempause gönnten, eine Erholung von den Strapazen und der Last der vergangenen Monate. Und die einen gemeinsamen Abend zu schätzen wussten – ohne Telefonleitung, ohne fünf Kinder im Hintergrund und ohne die allgegenwärtige Mauer des Leids.

Nachdem Michael und meine Eltern sich einander vorgestellt und die üblichen Höflichkeiten ausgetauscht hatten, sagte ich den

Kindern Gute Nacht, küsste sie zum Abschied, und schon waren wir aus der Tür. Neben Michael im Auto zu sitzen, fühlte sich vertraut an. Viele Jahre lang hatte Matt am Steuer gesessen, ich meistens auf dem Beifahrersitz. Verwirrt registrierte ich, dass ich Matt vermisste und es gleichzeitig nicht unangenehm fand, neben Michael zu sitzen. Ich war eine trauernde Witwe und Mutter von zwei kleinen Kindern, ich war eine starke, unabhängige Frau, die mit einem attraktiven Mann ausging, und ich war ein schüchternes, nervöses Mädchen beim ersten Rendezvous. Und das alles auf einmal und zur selben Zeit.

Dann saßen wir auf der gepolsterten Bank in einer gemütlichen, halbrunden Nische, in der gut und gerne sechs Personen Platz gefunden hätten. Michael plauderte zwanglos mit der Kellnerin und nahm sie durch seine freundliche, verbindliche Art sofort für sich ein. Damit hatte er seine erste „Bewährungsprobe" bestanden, denn am Verhalten dem Personal gegenüber lässt sich viel über den Charakter eines Menschen ablesen. Wenn ein Mann die Bedienung im Restaurant arrogant und von oben herab behandelte, hatte er bei mir schon verloren.

Es dauerte ein paar Minuten, bis wir uns in der ungewohnten Situation wohlfühlten, in trauter Zweisamkeit an einem Tisch zu sitzen, von Angesicht zu Angesicht mit der Telefonstimme. Ich achtete auf seinen Gesichtsausdruck und seine Gestik, während er sprach, und konnte nicht aufhören zu lächeln. Dies war das vierte Mal, das wir gemeinsam beim Essen saßen: erst unser chaotischer Familienabend in der allerersten Trauerphase, dann folgte das „Arbeitsessen" beim Spanier, dann der Abend, an dem ich bei Michael zu Hause italienisch kochte (der Knoblauchgeruch hing noch immer in der Küche). Und jetzt bei *Maggiano's*, unser erster Abend zu zweit und in einer eleganten Atmosphäre, in der man sich zweimal überlegt, wie man seinen Salat am besten isst, welches Messer man benutzt und wo die Stoffserviette nach Knigge hingehört.

Wir schoben die Trauer beiseite und redeten zwei Stunden lang über alles Mögliche. Dabei drehten sich die Gespräche weniger um unser Dasein als Witwe oder Witwer, obwohl Matt und Cathy ganz natürlich in fast jeder Episode aus unserem Leben mit einbezogen waren. Dazwischen gab es Momente, in denen wir gar nichts sagten, wobei sich keiner gedrängt fühlte, die Stille mit Worten zu füllen. Damit hatte Michael den zweiten „Test" bestanden. Für mich war es wichtig, wenn ich mit jemandem nicht nur reden und lachen, sondern auch schweigen konnte, ohne dass die Stille peinlich wurde, weil es nichts mehr zu sagen gab.

Ich fühlte mich wohl in Michaels Gegenwart. Wir sprachen über unsere Berufe, über die Kinder, über Basketball und Reisen, und wie beim ersten Mal war alles so bemerkenswert einfach. Michael war mir so vertraut, als würden wir uns schon jahrelang kennen. Wir waren zwei erwachsene Leute, die mitten im Leben standen, die alles schon erlebt hatten: Freude und Leid, Tod und Trauer, Heirat und Kinderkriegen, Liebe und Sex, Glaube und Hoffnung. Trotzdem gab es noch so viel Neues zu erleben. So vieles, was wir aneinander entdecken und voneinander lernen konnten.

Auf der Heimfahrt hatten wir die Autofenster offen und ließen die kühle Nachtluft hereinwehen. Ich hatte meine Sandalen ausgezogen und machte es mir im Schneidersitz bequem.

„Danke für die Einladung", sagte ich. „Das Essen war köstlich. Für einen Iren hast du einen guten Geschmack."

„Freut mich, dass es dir gefallen hat."

Es entstand eine längere Pause.

„Komisch, was?", sagte ich.

Michael sah zu mir herüber und lächelte. „Das Komische daran ist, dass es sich überhaupt nicht komisch anfühlt." Er nahm meine Hand in seine, den Blick nach vorn auf die Straße gerichtet.

Er hatte recht. Es war kein bisschen komisch, sondern auf merkwürdige Weise völlig „normal". Vor dem Haus hielt er an und küsste mich zum Abschied leicht auf die Wange. Dann stieg er aus, hielt mir galant die Wagentür auf und begleitete mich zum Haus, wo meine Eltern auf mich warteten.

Abend auf der Terrasse

Gina

Meine Kindheit verbrachte ich in einem winzigen Haus in einem Vorort von Detroit, nur einen Steinwurf entfernt vom See. Jedes Jahr im Juli waren die Fassaden der Häuser zwei Wochen lang von Milliarden von Eintagsfliegen bedeckt, wie schimmerndes, durchsichtiges Moos. Das Wohnen am See hatte seinen Preis. Sogar die teuren Villen blieben nicht verschont, also konnte es so schlimm nicht sein.

Wir wohnten im zweitletzten Haus unserer Straße, ganz in der Nähe der Grundschule. Als Kind dachte ich immer, alle Schüler würden so wie ich in der Mittagspause nach Hause gehen und Fertigsuppe essen. Wir lebten in einfachen Verhältnissen und ich hatte eine unbeschwerte Kindheit. In unserem Garten hinter dem Haus wuchs ein Pfirsichbaum, aus einem Kern, den ich eingegraben hatte, als ich vier Jahre alt war. Im Sommer fuhr ein weißbrauner Eiswagen die Straße auf und ab, der das beste Softeis der Stadt verkaufte.

In der warmen Jahreszeit gab es keine Geheimnisse in unserer Straße. Die Häuser waren klein, die Wände dünn und die Klimaanlagen funktionierten schlecht oder waren nur für einen Raum konstruiert. Deshalb ließen wir alle die Fenster offen stehen. Privatsphäre gab es nicht.

Wenn ich unter dem großen Ahorn im Vorgarten saß, hörte ich die anderen Kinder spielen, Hunde bellen, Väter, die von der Arbeit heimkamen, ihre Familien begrüßen und Mütter ihre Teenager anschreien, sie sollten die Musik leiser drehen. Wenn der Wind aus einer bestimmten Richtung wehte, konnte man riechen, was es bei den Nachbarn zum Abendessen gab. Manchmal hörte ich sie auch streiten und lernte ein paar neue Schimpfwörter. An vielen Sommerabenden lag ich im Bett und hörte, wie meine Eltern mit Freunden auf der Veranda saßen. Ihr gedämpftes Lachen und das beruhigende Geplätscher der Unterhaltung im Ohr, schlief ich selig ein.

Als ich jetzt bei Michael auf der Terrasse saß, dachte ich an die Sommer meiner Kindheit. Sein Haus liegt auf einem Hügel, und von der Terrasse aus blickt man in den Garten auf blühende Bäume und Sträucher. An jeder Ecke standen Blumenkübel mit Hängepetunien, Geranien und Ziergräsern. Der Himmel war von sattem Blau und ließ alles andere umso plastischer hervortreten.

Zwischen dem exklusiven Wohnviertel in Rochester und meinen bescheidenen Anfängen lagen Welten, doch die Geräusche waren dieselben. Die Kinderstimmen in dem weitläufigen Garten, ihr Lachen und ihr Gezanke – all das erinnerte mich an meinen Platz unter dem Ahornbaum und ich musste unweigerlich lächeln. In der Ferne brummten Rasenmäher und Sprinkleranlagen. Wenn die Stimmen der Kinder laut wurden, wollte ich aufstehen und hingehen, um zu schlichten, aber Michael hielt mich jedes Mal zurück.

„Lass sie ruhig", sagte er. „Die Kinder machen das unter sich aus. Hier draußen lernen sie, zu streiten und Konflikte zu lösen – eine Lektion fürs Leben. Ihr Mütter müsst sie nur in Ruhe lassen."

Michael hatte einen gesunden Menschenverstand, auch was Kindererziehung betraf, und ich wusste, dass er recht hatte. Eigentlich hätte ich es besser wissen sollen, denn in meiner Kindheit war es nicht anders. Damals gab es noch nicht so viele überbesorgte Eltern, und die Erwachsenen in meinem Umfeld sahen keine Notwendigkeit, sich überall einzumischen. Das hatte mir nicht geschadet, im Gegenteil. Kindern braucht man nicht ständig zu sagen, was sie zu tun oder zu lassen haben. Viel mehr als alles andere brauchen sie jemanden, der ihnen ein gutes Beispiel ist und an dem sie sich orientieren können. Das war Michaels Philosophie.

Ich ging in die Küche und half ihm beim Essen für die Kinder. Sie hatten sich Hamburger mit Pommes gewünscht. Danach wollten Michael und ich für uns etwas kochen. Er hatte ein Fischrezept im Internet gefunden, das er gern ausprobieren wollte. Ich hätte nie gedacht, dass ich aus seinem Mund Worte wie „Wolfsbarsch" oder „Loup de Mer" hören würde. Aber schon bald standen wir in der Küche, schnitten Zitronen, hackten Petersilie klein und pressten Knoblauch aus.

Wir arbeiteten Hand in Hand, stießen zusammen und wichen den Kindern aus, die zwischendurch atemlos hereingerannt kamen, um ein Glas Wasser zu trinken. Wir waren ein gutes Team, das gemeinsame Kochen machte Spaß und ging wie von selbst, leicht und mühelos wie alles, was wir zusammen taten.

Unsere Beziehung war noch zart und dünn wie eine neue Haut. Manche Stellen waren noch wund und empfindlich und wir vermieden es, sie zu berühren. Dennoch war sie erstaunlich belastbar. Wir hatten gemeinsame Perspektiven und Prioritäten, Hindernisse und Stolpersteine konnten uns nicht viel anhaben. Kleinigkeiten, die mich früher schier in den Wahnsinn getrieben hatten, waren auf einmal nicht mehr wichtig.

Als der Fisch im Ofen vor sich hin schmorte, setzten wir uns wieder nach draußen. Ich schlug die Beine unter und machte es mir gegenüber von Michael auf der Gartenliege gemütlich. Schweigend lächelten wir uns an, keiner wollte den Zauber des Augenblicks durch Worte stören. Es war ein perfekter Sommerabend. Plötzlich stand Michael auf und ging in den Garten. Ich wunderte mich, dachte mir aber nichts dabei. Entspannt schloss ich die Augen und lehnte mich zurück. Als Michael zurückkam, stellte er eine Vase mit frisch geschnittenen Rosen vor mich hin.

„Für dich“, sagte er.

„Wie lieb von dir!“ Ich beugte mich vor und steckte meine Nase in die duftende Pracht. „Heute scheint mein Glückstag zu sein.“

„Heute ist ein wunderschöner Abend.“

„Jedes Mal, wenn wir hier draußen sitzen, ist alles perfekt: das Wetter, zufriedene Kinder, leckeres Essen … und jetzt schenkst du mir Rosen! Es muss an deiner Terrasse liegen.“

Michael lachte. „Vielleicht sollten wir draußen auf der Terrasse wohnen.“

Wir spannen den Faden weiter und kamen auf abenteuerliche Szenarien, wie sich das im Winter realisieren ließe. Wir redeten über Matt und Cathy und waren uns einig, dass sie den zauberhaften Abend auch genossen hätten.

Auf unseren Tellern lagen die kalten Überreste des Fischs. Die

Schatten wurden länger, während die Sonne hinter den Bäumen verschwand. Aufgeregt stürmten die Kinder auf die Terrasse.

„Mom, dürfen wir übernachten? Wir wollen eine Pyjama-Party machen!“ Drew hüpfte vor Begeisterung auf und ab. Hinter ihm standen Jack, Dan und Sam und stimmten in den Chor mit ein.

„Dürfen wir? Bitte, bitte, bitte!“

Wir besprachen uns kurz und stimmten zu, dass Drew und Sam über Nacht hierbleiben durften. Die vier Jungen stießen ein Freudengeheul aus.

„Mom, schläfst du auch hier?“, fragte Sammy.

Ich warf Michael einen kurzen Blick zu und lächelte. „Nein, mein Schatz. Aber ich komme morgen früh wieder.“

Sam umarmte mich und sagte weinerlich: „Warum kannst du nicht auch hier schlafen?“

„Erwachsene sind so langweilig. Die feiern keine Pyjama-Partys mehr“, sagte ich schlicht und ergreifend. „Ich verspreche dir, dass ich morgen ganz früh da bin und Pfannkuchen für euch backe.“

Michael und ich bauten die Betten für die Kinder und zogen uns wieder auf die Terrasse zurück, um im Kerzenlicht unseren Nachtisch zu essen. Ich wickelte mich in eine warme Decke, und wir saßen noch zwei Stunden draußen und redeten.

Als es für mich Zeit wurde zu gehen, brachte Michael mich zum Auto. Mein Herz schlug schneller, als ich an unseren Abschied dachte. Wir hatten selten Gelegenheit, uns ohne Kinder zu verabschieden, und ich fragte mich, ob er mich küssen würde. Ob aus Nervosität oder weil wir einfach kein Ende fanden, standen wir noch zwanzig Minuten lang in der Einfahrt und unterhielten uns. Mir wurde langsam kalt. Michael sah, dass ich zitterte, und zog mich an sich, um mich zu wärmen. Ich legte den Kopf an seine Schulter und fühlte mich geborgen in seinen starken Armen. Nach einer Weile löste er sanft seine Umarmung, sodass er mir in die Augen schauen konnte.

„Ist das okay?“, flüsterte er, bevor er seine warmen Lippen auf meinen Mund presste. Die Antwort lag in meinem Kuss.

Die Stiftung

Michael

Exakt neun Monate nach Matts Tod fand das erste offizielle Golfturnier zu seinen Ehren statt. Eine Golfpartie im Namen eines verstorbenen Freundes oder Angehörigen ist nichts Ungewöhnliches im Mittleren Westen. Matt wurde von allen geschätzt und hatte zahlreiche Freunde und Geschäftspartner gehabt, die auf diese Weise ihre Verbundenheit ausdrückten.

Das Golfturnier war ein Riesenerfolg. Viele namhafte Firmen beteiligten sich als Sponsoren, darunter ein Fernsehsender. Der Ansturm war so gewaltig, dass es schwierig war, so viele Spieler unterzubringen. Nach der Siegerehrung folgten eine Cocktailparty, eine Stille Auktion, ein festliches Abendessen und eine Versteigerung mit einigen hochwertigen Gegenständen. Matts Freunde – allen voran Marty, Mike und Red – hatten die Organisation in die Hand genommen, um Gina zu entlasten. Als erste Spendenaktion zum Gedenken an Matt war es seinen Freunden gelungen, eines der besten Golfturniere auf die Beine zu stellen, das ich je besucht habe, und dabei über 50.000 Dollar für die Krebshilfe einzunehmen.

Bald darauf kam von mehreren Seiten die Anfrage, ob das Turnier zu Ehren von Matt im nächsten Jahr wieder stattfinden würde. Wir begannen, darüber nachzudenken, ob es nicht zu einer festen, alljährlichen Veranstaltung werden könnte. Die Idee zur Gründung eines gemeinnützigen Vereins war geboren. Wir planten ein Treffen bei Gina, um die Einzelheiten zu besprechen. Der Vorstand des Vereins sollte aus Matts „Brüdern" bestehen, natürlich zusammen mit Gina.

Ein paar Tage vor der Besprechung überraschte mich Gina mit einer neuen Idee. „Ich würde den Verein gern nach Matt *und* Cathy benennen", sagte sie.

„Das kannst du nicht machen", widersprach ich sofort. Ich war, im Gegensatz zu Matts Freunden, ein Außenseiter in der Szene. Als Witwer hatte ich zwar ihre Sympathie, dennoch schien es mir nicht angebracht, aus heiterem Himmel Cathys Namen anzufügen. Doch Gina war von dem Gedanken nicht abzubringen und wollte wissen, warum ich dagegen war.

„Erstens ist das Golfturnier nach Matt benannt“, begann ich.

„Ja, aber außer dem Golf-Event könnten wir noch weitere Fundraising-Veranstaltungen durchführen. Und einige davon könnte man nach Cathy benennen.“ Offensichtlich hatte sie sich die Argumente im Voraus zurechtgelegt. Ich beschloss, gleich das stärkste Gegenargument aufzufahren.

„Gina, die Jungs werden nie im Leben zustimmen.“

„Doch, das werden sie.“

Ein paar Tage danach fand das nächste Treffen statt. Wir waren alle in Ginas Wohnzimmer versammelt. Gina stellte ihre Vision vor: die Gründung einer Stiftung als Hilfsfond für Familien mit kleinen Kindern, die durch Krebs einen Elternteil verloren hatten. Die Stiftung würde Familien finanzielle Hilfe leisten, aber auch Beratung und seelsorgerliche Hilfe vermitteln. Matts Freunde waren begeistert von der Idee. Dann ließ Gina die Bombe platzen.

„Als Namen hatte ich mir überlegt: ‚Matt Kell und Cathy Spehn Stiftung für Familien‘. Und ich möchte, dass ihr alle im Vorstand seid.“

An der Körpersprache der Männer konnte ich wie in Zeitlupe zusehen, wie sich die Stimmung veränderte. Als Gina mit der Schilderung ihrer Vorstellungen fertig war, herrschte betretenes Schweigen. Ich hatte es geahnt. Nie im Leben würden sie sich darauf einlassen.

Gina forderte die Freunde einzeln auf zu sagen, was sie darüber dachten. Einer nach dem anderen äußerte offen seine Meinung, und alle sprachen sich dagegen aus. Sie waren hier, um eine Stiftung im Gedenken an ihren Freund zu gründen, und hatten kein Interesse daran, irgendeinen anderen Namen mit aufzunehmen.

Gina war enttäuscht und gekränkt. Sie konnte den Standpunkt der Männer nicht verstehen. So lange sie konnte, nahm sie sich zusammen, war jedoch zunehmend frustriert. Irgendwann hielt sie es nicht mehr aus und verließ weinend das Zimmer. Ich kannte Gina noch nicht so lange wie die anderen, aber ich merkte, dass es für sie schlimmer war, als ich befürchtet hatte. Sie kam nicht zurück ins Wohnzimmer. Wir anderen machten noch eine Weile Konversation, dann lösten wir die Versammlung auf und gingen nach Hause.

Ich war zwar auch enttäuscht, konnte aber Matts Freunde voll und ganz verstehen. Sie waren einfach noch nicht so weit. Sie konnten sich nicht vorstellen, dass Gina eines Tages mit jemand anderem zusammen sein würde – egal mit wem – außer mit Matt, ihrem Freund und Bruder.

Die wirklich wichtigen Freundschaften im Leben sind meistens die, die über die Jahre gewachsen sind. Freunde aus der Schulzeit, aus dem ersten Sportverein, einige wenige, die alle Veränderungen, Höhen und Tiefen des Lebens überdauert haben. Ihre Freundschaft ist wie ein Kompass, der uns die Richtung weist und uns hilft, auf dem richtigen Weg zu bleiben. Diese Freunde und die gemeinsamen Erinnerung sind das Fundament, das uns Sicherheit gibt bei den großen Fragen des Lebens: „Wen soll ich heiraten?“, „Sollen wir Kinder bekommen?“ „Soll ich mich selbstständig machen?“, und so weiter.

Matt Kells Tod hatte seine Freunde bis in die Grundfesten erschüttert. Ihr eigenes Fundament hatte plötzlich Risse bekommen. Angst mischte sich in ihren Schmerz und ihre Trauer. Männer neigen dazu, solche Gefühle zu überspielen, indem sie sich in Arbeit stürzen. Matts Freunde taten dies, indem sie Golfturniere organisierten, Matts Kinder zu Basketballspielen ins Stadion einluden, und Gina praktische Hilfe anboten. All das ist gut und wichtig, aber der Verlust wird dadurch nicht verarbeitet, sondern der Trauerprozess wird aufgeschoben. Im Gegensatz zu den Menschen, die in Apathie und Hoffnungslosigkeit versinken und keinen Ausweg mehr sehen, schalten Männer wie Matts Freunde in den Arbeitsmodus und halten die Trauer auf Abstand.

Ich war mir meiner Außenseiterstellung in der Gruppe von Anfang an bewusst und hielt mich vorsichtig im Hintergrund. Was die Sache noch komplizierter machte, war, dass Gina und ich unsere ungewöhnliche Freundschaft aus Selbstschutz lange Zeit geheim gehalten hatten. Viele Leute wussten nicht, wie nahe wir uns in Wirklichkeit standen. Als wir unsere Beziehung öffentlich machten, dachten wir bereits an eine gemeinsame Zukunft, während die meisten glaubten, wir hätten uns gerade erst näher kennengelernt.

Es war damals nicht leicht für mich, doch ich musste Matts Freunden ihre absolute Ehrlichkeit zugutehalten. Ich war beeindruckt von der Offenheit, mit der sie in Ginas Wohnzimmer ihren Standpunkt verteidigten. Am Tag danach riefen sie fast alle bei mir an und wir sprachen uns aus. Wir trugen einander nichts nach und wollten diese Erfahrung nutzen, um für die Zukunft daraus zu lernen.

Gina war sehr verletzt, aber sie fasste sich wieder und verfolgte ihre Pläne weiter. Sie sah ein, dass Matts Freunde noch Zeit brauchten und sich von ihrer Idee überrumpelt gefühlt hatten. Die Freunde konnten nicht wissen, wie groß unsere Zuneigung füreinander war und wie sehr Ginas Herz für diese Stiftung schlug. Beides war eng miteinander verknüpft. Und die Diskretion, mit der wir unsere Beziehung lebten, führte dazu, dass wir selbst mit den engsten Freunden nicht offen reden konnten. Doch Gina war überzeugt, dass Matts „Brüder" eines Tages die Hintergründe verstehen würden, und so war es auch.

Dann gründeten wir tatsächlich gemeinsam die Stiftung zu Ehren von Matt Kell und Cathy Spehn. Matts Freunde bildeten zusammen mit Gina und mir den Vorstand. Damit war der Grundstein für die Stiftung gelegt. Aber es war mehr als das: Es war der Grundstein für eine neue, tiefe Freundschaft.

Der doppelte Regenbogen

Gina

Ob Matts Kampf gegen den Krebs auf dem Gipfel der Genesung enden würde oder am Ufer eines stillen Sees, dem Übergang in eine andere Welt, war zuerst ungewiss. Aber während dieses Kampfes merkten wir, dass wir praktisch keine andere Wahl hatten, als allen überflüssigen Ballast in unserer Ehe abzuwerfen. Der Krebs hieb wie eine Machete durch den Dschungel unserer Beziehung, dünnte das Unkraut aus und schuf Raum für unsere eigentlichen Prioritäten. Durch die neuen, klaren Strukturen fand ich zu einer tieferen, reineren Liebe als je zuvor in meinem Leben. Zuerst bei Matt, dann bei meiner zweiten großen Liebe, Michael. Ich fand es nur unendlich schade, dass erst Matts tödliche Krankheit diese einfache Veränderung möglich machte.

Es gibt viele Gefühle, die mit Liebe verwechselt werden: Zuneigung, Lust, Freundschaft oder Hilfsbedürftigkeit. Ich dachte immer, ich wäre alt genug, um den Unterschied zu kennen, aber die Grenzen sind oft fließend, vor allem, wenn man sich in der Übergangsphase von einem Stadium zum nächsten befindet. Zwischen echter Liebe und den Gefühlen, die für Liebe gehalten werden, liegen viele Grauzonen.

Als Michael und ich uns näher kennenlernten, wusste ich, dass jede meiner Bewegungen genau beobachtet und registriert wurde, sei es in der Gemeinde oder von meinen Kindern. Schon Drew und Sam zuliebe durfte ich keine Fehler riskieren. Ich war für drei gebrochene Herzen verantwortlich.

Was zwischen Michael und mir als Form der Trauerbewältigung begonnen hatte, entwickelte sich bald zu einer bereichernden Freundschaft. Auch die Beziehung der Kinder untereinander festigte sich ohne unser Zutun. Es gab keine Grauzonen. Wir analysierten weder die Zeit, die wir miteinander verbrachten, noch irgendwelche winzigen Gesten oder unsere nächtlichen Anrufe, bei denen regelmäßig einer oder alle beide am Telefon einschliefen. Wir freuten uns über unsere Verbindung so, wie sie war, ganz ohne Druck oder Erwartungen, und ich schätzte diese Freiheit und Unkompliziertheit sehr.

Auch als sich unsere Freundschaft mehr und mehr Richtung Liebesbeziehung entwickelte, geschah es ganz leise und allmählich, sozusagen in stillschweigender Übereinkunft. Dabei bildeten die Kinder eine Art natürlichen Puffer, eine Sicherheitszone, die uns davor bewahrte, die Dinge zu überstürzen. Das langsame Tempo fiel uns leicht und kam unserer Situation entgegen – einem Familienleben, das bestimmt wurde von sehr viel Nähe, der Koordination unterschiedlicher Stundenpläne und Termine sowie dem starken Wunsch, die Kinder vor weiterem Leid zu beschützen. Es würde keine „geheime" Beziehung geben, von der sie nichts wussten. Dies war eine Entscheidung, die uns alle betraf, die ganze Familie. Als die Kinder es zu ahnen begannen, sprachen wir behutsam mit ihnen über die Möglichkeiten, Bedenken und Hoffnungen, was eine gemeinsame Zukunft betraf. Als ihre Fragen zunahmen und die Gespräche über das Thema länger wurden, beschlossen Michael und ich, die Dinge zu beschleunigen, indem wir alle zusammen verreisten. Wenn unsere Patchworkfamilie jemals funktionieren sollte, brauchten wir Gewissheit.

Wir planten zusammen eine Reise nach Florida, mit einem Besuch von Disney World als krönendem Abschluss. Die ungewohnte, ständige Nähe würde uns vielleicht deutlich machen, inwieweit wir den Kurs ändern sollten – in die eine oder andere Richtung. Nichts bringt die verschiedenen Persönlichkeiten und Beziehungen untereinander deutlicher ans Licht als ein gemeinsamer Urlaub. Es war der perfekte Test für unsere „Familientauglichkeit".

Unser Plan ging auf. Der Urlaub war wunderschön. Wir waren eine Bilderbuchfamilie wie aus einem Disney-World-Werbespot: glücklich lachende Kinder, die durch den Vergnügungspark hüpften, und die stolzen Eltern, die hinterherschlenderten. Es floss keine einzige Träne, es gab keinen einzigen Streit. Es war schon fast unheimlich – fünf Kinder im Alter von sechs bis elf, und keiner quengelte, schmollte oder piesackte seine Geschwister. Alle dachten, wir seien eine einzige große Familie mit wohlerzogenen Kindern, die sich gut verstanden und Spaß hatten. Es war ein Gefühl der Zusammengehörigkeit, das keiner Worte bedurfte und das die Herzen erfüllte wie ein Lieblingslied.

Wenn diese Reise ein Vorgeschmack auf unser zukünftiges Familienleben war, dann konnten wir den Schritt wagen. Dennoch war ich vorsichtig. Es schien alles etwas zu einfach. Und schließlich waren wir in Disneyland, wo gute Laune zum Pflichtprogramm gehört. Wir brauchten noch einen anderen, alltagstauglicheren Test.

Trotz meiner „absolut verantwortungslosen" Wanderung zum Turquoise Lake im vergangenen Sommer hatten meine Eltern mich und die Jungs wieder nach Colorado in ihre Ferienwohnung eingeladen. Ich nahm all meinen Mut zusammen und fragte kühn, ob Michael und die Kinder uns dort besuchen dürften. Zu meiner Überraschung waren meine Eltern sofort einverstanden und boten uns an, dass wir eine Woche früher anreisen und mit Michaels Familie die Wohnung nutzen könnten. Die Idee gefiel mir. Das Zusammenwohnen wäre der ideale zweite Test.

Sehr schnell merkten wir, dass dies etwas anderes war als ein entspannender Ausflug nach Disney World. Dies war die Realität, ohne Zuckerguss. In den ersten zwei Tagen mussten sich die Kinder erst an die Höhenlage gewöhnen und litten unter trockenem Mund, Kopfschmerzen und Übelkeit. Der Quengel-Faktor war genau das, was ich erwartet hatte. Wir hatten zwar viel Spaß und lachten viel, aber angesichts von Wildwasser-Rafting, Wanderungen, Kletterwänden, drückenden Schuhen und Höhenangst wurden wir mit Ängsten, Tränen und Widerstand konfrontiert. Selbst Minigolf mit fünf Kindern war Stress. Auf einer zweiten, tieferen Ebene ging es dabei um die Bewältigung von Ängsten allgemein, um Vertrauen, Loslassen, Risikobereitschaft und das Abstecken von Grenzen. Von uns Eltern war außer Konsequenz viel Geduld und Liebe gefordert, und Michael und ich befanden uns pausenlos im „Erziehermodus". Wir waren ein gutes Team und die Kinder spürten das. Dies war der Test, den ich mir gewünscht hatte. Hier bekamen wir langsam ein Gefühl für das „echte" Familienleben. Der Härtetest in Colorado war genau das, was ich brauchte, um sagen zu können: „Lass es uns wagen! Wir sind füreinander bestimmt."

Eine Woche lang lebten wir zusammen unter einem Dach. Die Ferienwohnung meiner Eltern im malerischen Gebirgsort ist sehr großzügig geschnitten, besaß aber zu wenige Zimmer für uns alle. Ich belegte das wunderschöne Elternschlafzimmer mit eigenem Bad, die Kinder machten es sich auf der Loft-Ebene gemütlich und Michael schlief im Wohnzimmer.

Von Anfang an waren die Kinder in unserer Beziehung unser

Kompass gewesen, der uns bei jeder Entscheidung die Richtung vorgab. Wir waren übersensibel, was ihre Gefühle betraf, und achteten sehr darauf, sie nicht zu überfordern. In diesem Urlaub war es das erste Mal, dass sie uns Händchen haltend sahen. Wir vermieden es, uns vor ihren Augen zu küssen, und zusammen in einem Raum zu übernachten wäre undenkbar gewesen. Deshalb nahm Michael mit dem ausziehbaren Sofa im Wohnzimmer vorlieb. Ich hatte ihm einen Tausch vorgeschlagen oder wenigstens abzuwechseln, aber er lehnte ritterlich ab. Bei allem Komfort war das Schlafsofa das Unbequemste, was diese Luxuswohnung zu bieten hatte. Michael hatte zwar seine Sachen in dem großen, begehbaren Schrank im Schlafzimmer, aber am Ende eines anstrengenden Tages brachten wir die Kinder ins Bett, sagten einander Gute Nacht und er fiel in seine Koje, während ich mich in mein feines Himmelbett kuschelte. Hinzu kam, dass seine Nachtruhe ohnehin meistens nur von kurzer Dauer war, weil die Kinder oft nachts aufwachten, bei ihm durchmarschierten und sich in der Küche etwas zu trinken holten. Oder weil sie meistens schon vor Morgengrauen aufstanden und nach Frühstück verlangten.

Eines Abends saßen Jack und Drew noch bei Michael auf dem Sofa, als Jack plötzlich fragte: „Wieso schläfst du nicht da drin?" Er deutete auf das Elternschlafzimmer.

„Weil das Zimmer für zwei Leute ist, die miteinander verheiratet sind", antwortete er schlicht. Ehrlich und geradlinig. Ohne Grauzone. Wir hatten richtig gehandelt. Als Dankeschön und Entschädigung für eine Woche auf dem harten Sofa schenkte ich Michael eine 90-minütige Massage im Wellnessbereich des Kurhauses.

Gegen Ende der Woche hatte sich alles gut eingespielt, die Höhenkrankheit war überwunden, und wir waren glücklich und randvoll mit Erinnerungen an unsere Abenteuer in den Bergen. Ich war stolz auf die Kinder. Es tat gut zu sehen, wie sie miteinander lachten, sich stritten und versöhnten, sich gegenseitig Mut machten und ihre Ängste überwanden. Was unsere Familien verband, war nicht nur unsere tragische Vergangenheit, sondern auch die neuen, gemeinsam bestandenen Abenteuer. „Weißt du noch …" war nicht ausschließlich mit Erinnerungen an Leid und Verlust besetzt und an die Zeit, bevor wir uns kannten. „Weißt du noch …" wurde zum Inbegriff einer neuen, gemeinsamen Geschichte.

Nach sieben Tagen würden Michael und seine Kinder nach Hause fahren, während ich mit Drew und Sam blieb, um noch eine Woche mit meinen Eltern zu verbringen. An unserem letzten gemeinsamen Vormittag machten wir zusammen einen geführten Ausritt. Der Anblick von Michael, dem typischen Großstadtmenschen, hoch zu Ross war einmalig. Ängstlich klammerte er sich am Sattel fest, aber er wollte kein Spielverderber sein und machte gute Miene, was ich ihm hoch anrechnete. Um seine Unsicherheit zu überspielen, riss er alle möglichen Witze. Er hing im Sattel wie ein Kartoffelsack und deutete auf einen gut aussehenden Cowboy. „Ist das der Typ Mann, auf den du stehst?", raunte er mir zu.

Ich schaute über den Rand meiner Sonnenbrille und lächelte. „Eifersüchtig?"

„Auf Billy Bob? Niemals!" Wie abgesprochen, erschien in dem Moment ein weibliches Pendant in der Stalltür, in engen Jeans, taillierter Karobluse und einem femininen Cowboyhut. Michaels Gesicht erhellte sich, und er saß auf einmal viel entspannter im Sattel.

„Schau mal, da kommt *dein* Typ", frotzelte ich.

Als wir alle sieben sicher im Sattel saßen, ritten wir im Gänsemarsch los. Ein Cowboy führte die Gruppe an, die anderen Pferde folgten ihrem Herdentrieb und gingen hinterher. Während des Ausritts drehte sich unser Guide immer wieder um und machte Small Talk oder erzählte Wissenswertes über die Umgebung.

Lupinen und Rittersporn säumten den Pfad, willkommene Farbtupfer in den Beige- und Brauntönen der Landschaft. Kleine, weiße Wölkchen bauschten sich am kobaltblauen Himmel wie Zuckerwatte. Lichte Espenhaine schimmerten in den Lücken zwischen den Kiefern und Fichten. In der Ferne beobachteten wir grasende Hirsche. Die Kinder löcherten unseren Anführer mit Fragen. Dann stellte er selbst eine: „Wisst ihr, wie viele Espenbäume in diesem Wäldchen hier stehen?"

Die Kinder fingen an zu raten. „Zweitausend!"

„Hunderteinundachtzig!“

„Eine Million!“

Es entspann sich eine rege Debatte darüber, was derjenige, der richtig geraten hatte, als Preis bekommen sollte. Michael sagte nichts. Er ahnte wohl, dass es eine Fangfrage war.

Unser Guide ließ die Kinder noch eine Weile zappeln, dann sagte er: „Einer. Was ihr hier seht, ist ein einziger Baum.“

Er erklärte, dass eine Gruppe Espen, auch Zitterpappeln genannt, durch ihre Wurzelsprossen miteinander verbunden ist, alle Bäume, die wir sehen, gehen von der Pfahlwurzel und den kräftigen Seitenwurzeln einer einzelnen Pflanze aus. Dabei wachsen neue Stämme nach, wenn ältere sterben. Nach einem Waldbrand sind es die Espen, die sich dank ihres ausgedehnten Wurzelsystems als Erste erholen.

Kaum war der Wissensdurst der Kinder gestillt, begann Michael, sich für das Thema zu erwärmen. Er schaffte es sogar, sein Pferd zu einem holprigen Trab zu bewegen, und schloss an die Spitze der Gruppe auf. Michael gehört zu den Menschen, die immer alles ganz genau wissen wollen, und übertraf mit seinen Fragen sogar die Kinder. Mir genügte die Information, dass es sich um einen einzigen Baum handelte. Michael fragte ausführlich nach dem Wie und Warum sowie sämtlichen ökologischen und forstwissenschaftlichen Details. Ich zog ihn immer damit auf, dass er so viele Fragen stellte, aber im Grunde bewunderte ich ihn für diese Gabe und wünschte mir, ich wäre genauso vielseitig interessiert.

Langsam zockelten wir zum Stall zurück. In der letzten Dreiviertelstunde hatten wir mehr über Espen gelernt als bei jeder Google-Suche. Während unsere schmerzenden Muskeln sich freuten, waren wir traurig, denn das Ende des Ausritts bedeutete auch das Ende unserer gemeinsamen Zeit in Colorado.

Michael und die Kinder packten ihre Koffer. Als sich das Gepäck im Flur stapelte, spürte ich einen Kloß im Hals.

„Es wäre schön, wenn wir eines Tages alle zusammen in den Urlaub fliegen könnten“, sagte Michael, als wir uns verabschiedeten. „Aber nur irgendwohin, wo es eine Klappcouch für mich gibt.“

Ich lachte. „Es tut mir so leid.“

Er legte seine Hände um meine Taille. „Wir warten zu Hause auf euch."

„Ich vermisse dich schon jetzt", sagte ich und hielt mühsam die Tränen zurück.

Wir küssten uns zärtlich zum Abschied. Er war glatt rasiert, nachdem er die ganze Woche mit Cowboy-Stoppeln herumgelaufen war. Seine Lippen waren weich und warm, und ich schmolz in seinen Armen. Michael zog mich an sich und flüsterte: „Ich liebe dich."

Die Worte hingen in der Luft. Und wir wussten: Wir waren bereit, es noch einmal zu wagen.

Ich lächelte. „Ich liebe dich auch."

Wir hielten uns noch einmal ganz fest, als wollten wir uns nie wieder loslassen.

Dann war es so weit. Die vier Spehns stiegen ins Auto, das sie zum Flughafen brachte. Ich merkte, dass es plötzlich zu regnen anfing, wie so oft am Nachmittag. Es begann fast immer zwischen drei und vier; wir hätten die Uhr danach stellen können. Auch die Anzeichen waren immer gleich: Der Wind frischte auf, die Temperatur fiel und am Himmel zogen schwarze Wolken auf. Ein paar Mal hatten wir vom Sessellift aus fotografiert, als eine Regenfront wie ein Vorhang am Himmel hing und sich vor das Gebirge schob. Manchmal regneten sich die Wolken woanders ab und bei uns fiel kein einziger Tropfen.

Regen ist für die meisten von uns etwas Negatives. Oft wird er mit Tränen und Trauer in Verbindung gebracht. Eine nahende Regenfront wirkt bedrohlich. Sie ist dunkel, unheimlich und bedrückend, als wollte sie dem Leben die Freude stehlen. Regen ruiniert unsere Pläne, unsere Stimmung, unsere Frisur. Regen zwingt uns dazu, Opfer zu bringen und Kompromisse einzugehen. Natürlich soll der Regen für eine gute Ernte sorgen, unseren Rasen bewässern und den Wasserstand der Seen und Flüsse auffüllen, damit sie nicht austrocknen. Am besten irgendwann, wenn es *uns* passt, über Nacht zum Beispiel oder an Tagen, an denen wir uns mit der Steuererklärung herumschlagen. Aber der Regen lässt sich keine Vorschriften machen, er ist unberechenbar. Genau wie Schicksalsschläge hat er sein eigenes Timing. Beide fürchten wir, aber ohne sie gäbe es kein Wachstum.

Am dem Abend fand auch ein bekanntes Rodeo statt. Der Himmel bot ein ungewöhnliches Schauspiel: ein zaghaftes, gebrochenes Sonnenlicht, dunkle Wolken und ein erfrischender, leichter Regen, der die Wildblumen zum Leben erweckte und den Staub in der Arena band. Die Kinder und ich waren früh dran, wir kauften uns etwas zu essen und zu trinken und fanden noch freie Plätze auf der überfüllten Haupttribüne mit dem Blick genau nach Westen. Am Horizont überlagerten sich stahlgraue Wolken zu einem wunderschönen, fedrigen Muster. Als die Sonne hinter der Wolkenbank hervorlugte, blendeten uns ihre Strahlen.

Während der Vorstellung setzte Drew plötzlich seine Cola ab, zupfte mich am Ärmel und rief: „Mom, schau mal da!"

Ich wandte den Kopf, um zu sehen, was er meinte. Was ich sah, raubte mir für einen Augenblick den Atem. Im Osten standen zwei Regenbogen am Himmel, leuchtend und klar vor dem Hintergrund der dunklen Wolkenfront. Die Zeit schien stillzustehen.

Ich saß da und staunte. Dies waren keine normalen, blassen Regenbogen, deren Anfang und Ende man erahnen musste. Bei diesem Doppelbogen waren die Konturen messerscharf, die Farben lebhaft und strahlend. Der zweite Bogen war fast so perfekt wie der erste, mit einem vollständigen Spektrum an Farben, ein Abbild seines großen Bruders in umgekehrter Farbfolge. Meine Augen wanderten an der vollendeten Krümmung entlang bis zu dem Punkt, wo sie die Erde zu berühren schienen. Mir war, als könnte ich ohne Schwierigkeiten aufstehen, die Tribüne verlassen, über das abgeerntete Feld laufen, wo die Autos parkten, bis hin zur Talsohle in der Ferne, und das Ende des Regenbogens berühren.

Die Zuschauer zückten die Fotoapparate und nach ein paar „Ahs" und „Ohs" wandten sich alle wieder dem Rodeo zu. Alle außer mir. Ich war zutiefst aufgewühlt. Ich musste Michael anrufen.

„Ich bin's, hallo. Ich weiß, ihr seid beim Einchecken und du kannst nicht lange telefonieren. Ich sitze hier auf der Tribüne beim

Rodeo, und der Abendhimmel ist einfach unbeschreiblich: Sonne, Wolken und ein *doppelter* Regenbogen! Hast du so etwas schon mal gesehen? Es ist fantastisch! Ich weiß, es klingt vielleicht kitschig, aber es ist, als ob Matt und Cathy uns eine Botschaft senden wollten. Als ob sie uns ihren Segen geben.

Ich wünschte, du wärst hier. Es gibt so vieles, was ich dir sagen will. Ich liebe dich. Ich freue mich auf unser Wiedersehen. Bis bald!“

Unten in der Arena war inzwischen ein Clown dabei, die Kinder zu unterhalten, aber ich konnte meine Augen nicht vom Schauspiel am Himmel abwenden. Ich beobachtete, wie die Wolken vorbeizogen und die Farben des Doppelbogens allmählich verblassten.

Die Schönheit und tiefe Symbolik eines Regenbogens wird oft verkannt. In der Bibel ist er ein Zeichen der Vergebung Gottes. An jenem Abend in Colorado war der doppelte Regenbogen für mich ein ganz deutliches Symbol für Gottes Liebe. Ein Zeichen seiner Erlösung und seiner Gnade. Ein Zeichen der Hoffnung.

Und ich musste an die Worte aus dem Musical *Les Misérables* denken: „Der Regen schmerzt nicht mehr, der Regen wäscht mein Leben rein …“

Wir können nicht verhindern, dass Regen auf unser Leben fällt, aber der Regen hat etwas Versöhnliches. Er birgt eine Schönheit, die erst nach dem Sturm sichtbar wird. Und wenn das Licht auf die Wassertropfen trifft, verwandelt es das Grau in die Farbe des Regens.

Der Regen in meinem Leben schenkte mir die Begegnung mit Michael und seinen Kindern. Gottes Gnade ist das Licht, das die Farbe des Leids in strahlende Schönheit verwandeln kann. Die Zeit der Stürme war vorbei, und der doppelte Regenbogen war ein Zeichen Seiner Verheißung.

Der Heiratsantrag

Michael

Je mehr Gina und ich daran dachten, uns zu einer großen Patchworkfamilie zusammenzutun, desto mehr machten wir uns Gedanken über die Kinder. Wie würden sie das auffassen? Dabei war uns beiden klar: Die Kinder gingen vor. Wenn sie sich dagegen sträubten, würden wir davon Abstand nehmen.

Was unsere Freundschaft und Liebesbeziehung anging, waren wir ihnen gegenüber immer sehr vorsichtig gewesen. Wir tauschten vor ihnen keine Zärtlichkeiten aus, und erst nachdem wir uns ein Jahr lang kannten, wagten wir ein paar schüchterne Liebesbeweise in ihrer Gegenwart. Wenn sich die Gelegenheit ergab, sprachen wir über die Perspektive, eine einzige große Familie zu werden, und die Kinder reagierten stets positiv – wie wir es uns erhofft hatten. Sie freuten sich, aber sie hatten auch viele Fragen und wir taten unser Bestes, um ihnen die Sicherheit zu geben, die sie brauchten.

Gegen Ende des Sommers, als Drew und Sam wieder einmal bei uns übernachteten, nutzten Gina und ich die Gelegenheit für ein offenes Gespräch. Die älteren beiden, Jack (9 Jahre) und Drew (8 Jahre), schliefen in einem Zimmer. Nach dem Gute-Nacht-Sagen blieben wir noch ein bisschen bei ihnen und redeten über dies und das. Ich streckte mich neben Drew auf dem Boden aus, Gina saß neben Jacks Schlafsack.

„Jungs, ich wollte euch etwas fragen“, begann ich.

„Vielleicht, ob wir heute länger aufbleiben und *Indiana Jones* gucken wollen? Danke, Dad!“ Typisch Jack.

„Falsch. Aber man kann es ja mal versuchen“, lachte ich. Dann wurde ich wieder ernst.

„Ihr wisst noch, wie wir darüber gesprochen haben, dass wir vielleicht eines Tages eine große Familie sein werden.“

„Ja?“ Drew setzte sich auf. Er schien von allen Kindern derjenige, der am meisten Angst vor der Veränderung hatte. Mir kam es so vor, als hätte er dieses Gespräch schon erwartet.

„Und da habe ich mich gefragt", fuhr ich fort, „wie ihr uns dann nennen würdet." Ich warf Gina einen Blick zu. „Bisher waren wir für euch ja ‚Mr Spehn' und ‚Mrs Kell' oder ‚Mama Kell'. Wenn wir vielleicht eines Tages heiraten würden, wäre es für euch wahrscheinlich komisch, ‚Mom' und ‚Dad' zu sagen. Oder wie seht ihr das?"

„Ja, das wäre schon komisch", antwortete Drew, ohne zu zögern. „Weil ich ja schon einen Dad habe … im Himmel, meine ich."

Jack dachte ähnlich. „Ich weiß nicht … unsere echte Mom ist auch im Himmel. Und wir können schlecht zwei Mamas haben, oder?"

„Vielleicht gibt es noch andere Möglichkeiten", sagte ich „Ihr könntet mich zum Beispiel ‚Daddy Spehn' nennen, ähnlich wie ‚Mama Kell', die gibt es ja schon."

„Die gibt's aber nicht mehr, wenn wir verheiratet sind", warf Gina ein. „Denn dann heiße ich ja wahrscheinlich auch Spehn."

Das wurde ja immer komplizierter. „Okay, dann eben ‚Gina'. Wie ihr uns nennt, ist eigentlich gar nicht so wichtig. Wichtig ist, dass wir uns lieb haben und dass wir dann eine große Familie sind. Egal, wie ihr uns nennt … ‚Mom und Dad', ‚Mama Kell', ‚Mama Spehn', ‚Michael' und ‚Gina'… oder ‚Mowgli' und ‚Philomena'."

Die Jungs lachten los. Das Lachen tat gut und wirkte befreiend. Ich merkte, wie ihre Anspannung nachließ. Jack umarmte Gina. „Ich mag dich, Philomena."

„Habt ihr das Gefühl", griff ich den Faden wieder auf, „dass ihr sonst vielleicht, also wenn ihr uns ‚Mom' und ‚Dad' nennt oder wenn ihr uns zu sehr lieb habt, euren echten Papa und eure echte Mama weniger lieb hättet?" Beide Jungen zögerten einen Augenblick, dann nickten sie.

„Ich will euch etwas erzählen. Als Charlotte zwei Jahre alt war, war sie unser einziges Kind und wir hatten sie sehr lieb. Dann schenkte uns Gott ein zweites Baby."

„Das war ich!", unterbrach Jack.

„Ja, das warst du. Ich hatte zuerst etwas gemischte Gefühle, weil ich dachte: ‚Wie kann ich jemals wieder ein Kind so lieb haben wie Charlotte?' Dann sagte Jacks Mom zu mir: ‚Gott schenkt uns immer so viel Liebe, wie wir brauchen. Und mit jedem neuen Familienmitglied wird er dein Herz ein Stück weiter machen, damit die Liebe zu diesem neuen Kind darin Platz findet. Deshalb wird deine Liebe zu Charlotte nicht weniger." Die Kinder nickten. Sie schienen zu verstehen, dass es kein Verrat an ihren leiblichen Eltern war.

Auch viele Erwachsene – wie in meiner eigenen Familie – tun sich schwer mit dieser Vorstellung von Liebe. Hier geht es nicht um „entweder – oder". Liebe ist kein Nullsummenspiel.

Liebe ist nicht nur eine Gabe Gottes, sie ist das Wesen Gottes schlechthin. Gott *ist* Liebe. Und wie die Liebe, so ist auch Gott für uns nicht greifbar. Wir können ihn nicht erklären, nur erfahren. Genauso ist es mit der Liebe. Wir können von Liebe träumen, Bücher über die Liebe lesen, Lieder und Gedichte darüber schreiben, aber sie wird sich all unserer Logik und unseren Erklärungsversuchen entziehen.

So ähnlich ist es mit Gott. Ich habe ein Leben lang versucht, das Wesen Gottes zu ergründen. Ich habe in der Bibel gelesen, gebetet und die Psalmen zitiert, aber Gott ließ sich in kein Schema pressen. Doch er lässt sich finden und er schenkt uns Begegnungen mit ihm. Ich habe Gottes Gegenwart auf die unterschiedlichste Weise erfahren: auf den langen Autofahrten mit meinem Dad, bei siegreichen Spielen unserer Mannschaft, im Krankenhaus, neben Cathys Bett auf 8-Süd und in der Kirche bei unserer Trauung. Eine Begegnung mit Gott ist manchmal wie ein Freudentaumel, manchmal schmerzvoll, aber immer einzigartig. Ob in Stürmen oder beim Anblick eines Regenbogens, bei Hochzeitsglocken oder Trauerhymnen – die Antwort ist immer die Liebe. Und es liegt an uns, ob wir uns dieser göttlichen Liebe öffnen.

Nach dem Verlust eines geliebten Menschen fällt das schwer. Wir dürfen Trauer und Schmerz zulassen, immer in der Gewissheit, dass beides vorübergehen wird. Unsere Trauer drückt aus, wie tief die Beziehung zu dem Verstorbenen war, und erlaubt uns, das unaussprechliche Leid auszudrücken.

Allerdings wird die Trauer für viele zum Lebensstil. Sie bleiben in der Trauerphase stecken, Kummer und Schmerz sind ihre täglichen Begleiter. Oft brechen sie den Kontakt zu Menschen aus ihrem

„früheren Leben“ ab. Oder sie sagen sich von der wichtigsten Beziehung überhaupt los: der Beziehung zu Gott.

Nachdem Cathy mich verlassen hatte, verlor ich unseren gesamten früheren Freundeskreis und mich selbst. Wie in einem dunklen Wald irrte ich planlos umher. Alles schien so sinnlos. Ich hatte die Liebe meines Lebens verloren, und ohne sie war das Leben nicht mehr lebenswert. Unbewusst begann ich, Freunde und sogar einige Familienmitglieder zu meiden. Wenn man mir helfen wollte, leistete ich Widerstand und ärgerte mich über die „Unterstützung“ der anderen.

Selbst in ihren letzten Stunden voll quälender Schmerzen hatte Cathy diese Dinge im Blick und hatte mich mit ihrer absoluten Klarheit überrascht, was ich ihrer Meinung nach tun sollte. „Ruf Gina Kell an“, hatte sie gesagt. „Sie wird dir helfen.“ Cathy war mir ein Vorbild, im Leben wie im Tod. Gina war mir ein Vorbild in ihrem unerschütterlichen Glauben. Und jetzt, ganz unerwartet, lernte ich von diesen fünf Kindern. Nicht nur durch unsere Gespräche, sondern auch, als ich erleben durfte, wie Gott Raum in ihren Herzen schuf.

Wir sagten Jack und Drew Gute Nacht. Fürs Erste schienen sie zufrieden. Ich war schon an der Tür, als Drew mich noch einmal zurückrief. Ich setzte mich zu ihm auf die Bettkante und musste mich vorlehnen, um ihn zu verstehen.

„Ich glaube, das wird zuerst komisch sein“, flüsterte er. „aber ich möchte dich ‚Dad‘ nennen.“

„Das wäre toll, Sportsfreund. Und jetzt schlaf schön.“ Ich sah hinunter auf den Schlafsack. „Und du auch, Jack.“

„Gute Nacht, Dad.“ Jack wartete einen Moment. Für einen Neunjährigen hatte er ein sehr gutes Gefühl fürs Timing. „Gute Nacht, Philly.“

Kurze Zeit später beschlossen Gina und ich, einen Familienrat zu halten. Wir waren zwar offiziell noch keine Familie, aber „Familienrat“ schien uns der angemessene Name. Bevor wir anfingen, tat ich etwas, was ich normalerweise nicht tue: Ich las einen Abschnitt aus der Bibel vor, den ich mir zuvor zurechtgelegt hatte. Ich fand die Stelle, von der Danny gesagt hatte, dass sie seine Lieblingsstelle sei.

Abends um sieben Uhr versammelten wir uns alle im Wohnzimmer. Mit meiner Bibel in der Hand saß ich auf einem stabilen Couchtisch und blickte in die Runde.

„Kinder, Gina und ich würden gern mit euch ein paar wichtige Dinge besprechen. Doch zuerst möchte ich euch einen Vers aus der Bibel vorlesen, der mir in dem Zusammenhang wichtig geworden ist: ‚Denn ich allein weiß, was ich mit euch vorhabe: Ich, der Herr, werde euch Frieden schenken und euch aus dem Leid befreien. Ich gebe euch wieder Zukunft und Hoffnung', Jeremia 29,11."

Die Kinder schauten mich erwartungsvoll an. „Ihr wisst, dass Gina und ich uns in den letzten beiden Jahren – und vor allem in den letzten paar Monaten – immer besser kennengelernt und ineinander verliebt haben. Und ihr wisst, dass wir euch alle sehr lieb haben. Für Leute wie uns … eine Frau, ein Mann und eine Horde wilder Kinder …"

„Hey!", rief Jack und alle lachten.

„Ja, also, für eine Gruppe von Menschen wie wir ist es ganz natürlich, dass sie … eine Familie sind."

Die Kinder schauten sich vielsagend an.

„Deshalb wollten wir mit euch über die Möglichkeit reden, dass Gina und ich eines Tages vielleicht heiraten werden. Was denkt ihr darüber?" Jetzt war es heraus.

Alle fünf kreischten, klatschten und jubelten gleichzeitig los. Sie redeten wild durcheinander, lachten und fielen sich gegenseitig um den Hals.

Dann kamen die Fragen:

„Kriegen wir dann einen Hund?" – „Ja, vielleicht später."

„Kriegen wir Doppelstockbetten? – „Das lässt sich sicher einrichten."

„Wann ist die Hochzeit?" – „Wir wissen es noch nicht genau, aber bald."

„Wo werden wir dann wohnen?" – „Wahrscheinlich im Haus von den Spehns."

„Ab wann können wir euch Mom und Dad nennen?" – „Nachdem wir bei der Hochzeit die Ringe getauscht und uns geküsst haben."

Irgendwann lief die „Konferenz" komplett aus dem Ruder, und die Kinder tanzten vor Freude durchs Zimmer. Gina bat um Ruhe und beendete unser Treffen mit einem kurzen Dankgebet. Nach dem Beten sah ich, wie Charlotte und Jack einander zunickten.

Dann sprangen sie plötzlich auf und rannten in mein Büro. Kurze Zeit später kamen sie mit dem Vertrag wieder.

„Dad! Wir müssen ihn zerreißen, sonst kommst du ins Gefängnis!"

Nachdem die Kinder uns ihr Jawort gegeben hatten, fiel mir ein, dass ich bisher ganz versäumt hatte, Gina einen „richtigen" Heiratsantrag zu machen. Mitte August verbrachten Charlotte, Jack und Dan ein paar Tage mit ihren Großeltern am Mullett Lake. Ich hatte einen Fototermin am Michigan-See und fragte Gina, ob sie mich begleiten wollte. Sie wollte. Also brachte sie Drew und Sam zu ihren Eltern, und kurz danach waren wir unterwegs.

Nach meinem Termin fuhren wir an den See. Ich beeilte mich, denn ich wollte Gina einen besonders schönen einsamen Strand etwa fünfzehn Minuten vom Hafen von Pentwater zeigen. Pentwater ist ein malerischer kleiner Ort mit hübschen Geschäften, ein paar exklusiven Pensionen und einem kilometerlangen, weißen Sandstrand. Im Süden liegen hohen Sanddünen, im Westen die tiefblaue, endlose Wasserfläche des schönsten Sees von Michigan.

Da wir keine Badetücher bei uns hatten, setzten wir uns in den warmen Sand. Die letzten Segelboote kehrten von ihrem Tagesausflug in den kleinen Hafen zurück und die Möwen vollführten ihren allabendlichen Tanz am Himmel. Ganz im Süden, wo der Michigan-See endet, lag hinter dem Horizont meine Heimatstadt Chicago.

Gina und ich saßen eine Weile schweigend nebeneinander. Dann kniete ich mich vor ihr in den Sand, nahm ihre Hände in meine und schaute ihr in die Augen. Lächelnd hielt sie meinem Blick stand.

„Gina, zwei Jahre ist es her … zwei unglaubliche, turbulente Jahre. Keiner von uns hätte das voraussehen oder planen können. Und doch ist es offensichtlich, dass Gott einen Plan für uns hat …"

Sie nickte und ich sah, wie ihre Augen feucht wurden.

„Ich war erstaunt und sehr unsicher. Alle möglichen Gefühle kamen hoch – Schmerz, Angst und unbändige Freude. Ich musste lernen, Gott einfach zu vertrauen, obwohl ich keine Ahnung hatte, wohin sein Weg mich führen würde. Und so verwirrend das Ganze manchmal noch ist, weiß ich eines ganz sicher: Ich möchte diesen Weg mit dir gemeinsam gehen. Deshalb möchte ich dich etwas fragen."

Ich kramte die Schachtel mit dem Ring aus meiner Hosentasche. Gina hielt sich vor Überraschung die Hand vor den Mund. Ihre Augen strahlten.

„Gina, willst du meine Frau werden?"

„Ja, natürlich … du verrückter Mann!"

Wir lachten, küssten und umarmten uns. Ja, es war wirklich verrückt. Obwohl es für Gina sicher nicht unerwartet kam. Aus unserem Dienstausflug war eine Verlobungsreise geworden.

Als wir uns einigermaßen beruhigt hatten, beschlossen wir, die Kinder anzurufen. Ich wählte die Nummer von Mullett Lake und stellte das Telefon auf Lautsprecher.

„Kinder, ich bin's, Dad. Ich habe eine gute Nachricht für euch."

„Ja?", sagten Jack und Charlotte im Chor.

„Sie hat Ja gesagt!", rief ich ins Telefon.

Am anderen Ende der Leitung hörte ich lautes Freudengeheul.

Später erzählten mir Jack und Charlotte, dass sie, als ich anrief, auf dem Bootsteg saßen und sich darüber unterhielten, wie es wohl „gelaufen" war. Sie wussten, dass ich an dem Abend bei Sonnenuntergang um Ginas Hand anhalten wollte. Sie fieberten mit und hatten sogar versucht, wie sie leicht beschämt gestanden, die Szene nachzuspielen. Sie müssen mehrere Stunden auf dem Bootssteg gesessen haben. Sie hatten sogar für unsere Entscheidung und unsere neue Familie gebetet.

Zu Hause in Rochester luden wir als Nächstes Karl Galik zum Essen ein. Als unser treuer Freund, Seelsorger und Vertrauter sollte er als einer der Ersten von unserer „Familienzusammenführung" erfahren. Er kannte unsere Geschichte. Er hatte an Matts Sterbebett gesessen und mit Cathys Kindern auf dem Küchenboden und sie getröstet. Nun schloss sich der Kreis.

Bei einem Steak mit Ei in einem schönen Restaurant überbrachten wir ihm die freudige Nachricht. Er war sichtlich gerührt und sagte, so etwas hätte er in seiner fünfundzwanzigjährigen Amtszeit als Pfarrer noch nie erlebt. Dann fragte er, wie die Kinder es aufgenommen hatten, und wir schilderten ihre freudige Reaktion.

„Ist das nicht wunderbar?“, sagte er. „Jetzt kann es für die Kinder wieder Weihnachten werden.“

Austauschbar

Gina

Matt hatte damals mit Karl Galik eine Selbsthilfegruppe ins Leben gerufen, die sich jeden Donnerstag um sechs Uhr zum Frühstück traf. Die vier Männer – ein Pastor, ein Arzt, ein Geschäftsmann und ein Werbemanager – redeten über ihre Krankheit und über alles, was sie bewegte.

Über ein Jahr lang wurden sie jeden Morgen von derselben Kellnerin bedient, einer sanften Frau namens Shirley. Später, als Matt seine Ernährung konsequent umstellte, kam das fette Restaurantessen für ihn nicht mehr infrage. Ohne lange zu überlegen, bot ich an, dass die Gruppe sich auch bei uns zu Hause treffen könnte, und so wurde ich ihre neue „Shirley“. Es machte mir Freude, die Männer jeden Donnerstag mit einem gesunden, vollwertigen Frühstücksbuffet zu verwöhnen. Außerdem hatte ich auf die Weise Gelegenheit, nebenbei etwas von ihren Gesprächen aufzuschnappen.

Nach Matts Tod endete auch meine Rolle als Shirley, und es dauerte nicht lange, bis sich die Selbsthilfegruppe wieder im gewohnten Restaurant traf – mit einem neuen vierten Mann. Rein verstandesmäßig wusste ich natürlich, dass Matt nicht einfach „ausgetauscht“ wurde. Trotzdem gab es mir einen Stich ins Herz, dass man scheinbar zur Tagesordnung überging, als sei nichts gewesen, während für mich eine Welt zusammengebrochen war.

Ein anderes Schlüsselerlebnis war, als ich beim Fernsehen Matts persönliche Sachen abholte. Man führte mich an seinem ehemaligen Büro vorbei zu einer Art Abstellkammer. Solche Augenblicke machten meine mühsam erarbeitete „Das Leben geht weiter"-Haltung auf einen Schlag zunichte und verwandelten sich in ein empörtes „Wie konnten Sie nur?".

Vielen aus meinem Bekanntenkreis mag es ähnlich ergangen sein, als sie von meiner Verlobung mit Michael hörten. Manche freuten sich für mich, andere standen meiner neuen Beziehung eher skeptisch gegenüber. Die meisten hatten gemischte Gefühle. Selbst Colleen reagierte zurückhaltend.

„Ich hoffe, dass du der Richtige bist, Michael Spehn!", sagte sie einmal, halb scherzhaft. „Gina ist *meine* Freundin, und wer ihr ein Haar krümmt, bekommt es mit mir zu tun! Außerdem treten wir meistens im Doppelpack auf."

„Oh nein, eine zweite Schwiegermutter!", lachte er.

Meine beste Freundin wünschte mir alles Glück der Welt, doch sie sah meine Beziehung zu Michael mit kritischen Augen, und ich konnte es ihr nicht verdenken. Immerhin kam die Verlobung für sie ziemlich überraschend. Einmal mehr lernte ich ihre treue Freundschaft zu schätzen. Sie hielt immer zu mir, sie stellte mir viele Fragen und brachte mich dazu, über meine wahren Gefühle und Beweggründe nachzudenken. Außerdem lernte sie Michael besser kennen. Nach und nach festigte sich meine Überzeugung, das Richtige zu tun – egal, was der Rest der Welt über uns dachte.

Nach Matts Tod hatte ich nicht das geringste Interesse daran, jemals wieder eine Beziehung einzugehen. Ich wollte nur noch für meine Kinder leben. Das war nicht das übliche Klischee. Als Witwe erlebte ich meine Verletzbarkeit und war plötzlich vielen neuen Einflüssen ausgesetzt, und das machte mir Angst. Meine Beschützerinstinkte wurden wach, und ich schirmte mich und meine Kinder gegen alles ab, auch gegen Männer. Auf keinen Fall wollte ich uns in eine Situation bringen, die einen weiteren Verlust heraufbeschwören konnte. Auf der anderen Seite hatte ich über die Jahre gelernt, dass man immer offen bleiben soll für das Unerwartete.

In unserer Studienzeit, als Matt mit mir zur Kirche gehen wollte, hatte ich abgewinkt. „Wir sind jetzt auf dem College, und keiner schreibt uns vor, dass wir sonntags in die Kirche rennen müssen." Zwanzig Jahre später beschrieb Matt seine Krebserkrankung als „Gewinn", und ich tat mich schwer damit. Und als er mir nahelegte, nach seinem Tod wieder zu heiraten, wollte ich davon nichts hören.

Ich wollte nichts mehr von der Kirche wissen, ich konnte nicht glauben, dass Sterben ein Gewinn sein konnte oder dass ich mich trotz meiner Trauer noch einmal neu verlieben könnte. Aber Gott lässt sich nicht in die Karten schauen. Und hätte mir jemand gesagt, wie mein Leben verlaufen würde, ich hätte es nicht geglaubt.

Ich hätte auch davonlaufen können. Aber ich tat es nicht. Ich ging zur Kirche, und Gott stärkte meinen Glauben und half mir, Ihn immer besser zu verstehen. Damit wuchs auch meine Gewissheit, dass Matt bei Gott im Himmel war, für immer im Glanz Seiner Herrlichkeit. Und dass ich noch einmal lieben könnte.

Die Einstellung mancher Leute, dass Matt durch meine Heirat mit Michael durch einen anderen Mann „ersetzt" würde, machte mich traurig, obwohl ich sie verstehen konnte. Es gibt gewisse ungeschriebene Gesetze. Wenn ein Kind stirbt, sind sich alle einig, dass diese Lücke nie wieder geschlossen werden kann. Dasselbe gilt, wenn ein Kind einen Elternteil verliert. Ehepartner gelten dagegen zunehmend als austauschbar, in einer Zeit, wo Scheidungen an der Tagesordnung sind und von „Lebensabschnittspartnern" gesprochen wird. In Wirklichkeit war mein „austauschbarer" Ehemann gleichzeitig ein unersetzlicher Sohn und Vater. Und ich wehrte mich dagegen, Michael als „Ersatz" zu betrachten.

Dass ich mich in Michael verliebt hatte, war kein Maßstab für meine Liebe zu Matt, und dass ich wieder lachen konnte, hieß nicht, dass ich meine Trauer überwunden hatte. Ich liebte Matt immer noch und werde ihn immer lieben. Genauso geht es Michael mit Cathy. Damit wird unsere Ehe durch zwei einzigartige, wunderbare Menschen bereichert. Dies hätte ich mir mit keinem anderen Menschen und zu keinem anderen Zeitpunkt im Leben vorstellen können.

Als wir zu einer Patchworkfamilie wurden, vermehrte sich schlagartig die Anzahl der Großeltern, Enkel, Onkel und Tanten, Nichten, Neffen, Cousinen und Freunde. Fragen nach Familientraditionen oder bestimmten Rollen in der Familie tauchten auf. Michael und ich sahen den vielen Veränderungen, die auf uns zukommen würden, optimistisch entgegen. Unser Horizont würde sich weiten, genauso wie unsere Herzen. Wir würden neue Erfahrungen machen, anstatt alte zu ersetzen. Man könnte von einer „zweiten Chance" reden, aber wir sahen unser Leben vielmehr als Fortsetzung der einen Chance unseres Schöpfers, der alle unsere Tage gezählt hat.

Beim Zusammenschluss unserer Familien wurde nichts und niemand durch irgendetwas „ersetzt". Auf der Bereitschaft, zu lieben und uns lieben zu lassen, lag ein großer Segen. Wir bekamen Abstand zu unserer Trauer. Das heißt nicht, dass Trauer und Schmerz plötzlich nicht mehr existierten, aber wir blieben nicht für immer in unserem Schmerz verhaftet, der uns das Leben stahl. Und wir kamen mehr und mehr zu dem Schluss: Gott hatte unsere Gebete zwar nicht so erhört, wie wir es uns gewünscht hatten. Aber er hatte sie erhört.

Der stille See

Michael

Cathys Eltern Larry und Jill besaßen ein Pontonboot auf dem Mullett Lake. Mit zwei großen Schwimmkörpern ausgestattet, lag es ruhig und stabil im Wasser. Mit ihrem flachen Deck und der optimalen Raumausnutzung sind diese Boote genau das Richtige für eine Landratte wie mich.

Wenn wir am See Urlaub machten, stand ich oft vor Tagesanbruch auf, schulterte meine Fotoausrüstung und fuhr mit dem Pontonboot in die Morgendämmerung hinaus, während alle anderen noch schliefen. Wenn ich Glück hatte, lag ein zarter Nebelschleier über dem Wasser, als natürlicher Weichzeichner für das

Licht der aufgehenden Sonne. Hier war meine Liebe zur Fotografie geboren worden. Das Wechselspiel des Lichts auf dem Wasser hatte mich schon immer fasziniert, und ich liebe Sonnenaufgänge. Wenn sie nur nicht so früh stattfinden würden!

Das Gegenstück zu meinen einsamen morgendlichen Ausflügen waren unsere gemeinsamen Fahrten bei Sonnenuntergang. Eine Sonnenuntergangsfahrt weckt vielleicht Vorstellungen von Champagner in langstieligen Gläsern, von Wein und Käsehäppchen, aber Cathy und ich hatten die einfachere Version bevorzugt: eine Dose Bier und eine Dose Cola, beides perfekt temperiert, dazu eine Tüte Salzbrezeln. Unser Boot glitt langsam am Ufer entlang, vorbei an den Häusern der Wohlhabenden, die wir neugierig beäugten. Irgendwann erreichten wir etwa hundert Meter vom Ufer entfernt eine ruhige Bucht, unweit der versunkenen Mole hinter dem alten Bahnhof eines winzigen Ortes. Hier war das Wasser so ruhig, dass wir noch nicht einmal den Anker zu werfen brauchten.

Manchmal brachte ich Cathy zum Lachen mit einer Geschichte von den schrulligen Einheimischen vom Wochenmarkt, aber meistens schwiegen wir, lächelten uns an und genossen die Stille. Nie werde ich diese kostbaren Momente vergessen.

Nach Cathys Tod bewahrte ich die Urne mit ihrer Asche zuerst zu Hause auf, auf dem unteren Brett meines Nachttisches. Die Kinder fragten mich, ob sie einmal hineinschauen dürften. Jack fand es gut, dass Cathys Name darauf stand. Wir redeten über die Asche und dass sie einmal zu Moms irdischem Körper gehört hatte, den sie jetzt im Himmel nicht mehr brauchte. Und dass wir jetzt ihre sterblichen Überreste auf respektvolle Weise an einem Ort verstreuen konnten, den sie geliebt hatte.

Cathy und ich hatten uns wie erwähnt nie groß über unseren Letzten Willen unterhalten oder darüber ausgetauscht, wo unsere letzte Ruhestätte sein solle, wenn einer von uns sterben sollte. Das war ein Fehler gewesen. Nur einmal hatten wir albern herumgeflachst, als wir uns zum Ausgehen fertig machten. Irgendwie waren wir auf das Thema „Beerdigungen“ gekommen, ich weiß auch nicht mehr, wieso.

„Möchtest du eingeäschert werden oder beerdigt?", fragte sie, während sie sich im Bad die Wimpern tuschte.

„Ich weiß nicht. Vielleicht kannst du mich in einer sitzenden Position ausstopfen lassen und an den Esstisch setzen."

Sie entgegnete, ohne zu zögern: „Dann könnten wir deine Hände so auf den Tisch legen, dass man sie als Untersetzer gebrauchen kann."

„Nein … das ist gemein! Ich weiß was Besseres. Ich glaube, ich will doch lieber eingeäschert werden. Dann könnte ich meine Asche Claudia Schiffer ins Gesicht pusten lassen."

„Das ist pervers."

„Und du? Du willst meine toten Hände als Untersetzer für deine heißen Suppentöpfe benutzen! Wer ist denn hier pervers?"

Cathy lachte. Dann wurde sie für den Bruchteil einer Sekunde ernst. „*Meine* Asche würde ich im Mullett Lake verstreuen lassen." Das war's. Wir hatten nie wieder davon gesprochen.

Über ein Jahr nach Cathys Tod war vergangen. In ihrer letzten Ferienwoche verbrachten die Kinder und ich mit ihren Großeltern ein paar Tage am See. Die kahlen, weißen Wände im Haus waren nun über und über mit Fotos von Cathy und den Kindern geschmückt. Aus jedem Raum lächelte sie uns entgegen. Die Sommer am Mullett Lake waren jetzt anders. Der Ort hatte für uns nichts von seiner Schönheit eingebüßt, aber viel von seiner Freude.

Der Sommer ging zu Ende, bald würde die Schule wieder beginnen und der Herbst Einzug halten. Bevor wir die Boote an Land zogen und winterfest machten, würden wir ein letztes Mal hinausfahren.

Gegen Abend hatten sich die Kinder auf dem Sofa eingekuschelt und schauten einen Film. Larry, Jill und ich machten das Boot los, zu einer letzten Fahrt in den Sonnenuntergang.

Ich lenkte das Boot langsam zu der Stelle, wo Cathy und ich so viele Abende gemeinsam auf den Wellen geschaukelt hatten. Eine Wolkenbank schob sich vor die Sonne und hüllte die Landschaft in ein dumpfes, graues Licht, aber das machte nichts. Heute würde es keine Fotos geben. Keine Cola, keine Salzbrezeln und kein Bier.

Keine derben Witze und kein wissendes Lächeln. Nur drei Menschen auf einem Boot, vereint durch die Liebe zu einer besonderen Frau, deren Asche sie zu ihrer letzten Ruhestätte brachten.

Als wir in der Bucht angekommen waren, stellte ich den Motor ab. Es war ganz still. Eine Zeit lang sagte niemand ein Wort. Das Boot schaukelte im schwindenden Licht der Dämmerung leicht hin und her. Wir redeten über Cathy und darüber, wie sehr sie diesen Ort geliebt hatte. Dann war es Zeit. Ich öffnete die Urne und schnitt den Plastikbeutel auf. Ich fragte Larry und Jill, ob sie etwas sagen wollten, doch sie schüttelten den Kopf, Tränen in den Augen. Ich kniete mich hin, näher zum Wasser, und sagte leise: „Cathy – wie fast alles Schöne und Gute in unserem Leben haben wir auch diesen Ort dir zu verdanken. Du hast dafür gesorgt, dass wir hierherkommen. Du hast dafür gesorgt, dass wir wiederkommen. Heute vertrauen wir den Wellen deine Asche an. Von heute an wird dieser See für uns ein heiliger Ort sein. Deine Seele ist bei Gott im Himmel, deine sterblichen Überreste sollen ihre letzte Ruhestätte hier finden, in diesem stillen See, und die Erinnerung an dich und deine Liebe wird für alle Zeiten in uns weiterleben. Wir werden dich nie vergessen. Geh mit Gottes Segen, du Liebe meines Lebens."

Die Asche schwebte in dem klaren, dunklen Wasser und sank langsam auf den Grund. Wir sahen schweigend zu, bis das Boot immer weiter wegdriftete. Ich warf den Motor an und wir fuhren langsam zurück. Bald verschluckte die Dämmerung alle Konturen, und die Stelle, wo Cathys Asche war, verlor sich im Nichts. Doch ich bin sicher, sie liegt dort auf dem Seegrund, zwischen den Wasserpflanzen und bunten Kieselsteinen, umspült von einer sanften Strömung.

Cathy war nun für immer an dem Ort, den sie am meisten geliebt hatte.

Hochzeitsvorbereitungen

Gina

Es gibt bestimmte Fernsehsendungen, die unsere Kindheit prägen. Meine absolute Lieblingsserie in den 1970er-Jahren war die Familienserie *Drei Mädchen und drei Jungen* (später: *Eine reizende Familie*). Jeden Tag nach der Schule hatte ich ein bestimmtes Ritual: Kaum war ich im Haus, flogen meine Bücher in die Ecke, und ich setzte mich mit einer Tüte Chips vor den Fernseher und erholte mich von den Strapazen der vierten Klasse. Dabei stopfte ich so viele Nacho-Cheese-Chips in mich hinein, bis meine Finger ganz gelb waren.

Die Bradys in der Serie wohnten in einem absoluten Traumhaus in der Nähe von Los Angeles – was mich, da ich in bescheidenen Verhältnissen aufwuchs (unser Häuschen hatte neunzig Quadratmeter), besonders faszinierte. Sie hatten ein riesiges Wohnzimmer, eine hohe Eingangshalle mit einer großen Freitreppe und eine moderne, in Orange gehaltene Küche. Und sogar eine Haushälterin namens Alice. Die Küche gefiel mir so gut, dass mein Vater, als er mir einen Schreibtisch baute, für die Tischplatte genau dasselbe knallige Orange verwenden musste.

Die Bradys waren das, was man heute eine Patchworkfamilie nennt: Mike Brady, ein verwitweter Architekt mit drei Söhnen, Greg, Peter und Bobby (Peter war mein erster Fernsehschwarm, während meine Freundinnen alle für Greg schwärmten), heiratete eine Frau mit drei Töchtern, Marcia, Jan und Cindy.

Sosehr ich die Bradys liebte, hätte ich es mir nie träumen lassen, dass ich einmal eine zweite Carol Brady werden würde. Carol war eine echte Kultfigur, die Übermutter einer typischen amerikanischen Großfamilie in den frühen 1970er-Jahren, und hatte viele bewundernswerte Qualitäten, aber so zu werden wie sie gehörte nicht unbedingt zu meinen Lebenszielen. Und jetzt, dreißig Jahre später, sah ich mich genau in derselben Situation. Nur leider ohne Haushälterin. Und musste – in einem Monat, in dem ich so viel um die Ohren hatte wie noch nie im Leben – auch noch alles Notwendige für unsere Hochzeit organisieren.

Michael und ich hatten uns am 13. August verlobt. Die Hochzeit sollte am 6. Oktober stattfinden. Das mag etwas überstürzt wirken, aber wir hatten unsere Gründe: Wir wollten gern so früh wie möglich im neuen Schuljahr als Familie unter einem Dach wohnen, und rechtzeitig vor Weihnachten. Der September war komplett voll, Ende Oktober war in den Geschäften schon alles weihnachtlich dekoriert. Wir einigten uns mit Pastor Galik auf den ersten Samstag im Oktober. Wenn wir Glück mit dem Wetter hatten, könnten wir sogar noch draußen feiern und ein Festzelt im Garten aufstellen. Der Oktober in Michigan bringt oft noch wunderschöne Herbsttage, und mit einer Zeltheizung ließe sich auch die Abendkühle aushalten.

Am Tag nach Michaels Heiratsantrag am Strand des Michigan-Sees stürzten wir uns in die Vorbereitungen. Während unserer dreistündigen Heimfahrt riefen wir unsere Freunde an, machten das Hochzeitsdatum fest und überzeugten meine Eltern, die Feier in ihrem Garten auszurichten. Als Nächstes fuhren wir zur Mall, um beim Juwelier meinen Verlobungsring anpassen zu lassen. Um die Zeit zu überbrücken, bis wir den Ring wieder abholen konnten, sahen wir uns nach einem Hochzeitskleid um. Das erste Geschäft war mir sofort sympathisch, weil man dort mit der Weihnachtsdekoration aus Prinzip bis nach Thanksgiving, also bis Ende November, wartete. Brenda, die freundliche Verkäuferin, fragte, wann die Hochzeit sein sollte.

„Anfang Oktober."

„Dieses Jahr?"

„Natürlich dieses Jahr", sagte Michael mit ausdruckslosem Gesicht. Ich boxte ihn in die Seite.

Die Verkäuferin lachte nervös, als ob sie nicht sicher war, ob Michael es ernst meinte oder einen Witz machte. „Okay … wenn Sie mir bitte folgen möchten. Wir haben eine wunderschöne Kollektion klassischer Hochzeitskleider."

Michael konnte es nicht lassen, die arme Frau aus dem Konzept zu bringen. „Ich bin nicht sicher, ob klassisch-weiß in diesem Fall angebracht ist“, sagte er. „Haben Sie vielleicht etwas mit Blumen- oder Karomuster?“

Ich biss mir auf die Lippen, um nicht laut herauszuprusten. „Hör auf damit!“, zischte ich ihm zu.

Ohne nach meiner Größe zu fragen, ergriff sie mehrere Bügel mit langen, weißen Kleidern. Wir folgten ihr zu den Umkleidekabinen. Michael ließ sich auf einen Stuhl neben einem dreiteiligen Spiegel fallen. Als ich in dem ersten Kleid aus der Kabine trat, sah ich, wie unsere Verkäuferin und zwei Kundinnen an Michaels Lippen hingen, während er ihnen unsere Geschichte erzählte. Die Frauen hatten feuchte Augen.

„Was für eine Geschichte!“ Brenda legte einen Arm um mich, sichtlich bewegt. „Wir werden das perfekte Kleid für Sie finden!“ Sie schaute mich prüfend an. „Und *das* hier ist es nicht.“ Sie hatte recht. Das Kleid hing an mir wie ein Sack.

Das zweite Kleid passte eher zu einer Oscar-Verleihung als zu einer Hochzeit. Michael bemerkte den tiefen Ausschnitt, und sein Gesicht hellte sich auf. „Brenda, das nehmen wir!“

Ich betrachtete mich im Spiegel und schüttelte den Kopf. „Tolles Kleid – falscher Anlass.“ Zu seiner Enttäuschung verschwand ich wieder in der Umkleidekabine. Meine Haare waren statisch aufgeladen und standen bei jedem weiteren Kleid, das ich über den Kopf zog, mehr in die Höhe. Ich war noch nie besonders gern shoppen gegangen und hatte das Anprobieren bald satt, obwohl es mit Michael und seinen Witzen unterhaltsamer war als sonst. Das letzte Kleid war ein ärmelloses Satinkleid von Calvin Klein, das mir eine Nummer zu groß war. Auf dem Bügel sah es nach nichts aus, aber angezogen wirkte es elegant und feminin. Der herzförmige Ausschnitt stand mir gut. Der Stoff war über der Brust leicht plissiert, und die breiten Träger überkreuzten sich am Rücken. Ansonsten keinerlei Schnickschnack – keine Spitze, keine Pailletten, keine Schleifen und kein zu großes Dekolleté.

Ich hielt das Kleid hinten zusammen, sodass es aussah, als würde es passen, und hoffte auf ein baldiges Ende der Modenschau. Michael saß still da und hatte den Kopf auf die Ellbogen gestützt. Ich nahm an, er sei müde vom langen Warten, und erwartete keinen Kommentar. Da beugte er sich leicht vor, den Blick intensiv auf das Kleid geheftet.

„Das ist es“, sagte er im Brustton der Überzeugung.

Meine Suche hatte ein Ende. Ich drehte mich vor dem Spiegel. „Meinst du wirklich?“ Doch es war nur noch eine rhetorische Frage.

„Du siehst toll aus.“

Ich strahlte ihn an. Es gibt nichts Schöneres für eine Frau als diese Worte aus dem Mund des Mannes, den sie liebt. Noch schöner ist es, wenn er das nach zwanzig Jahren Ehe immer noch sagen kann.

Ich konnte es kaum glauben, dass wir in weniger als vierundzwanzig Stunden nach unserer Verlobung schon so weit waren.

Brenda war zufrieden. Sie bestellte das Kleid in meiner Größe und war nun nicht mehr zu bremsen. „Jetzt zu Ihnen, Mr Spehn. Wir gehen jetzt in die Herrenabteilung, wo John Sie weiter bedienen wird. Er kennt sich am besten aus.“

John war ein asketisch aussehender Mann Mitte dreißig, der an unserer Geschichte nicht halb so interessiert war wie an seiner Karriere und seiner Verkaufsstrategie.

„Wie wär's mit diesem Hemd?“, fragte Michael mich und hielt sich ein zusammengefaltetes Anzugshemd vor die Brust.

John kam mir zuvor. Fast ohne Michael eines Blickes zu würdigen, sagte er: „Sie wollen doch wie ein Bräutigam aussehen. Button-Down-Kragen geht gar nicht.“

Als Nächstes probierte Michael folgsam eine Reihe von schwarzen Jacketts, wobei John sich bei allen Kommentaren zu Stil, Stoffqualität, Farbe und Verarbeitung an mich wendete und über Michaels Kopf hinweg redete, als sei er nicht da.

Schließlich fanden wir den passenden Anzug, schwarz mit feinen, kaum sichtbaren Streifen, die dem Stoff eine leichte Struktur verliehen. John holte eine Auswahl von Hemden und Krawatten, die seiner Meinung nach dazu passen konnten. Wir standen ziemlich ratlos daneben und sahen dann fasziniert zu, wie er die unterschiedlichen Muster und Farben kombinierte, bis sich zwei Lieblingskombinationen herauskristallisierten. Überlegen demonstrierte er seine Stilsicherheit, wobei ihm anzumerken war, dass er dachte, an Michael seien seine Worte sowieso verschwendet. Immerhin erlaubte er uns, die endgültige Wahl selbst zu treffen, aber von den beiden Kombinationen war eine so gut wie die andere.

Widerwillig wie ein Zehnjähriger auf dem Zahnarztstuhl stellte sich Michael auf ein Podest im Umkleidebereich, um den Anzug für Änderungen markieren zu lassen. Ich betrachtete ihn mit einigem Abstand und fand, dass er sehr elegant und unverschämt gut aussah. Das Schwarz des Anzugs ließ seine Augen in noch tieferem Blau strahlen.

Ich musste grinsen, als ich seine Leidensmiene sah, während John unermüdlich an ihm herumzupfte. Mir fiel auf, dass er den Atem anhielt und leicht den Bauch einzog.

„Stecken Sie es ruhig enger", sagte er. „Dann mache ich vor der Hochzeit noch ein paar Sit-ups."

„Wirklich?"

„Nein, ich mache nur Spaß. Ich meine, schauen Sie mich doch an! Sehe ich nicht gut aus?", scherzte Michael.

„Ja, es ist wirklich ein sehr schöner Anzug."

Auf einem Stuhl in der Ecke saß ein Schneider mit einem Maßband um den Hals und wartete auf seinen Einsatz. Er war bestimmt Mitte sechzig, mit Hängebacken und resigniertem Gesichtsausdruck. Ausdruckslos hörte er sich das Geplänkel an. Wortlos reichte er Michael ein Paar Filzpantoffeln, in die er schlüpfen sollte, dann machte er sich daran, die Beinlänge zu messen. John ging sofort dazwischen.

„Lassen Sie, ich mach das."

„Kommt nicht infrage", widersprach Michael. „Ich will ihn." Er deutete auf den Schneider.

Johns Gesicht überzog sich mit einer leichten Röte. „Ich bitte Sie – das ist mein Job! Außerdem habe ich auch eine Schneiderausbildung." Er nahm die Kreide und begann mit der Markierung.

„Okay, aber haben Sie vielleicht eine schlanke Blonde für die Beininnenlänge?"

„Jean-Paul aus der Schuhabteilung ist blond und schlank. Aber ich glaube, das Blond ist nicht echt.“

So ging es die ganze Zeit. Andere Kunden und Verkäufer blieben stehen und amüsierten sich. Nur der Schneider in der Ecke verzog keine Miene.

Michaels Sinn für Humor war eine Gabe, die er einsetzte, um alltägliche, unangenehme, ja selbst traurige Situationen zu entschärfen. Das gehörte zu den Dingen, die ich an ihm so schätzte. Er wusste um die befreiende Kraft des Lachens, und er hatte sogar seine Kinder in der akuten Trauerphase zum Lachen gebracht. Und hätten wir mehr Zeit gehabt, hätte er es auch bei dem humorlosen Verkäufer und dem alten Schneider geschafft.

Erschöpft verließen wir das Geschäft. Zuvor hatte John uns nahegelegt, so bald wie möglich mit unseren Jungs vorbeizukommen, denn sie würden auch Anzüge brauchen.

Was die Kinder zuerst brauchten, waren Sachen für das neue Schuljahr. Da Michael diesen Monat extrem beschäftigt war und mehrere Projekte parallel fertigstellen musste, beschloss ich, meiner Rolle als Carol Brady gerecht zu werden und die Schuleinkäufe zu übernehmen. Mit den Materiallisten der einzelnen Klassenlehrer kämmte ich die Schreibwarengeschäfte durch, besuchte Orientierungstage an der Schule und bestellte die Schuluniformen für die Kinder. Die Dame vom Kundendienst war sehr geduldig und machte Small Talk mit mir, als während des Bestellvorgangs ihr Computerprogramm abstürzte.

„Wie viele Kinder haben Sie?“, fragte sie.

„Fünf.“

„Oh, da haben Sie aber gut zu tun!“

„Ja“, antwortete ich knapp, denn ich hatte keine Lust, ihr die ganze lange Geschichte zu erzählen. Bei ihrer nächsten Frage stolperte ich über meine Worte.

„Alles Jungs?“

„Ja, … äh … nein. Ich habe eine Tochter“, hörte ich mich sagen.

Ich würde eine Tochter bekommen. Dies wurde mir in dem Augenblick bewusst, als ich die Worte laut aussprach. Welch kostbares, unerwartetes Geschenk! Meine Rolle in Charlottes Leben wäre mehr als die einer mütterlichen Freundin oder einer verständnisvollen Tante. Bisher kannte sie mit mir nur die schönen Seiten einer Mutter-Tochter-Beziehung. Wir gingen zusammen shoppen, backten zusammen Kuchen und sie sah, dass ihr Dad glücklich war. Aber es würden auch schwierige Zeiten folgen. Ich würde mit ihr schimpfen und manchmal hart durchgreifen müssen. Dennoch hatte ich gewissermaßen einen Vorteil gegenüber leiblichen Müttern, denn am Anfang stand unsere freundschaftliche Beziehung. Und ich hoffte, dieses Fundament war stark genug, dass es die Teenager-Zeit überdauern würde.

Nachdem wir den ersten Schultag hinter uns hatten, folgten die Geburtstage. Wir – Danny, mein Vater und ich – feierten unseren Geburtstag am 11. September mit einer Spiderman-Hüpfburg und einem gekauften Kuchen für fünfzehn Erstklässler. Michael hatte eine Woche vor unserer Hochzeit Geburtstag. Aufgrund des unglücklichen Timings kam er etwas zu kurz, aber ich schaffte es immerhin, ihm eine Geburtstagkarte zu schreiben und seinen Lieblings-Schokoladenkuchen zu backen, nach einem Rezept von Cathy.

Dazwischen lagen immer wieder besondere Gedenktage, wie etwa beide Hochzeitstage unserer verstorbenen Partner und Matts Geburtstag einen Tag vor Michaels. Solche Tage waren für mich nicht, wie viele annahmen, ein Grund zur Trauer, sondern Ereignisse, die mit so viel Freude und schönen Erinnerungen besetzt waren, dass ich gern daran dachte.

Ebenfalls in den September fiel mein 20-jähriges Klassentreffen der Highschool. Als ich mich für das Planungskomitee zur Verfügung gestellt hatte, ahnte ich noch nicht, wie voll dieser Monat sein würde. Ein 20-jähriges Jubiläum ist ein spannendes Ereignis, doch für mich als überbeschäftigte Mutter von fünf Kindern war es plötzlich zu einem ziemlich belanglosen Termin in meinem Kalender geworden. Wenn ich nicht so pflichtbewusst wäre, wäre ich überhaupt nicht hingegangen. Ich wollte nicht als „die Witwe“ dastehen, noch dazu mit einer Geschichte, die den ehemaligen Klassenkameraden das Wasser in die Augen trieb. Ich meldete mich freiwillig für den Dienst an der Anmeldung, begrüßte alle Neuankömmlinge und stahl mich nach einer Stunde heimlich davon.

Das große Ereignis im September war das zweite Matt-Kell-Golfturnier. Zu meinen Aufgaben gehörte es, die Firmen um Spenden für die Versteigerung zu bitten und eine Rede zu schreiben, die ich am Abend halten sollte, mit dem Schwerpunkt, die neue Stiftung für Familien vorzustellen, die einen Elternteil durch Krebs verloren hatten. Michael hatte dazu einen Film gedreht und eine Videopräsentation zusammengeschnitten, in der Matts Freunde unsere Vision vorstellten. Nebenbei war er damit beschäftigt, unsere Hochzeitskarten zu entwerfen und die Gestaltung des Wandbilds im Atrium zwischen unserer Schule und unserer Kirche zu Ende zu bringen. Und mir aus dem Weg zu gehen. Ich kam mir inzwischen vor wie ein chinesischer Tellerdreher und war entsprechend reizbar und überarbeitet.

Eine meiner Aufgaben hätte mir völlig gereicht, aber nein, ich musste sie mir alle aufladen: die Hochzeitsplanung, das Zusammenlegen unserer Haushalte, die Kinder für den Schulbeginn startklar machen, das Klassentreffen, das Golfturnier inklusive der Vorstellung der neuen Stiftung, die Geburtstage, Michael beim Wandbild zu helfen und dafür zu sorgen, dass bei den Kindern alles rundlief. Und das alles in weniger als sechs Wochen. Ich glaube, da hätte sogar Carol Brady kapituliert. Und sie hatte wenigstens Alice im Hintergrund, die ihr die Hausarbeit abnahm.

Die Wochen vor unserer Hochzeit gehörten zu den intensivsten, verrücktesten und schönsten meines Lebens. Mein rasendes Tempo schüchterte alle ein, die normalerweise ihre Hilfe angeboten hätten, selbst Colleen. Dafür organisierte Colleen zusammen mit einigen Freundinnen eine wunderschöne Brautparty für mich. Die Hochzeit hatte ich allerdings bisher ganz allein geplant. Und wer nicht mit meinem Tempo Schritt halten konnte, sollte mir lieber aus dem Weg gehen.

Die Hochzeitsplanung machte mir aber Spaß und ich hatte einen großen Vorteil: Dies war nicht meine erste Hochzeit. Mit einundzwanzig hatte ich meine Hochzeit mit Matt geplant, eine traditionelle kirchliche Trauung und anschließende Feier im Country Club. Eine schöne, aber sehr konservative Feier. Ich trug ein Kleid mit einer langen Schleppe, das meine Mutter selbst genäht hatte. Die Brautjungfern trugen knielange rote Samtkleider und Tara, meine Trauzeugin, einen passenden Hut. Es gab eine fünfstöckige Hochzeitstorte, den obligatorischen Ententanz und zahlreiche italienische Verwandte, die ich noch nie im Leben gesehen hatte. Ein paar Jahre nach unserer Hochzeit lachten Matt und ich manchmal darüber und sagten, wir hätten besser auf meinen Vater gehört, der gesagt hatte: „Nehmt lieber das Geld und macht zu zweit eine schöne Reise!"

Irgendwann im September war ich mit meiner Multitasking-Weisheit am Ende. Wir holten uns die professionelle Hilfe einer Event-Planerin, Kimberly Allen. Kimberly war zugleich eine Kundin von Michael. Wir trafen uns im Haus meiner Eltern, um die Einzelheiten zu besprechen. Sie stellte viele Fragen, und wir mussten zuerst ein Kundenprofil-Formular ausfüllen, bevor wir über Farben, Catering-Firmen und Geschirr- und Zelt-Verleih sprachen. Plötzlich fragte sie: „Waren Sie die Frau von Matt Kell?"

„Ja, dreizehn Jahre lang."

„Wir haben einmal für seinen Fernsehsender auf der Automesse zusammengearbeitet. Ich erinnere mich noch genau an Matt – ein sehr sympathischer Mensch."

In solchen Augenblicken bin ich immer unsicher, ob ich die ganze Geschichte erzählen oder es dabei bewenden lassen sollte. Meistens habe ich das Gefühl, dass die Leute gar nicht so sehr an den Einzelheiten interessiert sind. Aber Kimberly fragte nach und wollte alles genau wissen. Michael erzählte ihr die ausführliche Version und ich sah, dass ihr die Geschichte zu Herzen ging.

„Ich weiß gar nicht, was ich sagen soll. Herzliches Beileid? Oder herzlichen Glückwunsch?" Weder noch, dachte ich. Kein Mitleid und kein Applaus. Alles, was ich mir wünschte, war, dass die Leute den tieferen Sinn der Geschichte erfassten. Hier ging es nicht um Gefühle, einen glücklichen Zufall oder ein Happy End, sondern nach Gottes Plänen.

„Es ist mir eine besondere Ehre, Ihnen bei dieser Hochzeit zu helfen“, sagte sie. „Ich habe schon ganz viele Ideen für Sie.“

Unsere Hochzeitsplanerin als unerwartetes Verbindungsglied zwischen meinen beiden Männern – der Gedanke gefiel mir. Sie bot uns sogar an, am Tag der Hochzeit selbst zu helfen. „Es wäre mir eine große Freude, an diesem besonderen Tag dabei zu sein“, sagte sie.

Kimberly war ein Geschenk. Ihre Begeisterung, ihre Erinnerungen an Matt, ihre Verbindung zu Michael – all das half mir, eine Brücke zu schlagen zwischen der Vergangenheit und der Zukunft. Mit ihrer Reaktion auf unsere Geschichte hatte Kimberly wie im Zeitraffer all das ausgedrückt, was ich in den verschiedenen Stadien der Trauer über viele Monate empfunden hatte: Traurigkeit, Freude und Dankbarkeit. Es scheint unmöglich, dass diese Empfindungen nebeneinander existierten, und doch war es so. Wir würden die Vergangenheit in Ehren halten und gleichzeitig einen Neuanfang feiern – das Geschenk einer neuen Familie und eines neuen Lebens. Bei Gott ist das möglich.

Die Vorfreude versetzte mir einen solchen Adrenalinschub, dass ich wie von selbst zweieinhalb Kilo abnahm. Meine Handyrechnung verdoppelte sich, und ich musste mein Auto dreimal in der Woche volltanken. Jeden Tag hatte ich irgendeinen Termin für unsere Hochzeit oder unseren Umzug. Die Catering-Firma, die Floristin, der Maler, der Schreiner, der die Einbauschränke bauen sollte, der Fotograf, die Musiker, verschiedene Verleihunternehmen, das Gemeindebüro, das Möbelhaus, die Schneiderin, der Frisör und das Standesamt – alle hielten mich auf Trab, neben meinen sonstigen Pflichten wie Hausaufgabenbetreuung, die Kinder zum Sport zu fahren, Schulveranstaltungen und so weiter. Ich wusste nicht, wie lange ich noch durchhalten würde, bis mir endgültig die Puste ausging.

Von allen Terminen, die mit den Hochzeitsvorbereitungen zu tun hatten, war nur einer für Michael wirklich von Interesse: die Tortenauswahl beim Bäcker. Er hatte eine Vorliebe für Süßes, und das Verkosten der Kuchen würde er sich nicht entgehen lassen.

Also ließen wir das Mittagessen ausfallen und fuhren zur Konditorei, um uns über Geschmack und Design unserer Hochzeitstorte beraten zu lassen.

Vor uns auf einem Tablett lag eine Auswahl verschiedener Kuchenstücke zum Probieren. Michaels Augen wanderten zu den anderen Backwaren in den Vitrinen, und es dauerte nicht lange, bis die Verkäuferin hin und her rannte und die unterschiedlichsten Plätzchen, Cupcakes und Cremeschnittchen anschleppte. Während unserer Keks- und Kuchenorgie entdeckte Michael seine Lieblingsplätzchen: eine Art Mürbegebäck mit Marmeladenfüllung und Puderzucker. Bei jedem Bissen verdrehte er genüsslich die Augen.

„Die sind fantastisch! Die brauchen wir für die Hochzeit", sagte er mit vollem Mund.

Inzwischen hatte sich das Angebot auf unserem Probiertisch durch Michaels Mitwirken deutlich gesteigert. Zum Schluss entschieden wir uns für eine bescheidene, aber elegante Hochzeitstorte und sechs Dutzend von den Mürbeplätzchen, zwei Dutzend kunstvoll verziertes Zuckergebäck und vier Dutzend gefüllte Cupcakes. Der Nachtisch kostete bald genauso viel wie Hochzeitskleid, Schuhe und Mieder zusammen.

Nach der Kuchenschlacht ließen wir das Abendessen ausfallen und fuhren direkt zu Al und Shari Bennett. Ihre Tochter Lauren ging auf die Highschool und sang wie ein Engel. Sie hatte schon mehrmals mit der Jugendband in der Kirche gesungen. Eric Hedlund, ebenfalls von der Jugendgruppe, begleitete Lauren auf der akustischen Gitarre. Erics Mutter, Katherine Hedlund, hatte zwölf Monate lang ein handschriftliches Gebetstagebuch für mich und die Jungs geführt und es mir später, ein Jahr nach Matts Tod, geschenkt. Katherine hatte der oft nur so dahingesagten Floskel „Wir beten für euch" Hände und Füße verliehen. Vorher und nachher habe ich nie wieder ein solches Geschenk erhalten.

Heute wollten uns Lauren und Eric die Lieder vorspielen, die wir für unsere Hochzeit ausgesucht hatten. Michael und ich saßen auf den Stufen, die zu dem loftartigen Wohnzimmer der Bennetts führten. Eric nahm die Gitarre und zupfte die Anfangsakkorde von George Harrisons „Here Comes the Sun". Ich schloss die Augen.

Ich liebe dieses Lied, seine einfache Poesie und die leise dahinplätschernde Melodie. Wie viele Beatles-Songs war es leicht und eingängig und verbreitete eine heitere Stimmung.

Als Lauren sang: „Little darling, the smiles returning to their faces. Little darling, it seems like years since it's been here …" konnte ich die Tränen nicht länger zurückhalten. Ich drückte Michaels Hand und sah, dass auch er feuchte Augen hatte. Zu dieser schlichten Botschaft der Hoffnung würden wir zum Altar schreiten, heraus aus der Einsamkeit des langen, kalten Winters. Es tat gut, sich von der Sonne küssen zu lassen.

Nebenbei stand auch noch unser Umzug auf dem Programm. Ich zapfte alle möglichen Quellen an, unter anderem Michaels Nachbarinnen Heather und Tonya, die ein eigenes Innenarchitekturbüro hatten und uns bei der Neugestaltung der oberen Etage des Hauses halfen. Beide Frauen waren eng mit Cathy befreundet gewesen und nahmen mich herzlich auf. Oft kamen sie auch einfach nur auf einen Schwatz vorbei und brachten selbst gebackene Plätzchen mit. Ihre Kinder freuten sich über die neue Spielkameraden, und Tonya, die selbst Mutter von fünf Kindern war, wurde meine Beraterin.

Zusammen suchten wir die Farben für unser Schlafzimmer, die Kinderzimmer und Badezimmer aus, bestellten zwei doppelstöckige Betten und neue Bettwäsche für alle fünf Kinder. Durch zusätzliche Einbauschränke wollten wir mehr Stauraum gewinnen. Für unseren gemeinsamen Neuanfang sollte alles sauber und in frischen Farben erstrahlen. In der Zeit, als ihre Zimmer renoviert wurden, zogen Charlotte, Jack und Danny zu uns. Die Kinder waren schon ganz aufgeregt und freuten sich auf ihre neuen Zimmer.

Für die Malerarbeiten hatte ich einen Maler namens „Skip the Painter" beauftragt. An dem Morgen, an dem er mit der Arbeit beginnen sollte, war ich spät dran und noch im Baumarkt unterwegs, um die Farbe zu besorgen, während Michael die Maler ins Haus ließ. Als Skip mit seinen Leuten noch mal fortfuhr, nahm er an, sie wollten noch Werkzeuge oder Kaffee holen. Als sie nach einer Stunde immer noch nicht zurück waren, rief ich bei Skip an. Er sagte lapidar, dass er den Auftrag leider nicht übernehmen könne.

„Wie meinen Sie das? Sie waren doch gerade erst hier."

„Ja, aber ich habe noch einen anderen Auftrag."

„Aber Sie haben *uns* zuerst zugesagt! Sie haben uns einen Kostenvoranschlag gemacht und wir hatten vereinbart, dass Sie die Malerarbeiten übernehmen."

Stille am anderen Ende der Leitung.

Ich atmete tief durch und versuchte, an seine Vernunft zu appellieren. „Hören Sie, Skip, wir heiraten in zwei Wochen und haben fünf Kinder, deren Zimmer bis dahin fertig sein müssen. Bitte lassen Sie uns jetzt nicht hängen."

Klick.

„Das darf einfach nicht wahr sein!" Ich starrte ungläubig auf das Telefon in meiner Hand.

„Er hat einfach aufgehängt?" Michael sah mich fragend an.

Ich antwortete mit einem tiefen Seufzer. Ich konnte es einfach nicht fassen. Wütend lief ich im Kreis um die Kücheninsel herum und umklammerte das Telefon so fest, als wollte ich Saft auspressen. Michael versuchte, mich zu beruhigen.

„Hat er gesagt, warum er abgesprungen ist?"

„Nein. Ich habe keine Ahnung. Vielleicht war es ihm zu viel Arbeit mit den ganzen halb rausgerissenen Einbauschränken. Ich verstehe es einfach nicht!"

„Vielleicht weil ich ihm kein Bier angeboten habe? Immerhin ist es schon neun Uhr morgens!" Er probierte, mich aufzuheitern, doch mir war nicht nach Scherzen zumute.

Ich ging nach draußen und lief in der Einfahrt auf und ab, um meine Gedanken zu sammeln. Die Herbstsonne schien mir warm ins Gesicht, und bald fühlte ich mich nicht mehr ganz so schrecklich. Ich wählte die Nummer von Vince, einem anderen Maler, der uns ebenfalls ein Angebot gemacht hatte. Er hörte sich meine Geschichte an und sagte dann: „Skip ist mein Schwager. Es ist nicht das erste Mal, dass er sich so etwas leistet."

Das wurde ja immer besser! Zielsicher hatte ich mir den unzuverlässigsten, labilsten Maler der ganzen Umgebung ausgesucht und das gerade jetzt, wo zeitlich alles so eng war. Vince, der eigentlich an einem anderen Auftrag arbeitete, war bereit, in der Woche darauf zu kommen, aber ich brauchte jemanden, der sofort anfangen konnte. Um mich auf andere Gedanken zu bringen, ging ich zum Briefkasten und winkte Heather und Tonya zu, die gerade vorbeifuhren. Obwohl sie Innenarchitektinnen sind, kam ich nicht auf die Idee, ihnen zu erzählen, dass wir keinen Maler mehr hatten.

Meine letzte Rettung war mein Vater. Was Handwerker betrifft, hat er mehr Kontakte als jeder andere. Tatsächlich fiel ihm auch sofort eine Lösung ein: James Harris, ein Maler, den er seit Jahrzehnten kannte und der ihn eine Woche zuvor angerufen hatte, weil er Arbeit suchte. Ich führte im Garten einen Freudentanz auf.

Zwei Tage vor der Hochzeit waren die Einbauschränke tatsächlich fertig, und Michael und ich bewunderten die frische Wandfarbe, als wir Kleider einräumten und Möbelstücke wieder an den richtigen Platz rückten.

Gut gelaunt und stolz auf alles, was wir geschafft hatten, fuhr ich los, um die Kinder von der Schule abzuholen. Unterwegs kam ich an einem Haus vorbei, in dessen Vorgarten ein Handwerkerschild steckte, als Werbung für die Firma, die gerade dort arbeitete. Auf dem Schild stand „Skip the Painter". Ich trat auf die Bremse. Einen Moment lang war ich versucht, auszusteigen und das Schild herauszureißen oder zu klingeln und diesem Skip meine Meinung zu sagen.

Stattdessen befolgte ich den guten Rat einer Frau, die gesagt hatte: „Wenn du dich ärgerst, denk an die 40er-Regel: Warte vierzig Sekunden ab, und wenn es dann nicht besser ist, vierzig Minuten. Dann ist der Ärger meistens verraucht." Es war eine scheinbar unpraktische, aber absolut vernünftige Regel. Ich war stolz, dass meine Wut auf den Maler Skip in weniger als vierzig Sekunden vorbei war, da sich meine Aufmerksamkeit auf den Umzugswagen richtete, den ich beinahe gerammt hatte, als ich auf das Rasenschild starrte. Automatisch griff ich nach dem Handy. Natürlich. Ein Umzugsunternehmen. Ich wollte gern schon vor der Hochzeit ein paar Gegenstände von mir und den Kindern in Michaels Haus bringen lassen. Wenn wir dann am 7. Oktober in unserem neuen Domizil aufwachten, würden wir uns gleich viel mehr zu Hause fühlen. Mit dem Umzugsunternehmen vereinbarte ich einen Termin für den nächsten Vormittag, vierundzwanzig Stunden vor der Hochzeit. Ich beschloss, diese Last-Minute-Aktion für mich zu behalten, damit niemand auf die Idee käme, mich in die Psychiatrie einzuweisen. Außerdem mussten wir ja noch in der Schule die Collage für das Atrium fertigstellen.

Vorsichtig hängten Michael und ich die Bilder an den Wänden des Atriums nebeneinander, über vierzig Stück in verschiedenen Größen. Leute blieben stehen und schauten zu, einige boten an zu helfen. Ich sah zu Michael hoch, der auf einem neun Meter hohen Gerüst stand und das letzte der zwölf Transparente in der Hand hielt, die das Herzstück des Wandbilds waren. Ich dachte an die Anfänge unserer Beziehung und dass wir, wie dieses Wandbild, mehr und mehr zu einem Ganzen zusammengewachsen waren. Beim Spanier hatten wir die Pläne entworfen, die am heutigen Tag ihre Vollendung fanden. Ohne unser Wissen hatte Gott selbst seine Pläne entworfen. Für die Collage hatten wir Flächen abgemessen, Fotos gesichtet und waren ins Archiv abgetaucht, um historische Aufnahmen der Kirche zu finden. Das Wandbild durchlief verschiedene Stadien, aber in jedem Stadium war es unverwechselbar. Genau wie unsere Beziehung, entwickelte es ein Eigenleben. Die einzelnen Teile setzten sich auf unerwartete Weise zusammen und schufen etwas so Schönes, wie wir es uns nie hätten träumen lassen.

Nachdem Matt von uns gegangen war, war ich – wie das Atrium – leblos und leer gewesen. Viele Meilensteine unseres Lebens hatten in dieser Schule und nebenan in der Kirche stattgefunden: Hochzeiten, Beerdigungen, Taufen, Schulentlassungen. Viele lebenslange Freundschaften waren hier geknüpft worden. Es war außerdem der Ort, an dem ich Cathy Spehn und ihren kleinen Sohn Danny zum ersten Mal gesehen hatte. Im Nachhinein ein bedeutender Augenblick.

Michael und ich hatten ein Jahr lang an einem Projekt gearbeitet, das Farbe und Leben in einen leeren, leblosen Raum brachte, und während dieses Prozesses taten wir dasselbe füreinander und für unsere Kinder. Ich musste dadurch kein neuer Mensch werden oder mich für mein Leben entschuldigen, weder für mein vergangenes noch für mein gegenwärtiges. Doch unsere Herzen waren weiter geworden, wir hatten neue Hoffnung und standen am Anfang eines neuen Lebens.

Als der Umzugswagen kam, wusste ich: Dieser Möbeltransport war die letzte Angelegenheit, die ich unter meinem alten Namen regeln würde. Dann würde ich Mrs Spehn sein. Während die Männer den Wagen beluden, ging ich noch einmal durch alle Räume. Ich würde unser Haus vermissen. Über zehn Jahre lang hatten wir hier gewohnt. Viele Erinnerungen lebten in diesem Haus, von den Anfängen des Lebens bis zum Tod. Hier hatte ich die schönsten und die schwersten Jahre meines Lebens verbracht. Es würde immer ein Teil von mir sein.

Ich ging hinaus in den Vorgarten unter meinem Bürofenster. Unter dem großen Baum, auf dem die Eichhörnchen so gern herumkletterten, entdeckte ich einen kleinen Gedenkstein, den mir jemand nach Matts Tod geschenkt hatte. Vorsichtig hob ich den Stein hoch und anstatt irgendwelcher Kriech- oder Krabbeltiere sah ich plötzlich einen winzigen Regenbogen. Staunend wiederholte ich die Bewegung. Dreimal hob ich den Stein hoch, und jedes Mal sah ich den Regenbogen. Ich merkte rasch, dass es eine natürlich Erklärung für das Phänomen gab und sich das Sonnenlicht genau in dem Moment in den facettierten Glasscheiben einer Laterne brach, die auf dem Gartenweg stand. Doch für mich war der Regenbogen mehr als ein Zufall. Er war wie ein Zeichen, eine Bestätigung, dass unser neues Leben gesegnet war.

Ich weiß nicht, wie lange ich in dem Gartenbeet saß, auf der dicken Mulchschicht und ungeachtet der Spinnen und Käfer, und immer wieder fasziniert den Stein anhob. Ich dachte an den doppelten Regenbogen in Colorado, wunderschön und vergänglich wie sein winziger Bruder. Die Sonne würde weiterwandern, und bald würde das Schauspiel vorüber sein. Doch seine Botschaft blieb, und ich war dankbar für diesen besonderen Augenblick.

Wie das Atrium am Abend zuvor, bekam auch Michaels Haus ein neues Gesicht. Die ganze obere Etage war frisch gestrichen und komplett umgemodelt worden. Aber auch im Wohnzimmer fehlte die weibliche Hand, doch das sollte sich bald ändern. Um Platz für meine Möbel zu schaffen, stellte Michael ein paar Sachen in den Keller und sogar einiges an die Straße zum Sperrmüll.

„Lass das doch die Möbelmänner machen", sagte ich zum wiederholten Mal, als ich sah, wie er sich mit den schweren Sachen abmühte. Es fehlte noch, dass er sich vor der Hochzeit eine Muskelzerrung oder einen Bandscheibenvorfall zuzog.

Er warf mir sein Jack-Nicholson-Grinsen zu und sagte mit Schweißperlen auf der Stirn: „Wer hat denn die ganzen Sachen angeschleppt? Wenn du deine Möbel in ein vollständig möbliertes Haus stellen willst, bleibt mir nichts anderes übrig."

Als die Kinder von der Schule heimkamen, war das Haus kaum wiederzuerkennen. Aufgeregt rannten sie in alle Zimmer, um zu sehen, was sich alles verändert hatte. Drew und Sam freuten sich, als sie ein paar vertraute Sachen aus ihrem ehemaligen Zuhause entdeckten. Charlotte, Jack und Danny fragten, wo die fehlenden Möbel geblieben waren, nahmen aber die Änderungen positiv auf.

Da sich für die Kinder so vieles geändert hatte, beschlossen Michael und ich, auf eine Hochzeitsreise zu verzichten. Im neuen Haus gemeinsam aufzuwachen, in der Nähe unserer Kinder, schien uns die beste Lösung. Bei aller Veränderung wollten wir ihnen die Nähe und Sicherheit geben, die sie brauchten.

Am Vorabend der Hochzeit kamen die Freunde und die Familie, die zum Teil quer durchs Land gereist waren, um unser neues Zuhause zu begutachten. Auch sie staunten nicht schlecht über den sichtbaren und unsichtbaren Wandel: neue Farbe an den Wänden, eine neue Telefonnummer, neue Geschwister, neue Familienmitglieder. Natürlich freuten wir uns über ihr Lob für das, was wir in so kurzer Zeit geschafft hatten und wie schön alles geworden war, aber eigentlich waren diese Äußerlichkeiten unwichtig. Wie bei allem ist das, was für die Welt sichtbar ist, nur ein Teil des Ganzen. Das Wichtige ist das, was wir durch unsere Vergangenheit gelernt haben, und die Verheißungen einer neuen Zukunft. Sie sind es, die den unsichtbaren Strom zum Fließen bringen, der uns durchs Leben trägt.

Alles, was wir bis zu jenem Tag erreicht hatten, war die Frucht unserer Wertschätzung für das, was uns geschenkt war und was uns genommen wurde. Wir hatten einen Frieden gefunden, der im Verborgenen lebt, zwischen Trauer und Freude. Der unbegreiflich war und nur möglich durch unseren Glauben. Und den wir ohne Leid und Verlust niemals kennengelernt hätten. Wenn wir diese Einsicht eines Tages unseren Kindern vermitteln können, geben wir Gott die Ehre und haben unsere Aufgabe als Eltern erfüllt.

Damit zwei Familien zu einer großen Familie zusammenwachsen können, braucht es sehr viel Vertrauen, Offenheit und die Fähigkeit, miteinander im Gespräch zu bleiben. Dazu gehört auch, unsere Ängste offen auszusprechen und zu lernen, mit ihnen umzugehen.

Das größte Geschenk ist es, wenn ein sterbender Ehepartner seiner Frau oder ihrem Mann die Freiheit schenkt, noch einmal zu lieben. Dann ist das Wunder möglich, dass Menschen, die ehemals Fremde waren, ihre Herzen weitmachen und eines Tages eine neue Familie werden. Dass sie ein neues Leben geschenkt bekommen, von dem sie nicht einmal zu träumen wagten, und das genauso gut ist wie das alte Leben – oder vielleicht sogar noch besser. Das ist Gottes Geschenk an uns.

Der neue Morgen

Michael und Gina

Als wir beschlossen hatten, dass unsere Hochzeit im Freien stattfinden sollte, erwarteten wir herbstliche Temperaturen und vielleicht sogar Regen. Aber wieder einmal wurden alle unsere Erwartungen übertroffen. Dass es Herbst war, konnte man einzig und allein am zarten Orange der Blätter erkennen. Die Sonne schien so heiß wie an einem Augusttag in Miami, und das Thermometer kletterte auf weit über zwanzig Grad.

Im Haus meiner Eltern Bob und Antoinette Valenti ging es zu wie in einem Bienenschwarm. Kimberly, unsere Hochzeitsplanerin, hatte alles im Griff, kümmerte sich um die Musiker und die Catering-Firma und gab der Floristin letzte Anweisungen. Die eintreffenden Gäste schritten durch ein weißes Festzelt, in dem das Büfett aufgebaut war und das Sitzgelegenheiten für hundertzwanzig Leute bot. Die Tische waren mit hellblauen Tischtüchern und Sonnenblumen geschmückt.

Die natürliche Schönheit der Umgebung, mit einem kleinen Wäldchen und einem Teich hinter dem Haus, und der gepflegte Garten waren eine wunderschöne Kulisse für die Hochzeitsfeier. Draußen bildeten Reihen von weißen Stühlen einen hellen Kontrast zum satten Grün des Grases und dem wolkenlosen blauen Himmel. Es herrschte eine angeregte, fröhliche Stimmung. Die ersten Gäste unterhielten sich, im Hintergrund spielte leise Keyboard-Musik. Dieselben Leute, die sich vor noch nicht allzu langer Zeit zusammengefunden hatten, um den Verlust eines geliebten Menschen zu betrauern, waren heute hier, um den Schleier des Schmerzes abzulegen und die Freude willkommen zu heißen.

Freunde gruppierten sich um die Stehtische, die überall im Garten verteilt waren. Zwei hohe Säulen, auf denen Vasen mit Sonnenblumen, roter Gerbera und blauem Rittersporn standen, rahmten den Bereich ein, der als „Bühne" für die Trauung dienen sollte.

Michael stand in seinem eleganten schwarzen Anzug und der weißen Krawatte am hohen Erkerfenster in der Küche und ließ den Blick in den Garten schweifen, zu den vielen Menschen, die Gott zu diesem freudigen Anlass zusammengerufen hatte.

Die elfjährige Charlotte sah hinreißend aus mit ihren blonden Locken und Sommersprossen und in ihrem taubenblauen Kleid, das dieselbe Farbe hatte wie ihre Augen. Mit wichtiger Miene ging sie herum und teilte Programmzettel und langstielige Sonnenblumen aus. Freundlich lächelnd schwebte sie wie ein Schmetterling von Gruppe zu Gruppe und erklärte den Gästen, was sie später mit den Sonnenblumen machen sollten.

Michael half Drew bei seiner Krawatte, während die anderen Jungen interessiert zuschauten. Sie alle trugen dunkle Anzüge mit einer Blume am Revers, weiße Hemden und hellblaue Krawatten. Jack und Drew stolzierten umher und taten so, als seien sie der Präsident und Vizepräsident der Vereinigten Staaten, bis sie dunkle Sonnenbrillen fanden und beschlossen, lieber Blues Brothers zu spielen.

Alles war bereit: Die Kinder waren fertig, das Büfett aufgebaut, die Gäste waren angekommen. Gina nestelte nervös an ihrer Kette mit den fünf Diamanten, einem Hochzeitsgeschenk von Michael. Sie warf einen letzten prüfenden Blick in den Spiegel, aus dem ihr eine neue Frau entgegensah.

Wir sammelten uns alle sieben auf der hinteren Terrasse, die nicht im Blickfeld der Gäste lag. Dann waren wir bereit für unseren feierlichen Auftritt. Sam und Dan gingen voraus und trugen die Eheringe auf kleinen Kissen, dicht gefolgt von den Brautführern Jack und Drew. Dahinter kam „Trauzeugin" Charlotte, in der Hand einen kleinen Blumenstrauß. Eric Hedlund griff zur Gitarre, und zu dem Lied „Here Comes the Sun" folgten wir unseren Kindern auf dem gepflasterten Weg in den Garten, wo unsere Freunde und Familien saßen. Als wir ins Blickfeld der Gäste kamen, lächelte Danny und winkte huldvoll in die Menge wie ein Politiker bei der Parade zum Unabhängigkeitstag.

Da durch unsere Heirat so viele Menschen miteinander verbunden wurden, hatten wir uns überlegt, dies auch symbolisch darzustellen. Zu dem Zweck hatten wir eine große, leere Vase aufgestellt. Und während Eric auf der Gitarre eine leise Melodie spielte, gingen wir nach vorn und stellten eine langstielige weiße Rose in die Vase. Dann folgten, einer nach dem anderen, die Mitglieder der Familien Spehn, Kell, Valenti und Lutz und fügten jeweils eine Iris oder einen Rittersporn dazu.

In der heißen Sonne, mit Schweißperlen auf der Stirn, hielt Pastor Galik seine Hochzeitspredigt über das Thema „Gott macht alles neu" nach Psalm 30.

„Michael und Gina", sagte er, „ihr seid beide das eindrücklichste Beispiel dafür, dass Gott ‚unsere Klage in einen Reigen verwandeln' kann, das mir jemals begegnet ist."

Er ehrte auch Matt und Cathy und drückte seine Freude aus über die Kinder, den Inbegriff des neuen Lebens, das Gott schenkt. Die Predigt war kurz (wofür bei der Hitze alle dankbar waren), und nach der Trauzeremonie kamen die Gäste nacheinander nach vorn und stellten ihre Sonnenblumen zu den anderen Blumen in die große Vase. Der bunte Strauß war ein Sinnbild für die Vielfalt und Farbe, die sie alle in unsere neue Familie brachten.

Die Fortsetzung der Feier fand im Festzelt statt. Michael hielt eine Rede, das Mikrofon in der linken Hand, Ginas Hand in seiner Rechten. Er dankte allen Gästen für ihr Kommen, besonders denjenigen, die von weit her angereist waren, um diesen besonderen Tag mit uns zu feiern. Dann erzählte er von unserem Erlebnis in Colorado.

„Im Juni hatten Gina und ich Gelegenheit, mit den Kindern ein paar Tage in Colorado zu verbringen. Wer schon einmal da gewesen ist, weiß, dass es dort sehr viele Espenhaine gibt. Wir haben einen geführten Ausritt durch die Umgebung gemacht – bitte löscht jetzt alle in eurem Kopf das Bild von mir auf einem Pferd –, und bei diesem Ausritt erklärte uns unser Guide, dass ein Espenwald in Wirklichkeit ein einziger Baum ist, aus dem viele Stämme sprießen."

Es war mucksmäuschenstill im Zelt. Selbst die Kinder gaben keinen Ton von sich.

„Manche Baumstämme sind hoch, andere niedrig, manche haben abgebrochene Äste, und manche … sind nicht mehr da. Doch sie alle sind durch ihr unterirdisches Wurzelsystem miteinander verbunden. So wie wir alle miteinander. Unser Familienstammbaum ist weitverzweigt und hat vielleicht eine ungewöhnliche Form, aber wir lieben ihn so, wie er ist. Ich danke euch allen. Gott segne euch."

Wir erhoben unser Glas auf unsere Familien und Freunde. Dann trat Colleen Schomaker ans Mikrofon.

„Setzt euch lieber hin, ihr zwei", sagte sie, „denn was ich zu sagen haben, könnte länger dauern."

Colleen sprach ausführlich und zwischendurch zu Tränen bewegt von ihrer langjährigen, besonderen Freundschaft, die sie mit Gina verband. Viele Anekdoten und Begebenheiten, die sie erzählte, waren für uns Zuhörer wie ein Film über die vergangenen Ereignisse, ohne die der heutige Tag nicht stattgefunden hätte.

„Ich stand am Rande des Spielfelds", sagte sie, „und sah zu, wie ihr beide euch gegenseitig geholfen habt, mit eurer Trauer fertigzuwerden. Tag für Tag und in einer Art und Weise, wie noch nicht einmal beste Freundinnen es können. Und ich bin dankbar dafür. Ich durfte zusehen, wie eure Freundschaft Gestalt annahm, und wie ihr euch als Familien gegenseitig unterstützt habt. Ich sah das Leid, durch das ihr gehen musstet, und wie die Freude wieder Einzug in eure Herzen hielt. Und ich habe gesehen, wie ihr euch für andere öffnet, die in einer ähnlichen Situation sind. Wie ihr ihnen mit eurem Glauben eine Stütze seid und ihnen neue Hoffnung schenkt. Ihr seid für mich das beste Beispiel aller Zeiten, dass Gott etwas mit unserm Leben vorhat."

Ihre Rede endete mit einem Gebet für unsere Zukunft und alles, was vor uns lag. Dann hatte sie noch eine Überraschung für uns.

Aus dem Lautsprecher erklang eine gefühlvolle Interpretation des Songs „Awesome God" von Travis Cottrell, und fünfundzwanzig Kinder begannen zu tanzen, in der ersten Reihe die Kinder von Gina und Michael. Der von Colleen eingeübte Tanz löste sich bald in eine fröhliche „Freestyle"-Runde auf – eine wunderschöne Interpretation der Predigt von der „Klage, die sich in einen Reigen verwandelt". Alle schauten bewegt zu, klatschten und sangen begeistert mit, als sie die Freude dieser fünf Kinder sahen, die alles verloren hatten. Umgeben von der großen Gemeinschaft der Freunde und Familien und getragen von Gottes starker Hand, tanzten sie in ihr neues Leben.

Epilog

Schon Wochen vor der Hochzeit waren sich die Kinder einig, dass sie uns „Mom" und „Dad" nennen wollten, sobald wir die Trauringe am Finger hatten. Nach ein paar Wochen kamen unsere neuen Namen ganz selbstverständlich über die Lippen und waren für uns so normal, dass keiner je an die Vorsilbe „Stief-" gedacht hätte.

An unserem ersten gemeinsamen Weihnachten gab es doppelt so viel Weihnachtsschmuck, doppelt so viel Essen und viele alte und neue Traditionen. Karl Galik sollte recht behalten: Was für Drew und Sam mit Matts Sterben an Weihnachten zerbrochen war, wurde wieder heil, eingebettet in eine neue, große Familie und mit vielen lieben Erinnerungen an ihren Vater.

Im Frühling fuhren wir zum ersten Mal als siebenköpfige Familie zum Mullett Lake. Larry Lutz schenkte seinen beiden neuen Enkeln ein besonderes Erinnerungsstück: einen handsignierten Baseball, den er vor fünfundzwanzig Jahren bekommen hatte, als er noch die Schulmannschaften trainierte. Auf dem Ball waren die Namen des damaligen Softball-Teams der achten Klasse, unter anderem des Mittelfeldspielers Matt Kell.

Anfang September 2008 saß Dick Spehn („Hoke") auf dem Sofa in seinem Haus in Kalifornien und sah im Fernsehen, wie die Chicago Cubs wieder einmal ein Spiel verloren. Etwa in der Mitte der sechsten Spielrunde erlitt er einen schweren Schlaganfall. Er starb vier Tage später im Kreis seiner Familie.

Nachdem er über ein Jahr auf der Transplantationsliste stand, konnte Tommy Schomaker ein Spenderherz eingesetzt werden. Es war, als würde ihm das Leben zum zweiten Mal geschenkt. Am 3. Juni 2010 feierte er den ersten Geburtstag seines neuen Herzens. Tommy plündert noch immer gern die Speisekammer der Familie Spehn.

Die „Matt Kell und Cathy Spehn Stiftung" unterstützt weiterhin Familien mit kleinen Kindern, die den Vater oder die Mutter durch

Krebs verloren haben. Seit 2007 konnten über 200.000 Dollar an Spenden eingenommen werden, vorwiegend durch Veranstaltungen wie das Golfturnier, das jeden Herbst zur Erinnerung an Matt in Michigan stattfindet.

Auf Michaels Schreibtisch liegt noch immer ein ausgeblichener Zettel mit dem handschriftlichen Namenszug „Christina". Der Name der Krankenschwester. Er erinnert den ehemals so zynischen Mann daran, dass es in dieser Welt keine absoluten Antworten gibt. Dass es vielmehr darum geht, die Antworten zu akzeptieren, die wir bekommen.

Das Zusammenwachsen unserer beiden Familien gestaltete sich erstaunlich reibungslos. Das Wohlergehen der Kinder hatte bei uns immer absolute Priorität, und alle Großeltern, Tanten, Onkel und Freunde folgten unserem Beispiel. Sie merkten bald, dass ihre Rolle im Leben der Kinder immer noch geschätzt wurde, und dass sie jederzeit willkommen waren.

Die Kinder passten sich nahtlos den neuen Lebensumständen und Räumlichkeiten an und lernten, ihr Zimmer mit ihren neuen Geschwistern zu teilen. Sie sind im wahrsten Sinne des Wortes „Geschwister". Sie ärgern und streiten sich, und im nächsten Augenblick sind sie wieder ein Herz und eine Seele. In unserer Familie sprechen wir viel über Verantwortung, Fairness und Respekt. Unser Zusammenleben steht und fällt mit unserem Glauben, und dass wir über alles offen miteinander reden können. Die vielleicht größte Herausforderung für uns alle war der Trauerprozess. Kinder verarbeiten ihre Gefühle, indem sie immer wieder dieselben Fragen stellen, weil ihnen die Antworten, die sie vor drei Jahren erhielten, nicht mehr genügen. Von Geschwistern umgeben zu sein, die dieselben oder ähnliche Verlusterfahrungen machen mussten, war ein großer Segen.

Die Trauer wird immer ein Teil von uns sein, sie gehört zu unserer Familiendynamik. Aber wenn wir sie als treibende Kraft nutzen, die uns hilft, im Glauben zu wachsen und unsere Mitmenschen und die Gemeinschaft, in der wir leben, zu unterstützen, tun wir es im Gedenken an Matt und Cathy und halten ihr Vermächtnis in Ehren.

Michael ruft regelmäßig alle zu „Familienkonferenzen“ zusammen, bei denen alles besprochen wird, was die Einzelnen auf dem Herzen haben. In unserer Familie wird viel gelacht und geweint. Wir machen nicht immer alles richtig, aber wir können unsere Fehler zugeben und um Vergebung bitten.

Unsere Kinder sind unsere große Freude. Erwachsen werden ist nicht leicht, schon unter „normalen“ Umständen nicht. Aber wenn wir unsere Kinder im Glauben erziehen, mit Liebe und Konsequenz, und immer ein offenes Ohr für sie haben, dann werden sie, so Gott will, eines Tages zu Menschen werden, die unsere Welt verändern können.